COLLECTION FOLIO

Gisèle Pineau

# Fleur de Barbarie

Mercure de France

Guadeloupéenne née à Paris en 1956, Gisèle Pineau passe son enfance dans la région parisienne. Adolescente, elle découvre la Martinique, puis la Guadeloupe où ses parents s'installent définitivement. De retour à Paris en 1974, elle entame des études de lettres qu'elle doit abandonner. Elle obtient un diplôme d'infirmière en psychiatrie et exerce, aujourd'hui encore, ce métier.

Gisèle Pineau est l'auteur de nombreux romans comme *La Grande Drive des esprits* (Grand Prix des lectrices de *Elle* en 1994), *L'Espérance-Macadam* (Prix RFO en 1996) et *Chair Piment* (prix des hémisphères Chantal Lapicque en 2002).

Elle écrit également pour la jeunesse.

*Pour Laure*

— Partir pendant quelques jours.

— Voilà qui me réjouit fort. Où, messire, voulez-vous que je vous emmène ?

— Loin ! Loin ! Ici la boue est faite de nos fleurs.

— ... bleues, je le sais. Mais encore ?

RAYMOND QUENEAU
*Les fleurs bleues*

Elle voulait l'histoire vraie.
Celle que je n'avais pas racontée dans mon livre.
Ça m'empêche de penser.
Ils ont dit que j'ai de l'eau dans la tête.
Tu te rends compte, Joséphine.
Ma tête, un aquarium.
Si tu as le temps, tu m'achèteras un poisson rouge.
Ça me fera de la compagnie.

Sur les draps blancs,
les tubulures de plastique ressemblaient à de méchants serpents.
Elle avait des aiguilles plantées dans ses veines.
Ses veines bleues.
Elle délirait, à cause de la morphine.

Raconte encore, Joséphine.
Les petits chevaux, la salade frisée, le lait caillé...
Les ânes, les poules et la chèvre...
Raconte encore...
La vieille chaussette, les moulins à vent,
les tentacules de Mariama.

Les peintres de Jacmel.
Moi aussi, je vais bientôt entrer dans un tableau.
Raconte encore...
La Langue de Barbarie, c'est comme si j'y étais.
Je vois le fleuve qui rencontre les vagues de l'océan.
Je vois des oiseaux tourner au plafond.

# I

Théodora faisait seulement la cuisine et le ménage chez Margareth Solin, mais elle donnait l'impression d'être chez elle sur la propriété de l'Autre Bord. Elle y pénétrait chaque jour à dix heures précises et semblait éprouver une grande fierté à ouvrir et à refermer, elle-même, avec les clés que lui avait confiées Madame Margareth, le portail de fer forgé, puis la lourde porte de bois gommier. Elle n'avait pas à agiter une clochette et attendre qu'on vienne lui ouvrir, non plus à guetter les pas de quelqu'un derrière la porte. D'un geste sûr et cent fois répété, elle engageait la clé dans la serrure, bourrait la porte d'un coup d'épaule et s'avançait dans la maison.

Passées dans un fil de fer entortillé, rouillé aux deux extrémités, ces clés me paraissaient, en ce temps-là, terrifiantes et gigantesques, identiques à des poissons morts ramenés d'une pêche au fusil, enfilés par les yeux et devenus squelettes, hérissés d'arêtes.

J'avais neuf ans.

Pendant ces derniers jours du mois d'août, j'accompagnais ma grand-mère chaque matin à son travail.

C'était l'année 1984.

Je revenais de France, de ma campagne sarthoise où j'avais vécu pendant cinq années auprès de Tata Michelle, ma nourrice, de Mémé Georgette et de Pépé Marcel. Je roulais les *r* avec un tel naturel, une plume de naïveté au bord des lèvres et un grain d'aplomb dans la voix, que ce devait — j'en ai conscience aujourd'hui — être à la fois blessant et insultant pour les oreilles non accoutumées, surtout celles des enfants qui, passé la curiosité, me firent payer cent fois l'étrangeté que je représentais pour eux, ce morceau de vie écrit là-bas, de l'autre côté de la mer. Théodora elle-même en souffrait un peu, le plus souvent en silence, remâchant dans son coin la peine qu'elle éprouvait de ne pas toujours comprendre mon parler ourlé, ce qui la menait immanquablement, par des chemins tortueux, au chagrin d'avoir vu le seul et unique fruit que son corps ait produit, à savoir sa fille Pâquerette, faire d'elle une grand-mère à trente-cinq ans, deux mois et cinq jours.

À mon arrivée à Marie-Galante, Théodora arborait ses quarante-quatre ans. Elle aurait pu, au fil du temps, apprivoiser sa douleur, accepter les malices du destin et finir par se consoler. Mais elle ne parvenait jamais tout à fait à conjurer sa peine. Son cœur, disait-elle, se parlant à elle-même à haute voix, ne cessait de saigner. La blessure était inguérissable. Et personne, aucun médecin, ne connaissait le remède qui apaiserait ses souffrances. Aucun chirurgien n'avait assez de doigté pour l'opérer, afin de tirer la lame effilée du couteau que Pâquerette lui avait planté dans le cœur en tombant enceinte, à seize ans et demi, d'un monsieur sans nom ni visage, sous son nez à elle et à la barbe de son père... si ce dernier, le pauvre Selbonne, avait eu la malchance d'être encore de ce monde au moment des faits.

Au contraire de Pâquerette, Théodora était une femme mariée lorsqu'elle avait enfanté. Mariée avec le dénommé Selbonne Titus. Deux fois plutôt qu'une. Deux fois mariée le même 12 septembre de l'année 1957, à deux heures d'intervalle. Une fois devant les hommes et l'autre devant Dieu. À la mairie à neuf heures. Encadré de ses adjoints, M. le maire officia sous le regard bienveillant du président René Coty. À l'église à onze heures, où M. le curé avait béni son union avec Selbonne. Pâquerette était née le 26 septembre 1958, douze mois plus tard.

Longtemps, aux yeux de ma grand-mère, je crois avoir représenté à moi seule une foule grouillante de questions sans réponses, aussi le fruit du déshonneur et de la honte. Alors, pendant les dix années durant lesquelles je vécus auprès d'elle, à cinq reprises, n'y tenant plus, sans doute lasse de me considérer comme une créature mystérieuse, fatiguée d'écouter le roulement incessant de ma langue, elle souffrit bruyamment.

Elle n'avait pas le choix. Souffrir en permanence en silence aurait fini, c'est sûr, par l'asphyxier. Car, semblable au serpent qui étouffe sa proie, le chagrin lui coupait à l'occasion le souffle. Elle commençait par demander grâce et, au timbre de sa voix, je savais qu'elle était en train de manquer d'air. Elle appelait aussitôt Dieu à son secours. Puis elle invoquait les saints, les passait en revue, interrogeant l'un après l'autre ceux de son panthéon. Elle s'apitoyait sur son sort, rameutait les malheurs qui avaient croisé son chemin, toutes les épreuves qu'elle avait traversées...

La mort prématurée de Gloria, sa mère, puis celle de Selbonne Titus, son pauvre époux, misérable pêcheur qui n'avait grappillé en tout, sur terre et sur mer additionnées, que cinquante maigres années. Âme innocente avalée par des rouleaux scélérats qui jamais ne daignèrent rendre son corps, même par morceaux. Jamais rien ne recrachèrent, même pas la tête, un bras, un bout de tibia. Même pas la moitié d'une vertèbre. Pas la moindre dent que Théodora aurait pu enfermer dans une de ces boîtes à cigares que le défunt ramenait autrefois de Cuba, quand il s'en allait naviguer sur les eaux traîtresses des Grandes Antilles, et passait des jours à pêcher au gros le marlin bleu, l'espadon et le requin. Même pas une seule dent à enterrer sur laquelle Théodora aurait pu pleurer et se recueillir au cimetière.

Rien ni personne pour la soutenir.

Rien.

Selbonne était parti, avait disparu en mer, dévoré peut-être par les descendants revanchards des poissons qu'il avait harponnés tout au long de son existence. Il ne laissait rien. Qu'un cercueil vide, payé bien cher. Une veuve de trente-deux ans qui, une année entière, gâcha ses après-midi à arpenter la plage de Grand-Bourg sous les regards marris des vieux pêcheurs. À gratter et remuer le sable de la pointe d'une gaulette. Cherchant désespérément des os. Avançant à pas comptés, sa gaulette lancée devant elle, pareille à la canne d'un aveugle. Zébrant l'air et lacérant la plage de A à Z bien après le coucher du soleil.

Les malheurs s'enfilant les uns après les autres, comme toujours selon Théodora, Selbonne avait aussi, sur le rivage, abandonné une orpheline âgée de treize ans et prénommée Pâquerette, qui — personne ne le savait alors — deviendrait grosse moins de trois ans plus tard. Et c'était l'enchaînement logique des lamentations jusqu'à l'apothéose : « Ta mère ! » s'exclamait Théodora, dans un cri de douleur qu'on entend seulement chez le dentiste, lorsque le praticien vient de toucher le nerf ou de percer la poche de pus qui mûrit depuis trois saisons sous un chicot.

« Ta mère ! »

« Ta mère ! » Puis, un ton plus bas, elle répétait ces deux mots, d'une traite. « Tamère ! » Deux mots qui, séparés, pouvaient passer pour innocents, voire même inoffensifs. Mais accolés, ils s'avéraient abominables. « Tamère ! » Leur pouvoir de nuisance était phénoménal. Et la douleur que l'association engendrait se révélait cent fois plus violente que celle qui secouait Théodora lorsqu'elle songeait que Selbonne Titus, son époux devant Dieu et les hommes, ne lui avait concédé ni dépouille ni squelette. Ensuite, venait le moment où elle chantonnait, berçant presque sa peine dans ses deux bras croisés sur son ventre, « Tamère, tamère, tamère, Josette... » Sa poitrine montait et descendait plus vite. Sa respiration se précipitait.

J'imaginais son cœur derrière son corsage et le

voyais grossir à vue d'œil, pareil à ces pelotes de laine que Tata Michelle me demandait de lui préparer. En ce temps-là, des après-midi entiers, je tirais des kilomètres de fil de ses vieux chandails pour qu'elle en tricote de nouveaux. Mais le « Tamère ! Josette... » de ma grand-mère Théodora n'enroulait pas de la laine autour de son cœur, plutôt des larmes qui ne cessaient d'enfler et se transformaient d'abord en rivières, puis en fleuves et mers, avant de remonter, par différentes voies et canalisations, jusqu'à ses paupières, parce que son seul cœur ne pouvait contenir tant d'eaux, douces et salées mélangées. Dehors, poussé par des nuages noirs, le bleu du ciel fuyait à toute vapeur. La case tombait dans la pénombre. Tant ils étaient exorbités, les yeux de Théodora ressemblaient à deux grosses billes d'agate. Le déluge n'allait plus tarder. Il fallait juste attendre encore un instant. Que le blanc de ses yeux soit tout à fait rougi. Que ceux-ci soient prêts à crever, emplis de larmes à ras bord. Qu'elles restent une seconde en suspens. Enfin, jaillissent d'entre ses cils, inondant ses paupières, dévalant le long de ses joues, mêlées à la pluie furibarde sortie des abîmes de son âme.

Cette tempête qui se produisit, en tout et pour tout, cinq fois en ma présence — la dernière, l'année de mes dix-huit ans — se terminait de manière assez brusque, par des sanglots bâclés, entrecoupés de hoquets et divers gémissements quelque peu mâchouillés. Et, d'un coup, c'était l'accalmie. Son cœur était essoré. Elle respirait, les poumons dégagés. Son visage, presque sec, rayonnait. Il n'y avait soudain plus trace des pluies et des rivières, des inondations et des mers. À croire qu'il ne s'était jamais éclipsé, le soleil réapparaissait au mitan du ciel et la lumière du jour s'engouffrait à son tour dans la case. Théodora souriait. M'attirait à elle, couchait ma tête entre ses deux tétés et murmurait mon nom : « Oh ! Josette... Oh ! Josette, *pov pitit a manman...* » Et chuchotait : « Ne t'en fais pas. Si ta mère t'a reniée trois fois, moi, Théodora, veuve Selbonne Titus, je ne t'abandonnerai jamais. »

À l'époque, je ne comprenais pas ce que signifiait ce « reniée trois fois ». Cependant, je ne demandais pas d'explication, craignant que le déluge — par cette infime brèche — ne s'introduise de nouveau dans la case et ne finisse par la noyer, emporter son corps, et le mien avec, dans les tréfonds des mers inexplorées, là où gisaient peut-être encore quelques os de ce grand-père Selbonne, dispersés entre la carcasse d'un vaisseau pirate habitée par des pieuvres géantes et un cimetière d'éléphants de mer. Mon défunt grand-père, ainsi disait Théodora, je ne le connaissais qu'en photo noir et blanc. Selbonne, pauvre bougre, posait pour l'éternité sur le buffet du salon, derrière la vitre du cadre où il était enfermé. Certains jours, on eût dit qu'il nous regardait, l'œil en coin, malicieux, de l'autre côté du carreau d'une fenêtre et qu'il s'en partait gaiement pêcher l'espadon à Cuba, son cigare fiché entre les dents. Selbonne qui souriait, comme s'il allait revenir un de ces après-midi, comme s'il était immortel.

Et c'était vrai que, depuis que j'avais débarqué à Marie-Galante, le 25 août de l'année 1984, Théodora m'avait prise sous son aile. Le matin même, ma mère m'avait accompagnée à l'aéroport d'Orly. J'étais montée dans le Boeing 747. J'avais voyagé seule, livrée aux mains d'une hôtesse de l'air qui me paraissait avoir plus de bagues que de doigts et dont la bouche s'étirait toutes les cinq minutes en un robuste sourire, quasi mécanique, découvrant des dents aussi jaunes, longues et larges que celles du vieil âne de Tata Michelle qu'elle avait prénommé Bouillon, car elle lui trouvait une manifeste parenté avec Jo Bouillon, un des maris de la Baker. Si, depuis toujours, Tata Michelle adorait Joséphine Baker, elle estimait que la Vénus d'ébène avait raté chacun de ses mariages. « J'te jure, Joséphine, sa vie sentimentale a été calamiteuse. » Jo Bouillon était le mari le plus détesté. « Avec son air de grand benêt, ses oreilles à moitié décollées et ses yeux morts, je vois vraiment pas ce qu'elle a pu lui dégoter d'intéressant, moi, à ce couillon de Bouillon. Il avait vraiment l'air d'un âne à côté d'elle. On raconte même qu'il était de la jaquette. J'te jure ! Y a des choses qui te font dresser les cheveux et sortir de tes gonds... », crachait-elle, mi-fâchée mi-désabusée, gardant intactes, au fond des yeux, sa tendresse et sa vénération pour la Baker.

J'avais pensé à Tata Michelle pendant tout le voyage en avion. Pour ne pas trop penser à ma mère Pâquerette que je connaissais si peu, pour ne pas penser à ma grand-mère Théodora dont j'ignorais tout et vers qui je volais, parce que ma mère en avait décidé ainsi.

« Du jour au lendemain, la Pâquerette pointe son museau avec un sourire pas catholique, plus large que le derrière d'une vache, l'allure de quelqu'un qu'est annoncé et qu'on attend depuis des lustres... Tiens, je sais pas quelle mouche l'a piquée, ta mère, la fleur du mal. Mais, v'là qu'elle se lève un bon matin et elle se souvient qu'elle a une fille placée dans la Sarthe. Après cinq ans ! Tu l'as vue combien de fois en cinq ans, hein ?... Trois, quatre fois... Pas davantage... Pour moi, ça compte pour du beurre. C'est comme les coups de téléphone à Noël ou pour ton anniversaire : du pipi de chat, de la fiente de merle, je me comprends. C'est une honte, oui madame. Ça équivaut à cinq ans de silence. Ni plus ni moins. Tu t'imagines ! En cinq ans ! Faut quand même être sacrément culotté... En plus, elle t'a jamais prise pour t'emmener chez elle à Paris, pas vrai ! Arrête-moi si je me trompe ! C'est à peine si tu connais tes frères. Y a un minimum, oui ou zut ! Et moi, hein ! Moi, j'ai pas un mot à dire. J'ai pas à broncher, rien qu'à obéir, vu que je suis la nourrice et rien d'autre. Et elle donne les ordres, la Pâquerette : "Faut préparer ses bagages. Josette prend l'avion la semaine prochaine pour la Guadeloupe. Faut qu'elle soit à Paris la veille." J'ai rien d'autre à faire qu'à retirer tes vêtements de l'armoire et ronger mon frein et serrer les dents et plier ton linge dans ta mallette, comme si tu t'en allais en colonie de vacances une semaine avant la rentrée des classes. Tout est arrangé, ficelé, tu pars à l'autre bout du monde. "Josette va retrouver ses racines et rejoindre le pays de ses ancêtres", qu'elle dit. Avec qui t'as fêté tous les Noël depuis cinq ans, Joséphine ? Qui c'est qui t'a gâtée si c'est pas Pépé Marcel et Mémé Georgette. Je parle même pas de la fête des Mères... » Et, la larme à l'œil, louchant presque sur son nez en trompette, Tata Michelle s'était mise à agiter et secouer la lettre de la DDASS que Pâquerette Titus lui avait laissée. « Non, j'ai rien à réclamer puisqu'elle est ta mère. Ça me fait une belle jambe ! Madame a l'Administration et la loi du sang de son côté, et ça pèse plus lourd pour elle sur le plateau de la balance. Mais moi, Michelle, je jure qu'y a pas de justice dans cette Justice aveugle et que sa balance est plus fausse que celle du père Merlaux qui vend au prix de trois des volailles de deux kilos et quelques grammes. »

Je savais que j'étais née en Guadeloupe et que j'étais arrivée à l'âge de quatre ans chez Tata Michelle. J'en avais neuf, cette année-là où ma mère s'était présentée à la ferme avec sa lettre officielle qui l'autorisait à me reprendre. Cependant, même en forçant ma mémoire à réveiller des souvenirs endormis, sans mentir, j'avais l'intime conviction d'avoir toujours vécu dans la ferme de la Sarthe, auprès de ma Tata Michelle, de Pépé Marcel et de Mémé Georgette.

Certains après-midi d'hiver, tandis que nous étions assises au chaud près du feu de la cheminée, les jambes recouvertes du jeté de lit au crochet que Mémé nous prêtait dans ses bons jours, Tata Michelle me racontait que, durant deux ans, j'étais passée par différentes familles d'accueil avant d'atterrir chez elle. Je n'en croyais pas un mot. « J'te jure, Joséphine ! C'est la vérité vraie, s'écriait-elle. C'est pas un secret d'État, tu peux demander à ta mère quand tu la verras à la saint-glinglin. Rien que la vérité ! D'après ce que j'ai entendu, tu te serais pas bien acclimatée ou le contraire. Et même que tu te faisais taper dessus par les autres gamins qu'étaient placés en même temps que toi et qu'étaient des durs, à ce que j'ai cru comprendre. Paraîtrait même que tu faisais pipi et la grosse commission au lit à trois ans et demi. Et puis, tu parlais pas quand je t'ai prise. Je me souviens, Pépé Marcel a demandé à la dame de la DDASS si t'étais muette en plus d'être noire. » Alors, je grimaçais, l'air de dire que ses histoires étaient à coucher dehors ou à dormir debout, qu'elle ne me ferait pas avaler ses bobards, que j'avais passé l'âge de gober ce genre de conte et légende. « J'en ai jamais eu, d'enfants, reprenait-elle, mais j'en ai gardé peut-être une douzaine dans toute ma vie. Oh ! Y en a qui sont pas restés un mois ; tant pis, je les compte quand même. Aujourd'hui la plus grande a vingt-sept ans, tu sais bien : Yvonne qui s'est mariée l'an passé à un monsieur Lemaire et qui habite vers Mayet. On ne m'avait jamais apporté que des enfants plutôt blancs, même s'ils viraient au café au lait en été. Je me souviens, Mémé Georgette a ouvert de grands yeux et elle est presque tombée à la renverse quand tu as retiré ta cagoule rouge et tes gants verts. Ça, pour être noire, t'es noire, ma Joséphine... Je te vexe pas, hein !... Je crois bien que c'était la première fois qu'elle voyait une Noire en vrai sous son toit, en chair et en os, la Mémé Georgette. La dame qui t'accompagnait m'a regardée la mine de quelqu'un qui s'excuse, mais j'étais pas contrariée pour un sou. Je t'ai aimée, avec ta petite gueule noire, tu m'as pas fait peur du tout. Pour dire, je t'ai même trouvée belle, je te mens pas. T'étais chou... Attends !... En chair et en os, faut le dire vite, pour pas risquer de s'étrangler le gosier... T'es bien remplumée au jour d'aujourd'hui, mais fallait te voir à l'époque : la peau sur les os, aussi maigre que les enfants affamés d'Afrique qu'on montre à la télé dans les reportages. Des lentes et des poux dans la tête et jusqu'aux sourcils. Ah ! C'est sûr, ils t'avaient pas ménagée les sagouins chez qui t'étais avant. Je crois même que t'étais galeuse, mais ça, je peux pas jurer. Quand t'es sortie du bain, l'eau était si noire que Mémé a poussé un cri de stupeur, elle a pensé que c'était comme ça chez vous. Elle croyait que tu dégorgeais ton jus. Tu disais pas un mot tandis que je t'étrillais du mieux que je pouvais. Fallait voir la couche que t'avais sur le corps, ma pauvre Joséphine. "Ma foi, elle déteint drôlement, la petite noiraude...", elle a dit, ta mémé. "Sois pas sotte, a lâché Pépé Marcel, c'est seulement de la crasse." Pépé, il avait fait la guerre et il avait fréquenté des nègres, il en savait des longueurs sur la race humaine. Après, Mémé a bien vu que l'eau ne virait plus au noir quand tu te lavais. Elle s'est habituée à toi et vous êtes de bonnes commères maintenant, pas vrai. Elle a aussi compris que c'était pas chrétien de t'appeler Bamboula ou la Noiraude et elle a plus recommencé, sauf une ou deux fois, ça lui a échappé... Tu l'avais réveillée au milieu de sa sieste. »

Tata Michelle s'était très vite mise à m'appeler Joséphine au lieu de Josette. Au début, elle avait prétexté que Mémé Georgette sursautait dès qu'on m'appelait, « Josette ! Josette ! », croyant qu'on s'adressait à elle : « Georgette ! Georgette ! » Et qu'il y avait, ma foi, un drame, le feu quelque part. Un malheur n'arrivant jamais seul, que Pépé Marcel était tombé dans le puits ou que les gendarmes avaient retrouvé son corps sans vie dans la forêt, ou alors que la soupe était en train de brûler ou que la pluie arrivait et qu'on avait oublié de rentrer le linge qui séchait dehors. Par conséquent, il fallait d'urgence me dégoter un autre prénom, afin de ménager le vieux cœur qui ne tenait déjà qu'à un mince fil et ne durerait pas deux ans s'il devait souffrir ce régime de cheval cent fois par jour.

Un matin, après une nuit de réflexion et d'insomnie, Tata Michelle me demanda si j'acceptais qu'on me rebaptise Joséphine, prénom qui n'était, au fond, pas si éloigné de Josette. Et puis, à ses dires, pour d'obscures raisons, il valait mieux. Elle avait connu autrefois une ou deux Josette qui avaient tourné vinaigre. À son avis, ce nom n'était pas chanceux, plutôt poisseux. J'avais cinq ans, je crois, quand j'ai commencé à répondre à ce prénom d'emprunt. Je m'y suis accoutumée. Et j'ai fini par me sentir à l'aise avec, comme si on avait troqué mes habits étriqués contre des neufs taillés sur mesure ; d'autant que Tata Michelle me rebattait les oreilles de cette autre Joséphine, vedette internationale, célébrité de son vieux temps, courtisée par des rois et des ducs. À l'entendre, la grande Joséphine qui m'avait précédée dansait et chantait mieux que personne. Elle était née dans la boue et la misère, là-bas chez les sauvages, aux Amériques, à Saint Louis du Missouri.

À dix-neuf ans, juste vêtue d'une ceinture de bananes, sortie tout droit de la brousse, elle était partie à la conquête de Paris. Elle était montée, montée, jusqu'à se hisser dans le ciel des artistes et se transformer en étoile. N'enfilait plus que des robes de Cendrillon au bal, de la soie de diva des *Mille et Une Nuits*, des manteaux de fourrure, des capes de lumière cousues de pierres précieuses. On la couvrait de perles rares, d'or et de diamants. « Je te jure, parole, ça lui a ouvert des portes de s'appeler Joséphine. » Pour ajouter de l'eau à son moulin et me convaincre d'adopter ce nouveau prénom, Tata Michelle posa sur le tourne-disque un 45 tours — *Bonsoir, my love* — qui, selon elle, était introuvable à Paris. Elle se tut et attendit que la voix de la Baker grimpe après les grésillements et les bruits de casseroles, gardant les doigts noués et la tête baissée jusqu'à ce que son idole ait fini de chanter. Après une minute de recueillement, elle me lança un regard désolé et, revenant à ses moutons, s'écria : « Vraiment, ma pauvre fille, je sais pas ce qui a pris à ta mère de t'appeler comme ça. Je me demande où elle a bien pu pêcher ce nom... T'es quand même née en 1975. Bon Dieu ! Josette, c'était tombé aux oubliettes depuis belle lurette. Y a plus que des mémères qui répondent à ce nom. Des vieilles carnes de cinquante balais. Tandis que Joséphine... Ah ! Joséphine ! C'est le genre de prénom éternel, ça c'est la classe... Moi, je suis rien, tu vois bien. Mais, je peux te jurer que tu seras une étoile aussi, ma petite Joséphine. Une grande danseuse, une chanteuse internationale... T'es plus noire qu'elle, faut pas se coller des œillères, mais la chance est de ton côté et je le lis dans tes yeux, aussi sûr que deux et deux font quatre, aussi vrai qu'il y a une lune et un soleil qui se pointent à tour de rôle dans le ciel. »

À Pointe-à-Pitre, Guadeloupe, aux Antilles, pas très loin de la Guyane où l'on expédiait les assassins au bagne, m'avait assuré Tata Michelle, une dame dénommée Viviane m'attendait. Elle prétendit être une vieille amie de ma mère et montra sa carte d'identité à l'hôtesse. Après, elle me décocha un sourire, m'ordonna de me dépêcher. On ne devait pas rater le bateau qui partait pour Marie-Galante où j'allais maintenant vivre auprès de ma grand-mère. Elle chargea ma petite valise de toile écossaise dans sa voiture et nous prîmes la route. Elle voulait que je lui donne des nouvelles de ma mère. Je n'avais rien à dire.

Le 24 août, Pâquerette Titus était venue me récupérer sur le quai de la gare Montparnasse. Dans le train qui nous menait à Paris, Tata Michelle m'avait murmuré, la voix éraillée par le chagrin : « Tu verras qu'elle lâchera même pas un merci pour ces cinq années où j'ai veillé sur toi mieux que sur la fille que j'ai jamais eue, mieux qu'elle, ta mère, qui a eu la chance d'avoir des enfants... » Puis, elle avait ajouté : « On lui fera pas le plaisir de pleurnicher devant elle, hein, Joséphine ! On va se dire nos adieux dans le train, tant qu'on est toutes les deux, loin de ses yeux. » Alors, elle m'avait étreinte de toutes ses forces en me demandant de ne jamais oublier mon pays d'adoption la Sarthe, mon Pépé Marcel, mon pauvre Tonton Hubert qui habitait à l'asile, ma Mémé Georgette dont le cœur ne tenait plus qu'à une maigre ficelle. Et de lui envoyer de temps en temps une carte postale du bagne où j'allais être condamnée à vivre par la seule volonté de ma mère qui ne s'était jamais occupée de moi. Ensuite, elle avait écrasé une larme sur sa joue et m'avait soufflé à l'oreille : « Je suis bête de pleurer, pas vrai, puisqu'on se reverra. C'est sûr... »

Pâquerette m'était étrangère. C'était la première fois que j'entrais chez elle. Son mari, Fred, et ses trois fils regardaient un match de football à la télévision. La moitié de leurs corps disparaissait dans un canapé bleu. Au mur, il y avait une plage avec son cocotier solitaire, immobile et glacé sur un grand poster. Le salon baignait dans une lumière jaune. D'une voix enjouée, ma mère s'écria : « Steve, Ben, Teddy ! Venez embrasser Josette. Elle va dîner à la cuisine en vitesse et puis elle ira se coucher. Elle doit se reposer. Un long voyage l'attend demain. » Ils s'enfoncèrent un peu plus dans le canapé, me dévisageant un bref instant, comme ils auraient toisé une clocharde que notre mère aurait ramassée au bord de la route. J'espérai leurs baisers, avec une sorte de gourmandise, avec la même faim que les gâteaux que Pépé Marcel ramenait à la ferme le dimanche après-midi. Mes frères ressemblaient à leur père, Fred. Grand chabin aux cheveux châtains et crépus, bien coiffés afro et disposés en rond sur sa tête, à l'image d'un parfait savarin. Contrairement à moi, mes frères avaient la peau claire, couleur des tisanes de tilleul que Mémé Georgette sirotait le soir. Mais ça ne les rendait pas beaux pour autant. Je leur trouvai le regard morne des petits veaux nés un mois plus tôt dans la ferme de Monsieur Frédéric où j'allais faire affûter les couteaux de Tata. Plantée à l'entrée du salon, les bras ballants, les yeux fuyants, je restai un moment à attendre. « Ah ! ces hommes avec leur football ! se lamenta ma mère. Tous pareils ! Tu ne les feras pas décoller de leur canapé un soir de championnat. » Sûrement, pensai-je, le match était plus intéressant que cette demi-sœur Josette qui n'avait pas grandi auprès d'eux. Je ne pouvais dire qui, d'entre eux, était Ben, Teddy ou Steve. Je détournai les yeux et fixai de nouveau le poster. À ce moment-là, Pâquerette souffla : « C'est là-bas que tu pars demain. Le soleil, la plage, les cocotiers... C'est beau, hein ! »

Attablée seule dans la cuisine et pressée par le regard de ma mère, je dînai sous une collection de chapeaux de paille pendouillant au mur. Elle ne m'avait pas serrée une seule fois dans ses bras depuis que nous nous étions retrouvées, face à face, sur le quai de la gare Montparnasse. Cela me faisait de la peine mais je n'en laissai rien paraître. Je me concentrai sur chacun de mes gestes. Il fallait que je montre à Pâquerette que j'avais de l'éducation. Alors, je pris garde à ne pas faire de bruit en avalant ma soupe. Je veillai à manœuvrer de telle sorte que la cuiller aille à ma bouche et non l'inverse.

Dans ma tête, il y avait la voix de Tata Michelle qui tournait comme un disque et je l'entendais qui répétait la petite chanson qu'elle m'avait fredonnée pendant cinq ans : « De la classe, Joséphine ! Toujours de la classe, Joséphine ! On t'a appelée Josette, mais tu risques bien d'être la nouvelle Baker, si tu t'en donnes la peine. Celle des années 2000, si tu le veux. Peut-être même que t'es sa réincarnation, qui sait ? Tu deviendras célèbre, je le sens. Pour l'instant, tu chantes faux, mais tu danses pas si mal que ça. Faut juste de l'entraînement. En attendant, n'oublie jamais d'avoir de la classe, partout et toujours, même quand tu pèles une pomme, même quand tu pars à l'école, ton cartable sur le dos et que tu te trimballes avec ton quart de lait en hiver et que tu te trouves moche dans ton manteau et que les gens qui croisent ton chemin croient pas ce qu'ils voient et se demandent s'ils ont pas des visions et te dégainent un drôle de sourire d'un air qui veut dire : "Tiens, j'ai pourtant pas la berlue, y a maintenant des mirages en plein pays sarthois. On est pas au Sahara et y a une négresse noire qui se promène dans la neige et s'en va comme Perrette avec son pot au lait." La tête haute et la classe, toujours, Joséphine, même quand t'es sur le trône et que t'attends que ça vienne, même les jours où tu te demandes pourquoi on t'a jetée à la DDASS pis qu'une vieille chaussette qui valait pas le coup d'être reprisée... »

Au bout d'un moment, la voix de ma mère vint se superposer à celle de Tata Michelle. Pâquerette, la fleur du mal qui se présente à la fin de l'été pour m'envoyer au bagne, expliquait encore que j'allais rejoindre ma grand-mère Théodora qui vivait à Grand-Bourg de Marie-Galante. « J'ai tout organisé. Tu ne dois pas être triste... Au contraire ! Tu vas retrouver tes racines et ça, c'est une vraie chance pour une fille de ton âge... »

J'avais vécu à peine trois mois en Guadeloupe. Je ne comprenais pas bien ce que ma mère entendait avec son histoire de racines, mais elle semblait obsédée par cette idée. Dans l'avion du retour au pays, moins qu'un paquet jeté dans la soute du Boeing, je ne savais pas vers quoi je volais. Dans la voiture de Dame Viviane, j'ignorais ce vers quoi je roulais. Moins que ma valise enfermée dans le coffre de l'auto.

De part et d'autre de la route, il n'y avait pas de champs de blé comme dans la Sarthe, pas de vaches, pas de pommiers, mais des plantations de canne à sucre et des bananeraies. Pas non plus de fermes isolées dans la campagne, mais des cases aux toits de tôle rouge posées sur les mornes. Je restai silencieuse durant tout le trajet.

Quand j'allais me balader en forêt avec Pépé Marcel, il prenait plaisir à me donner un peu de son savoir, ce que Tata Michelle appréciait et encourageait fortement. « Faut qu'elle soit instruite de toutes choses, notre Joséphine. Faut qu'elle soit cultivée. Je veux pas entendre dire plus tard qu'on l'a exploitée comme une pauvre fille de ferme, notre Joséphine. Un jour, elle fréquentera le beau monde. Faudra qu'elle puisse causer de tout, aussi bien des bestiaux que de la géographie, du temps qu'il fait, des signes du Zodiaque astrologique, aussi bien des étoiles que des arbres. Faudra qu'elle montre qu'elle a reçu une culture et une éducation, même si elle a été placée en nourrice dans sa jeunesse. »

Pépé Marcel en connaissait des chapitres sur les racines. Autrefois, il avait voulu entrer à l'École nationale des eaux et forêts. Devenir ingénieur était son grand rêve... Hélas, n'ayant jamais réussi à décrocher son certificat d'études, il avait dû renoncer à sa vocation. Selon Mémé, des bureaucrates lui avaient fait comprendre que la passion ne suffit pas et qu'il pourrait, au mieux, prétendre à la fonction de garde forestier, profession qui mangeait la journée mais ne nourrissait pas son homme. À l'époque, Pépé Marcel revenait de la guerre où il en avait bavé des ronds de chapeaux et vu des vertes et des pas mûres. Dès son retour en France, il tomba amoureux de la première fille qu'il invita au bal de la Libération. C'était Mémé Georgette. En ce temps, ses cheveux étaient si blonds, se souvenait Pépé, qu'on aurait dit que le soleil s'y miroitait. Ils descendaient en cascade sur ses épaules, pareils à une rivière enchantée. Elle avait la chair ferme, assurait encore Pépé, plissant les yeux pour ramener au présent l'image disparue d'une Mémé Georgette dans sa chair ferme. Elle était plus mince et plus souple qu'un rameau d'osier blanc, enchaînait-il. Pépé avait dû me montrer les photos de ce vieux temps pour que je le croie. Et j'avais eu du mal à reconnaître la Mémé Georgette qui était devenue, sans doute à cause de l'âge et des misères que lui faisait subir son cœur malade, une vieille femme épaisse à la peau molle et ridée qui se mouvait avec lenteur et précaution. Ainsi donc, par amour et pour montrer qu'il était homme de raison, prêt à assumer ses responsabilités, à fonder et nourrir une famille, Pépé Marcel accepta sa destinée. La voie était toute tracée ; il suffisait de reprendre le métier de paysan et la ferme héritée de ses défunts parents, ce qu'il fit sans rechigner. Cependant, personne ne put jamais totalement le soustraire à l'attraction que la forêt exerçait sur lui. Le besoin impérieux de forêt lui tombait dessus au moins une fois à chaque saison de l'année. « Ma foi, t'as pas bientôt fini de tourner comme un vieux lion en cage. Bon sang de bonsoir ! Voilà que ça le reprend... Allez ! Pierre qui roule n'amasse pas mousse... Si t'as rien d'autre à t'occuper, va donc faire une virée dans ta chère forêt ! Qui se ressemble s'assemble... Tu m'en donneras des nouvelles ! » lui ordonnait Mémé. « Profites-en pour emmener la petite et lui apprendre le nom des arbres, ça lui fera un bagage supplémentaire ! » lançait dans la foulée Tata Michelle, estimant qu'il ne fallait jamais rater une occasion de mêler l'utile à l'agréable et le nécessaire au superflu. C'est ainsi que je me retrouvais à marcher au milieu des bois aux côtés de Pépé Marcel. Au début, il bougonnait toujours un peu entre ses dents, ronchonnant contre la race des femelles, pestant, ruminant. À haute voix, il se demandait pourquoi son pauvre fils Hubert avait cette maladie de la tête qui l'obligeait à demeurer enfermé à l'asile psychiatrique. Un moment passait avant qu'il ne s'apaise. Auparavant, ses poumons avaient besoin de s'emplir des senteurs de la forêt, du parfum des différentes essences, des émanations de la terre, de l'odeur nauséeuse des feuilles en putréfaction qui gémissaient sous nos bottes à chaque pas. On devait s'enfoncer jusqu'à ne plus entendre les bruits des machines agricoles, ne plus rien voir d'autre que les arbres : ni panneau, ni cabane, ni clocher, ni poteau électrique, aucune production humaine. Alors, Pépé se relâchait et en arrivait, je crois, presque à oublier Tonton Hubert et sa maladie de la tête, à se faire à ma présence. Je devenais en quelque sorte un élément de la forêt. La branche détachée d'un arbre. Un esprit des bois égaré. Ou un genre d'arbuste, pourvu de jambes et chaussé de bottes, qui avait choisi de parcourir le monde au lieu de rester enraciné à sa terre. Soudain, Pépé s'immobilisait devant un arbre qui, à mes yeux, était strictement identique aux autres. Il le considérait avec attention, de haut en bas, en faisait le tour, l'inspectant sous toutes les coutures, le toisant du regard. Puis il entreprenait de scruter son écorce, l'œil aiguisé, de la tapoter, l'oreille affûtée. D'un coup, sans prévenir, il s'élançait, prenant comme qui dirait l'arbre par surprise, pour éprouver la vigueur des branches, en évaluer les réflexes. Il restait pendu un moment, à pédaler dans le vide, les yeux ronds, la figure barrée d'un sourire béat. Ensuite, il se lâchait, arrachait d'un geste sec une feuille au hasard. Il l'écrasait entre ses doigts et en humait le parfum. Observant Pépé, j'avais l'intime conviction d'être en compagnie d'une sorte d'expert, un agent secret, un grand détective scientifique aussi futé que Sherlock Holmes. Et cette idée se renforçait à l'instant où il s'agenouillait au pied de l'arbre, en dégageait les racines qu'il se mettait à gratter vigoureusement, tout comme il le faisait avec ses orteils au printemps, afin de les débarrasser des peaux mortes accumulées l'hiver durant. J'avais entendu dire qu'il existait un arbre voyageur et j'imaginais que Pépé Marcel pouvait, au milieu de centaines d'arbres quasi semblables, le débusquer dans la forêt, lire sa vie en tâtant son écorce et, en auscultant ses racines, nommer les terres qu'il avait traversées, deviner la longueur exacte de son périple, la date de son arrivée en pays sarthois. Quand Pépé se relevait, réajustant sa casquette, un sourire de connaisseur retroussait ses lèvres. Il secouait la tête à la manière d'un qui est près de gagner la cagnotte au *Jeu des mille francs* ou qui vient de trouver la fève dans la galette des Rois. Enfin, il me regardait d'un air étonné, à croire que je débarquais de la planète Mars. Notre promenade prenait aussitôt un tour plus pédagogique. Pépé Marcel se remettait sur les rails et faisait sa leçon de botanique. Je ramassais des feuilles pour les coller dans mon cahier et puis nous rentrions, satisfaits l'un et l'autre, main dans la main, pareils à deux vieux amis qui sont allés arpenter les chemins de leur enfance.

Le bateau se nommait le *Major des Îles*. Je voguais en direction du bagne de Marie-Galante et le soleil me piquait le visage. Il faisait très chaud mais j'avais froid. Un froid qui venait de l'intérieur. Je me disais que c'était normal : j'étais une sorte d'arbuste déraciné qui avait trop longtemps voyagé. J'étais épuisée par toutes ces terres parcourues en France pour rejoindre ma mère, par ce vol interminable au-dessus de l'océan Atlantique, par cette expédition qui traînait en longueur. Pâquerette disait vrai, après neuf ans d'absence, j'allais retrouver mes racines. Et, sans doute, aurais-je fini par me dessécher, par faner et mourir loin d'elles, semblable à ces plantes taillées et retaillées sans cesse, dépotées et rempotées trop de fois pour une seule vie et qui agonisaient sous les yeux de Tata Michelle. Elle me dévisageait, contrite, et disait en soupirant : « J'ai beau m'acharner et suivre à la lettre les conseils qu'on me donne par-ci par-là, faut que je me fasse une raison, ma pauvre Joséphine. J'aurais jamais de belles plantes d'intérieur comme madame Seurat. J'ai vraiment pas la main verte. Je suis bonne qu'à les tuer, ces pauvres filles. »

Avant toute chose, grand-mère Théodora remercia Dame Viviane. Puis elle me serra dans ses bras. Assez longtemps pour me réchauffer. Au fond de moi, une petite voix murmura qu'elle n'était pas du genre courant d'air ou fleur du mal. Mais je n'avais que neuf ans et ne pouvais jurer de rien. Je me souviens surtout de l'odeur que dégageait son corps : un mélange de pot-au-feu à l'eau de Cologne et de crème à la vanille saupoudrée de poivre. D'un coup, elle relâcha son étreinte, m'attrapa par les épaules et, me tenant à bout de bras, me fixa avec intensité. Sur son visage, je crus lire, mêlées, la douleur et la curiosité. On aurait dit qu'elle tentait de ravaler des larmes, de peser et mesurer des choses invisibles. À un moment, je lui trouvai l'œil expert de Pépé Marcel. Peut-être avait-elle aussi ce don de repérer les arbres voyageurs dans la forêt. Quand elle me sourit, je vis ses dents un peu jaunies et je sus que j'avais réussi l'examen de passage. Elle parlait d'une voix posée, marquant un temps entre chaque mot, comme si elle les retenait un instant avant de les lâcher, un à un, tels des ballons dans le ciel. « Bonjour, Josette. As-tu fait un bon voyage, mon enfant ? Je suis Théodora Titus, ta grand-mère. À compter de ce jour, tu vas vivre auprès de moi, ici même, à

Grand-Bourg de Marie-Galante. Tu m'appelleras grand-mère Théodora. Thé-o-do-ra. Je suis heureuse de t'accueillir, ma chère fille. » J'allais la remercier lorsqu'elle se détourna brusquement et, sur un ton bourru, parlant créole à toute vitesse, elle héla un garçon : « *Hé ! Joby ! Vin poté valiz a ti moun la !* »

Tant que je vécus auprès d'elle, Théodora s'adressa toujours à moi en français, et cela même quand je me mis à comprendre et parler le créole. Son français était différent de celui que j'avais entendu dans la Sarthe. Chaque mot me paraissait choisi avec délicatesse, saisi comme un bibelot de porcelaine rare sur une étagère, dépoussiéré et caressé avant que d'être énoncé. Enfin, la grande différence avec le français de France était surtout ce drôle d'accent qui enrobait chaque syllabe et polissait les arêtes des mots crépis de *r*.

Nos regards se croisèrent de nouveau. Je lui rendis enfin son sourire et m'appliquai à bien prononcer son nom : « Bonjou*r* et me*r*ci, g*r*and-mè*r*e Théodo*r*a ! » Elle demeura coite, l'espace d'une seconde. Puis, se parlant plus à elle-même qu'à ceux qui prêtaient l'oreille, elle se ressaisit et murmura : « *Fout ti moun la ka roulé...* » Dame Viviane n'était plus concernée. Elle haussa une épaule en guise de commentaire. L'embarquement des passagers avait commencé sur le *Major des Îles* qui repartait déjà vers la Guadeloupe. Sa mission accomplie, elle nous embrassa à la va-vite et, aussi mystérieusement que cette Schéhérazade qu'un magicien avait fait disparaître derrière un nuage de fumée, au cirque de

Sablé-sur-Sarthe où m'avait emmenée Tata Michelle, elle s'évapora dans la foule.

Pendant longtemps, c'est sûr, j'eus du mal à aplatir les r jusqu'à les réduire en crêpes. Surtout que dans grand-mère Théodora il y en a trois. Mais je ne voulais plus qu'elle soit stupéfiée dès que j'ouvrais la bouche. Chaque jour, je m'astreignis à forcer un peu moins sur les *r*, pour ne pas lui écorcher les oreilles et lui faire crisser les dents. J'essayais, en quelque sorte, de rééduquer ma langue, de l'acclimater au pays de mes ancêtres, à la terre de mes racines. Je mis du temps avant d'arrêter de racler le fond de ma gorge à la moindre occasion et beaucoup d'énergie à m'habituer à parler comme si j'avais en permanence une patate chaude dans la bouche.

Grand-mère Théodora habitait sur la commune de Grand-Bourg. Le jour de mon arrivée, elle me fit les honneurs de sa maison qu'elle appelait case, me racontant sa construction et l'histoire de chaque pièce. L'année précédente, dans la Sarthe, Tata Michelle avait embarqué la famille pour une visite guidée aux châteaux de la Loire... Chambord, Azay-le-Rideau, Amboise, Chenonceaux... Mémé Georgette avait râlé et déclaré que, ma foi, ce genre d'expédition n'était plus de son âge. Amadouée par Pépé Marcel, elle avait fini par céder, marmonnant dans sa barbe de trois poils qu'on ne l'y reprendrait plus. Advienne que pourra, c'était la fable du pot de terre contre le pot de fer. Chacun y trouverait son compte, sauf elle et son vieux cœur. À coup sûr, Pépé tomberait sur une forêt à arpenter, Tata

Michelle se donnerait bonne conscience en me faisant entrer dans l'histoire de France. Et moi, je pourrais ramener des dépliants en couleurs avec des châteaux illuminés à coller dans mon cahier de bêtises. Et, tandis que je suivais ma grand-mère, parcourant les humbles pièces de sa case, j'avais l'impression de me retrouver à Chenonceaux, le nez en l'air et les yeux écarquillés.

Construite du vivant de grand-père Selbonne, la case comptait quatre pièces taillées dans le bois. En son temps, le malheureux pensait qu'il aurait vécu et cetera de lustres, et se voyait, pauvre, père d'une trâlée d'enfants. Las, grand-mère Théodora n'avait enfanté qu'une fois. De cette maudite Pâquerette... « Ta mère... » Et puis son ventre n'avait plus jamais rien promis ni pondu. À l'époque où elle habitait là, Pâquerette avait, seule, occupé la chambre des filles. Théodora l'avait préparée et nettoyée à mon intention. Pareilles à une paire de dévotes frappées par l'Esprit-Saint dessous le porche d'une cathédrale, nous restâmes un moment à l'entrée de la chambre, sans oser mettre un pied sur le lino. Il paraissait tant neuf qu'on eût dit qu'il avait été déroulé le matin même. Coiffé d'une moustiquaire raccommodée par endroits, le lit de fer forgé était peint de blanc, tout comme la table de nuit sur laquelle une noix de coco bricolée en lampe de chevet trônait fièrement. Sous l'unique fenêtre, était installé un coin d'études : une large planche portée par deux tréteaux et une chaise cannée, fatiguée. Il y avait aussi une armoire avec son miroir tiqueté de vert et noir. De l'autre côté du lit, adossés à de vieux manuels scolaires et à un dictionnaire, quelques livres de poche attendaient leur lecteur, dormant debout sur une étagère habillée de madras. « Ta chambre est-elle à ton goût ? » me demanda Théodora.

Je n'avais jamais eu de chambre chez ma mère. À la ferme — je ne veux pas avoir l'air de me plaindre, ou de cracher dans la soupe — je dormais sur un petit lit, dans une pièce étroite où Pépé Marcel remisait ses cannes à pêche, ses vieux journaux et les outils à lames affilées et dents acérées qu'il préférait ne pas laisser à portée de la convoitise des travailleurs saisonniers qui — selon lui — étaient pour la plupart des voleurs de grand chemin. Un endroit où tout le monde suspendait des trucs, entreposait des machins inutiles, reléguait des bidules, pour le prochain printemps. Si je disais à Tata Michelle que ces engins faisaient des ombres sur les murs et se transformaient en monstres les nuits de pleine lune, elle prenait la ferme résolution de mettre de l'ordre dans ce bordel. Hélas, une tâche plus urgente l'appelait aussitôt ailleurs et elle ne tardait pas à laisser tout en plan. Quant à Mémé Georgette qui n'était jamais en reste, elle venait y fouiner, comme Ali Baba dans sa caverne, oubliant ce qu'elle recherchait, ouvrant des cartons poussiéreux, tombant de surprise devant un ours démembré du pauvre Tonton Hubert qui végétait à l'hôpital psychiatrique, une babiole de son passé qu'elle croyait avoir jetée aux ordures et qui la gardait des heures dans un état proche de l'extase, marmonnant des proverbes rassis. Certains jours, Pépé Marcel y passait ses heures creuses. Je le surprenais, assis dans un coin, le cou cassé, en train de relire des vieux articles sur les Eaux et Forêts, de soupeser ses moulinets ou de compter ses hameçons rouillés, rabâchant qu'il devrait se décider, un de ces quatre matins, à reprendre la pêche...

« Tu pourras être tranquille pour apprendre tes leçons et faire tes devoirs », souffla grand-mère Théodora.

Dans la Sarthe, quand je rentrais de l'école, je posais mes livres et mes cahiers sur la longue table de la salle commune où chacun se retrouvait immanquablement sous le regard d'un autre... À côté de Tata Michelle qui épluchait ses navets, carottes et pommes de terre pour le repas, débitait les lapins et les poulets à coups de hachoir, comptait les kilos de sucre pour les compotes et les confitures, tout en chantonnant « J'ai deux amours, mon pays et Paris »... alors qu'elle-même jurait n'avoir jamais eu de grand amoureux — hormis le Benoît Pluchet — et n'avoir mis que trois fois les pieds dans la capitale... En face de Mémé qui regardait les jeux à la télévision, haussait le son au maximum car elle n'entendait guère. Mémé qui reprisait les chaussettes de Pépé et marmonnait que cela faisait cinquante ans qu'elle ravaudait, que sa vie n'avait pas été une sinécure et que la libération de la femme n'était pas passée par la Sarthe, mais à des kilomètres... Aussi, en écoutant les conversations de Pépé, des voisins et des garçons de ferme qui commentaient la journée et discutaient de celle du lendemain, s'enfilaient un pichet de cidre et se calaient d'une tranche épaisse de pain luisante de rillettes.

Oui, c'était bien la première fois de ma vie que j'avais une chambre à moi. Cependant je ne pouvais empêcher des brins de méfiance de se mêler à ma joie. Trop beau pour être honnête, aurait juré

Mémé Georgette. Ça cachait quelque chose derrière les fagots : une geôle au fond du jardin, des chaînes et des boulets de forçats dans une cave.

Advienne que pourra, je me jetai à l'eau : « Oui, g*r*and-mè*r*e Théodo*r*a, ma chamb*r*e me plaît beaucoup.

— Alors je suis contente, dit-elle en fronçant les sourcils. Tu peux entrer et déposer ta mallette. »

Je laissai ma valise à la porte et lui emboîtai le pas. Arrivées devant la pièce destinée à l'origine aux garçons qu'elle n'avait pas eus, elle poussa un soupir et se lança dans un grand discours. Quelques années après la disparition de Selbonne, l'endroit était devenu un genre de salle polyvalente. La veuve y faisait tantôt de la couture ou du rangement de paperasse, tantôt des séances de méditation et des prières. Il y avait là une machine à coudre Singer à pédale, un vieux fauteuil en cuir, une chaise au cannage fatigué et de nombreux cartons empilés sous la fenêtre. Sur un autel, Théodora avait disposé des cierges, une croix, une série d'*ex-voto* et des images pieuses.

« Quand j'entre ici, m'avertit-elle, je ne suis là pour personne, Josette ! Pour personne, tu m'entends. Ni marchande de poissons, ni colporteur, ni Témoins de Jéhovah... »

Sur ces mots sans réplique, nous reprîmes la visite.

Sa propre chambre me fit l'effet d'un lieu sacré, mi-musée mi-chapelle. Les persiennes étaient baissées. Il y flottait une douceâtre odeur d'encens. Un immense crucifix était accroché au mur, placé juste au-dessus de la tête du lit, pareil à une épée de Damoclès. Façonné dans un bois de courbaril, le lit me parut lui aussi très grand. Jeté d'un satin rose fané, bordé de dentelle blanche, il occupait la moitié de la pièce. La table de nuit portait une lampe qui faisait un rond de lumière sur une Bible ouverte. Il n'y avait pas d'armoire mais, dans un coin sombre, une commode à cinq tiroirs, déjà courte sur pattes, qui semblait s'affaisser inexorablement sous le poids des bibelots de verre, céramique et porcelaine, livres religieux, chandeliers et bougies, vases de toutes tailles avec et sans fleurs, emballages de médicaments empilés, flacons de sirop entamés, bouteilles de parfum, fioles vides, collection de vieux étuis à lunettes...

« Tu vois, Josette, nous avons chacune notre chez-soi », me souffla-t-elle, laconique.

Après avoir inspecté la cuisine, nous nous installâmes au salon. J'avais la gorge desséchée mais je n'osais pas demander à boire. Grand-mère Théodora me regardait avec insistance. Elle avait l'air d'attendre quelque chose. Je baissai les yeux. Peut-être — j'avais vu ça dans les films — une soubrette en tablier blanc allait-elle surgir et s'avancer vers nous pour servir des boissons. Je gardai les cuisses serrées, les mains réunies sur mes genoux, les lèvres pincées. Je ne m'étais pas assez enfoncée dans le fauteuil. Ma posture était un peu raide et je me disais que très vite, si la situation s'éternisait, des fourmis se mettraient à courir le long de mes jambes. Au bout d'un moment, pour me donner une contenance, ne pas ressembler à une statue de bronze sans cervelle, je risquai un œil alentour, tout en lissant un pan de la jupe en jean que m'avait achetée Tata Michelle sur le marché du dimanche à Écommoy. Comparée à la grande pièce commune de la ferme, la salle à manger était minuscule. Quatre chaises étroites, une table ronde recouverte d'une nappe de coton blanc brodé. Il n'y avait pas de cheminée ; c'était normal : l'hiver ne s'approchait pas de cette partie du monde. Sur le buffet, le portrait de défunt grand-père Selbonne. Il m'observait lui aussi, souriant. Par politesse, comme s'il était vivant et assis avec nous au salon, je lui retournai son sourire. Un vaisselier. Des carafes à demi pleines de boissons ambrées se languissant à côté de coupes et flûtes ciselées. Elles n'avaient pas dû servir beaucoup, surtout depuis la disparition de grand-père Selbonne. Je toussotai, pour dissiper la gêne qui petit à petit plombait mon visage. Je croisai et décroisai les jambes. J'avais envie de pleurer, de revoir Tata Michelle. Fermer les yeux et retrouver ma place à la ferme, dire une formule magique qui me réveillerait de ce cauchemar. Mais je ravalai mes larmes et repris la pose. C'est à ce moment que les moustiques débarquèrent, sortis des coins sombres de la case, zonzonnant autour de mes oreilles, s'attaquant à mes jambes et à mes bras nus, piquant ma peau, suçant mon sang. Des dizaines de bestioles que Théodora ne parut ni voir ni entendre. Je ne bougeai pas, me disant que ma dernière heure était arrivée et que c'était une bonne chose. J'allais être dévorée crue sous ses yeux et elle assisterait au spectacle sans lever le petit doigt.

Au terme de ce long temps de torture silencieuse, Théodora reprit la parole et me demanda si ma mère m'avait expliqué les conditions de ma venue à Marie-Galante. Non, je ne savais pas pourquoi j'avais dû quitter Tata Michelle, Pépé Marcel et Mémé Georgette. Pourtant, d'un air pénétré, je hochai la tête à plusieurs reprises. J'avais le sentiment que c'était préférable. Elle me dévisagea encore un instant, puis sourit et lâcha, visiblement soulagée : « Bon, c'est bien ! Il faut que les choses soient dites. »

Je rangeai mes affaires sur les étagères de l'armoire et retrouvai grand-mère dans la salle à manger. Nous étions l'une et l'autre un peu empruntées, telles deux pensionnaires qui, de but en blanc, sont contraintes de vivre ensemble.

« Pour le dîner, déclara grand-mère, j'ai préparé un court-bouillon de poisson et des bananes vertes. » Je n'avais jamais mangé ce genre de repas. À la ferme, le poisson était aussi rare que le soleil en hiver. Quand venait l'été, Tata Michelle ouvrait des boîtes de thon qu'elle accompagnait d'une salade de tomates. Il y avait aussi du hareng aux pommes de terre qui faisait le régal de Mémé. La mer était trop loin. Et le poisson que Pépé Marcel pêchait en rêve à la rivière ne mordait à l'hameçon que dans son imagination et dans le persiflage de Mémé : « On n'est pourtant pas en avril. Qui parle de poisson dans cette maison ? » Ou bien : « Ma foi, c'est l'histoire de la sardine qui a bouché le port de Marseille... »

Lorsque grand-mère Théodora me demanda si j'appréciais le poisson-chat, j'affirmai, avec classe, que je mangeais de tout. Dans le plat posé au milieu de la table, deux poissons entiers, bleutés et moustachus, flottaient dans une sauce rouge. D'autorité, Théodora m'en servit un, me garantissant qu'il était frais pêché du jour par un ami de défunt grand-père

Selbonne. Je pris une grande inspiration, me disant que j'étais entrée dans ma nouvelle vie. Je plantai avec une assurance feinte ma fourchette dans la queue du poisson, essayant de ne pas regarder d'un air dégoûté les dents de la bête et surtout l'œil torve qui gisait dans l'orbite. Le malheureux était farci d'arêtes. Misérable cadavre à côté d'une banane verte. Poisson-chat... Il ne fallait surtout pas penser à Minou, le vieux matou de Tata Michelle. Poisson-chat... J'avais envie de vomir. Quant à la banane verte que je découpai en rondelles de saucisson, elle s'avéra coriace.

« Écrase-la dans la sauce, Josette. Tu verras comme c'est bon ! me souffla grand-mère. Veux-tu du piment ? »

Je répondis que je n'y tenais pas trop.

Ce furent nos seuls mots échangés au cours de ce premier dîner en tête à tête. Après le dessert — une mangue — elle me donna la permission de quitter la table. « Laisse, je débarrasserai plus tard. La journée a été longue. Tu dois être bien lasse. Maintenant, va te laver. Il y a des serviettes dans la salle de bains. Tu en prendras une sur l'étagère. Tu la garderas trois jours. Allez ! Bonne nuit, Josette ! »

Je n'avais pas sommeil. Dehors, derrière la fenêtre de ma chambre, la nuit était tombée d'un coup. Elle n'était pas tout à fait noire. Des étoiles scintillaient dans le ciel qui était pareil à une gigantesque toile de tente piquée de pierres précieuses. Entre les arbres, à la faveur d'une lueur de la lune, des ombres surgissaient, ici et là, pour aussitôt s'évaporer, avalées par la noirceur. La nuit n'était pas non plus silencieuse. Grands bavards, les bananiers du jardin se causaient entre eux dans une langue étrange ; les histoires qu'ils rapportaient ne semblaient pas avoir de fin. Les orangers gémissaient, l'avocatier soupirait. Des familles de chauves-souris dînaient, tapageuses, dévorant goulûment la chair des papayes mûres. Des insectes en verve se contaient leur journée passée sous les feuilles et dans le cœur des fleurs. La nuit était emplie de chuintements, de chuchotis, de trilles, de stridulations. Et, au loin, à croire que le matin s'annonçait déjà, un coq orphelin chantait et rechantait le seul refrain de sa connaissance. Un concert infernal. Non, je ne devais pas avoir peur. Je tirai mon cahier de mon sac à dos et entrai dans les draps qui sentaient bon le savon de Marseille, comme chez moi, dans la Sarthe. En fermant juste les yeux, j'étais là-bas de nouveau. Je pouvais même entendre Tata Michelle. Elle épluchait ses patates à côté, fredonnait une chanson de sa vieille Joséphine. Assise dans son fauteuil, Mémé remâchait sa vie de misère. Et Pépé... Il était là aussi, dans son coin habituel. Ah ! Il rêvait encore de sa chère forêt. Il n'allait pas tarder à partir et Tata l'obligerait à m'emmener...

J'aurais pu m'endormir dans ce commencement de rêve. Mais le cauchemar me rattrapa. De manière inquiétante, une branche se mit à cogner à la fenêtre. Une branche pourvue de longs doigts noirs qui s'ouvraient et se refermaient dans le vide. J'aurais juré que cette main avait saisi quelque chose, un fantôme, un esprit de la nuit, un invisible à peau gluante et nauséabonde... Non, je ne devais pas avoir peur. J'ouvris mon cahier.

Mon cahier de bêtises, comme aimait à dire Mémé Georgette, renfermait mes trésors de la Sarthe. Je l'avais commencé à l'âge de six ans et, selon moi, il contenait toute ma vie. Des feuilles ramenées de mes balades en forêt avec Pépé Marcel, des récitations apprises à l'école, des gribouillis, bouts de ficelle, tresses de laine rescapée des pulls et des cache-nez que tricotait Tata, paroles recopiées des chansons interprétées par la Baker : *J'ai deux amours, La petite Tonkinoise, Sous le ciel d'Afrique,* et *Ram-pam-pam.* Un croquis de l'âne Bouillon qui avait fait tellement rire Pépé. Des plumes de canards, des ailes de papillons, un ticket de car, un vieux buvard. Et aussi des histoires que je me racontais, que j'inventais. Des recettes de cuisine, des rêves dont je m'étais souvenue au réveil, des fautes d'orthographe, des dictées. Un dessin du mouton du *Petit Prince* de Saint-Exupéry que Mlle Chapon nous avait lu en classe. Une girafe, une fée, le carrosse de Cendrillon. Et d'autres esquisses, aux crayons de couleur, sur lesquelles apparaissaient ma mère et mes frères, Mémé Georgette en train de repriser les chaussettes de Pépé Marcel. Les cartes postales et les dépliants des châteaux de la Loire. Des articles découpés dans le *Journal du dimanche* et des pages de faits divers sordides sélectionnés dans *Détective.*

C'était Mémé qui m'en avait donné le goût. Mémé, elle aimait bien se savoir les pieds au chaud devant la cheminée et se faire des frissons avec des histoires scabreuses et scandaleuses, des drames de l'adultère et de la chair, des folies de psychopathes, des saloperies d'incestes, répétant toutes les trois minutes que ça lui arracherait presque des larmes.

Tata Michelle n'approuvait guère me voir à cette école. « Arrête, Mémé ! s'écriait-elle. Tu vas traumatiser Joséphine. Tu vois bien que c'est pas des lectures pour une enfant de son âge ! — Ma foi, c'est l'actualité, Michelle. Rien d'autre que l'actualité. Y a pas d'âge pour connaître la vie et ce qui se passe dans le monde ! » rétorquait Mémé d'un ton badin, ajoutant entre ses dents et à mon intention : « Y a plus d'enfants de nos jours. Déjà au biberon, ils sont au courant de tout et même du pire... » Elle se recalait alors dans son fauteuil, pour mieux apprécier les actualités, savourer les désastres qui s'abattaient sur la terre. Nous avions pris l'habitude de lire ensemble les chroniques judiciaires dans lesquelles étaient relatés les assassinats dans leurs moindres détails, les crimes passionnels où le sang avait beaucoup coulé. Par exemple, cet homme jaloux qui étrangla sa femme puis se fit sauter la cervelle d'un coup de fusil, froidement, sous les yeux de ses cinq enfants. « Deux fois orphelins. Les pauvres mioches. Tu te rends compte, Joséphine ! Le sang a giclé partout. Ma foi, ça m'arracherait presque des larmes. » J'avais opiné, la tronche allongée. Et cette mère cruelle qui noya sa fille dans son bain pour prouver son amour à un détraqué de la chair. Et ce compère que Mémé avait connu autrefois et que les gendarmes retrouvèrent au bout d'une semaine, pendu dans sa grange, la langue noire, les yeux écarquillés. D'après l'enquête, il aurait renoncé à la vie à cause de la solitude et des longs jours d'hiver. Mémé Georgette avait soupiré que c'était pitié, mais elle se rappelait que l'homme avait été chaud lapin dans sa jeunesse, troussant les filles dans les champs, semant la marmaille à tout-va, et qu'on l'avait peut-être aidé à se nouer la corde au cou. Quarante ans plus tard, il récoltait ce qu'il avait semé. Sur le moment, ignorante des choses de la vie, j'avais imaginé ce pendu gambadant dans la campagne, chaud lapin, semant des grains de blé et des enfants dans son champ, ne sachant pas alors que sa récolte serait si amère. « Ma foi, voilà où ça mène de vivre comme un chien ! Tôt ou tard, il faut payer son dû... Tant va la cruche à l'eau qu'à la fin elle se casse... » avait assené Mémé, glissant joyeusement sur une autre affaire. L'histoire de cette femme jamais identifiée dont le corps avait été repêché dans le Loir. Je me la représentais alors comme une sirène. Une Parisienne, murmurait-on, qui s'était entichée d'un châtelain. « Ma foi, c'est sûr, on mélange pas les torchons et les serviettes par chez nous, la noblesse lui a réglé son compte », avait décrété Mémé. Et le cas de ce vieux dégoûtant qui prenait son plaisir à tripoter les petites filles de ses voisins. Il avait fini par être dénoncé et croupissait maintenant à la maison d'arrêt en attendant son jugement. « Tu parles que tout est bon dans le cochon. S'ils sont embarrassés de leur appareil séminal, faut leur couper la queue à ces animaux, pas vrai, Joséphine ! » J'avais acquiescé, sans bien comprendre ce que les queues de cochons venaient faire dans l'histoire. « Chassez le naturel, il revient au galop... La peine de mort que je demande, moi, pour ce genre de pervers. » Et cet homme qui avait juré ses grands dieux que sa femme était partie rejoindre un joli cœur au pays d'Alsace. En fait, il l'avait tuée à coups de serpette et avait enterré le cadavre, pas plus loin que dans son jardin potager. Pendant cinq ans, il avait cultivé et récolté de belles laitues, des tomates goûteuses et du persil frisé sur la chair en décomposition de la malheureuse bouffée par les vers. Elle aurait pu rester là encore vingt ans si une nièce du bourreau, venue respirer le bon air de la campagne, innocente, n'avait décidé de jouer à la paysanne et planté la fourche dans le potager. Elle était tombée sur un os, le fémur.

Tata Michelle avait trouvé ce cahier dans un jour de rangement. « Tiens, Joséphine, il est vieux mais tu pourras y faire tes pages d'écriture. Ce sera ton cahier de maison. Grimace pas ! Je sais bien qu'il est pas beau, mais il a jamais servi, tu vois bien ! »

J'avais six ans. Je rentrais au cours préparatoire. La couverture verte avait trois taches d'encre violette. Les coins étaient écornés et les pages jaunies. Le nom de Tata Michelle était écrit sur une étiquette à moitié décollée. Au dos, il était indiqué : « Qualité Velin Surfin 90 g. 24 × 32 cm. 299 pages. Fabriqué en France. »

Au tout début, il y a sept lignes de *a*. Ils sont assez bancals.

Les petits mots surgissent à la cinquième page. Papa, maman, église, village, fromage, garage et compagnie.

Encore aujourd'hui, j'entends Tata répéter : « Cesse de glandouiller et tourner comme une âme en peine, Joséphine ! Va donc prendre ton cahier de brouillon si t'as rien à fiche ! Je veux pas que tu sois la dernière de la classe ! Y a suffisamment de sots dans cette maison comme ça... Allez, recopie tes leçons et quand t'auras fini, t'as le droit de faire des dessins. » Alors, après les lignes d'écriture et les recopiages, je me mis à gribouiller sur mon cahier. Puis, à coller des trucs : prospectus, feuilles d'arbres, pétales de fleurs. Enfin, à écrire.

La première histoire de mon invention remonte au temps où j'étais au CE2. Cette année-là, un garçon de l'école me harcelait avec la récitation *Les Effarés* que nous avions apprise en classe. « "Noirs dans la neige et dans la brume, au grand soupirail qui s'allume, leurs culs en rond..." Eh ! La Noiraude ! me lançait-il, c'est bien comme ça qu'elle commence la récitation de Monsieur de Rimbaud ! » Dans mes écrits d'alors, il devenait un avorton. Moi, j'étais une reine toute-puissante. Il me demandait pardon pour ses crimes, léchait mes souliers de vair. Il se prosternait à mes pieds en baisant le bas de ma robe de satin. Après qu'il eut été torturé, pendant trois jours et trois nuits, avec des engins tranchants de la ferme, je décidai d'en finir avec lui, sans procès, en cinq lignes. Plus j'écrivais, plus je sentais monter en moi une excitation bouillonnante, une joie mêlée de fièvre à 40°. Un puissant tourbillon m'emportait dans une autre dimension où l'impossible devenait palpable. Les mots peuplaient ce monde et je jubilais. J'étais un moteur qui s'emballe, une voiture sans freins lancée à 200 kilomètres à l'heure. Grisée par la vitesse, ivre et pleine de mots, pareille à Pépé Marcel quand il abusait de la bouteille, ce qui lui arrivait une fois l'an, et qu'il débitait les histoires drôles les unes après les autres sans jamais reprendre son souffle. J'étais dans le grand huit, la peur au ventre, je m'élevais très haut jusqu'à toucher du bout des doigts les nuages et, d'un coup, j'étais projetée en sens inverse. J'allais m'écraser sur le sol. Mais, à nouveau, j'étais aspirée vers le ciel et les mots se multipliaient dans ma tête et sur le papier. Le supplice avait assez duré. Je jetai le corps de mon ennemi aux charognards et aux balbuzards que j'avais vus, l'après-midi même, fondre sur leurs proies dans un reportage à la télévision. Son cœur fut dévoré en trois coups de bec. Ses yeux arrachés de leurs orbites. Du sang dégoulinait sur son torse. Ses oreilles ne tenaient plus qu'à un lambeau de peau. Ses jambes étaient cassées en plusieurs morceaux. Les os fracturés perçaient la chair.

Le lendemain, quand je le retrouvai dans la cour de l'école, je n'avais plus peur. Le méchant garçon était devenu un personnage de papier que j'avais fait tuer la veille. J'étais la seule à savoir qu'il était mort sur une page de mon cahier. Ça me faisait frissonner et sourire intérieurement. Je l'avais vaincu. C'était écrit, de manière aussi implacable que les articles du journal *Détective*. J'avais mis un point final à sa vie sur terre. Je l'avais achevé, noir sur blanc, avec des mots ramassés dans les chroniques judiciaires et dont je ne connaissais pas vraiment le poids ni la signification. Grâce à des noms d'outils et de machines agricoles. Mots entendus à la ferme, sur le marché et à la télévision.

Dès lors, chaque soir, j'ouvrais mon cahier. Studieuse, je lisais et relisais l'effroyable histoire de ma composition. De la même façon que Mémé, parcourant son journal, se délectait des faits divers un peu sanglants sur les bords qui donnaient du sel à son existence. Le tyran de la cour de récréation avait expiré dans de terribles souffrances. Je n'étais plus blessée par ses moqueries. Ses rires s'étaient éteints dans sa gorge en même temps que son souffle. Les mots que j'avais mis bout à bout me protégeaient des attaques mieux qu'un bouclier de bronze. Je n'étais plus en larmes quand il m'appelait l'Africaine, Marron d'Inde, Cirage ambulant, Tête de Nègre, Guenon. Je n'avais plus envie d'entrer sous terre pour cacher ma peau noire.

À la rentrée suivante, il ne réapparut pas. Un moment, je pensai que mes écrits avaient provoqué sa mort dans la vraie vie. Qu'il avait rendu l'âme et passé l'arme à gauche, comme disait Mémé, lorsqu'elle entendait parler d'un décès dans les environs. Je crus posséder un terrible pouvoir. J'étais une sorte de sorcière. On ne tarderait pas à me démasquer, à brûler mon corps sur un bûcher. Ma photo s'étalerait à la une du journal *Détective*... « Une petite négresse qui vivait dans la Sarthe pratiquait la sorcellerie. Lire tous les détails en page cinq. »

Je tins mon cahier à l'écart quelque temps, n'osant plus tomber nez à nez avec cette histoire. Je trouvais très inquiétant qu'elle ait pu sortir de ma tête aussi facilement. Elle me paraissait indigne de moi tant elle était cruelle, représentait la victoire du Mal sur le Bien. J'avais l'impression, par mon inconséquence, d'avoir décadenassé une porte, réveillé des monstres qui sommeillaient dans une grotte au fond de ma cervelle.

Et puis, je repris mon cahier. J'y fus contrainte. Les pages blanches me visitaient en rêve. Suppliaient que je vienne leur raconter de nouvelles histoires. Elles juraient que je me faisais des idées : ces contes étaient gentillets, ils ne blessaient personne dans la vraie vie. Elles prenaient des airs affligés. Déclaraient qu'elles passaient leur temps à se regarder en chiens de faïence à travers le quadrillage. S'ennuyaient à mourir à compter et recompter les lignes bleues qui ne transportaient aucun mot et ne menaient nulle part. Parfois, elles menaçaient de briser en mille morceaux ces traits inutiles, ou bien de les entortiller aussi serrés que mes cheveux, jusqu'à ce qu'il soit impossible de les démêler. Une nuit, une page se présenta en larmes et, enjôleuse, me susurra que, si cette situation s'éternisait, elle allait finir neurasthénique, pareille à Mémé Georgette. En chœur, les autres gémirent qu'elles s'étiolaient quand les mots les fuyaient. Que les mots étaient leur boire et leur manger. Les mots les emmenaient en voyage, les distrayaient, leur changeaient les idées. Elles en avaient besoin pour survivre, comme le nomade espère l'oasis dans le désert du Sahara. Elles priaient pour voir des paysages suspendus à l'horizon des pages. Des personnages se promenant en équilibre sur leurs fils. Des oiseaux perchés sur leurs branches. Des notes de musique courant sur leurs portées. Du linge mis à sécher et flottant au vent sur leurs cordes tendues au soleil. Des plantes grimpantes sur leur treillage. Enfin, surtout, elles répétaient qu'elles se sentaient nues et que leur pudeur en prenait un sacré coup.

Je me remis donc à l'écriture. Pour raconter des histoires aux pages de mon cahier, les habiller de mots. Et, je le remarquai, ligne après ligne, tandis que les lettres se formaient sur le papier, je me sentais plus vivante. J'éprouvais plus de joie qu'en tricotant et en comptant les rangées de mon ouvrage. Plus de fierté que la première fois où j'avais réussi à retourner une crêpe et à la faire atterrir sur son autre face dans la poêle. C'était plus enivrant que d'enfiler cent mètres à vélo, les yeux fermés, sachant que les champs de blé défilaient le long de ma route, et qu'une voiture folle pouvait arriver en sens contraire et m'écraser. C'était mieux que de regarder Tata trancher, d'un coup de hachette, la tête d'un poulet et le plonger dans l'eau bouillante avant d'en arracher les plumes. C'était un vertige, une sensation forte. J'étais soûlée sans avoir bu une goutte de cidre. En choisissant les mots, je prenais parfois mon temps, imitant Tata. Lorsqu'elle entrait chez la mercière, Tata tournait, virait, hésitait devant les pelotes, caressait les fils, décryptait les étiquettes — pour ne pas se faire avoir avec de l'acrylique, alors qu'elle ne supportait que le naturel : laine, soie, coton et mohair. Quand elle avait fini par trouver son bonheur, elle se mettait à marchander, demandait si, en tant que fidèle cliente, elle n'avait pas droit à une ristourne de quelques francs, car le prix indiqué lui paraissait extravagant. La mercière ouvrait de grands yeux offusqués et répliquait que ce n'était pas chrétien de faire ce genre de réclamation, vu que sa marge bénéficiaire était quasi nulle. Si elle commençait à pratiquer le rabais à tour de bras, elle n'avait plus qu'à déclarer faillite, mettre la clé sous le paillasson et fermer boutique. De temps en temps, je riais toute seule devant la page nue que je venais de revêtir de mots. Je me disais que des accoutrements aussi bizarres ne devaient pas sortir des armoires, que les mots étaient trop colorés, mal assortis, encombrés d'accessoires hétéroclites. Il valait mieux que personne ne tombe sur mes histoires. On pourrait me déclarer folle et m'enfermer dans l'asile où vieillissait Tonton Hubert. Je me faisais aussi des frayeurs en affûtant les mots plus acérés, comme s'ils avaient la capacité de se retourner contre moi et me couper, en vrai, le bout d'un doigt. Certains jours, je me figurais que ma cervelle était un coffre au trésor où les mots se languissaient en attendant qu'on vienne les chercher. Ou une lampe d'Aladin qui réalisait chacun de mes vœux. Je n'avais qu'à demander, j'étais exaucée. Les mots apparaissaient, se mettaient en ordre et s'alignaient sur le papier, en un bataillon bien discipliné, pour composer une histoire qui avait un début et une fin. D'autres fois, j'étais persuadée que les mots détenaient le pouvoir. Eux seuls commandaient et décidaient. Ils me portaient sur de hautes branches desquelles je m'envolais, planant au-dessus des océans, des forêts vierges, des terres inhabitées. Ils me déposaient sur un nuage identique à celui du *Petit Prince* de Saint-Exupéry. Et de mon perchoir, je regardais le monde qui s'inventait sur la page de mon cahier. Je rêvassais aussi, tout près du soleil qui n'avait même pas envie de me brûler les ailes. Mais surtout, les mots avaient le don de me consoler d'une peine dont je ne connaissais pas bien l'origine, non plus la couleur, mais qui me réveillait au milieu de la nuit. Je me retrouvais assise sur mon lit, en larmes. Seule, cernée par les engins bizarres entreposés dans ma chambre. Ils me lorgnaient d'un œil mauvais, aiguisant leurs dents et leurs griffes, attendant un signe du chef pour m'étriper, en deux temps trois mouvements.

Mais c'en était fini de cette époque. J'étais dans une vraie chambre. J'étais à Marie-Galante, chez ma grand-mère Théodora que j'entendais aller et venir dans la case. Avant de m'endormir, je relus quelques-unes des histoires un peu farfelues que j'avais écrites dans la Sarthe. L'une avait pour titre : *Les fabuleux voyages de Mémé Georgette au pays des Mafoigeorgettiradibus.* À la ferme et dans les environs, chacun savait que Mémé commençait pratiquement toutes ses phrases par « ma foi » ceci, « ma foi » cela... D'où le nom de sa tribu, les Mafoigeorgettiradibus.

Un jour, c'était le printemps, nous mangions sous la tonnelle. Tata Michelle disait que la mère Pluchet lui avait appris que Jeanne, la fille de nos voisins, venait de réussir son bac. Elle allait partir pour la capitale où sa place était déjà réservée à l'École de médecine. Mémé Georgette, qui ne manquait pas de mettre son grain de sel dans chaque conversation, déclara que la foi soulevait des montagnes. Pépé Marcel sourit doucement, l'œil en embuscade. Puis, n'y tenant plus, il éclata : « Ha ! ha ! ha ! Tu vas plus à la messe depuis trente ans, mais... Ha ! ha ! ha ! Tu dis que la foi soulève des montagnes... Ma pauvre Georgette, tu me fais péter de rire. Ha ! ha ! ha ! Tu dis aussi que la terrine de lapin soulève ton foie et... Ha ! ha ! ha ! » Je ne comprenais rien à leurs histoires de foi(e), mais je me mis à rigoler aussitôt, considérant avec fascination les vieilles dents ébréchées de Pépé et la figure plissée de Mémé qui riait jaune. « C'est pas bientôt fini vos insanités, grommela Tata Michelle d'un air sévère. Vous allez me rendre chèvre pour de bon. » Et soudain, je ne pouvais plus arrêter mes rires, parce que je voyais maintenant une chèvre attablée parmi nous. Elle avait le nez en trompette et les taches de rousseur de Tata. Elle portait la robe à fleurs roses de Tata. Mais c'était bien une chèvre qui tenait dans sa patte velue les couverts à salade. « Ma foi... », commença Mémé. « Ma foi, répéta Pépé, ricanant de plus belle. Il était une fois, une marchande de foie qui vendait du foie dans la ville de Foix. Elle se dit : Ma foi... » La chèvre gloussait maintenant comme une poule. Elle avait lâché ses couverts et, à demi affalée sur la table, le visage déformé par les hoquets, venait de rejoindre le duo des rieurs. « Ma foi, reprit Mémé tout en se rengorgeant... Ma foi, qui se ressemble, s'assemble... Rira bien qui rira le dernier. Vous êtes rien que des ânes tristes à mourir... » Et, sur ces mots, offensée, elle quitta la table. « Allez, Georgette... Fais pas ta tête de cochon, pouffa Pépé Marcel. On rigole, Georgette. Reviens... On s'amuse... » Mais la Georgette, jugeant qu'il était préférable pour elle de se retrancher derrière sa neurasthénie, nous abandonna à notre bêtise et à ces rires qui auraient pu nous soulever dans les airs si nous avions été des personnages du monde merveilleux de Mary Poppins. Ce jour-là, pendant que Mémé se reposait, je crois que nous avons ri jusque tard dans l'après-midi. Peut-être pas tous pour les mêmes raisons. Moi, je riais à cause de tous les animaux qui étaient entrés dans l'histoire ; l'hilarité autour des foi(e)s me semblait, au fond, assez obscure. Mais nous riions ensemble et c'était bon et plus infernal qu'une maladie contagieuse. Quand un âne arrêtait de se tordre de rire, la chèvre susurrait un « ma foi... », auquel l'autre âne répondait par un « ma foi soulève des terrines de lapin... ». J'imaginais alors Mémé Georgette avec sa tête de cochon en train de soulever une montagne. Et pendant ce temps, la chèvre s'était de nouveau transformée en poule ce qui, âne que j'étais, redoublait mes rires bêtes et mes braiments. C'est seulement la peur de voir se rompre le dernier fil retenant le cœur de Mémé qui nous ramena à la raison. J'écrivis la légende de la tribu des Mafoigeorgettiradibus le soir même. Mémé n'était pas partie pour un somme, elle avait traversé les siècles, gravi des montagnes et affronté des bataillons de lapins armés jusqu'aux dents. Sa monture était un âne savant — nommé Bouillon. Autrefois, il avait été un homme. Malheureusement, frappé par une malédiction, il en avait été réduit à cette condition dégradante. La parole lui revenait lorsque la situation se faisait critique. Il parlait alors par proverbes interposés. De temps en temps, Mémé perdait la tête. Aussitôt une tête de cochon prenait place. À ce moment précis, elle pouvait prononcer la formule magique « ma foi... » qui lui ouvrait la porte des mondes insoupçonnés.

Le récit suivant mettait en scène Pépé Marcel. Il avait déclaré la guerre à l'ogre de la forêt maléfique. Ce dernier se nourrissait des racines des arbres. Au fur et à mesure, la forêt se transformait en cimetière. Sans racines, les arbres mouraient les uns après les autres. La fin du monde était proche. L'humanité risquait de périr. Chaussé de bottes magiques, le héros — Pépé Marcel — avait le don de parcourir des kilomètres en un clin d'œil. Mais il se déplaçait le plus souvent sur son cheval Durandal. Parfois, il emmenait avec lui un enfant trouvé. Pépé le hissait sur Durandal. Les deux cavaliers n'échangeaient pas un seul mot. Ils avançaient au trot entre les arbres morts, Pépé Marcel scrutant la forêt à la poursuite de l'ogre et l'enfant cherchant de son côté les arbres qui étaient de sa famille et dont il avait perdu la trace trois siècles auparavant. Quand l'ogre et Pépé Marcel s'affrontèrent enfin, le combat fut titanesque, sans pitié. Il dura cinq mois entiers. Bien sûr, Pépé Marcel en sortit vainqueur. La forêt était sauvée. L'enfant hérita des bottes magiques et passa le reste de sa vie à parcourir le monde à la recherche de sa famille disparue.

Dans un autre conte, Tata Michelle se transformait en une Mary Poppins un peu gitane. Parfaite en tout point, elle vivait en temps ordinaire sur un nuage. Son allié était un petit singe nommé Hubert. Sa plus grande ennemie était Pâquerette, la fleur du mal qui refleurissait chaque année. Avec ses épines venimeuses, elle empoisonnait tout ce qu'elle touchait, semant la terreur et la désolation dans son sillage. Quand Tata Michelle l'avait au bout du fil, son visage se fermait. Sitôt qu'elle avait raccroché, elle s'écriait : « Joséphine ! Elle revient ! Je prépare les bagages, nous partons en voyage ! On va se cacher aux Milandes, dans le château de la Baker ! Préviens Hubert ! » Pendant l'hiver, Tata respirait un peu, puisque la fleur du mal n'était pas encore éclose. Alors, elle m'emmenait en promenade dans des tableaux dessinés à la craie. Nous chevauchions des ânes en bois peint. Et nous chantions en chœur, jusqu'au retour du prochain printemps.

Je pris mon stylo et commençai à écrire.

*Après un long voyage, Josette arrive sur l'île des bagnards. Ils l'attendent. Leurs habits sont déchirés. On voit à l'œil nu qu'ils ne mangent pas à leur faim. Pris dans une tempête, le bateau avait failli faire naufrage. Des gens étaient passés par-dessus bord. D'autres étaient morts étouffés en avalant leur vomi. Josette n'a jamais eu peur. Elle sait qu'elle restera des années sur cette île abandonnée de tous. Pour une faute qu'elle n'a pas commise, elle a été condamnée à la peine la plus lourde. Mais elle n'oublie pas qu'une gitane lui a prédit la gloire. Elle dit adieu au soleil et entre dignement dans son noir cachot. Une main de fer lui jette une écuelle. Une tête de chat et une queue de rat cuites dans une soupe aux choux. Non, elle ne se laissera pas mourir de faim. Elle va manger pour survivre, comme son grand-père. Pendant la guerre, il avait mangé des rats d'égout et de la cervelle de chien et il n'était pas mort...*

*

Très vite, je dus accoutumer mes yeux au nouveau paysage. Le poster dans le salon de ma mère ne racontait pas d'histoires. C'était vraiment ça, Marie-Galante. De belles plages de sable clair et des cocotiers. Et puis des moulins par centaines, aux ailes arrachées, tombant en ruine pour la plupart, gardés par des figuiers maudits et des cabris qui se nourrissaient du rare feuillage des arbustes environnants. Et puis, des champs de canne, partout des champs de canne, de part et d'autre des routes sinueuses qui menaient à l'usine de Grande-Anse. Des charrettes menées par des bœufs. Et beaucoup de Noirs, plus que je n'en avais jamais rencontré de toute mon existence. Vraiment beaucoup de Noirs, aussi noirs que moi, sinon plus...

Pendant les moments de silence de grand-mère, je me faisais discrète. Quand elle se retirait dans la pièce où elle n'était là pour personne, ni colporteur, ni marchande de poissons, ni Témoins de Jéhovah... je restais dans ma chambre, à lire les mots du dictionnaire et leurs définitions, ou à regarder les arbres par la fenêtre. Dès que Théodora sortait, elle m'emmenait avec elle. Nous allions sur le marché de Grand-Bourg où elle achetait les fameux poissons-chats, les bouquets de cives et toutes sortes de fruits et légumes aux noms étranges... Igname pakala, maracudja, corossol, madère, pois boukoussou, pawoka, avocat, piment bonda man Jacques, carambole, surette, pois yeux noirs, prune de Cythère... Tandis que je considérais les étals, les gens me dévisageaient avec curiosité. Grand-mère m'avait mise en garde : « Ils savent très bien qui tu es, ma fille. Si tu étais seule, ils s'approcheraient, comme des mouches après un pot de confiture, et ils se mettraient à te faire des sourires et des compliments pour mieux prendre ta langue. C'est parce que tu es avec moi qu'ils n'osent pas t'aborder. Bientôt, tu iras à l'école. Tu les rencontreras sur la route et je ne serai pas toujours là. Sache que tu n'as rien à leur dire, ni aux grands ni aux petits. Bien entendu, tu restes toujours polie. Mais, surtout, Josette, tu ne racontes pas ta vie ! Tu ne donnes pas d'explication. Ils n'ont pas besoin de savoir d'où tu viens ni ce que tu faisais en France. S'ils te posent des questions sur ta mère, tu réponds qu'elle se porte bien. Un point c'est tout. Si tu es embarrassée, tu parles d'autre chose. Ces gens-là, tu leur prêtes ton petit doigt et ils avalent ton bras. Après, ils ont matière à dégoiser sur toi jusqu'à la fin de leur vie. Tu as bien compris, Josette ! Méfie-toi aussi des enfants. Ils sont les envoyés de leurs parents... » En effet, j'avais l'impression de marcher à côté de mon garde du corps. Personne ne nous accostait. Les gens saluaient respectueusement mais ne s'attardaient pas. Théodora était très grande et son regard, fixé sur un point lointain à l'horizon, tenait chacun à distance. Le visage bouclé à triple tour, elle marchait à grands pas, aussi raide qu'un militaire au défilé du 14 Juillet, et rien ne pouvait la détourner de sa route.

Deux jours avant la rentrée des classes, Théodora m'acheta un maillot et décida qu'il était temps pour moi d'aller me baigner.

« Surtout, Josette, tu restes bien au bord », me recommanda-t-elle.

Je prenais le premier bain de mer de ma vie. Je ne savais pas nager mais j'entrai dans l'eau avec hardiesse, comme si je pénétrais dans le poster de Pâquerette. Grand-mère avait installé le déjeuner à l'ombre d'un amandier, sur une pièce de toile étalée à même le sable. Autour, il y avait du monde. Des enfants poursuivaient des crabes en poussant des cris. Des garçons, pieds et bustes nus, couraient derrière un ballon. Adossées à un cocotier, deux femmes jacassaient gaiement. Et des pêcheurs tranquilles réparaient leurs nasses sous une tôle rouillée.

J'étais seule dans la mer et plus excitée que Tata Michelle le jour où, après cinq tentatives, elle avait enfin décroché son permis de conduire. J'étais maintenant dans ma nouvelle vie, loin des champs de blé, loin des dictons de Mémé Georgette, des vieux jouets de Tonton Hubert et des cannes à pêche de Pépé Marcel. J'étais à Marie-Galante. J'étais une sirène. J'étais la nouvelle Joséphine Baker. M'éloignant d'autant, je sautais, plongeais et dansais dans les vagues. La musique que produisait la mer — Ram-pam-pam — me soulevait dans les airs — Ram-pam-pam. J'étais née dans la boue et je me transformais en étoile. J'étais Joséphine — Ram-pam-pam —, celle qui allait étinceler dans les années 2000. Si ce temps glorieux était encore incertain, je ne doutais plus qu'il finisse par arriver... Ram-pam-pam. J'étais la reine de la... « Josette ! Josette ! Seigneur ! Tu vas trop loin. Reviens tout de suite ! » Plantée sur la plage, grand-mère agitait les bras et criait mon nom à s'époumoner. « Josette Titus ! Revenez à présent ou je viens vous chercher ! »

J'étais à une bonne distance du bord, cependant l'eau m'arrivait à peine à la taille. Alors, je continuai à sauter, danser et chanter Ram-pam-pam, narguant Théodora. J'étais sûre qu'elle n'avancerait pas davantage. Je voyais qu'elle avait peur et cela me réjouissait. Les vaguelettes dessinaient un ruban de dentelle blanche à ses chevilles, mais Théodora devait plutôt imaginer que c'était une barrière infranchissable, les rangées de dents assassines et les mâchoires écumeuses de milliers de requins-tigres. Quand je finis par lui obéir, elle m'attrapa par les épaules et me secoua longtemps. Ses yeux étaient pleins de colère. Sa bouche tordue crachait une bouillie de mots mâchés et remâchés. Elle s'en fichait bien de nous donner en spectacle. Ça ne la gênait pas de me faire honte devant tout le monde.

« Tu es folle ! Tu es folle ! » répétait-elle en m'essuyant rageusement. Puis elle m'inspecta, des pieds à la tête, cherchant une blessure cachée, vérifiant que j'avais tous mes doigts et mes orteils.

« Ma parole, tu es folle. Pourquoi tu me fais des frayeurs pareilles, Josette ? On ne t'a donc pas appris à obéir dans ton pays... Il ne faut pas jouer avec la mer. Elle n'est pas ton amie. Un revers de lame et hop ! Tu disparais. Engloutie dans les flots. À jamais... Dévorée par les poissons... C'est de cette manière qu'elle a pris ton défunt grand-père — que Dieu ait pitié de son âme ! Elle n'a jamais rendu son corps, même pas un morceau, même pas une dent... Pourtant, c'était un bon nageur, Selbonne, et un fameux navigateur... »

Après le déjeuner, elle refusa de me laisser retourner au bain, prétextant que j'étais en train de digérer. À ses dires, la digestion durait cinq heures. Il fallait que je fasse la sieste, à l'ombre, un chapeau de paille posé sur la figure. Et il n'était pas question de laisser le soleil caresser mon corps. Non plus d'écouter les appels venus de la mer. Cette traîtresse ne pensait qu'à une seule chose : manger la chair des pauvres pêcheurs et des petites filles qui s'aventuraient au large.

De retour à la case, Théodora entreprit de me faire un shampooing. J'avais les cheveux hirsutes.

Tata Michelle n'avait jamais su coiffer ma tignasse crépue et la laissait en jachère entre deux coupes. « De toute façon, arguait-elle, brandissant ses ciseaux de coiffeuse du dimanche, les nattes, rubans, barrettes et compagnie, c'est bon pour les chichigneuses. T'es pas une chichigneuse, hein, toi ! La Baker, elle en avait pas plus sur le caillou et ça l'a pas empêchée de mettre tous les hommes qu'elle voulait dans son lit... » J'écarquillais les yeux chaque fois qu'elle me lançait cette phrase que j'attrapais comme un lot de consolation. « Je t'assure, Joséphine, faut pas jalouser les femmes qui se dandinent du croupion avec des cheveux qui ondulent jusqu'au bas du dos. La beauté vient pas des cheveux, tu peux en être certaine. Elle vient de l'intérieur, la beauté. » Elle me demandait ensuite d'aller lui chercher un des disques de la Baker. « Alors, est-ce que je mens ! Regarde-la bien ! Alors, elle est pas gracieuse notre Joséphine avec sa raie sur le côté et ses cheveux de rien du tout. Ose dire qu'elle est moche ! Dis que c'est pas un vrai soleil... » Pas convaincue pour un sou, je considérais les ciseaux d'un air maussade et gardais le silence, la mine boudeuse, pensant avec amertume aux enfants de l'école qui ne manqueraient pas de se moquer de moi. « Allez ! On l'écoute, notre reine. Je mets le *Ram-pam-pam* et on va danser et chanter. » Je rechignais toujours un peu. Dans ma classe, personne ne connaissait Joséphine Baker. Quand Tata me rasait la tête, les enfants ricanaient et me traitaient de mouton noir tondu d'Afrique. Tata Michelle était une vieille folle et moi je n'étais rien d'autre que le jouet de son délire, une poupée entre ses mains. À ces moments-là, j'avais envie de fuir loin de la ferme et des grands ciseaux de Tata. Mais soudain, une musique endiablée emplissait la salle commune. Les notes jaillissaient, grimpaient aux murs, se suspendaient au lustre, bondissaient sur les meubles, éclataient comme des feux d'artifice. Du bout du pied, Mémé Georgette se mettait à battre la mesure. Et bientôt, la voix nasillarde d'un chanteur montait au plafond...

*Il est un grand souci*
*qui tourmente la terre.*
*Que faut-il faire,*
*Quand on veut plaire ?*
*Chacun se casse la tête*
*et se désespère*
*pour provoquer l'Amour.*
*Question du jour...*

Sur ces bonnes paroles, tandis que je commençais à me laisser entraîner par la musique et que Tata Michelle remuait du popotin, Joséphine roucoulait.

*Avec le Ram-pam-pam...*
*Le petit Ram-pam-pam.*
*On peut facilement,*
*Créer l'enchantement.*
*Avec le Ram-pam-pam...*
*Le petit Ram-pam-pam...*
*Ce pauvre Cupidon*
*Devient doux comme un mouton...*

Sitôt que la chanson s'achevait, Tata la repassait et la repassait encore, « Avec le Ram-pam-pam... Le petit Ram-pam-pam... » jusqu'à ce que ses oreilles soient lasses et ses jambes toutes molles à force d'avoir trop dansé. « Ma foi, y a pas à dire, soupirait Mémé Georgette, y a que les vieilles marmites qui font les bonnes soupes. Elle était vraiment unique, cette Joséphine. Elle était d'un autre genre que les Damia et Fréhel, mais elle avait du chien, la Baker. C'est bien dommage qu'elle soit morte à l'heure qu'il est. Moi, je dis que les meilleurs partent toujours trop tôt... » Alors, Tata Michelle s'emparait de nouveau des ciseaux et je passais à la tonsure sans autre forme de procès.

Grand-mère Théodora déclara que mes cheveux étaient une désolation. Face à nous, le miroir du buffet renvoyait le tableau que nous formions. À la vue d'un naufrage, grand-mère n'aurait pas eu le visage plus défait, la mine moins abattue. Tandis qu'elle enfonçait le peigne dans mes cheveux, sa figure était marquée de tristesse.

« Comment a-t-on pu laisser faire ça ? » murmura-t-elle à plusieurs reprises.

Je ne bronchai pas, estimant que la question ne m'était pas destinée. Je savais que les gens envoyaient parfois des questions en l'air, sachant pertinemment qu'ils n'obtiendraient pas de réponse. Ils ne s'adressaient pas à ceux, présents, qui pouvaient les entendre, plutôt à de grands invisibles dont on supposait l'existence sans pouvoir la situer ni dans le temps ni dans l'espace. Si, après être passées par toutes les ruminations, les hautes créatures ne trouvaient pas de solution, ces questions allaient rejoindre le troupeau de celles qu'il restait à élucider. « Comment a-t-on pu laisser faire ça ? » était une question de la même espèce que « Pourquoi y a-t-il des pauvres sur la terre ? », « Comment se fait-il que la neige tombe au printemps ? », « Bon sang de bonsoir, pourquoi y a-t-il des guerres ? », « Seigneur, pourquoi faut-il mourir ? », « De quelle manière rattraper le temps perdu ? », « Pourquoi Tonton Hubert est timbré ? », « Pourquoi les meilleurs partent toujours trop tôt ? ». Ces sortes de questions ne trouvaient pas de réponse. Je les avais déjà entendues dans la bouche de Pépé Marcel ou de Mémé Georgette. Elles demeuraient quelques secondes suspendues dans les airs, puis elles disparaissaient, sans demander leur reste. Elles ne rencontraient que le silence.

Grand-mère Théodora cessa de répéter : « Comment a-t-on pu laisser faire ça ? » Au bout d'un moment, elle finit par démêler et tresser mes courts cheveux, leur donnant même un aspect respectable. Alors, elle me déclara que j'étais une fille. Je devais m'en convaincre. Une fille s'occupait de ses cheveux, les coiffait, les graissait, les attachait. « Ici, à Marie-Galante, les filles prennent soin de leurs cheveux, Josette. » J'étais aux anges.

Le lendemain matin, dimanche, Théodora m'emmena à la messe. Je n'y étais jamais allée. La faute à Tonton Hubert, Mémé Georgette était fâchée avec le curé du village. Elle disait que la foi soulevait des montagnes, mais elle ne mettait pas les pieds à l'église, préférant — disait-elle — prier dans son cœur, là où la foule des dévots ne la bousculait pas pour faire leurs bondieuseries et leurs amabilités d'hypocrites. Dans la Sarthe, tous les enfants de ma classe suivaient le catéchisme. Un jour, je demandai à Tata Michelle de m'y inscrire. « T'es même pas baptisée, ma pauvre chérie ! Jésus-Christ sait même pas que t'existes. Tu choisiras ton dieu quand tu seras grande. Allez, pleure pas, Joséphine. Te bile pas, t'as tout le temps devant toi... » Pour refermer son chapitre, elle ajouta que la religion était une affaire personnelle entre Dieu et chacune de ses créatures. « Le Christ est né dans une étable. Tu peux bien faire comme moi et prier à la ferme. Dieu est partout. L'homme propose et Dieu dispose... » déclara Mémé Georgette, histoire d'enténébrer un peu plus les paroles de Tata.

« Après la messe, fit Théodora, on parlera à une dame du catéchisme. Faut que tu sois baptisée le plus tôt possible. Tu recevras le sacrement avant la fin du mois de septembre. Comment ta mère a osé ? Non, mon Dieu ! Ce n'est pas charitable... Elle t'a laissée aux mains de Satan et de ses suppôts. Tu portes encore en toi le péché originel, ma pauvre Josette. Tu n'es pas une chrétienne... » Théodora paraissait réellement affectée, mais je n'avais pas l'humeur triste ce matin-là. Neuf ans durant, j'avais été livrée aux mains de Satan et, jusqu'à présent, il ne m'avait pas trop enquiquinée. J'avais des barrettes et des rubans rouges dans les cheveux. Je me sentais très belle avec la robe et les chaussures que m'avait achetées grand-mère. J'étais plutôt contente à l'idée d'aller me pavaner avec elle dans les rues de Grand-bourg. Ce jour-là, Théodora portait une capeline à voilette, un élégant ensemble de popeline à fleurs bleues et des souliers vernis noirs. Tandis que nous allions, main dans la main, son parfum m'enivrait doucement. Je me disais que toutes les personnes croisées sur la route savaient que j'étais sa petite-fille, Josette Titus, et qu'elles me jalousaient de vivre à ses côtés.

Hélas, ce temps de prétention ne dura guère. Pendant l'office, je m'ennuyai tant que je me mis à bâiller à m'en décrocher les mandibules. Les gens étaient guindés, sur leur trente et un, tirés à quatre épingles, mais le spectacle n'était pas à la hauteur de mes espérances. Ça traînait en longueur. L'ambiance était plombée. Au fond de l'église, la grande statue de Jeanne d'Arc veillait les faits et gestes de chacun. Je sentais son regard braqué sur moi comme un fusil. Seuls les moustiques s'amusaient, et plus particulièrement dans mes jambes. Tout fonctionnait par code. Se lever à certains moments. S'asseoir ou s'agenouiller à d'autres. À un signal connu des seuls initiés, trouver en cinq secondes la bonne page. Chanter des cantiques. Réciter des prières. Lever les mains. Fermer les yeux, se recueillir en silence et faire des signes de croix à s'emmêler les bras. Et puis, écouter le prêtre sans rire. Donner de l'argent. Aller manger un morceau de galette. Je faisais les choses à contre-courant, à contresens, à contretemps... J'étais anachronique. Théodora était catastrophée. Si elle ne pouvait me rappeler à l'ordre, ses yeux — à la place de sa bouche — me parlaient dans une langue universelle. « Tiens-toi droite ! Assieds-toi ! Cesse de te gratter ! Debout ! Regarde devant toi ! Assise ! Arrête de gigoter ! Arrange ta robe ! Remonte tes chaussettes ! Laisse les moustiques ! Redresse-toi ! Debout ! Assise ! Debout ! Tu me fais honte ! Tu vas voir à la sortie ! »

Sur le chemin du retour, Théodora ne décocha pas une parole. Je marchai derrière elle, la tête basse — vassal dans les pas de son suzerain. Arrivée à la maison, elle déposa son sac à main et rangea son porte-monnaie qui avait été allégé de quelques francs. Puis elle ôta sa capeline et partit s'enfermer dans la pièce où elle n'était là pour personne. Je filai dans ma chambre, me disant que les ennuis allaient commencer. Après un moment, sa voix retentit de nouveau. Plus froide qu'une barre de glace. « Josette ! Viens manger ! » Le couvert était dressé. Dans un plat de faïence, un poulet rôti entouré de pommes de terre trônait sur la nappe de dentelle blanche. « Assieds-toi, Josette. Bon appétit. Avant de commencer, je voudrais juste te dire qu'un seul mot vient à mon esprit à ton sujet : BARBARE !.. » Je frémis sous l'attaque. « BARBARE ! Oui, reprit-elle en détachant chaque syllabe. Je pensais que tu savais te tenir, mais tu m'as fait honte aujourd'hui. Je crois que je n'ai jamais eu aussi honte de toute mon existence... Tu es une barbare, mon enfant. » Puis, saisissant ses couverts, elle découpa une des cuisses du poulet qu'elle déposa avec délicatesse dans mon assiette, comme pour mieux me faire mesurer la largeur du fossé qui nous séparait dans nos éducations respectives.

L'après-midi même, je cherchai le mot dans le Petit Larousse... « BARBARE adj. et n. (gr. *barbaros*, étranger). 1. D'une grande cruauté, inhumain. *Coutume barbare*. 2. ANTIQ. Étranger, pour les Grecs et les Romains (v. partie n. pr.)... adj. 1. Contraire à l'usage ou au bon goût. *Musique barbare*. 2. Contraire aux normes de la langue, aux habitudes de ses usagers. *Terme barbare.* »

*

Au mois d'octobre, je n'étais plus livrée aux mains de Satan. J'étais baptisée et inscrite au catéchisme. Le dimanche devint un jour sous haute surveillance. Et l'église, le lieu de tous les dangers. J'avais beau me tenir immobile aux moments de repos, rester dans le rythme, ne pas perdre la cadence des génuflexions, me concentrer sur les signes de croix que j'avais appris à ne plus faire à l'envers, tourner les pages aussi vite que les autres fidèles, mes grands efforts semblaient voués à l'échec. Grand-mère m'épiait d'un œil suspicieux, égrenant son chapelet comme une furie, ce qui me déstabilisait et m'emmêlait les pattes. Je sentais son regard biaisé pointé sur moi tel un poignard paré à m'étriper au moindre écart. Pourtant, je ne me laissais distraire par aucun bruit, aucun murmure, aucun froissement d'étoffe, aucune mouche. Je demeurais stoïque tandis que les moustiques festoyaient dans mes jambes. Je priais ainsi que mes voisins, les mains pieusement jointes. Mieux qu'un santon de la crèche, je fixais, en temps voulu, avec foi et intensité, la croix du Christ. J'écoutais avec attention les paroles du vieux Monsieur l'Abbé chauve. Je tournais avec promptitude les pages de mon missel. Las, grand-mère n'était pas tranquille. Elle ne pouvait oublier ce que je lui avais infligé, la première fois où elle m'avait amenée à la messe. Elle avait apposé sur mon front le sceau infamant de la barbarie et semblait craindre, à chaque seconde, que je ne redevienne le *barbaros* de ses pires cauchemars.

Mais il n'y a pas que le dimanche dans la vie. Et tous les autres jours, je m'entendais bien avec Théodora. J'avais assisté à une seule crise d'étouffement depuis que j'habitais chez elle... « Tamère ! Tamère ! Tamère, Josette ! » Dieu et ses saints étaient accourus à son secours. Puis grand-père Selbonne avait débarqué de Cuba. Cela n'avait pas empêché les pluies de débouler, suivies de près par les inondations et le déluge. « Ta mère t'a reniée trois fois... » Enfin, le calme était revenu. Elle m'avait serrée dans ses bras, me disant qu'elle ne m'abandonnerait jamais. Jusqu'à la rentrée des classes, elle m'emmena partout avec elle. Dans la case, nous vivions en bonne intelligence ; chacune ayant son chez-soi et soucieuse de ne pas empiéter sur le domaine de l'autre.

L'école ouvrit ses portes.

À la récréation, les enfants se parlaient en créole et je restais en retrait, leur souriant de loin pour les apprivoiser. Je me disais que les étrangers en passaient toujours par cette sorte de mise en quarantaine. Théodora avait renouvelé ses recommandations, mais je pensais qu'il ne fallait pas donner trop de crédit à ses propos. Pourquoi me méfier de mes nouveaux camarades ? Ils étaient noirs comme moi et avaient l'air gentil. En attendant mon heure, je tâchais d'être une bonne élève, de ne pas faire honte — une fois de plus — à ma grand-mère. Je levais souvent le doigt pour répondre aux questions du maître et exécutais mes exercices avec application même si, pendant la classe, je regrettais parfois de ne pas être auprès de Théodora, dans la maison de Madame Margareth où elle se rendait du lundi au vendredi.

Désormais, je ne l'y accompagnais plus que le mercredi. La première fois que grand-mère me dit « Prépare-toi, Josette ! On va à Saint-Louis ! », je venais de débarquer et ne savais pas qu'il existait une ville du nom de Saint-Louis, ici même, à Marie-Galante. Le seul Saint Louis de ma connaissance était la ville natale de Joséphine Baker. Saint Louis du Missouri que Tata Michelle m'avait montré sur une carte de l'Amérique découpée dans le catalogue d'une agence de voyages. Je fonçai au salon en répétant « Saint Louis ! On va à Saint Louis ! En Amérique ! », à croire qu'on allait embarquer sur le *Major des Îles* et rejoindre les côtes américaines dans la journée. « On va à Saint Louis du Missouri, grand-mère ! » Théodora savait rester de marbre dans les situations les plus loufoques. Elle ne me traita pas de folle, ni de barbare, ne sursauta pas le moins du monde. Elle avala calmement son café et, ajustant ses lunettes, me considéra avec un petit sourire narquois. Puis, elle déclara avoir elle aussi, comme moi, entendu un avion atterrir dans le jardin. C'était prévu. Elle l'attendait. Nous partions en effet pour l'Amérique. Elle jeta un coup d'œil à sa montre. « Le pilote est à l'heure. Eh bien, Josette ! Voilà ce qu'on appelle la ponctualité. Tu te rends compte, il était à New York ce matin. Il n'a pas traîné, qu'en dis-tu ? Chapeau les Américains ! Après cela, on se demande encore pourquoi ils ont été les premiers à décrocher la lune... »

Nous prîmes un car brinquebalant pour nous rendre à Saint-Louis. La propriété de l'Autre Bord était située au bout d'un chemin de terre qui s'enfonçait dans la cannaie. Nous marchâmes en silence, main dans la main, cernées par les cannes à sucre qui se tenaient tantôt immobiles, en rangs serrés et au garde-à-vous, quand il n'y avait pas le moindre souffle de vent, tantôt titubantes, agitées et bruyantes, semblables à des fantassins ivres, tanguant sous l'alizé, sifflant de manière obscène. Après quelques mètres, apparut un grand portail de fer forgé. Théodora lâcha ma main et attrapa le trousseau de clés dans son panier.

« Voilà ! dit-elle, nous sommes chez Madame Margareth ! » J'avais plutôt l'impression qu'elle était sur ses terres. Soudain, dans son attitude, il y avait ce genre de tranquille assurance qu'on voit sur le visage de ces filles de ferme que m'avait montrées Tata Michelle : « Regarde-moi ça, Joséphine ! Comment elle promène ses nichons ! Celle-là, faudra pas qu'elle pleure si au bout du compte elle trouve un petit moutard pendu à son téton. Il ne sera pas arrivé là par l'opération du Saint-Esprit, crois-moi... Non, mais regarde-moi ça ! La donzelle a pas un brin de jugeote. Elle se dit pas une seconde que le jeu n'en vaut pas la chandelle et que l'homme pense à rien d'autre qu'à la bagatelle. Cette dinde croit qu'elle va hériter de la ferme, et des hectares de champs qui vont avec, parce que le Gérard lui donne les clés du paradis et lui chatouille le duvet quand elle monte dans sa chambre. » Tata Michelle poursuivait son discours à mi-voix, prétendant qu'il n'était pas prêté à tout le monde d'échapper à sa condition. En regardant Théodora ce jour-là, je crus comprendre ce que signifiaient les paroles de Tata Michelle. Si on était au service de quelqu'un, il fallait garder sa fierté, savoir rester soi-même et à sa place.

« Josette, reprit Théodora, tout imbue de son importance, je suis la gardienne de l'Autre Bord quand Madame Margareth n'est pas là. Tu vois, je suis la seule personne à qui elle confie ses clés. »

Elle agita les trois monstrueuses clés sous mon nez.

« Je suis la seule à aller et venir dans sa maison à ma guise. »

En effet, je voyais bien son air un peu suffisant, abandonnant négligemment sa main au gros chien qui avait surgi à ses côtés.

« Ne crains rien, Josette. C'est mon ami. Hein, Totor ! Bon chien, bon chien... Allez ! Totor ! Dis bonjour à Josette... » minauda-t-elle, tandis que la bête lui léchait les doigts et se frottait à ses jambes en agitant la queue. Théodora semblait avoir laissé sa classe et sa fierté à Grand-Bourg et se comportait de façon identique à cette fille qui s'était fait remettre les clés du paradis par le Gérard.

La maison était immense sous son toit de tôle rouge. Sur la véranda, parmi des plantes en pot au feuillage gigantesque, des fauteuils de rotin et des rocking-chairs étaient installés autour de petites tables de verre et fer forgé. Théodora sortit de nouveau son trousseau de clés et poussa la porte de bois gommier. En l'absence de la maîtresse des lieux, elle se contentait d'épousseter les meubles, d'aérer les pièces, de récupérer le courrier, de ramasser les crottes de Totor sur la véranda et, surtout, de contrôler le travail du jardinier. Elle le soupçonnait de fainéantiser la plupart du temps, dès qu'elle avait le dos tourné, se décidant à arracher les mauvaises herbes et élaguer les arbres deux jours seulement avant le retour annoncé de Madame Margareth Solin. Et, plus grave accusation, de voler les fruits du verger pour aller les revendre sur le marché de Grand-Bourg. Grand-mère voulait que tout soit parfait quand Madame Solin revenait de ses voyages. Alors, tandis qu'elle préparait la pâtée de Totor, elle lançait ses ordres en créole. L'homme ne répondait jamais de manière directe. Il hochait parfois imperceptiblement la tête, haussait une épaule, agitait son coutelas ou levait un bras. Il demeurait à distance respectable, comme si Théodora était la patronne en personne. Je le voyais toujours à l'abri sous son chapeau de paille, occupé à désherber les massifs de fleurs, à tailler des branches ou à balayer les feuilles mortes autour de la maison. Pendant que grand-mère inspectait les lieux, vérifiant chaque jour que des vandales, débarqués de la Guadeloupe — puisque aucun grand bandit n'était jamais né sur l'île de Marie-Galante —, n'avaient pas essayé de défoncer une porte ou forcer une serrure, je parcourais les pièces avec grand intérêt, sans toucher à quoi que ce soit, ainsi que je l'avais promis.

Hormis le fait qu'elle vivait la plupart du temps sur de lointains continents, je ne savais rien de cette Madame Margareth. Pourtant, la première fois que je pénétrai chez elle, j'eus la sensation de m'être introduite dans le château d'une fée. D'abord, ce qui frappait, c'était les livres, leur nombre impressionnant, la place qu'ils occupaient dans chaque pièce. Sur les murs, les étagères, dans les armoires, les placards et les vitrines. Empilés sur les tables, ouverts sur les deux bureaux, les sellettes, les guéridons. Exposés sur des chevalets, jetés dans des paniers, en tas, par terre sur les tapis... Une profusion d'encyclopédies, dictionnaires, manuels... Des guides touristiques, des cartes de géographie, des brochures scientifiques, des répertoires, des livres de contes et de cuisine d'Afrique, d'Inde, de Guadeloupe. Une histoire maritime des Petites Antilles, un bestiaire illustré... Des magazines, anthologies, livrets de poésie, recueils de nouvelles. Et encore, des livres en langues étrangères, des carnets de notes, des catalogues d'art, des coupures de journaux... Au fur et à mesure que j'avançais dans mes découvertes, je me demandais si, en fait, je n'étais pas tombée sur le laboratoire d'un savant près de découvrir la formule perdue de l'éternité. Ou bien dans l'antre d'une magicienne qui aurait passé ses journées à tenter de recomposer la recette d'un philtre millénaire, détenu autrefois par ses ancêtres, égaré lors d'un funeste voyage. Ou peut-être, au milieu de la salle de jeux d'un enfant gâté, riche, désordonné, toujours insatisfait qui, parcourant ces ouvrages, cherchait rageusement le nom du jouet qui donnerait du goût à ses jours.

Aux murs, là où les livres avaient renoncé à grimper, des masques africains semblaient regarder avec hostilité des visages torturés, peints à la gouache, sur les tableaux qui leur faisaient face. Ici et là, selon la manière dont ils étaient disposés, les bibelots se chuchotaient des histoires. Des éléphants taillés dans un bois sombre contournaient à la queue leu leu une vieille machine à écrire Underwood. De l'autre côté de la machine, maintenus par un gros éléphant presse-livre en pierre, se tenaient des ouvrages sur le Sénégal. On aurait dit que les éléphants, sortant tous de l'Underwood, s'en iraient bientôt rejoindre leurs compères pachydermes brodés sur les coussins, qui se prélassaient dans le canapé du salon. Dessus un secrétaire, une statuette noire, studieuse, lisait tranquille. Posés à ses pieds, des livres miniatures espéraient leur tour. Sous une lampe en forme d'ananas, un genre de don Quichotte africain, sculpté dans le bronze, s'apprêtait à livrer des batailles, mais il n'avait face à lui qu'un téléphone et je me dis qu'il attendait sûrement, pour entrer en guerre, un coup de fil de Madame Margareth. Je m'arrêtai un moment devant le vaisselier. Derrière la vitre, un service à thé se cachait dans la pénombre. Je m'approchai. Un port était représenté sur la théière. On embarquait des caisses. Il y avait une grande agitation et beaucoup de monde autour du bateau qui gonflait déjà ses voiles. Le vent soufflait dans les feuilles d'un bananier qui, depuis son rivage, contemplait la scène, rêvant peut-être en secret de prendre le large aussi, d'aller voir du pays. Tendant l'oreille, j'aurais pu entendre le roulis de la mer et les cris des dockers. Ahanant, les hommes d'équipage chargeaient les cales dessous l'inscription : « La route du thé de la saison 1854-1855. Shanghai. Pouchow. Amoy. Hong Kong. Whamposa. Canton. Macao. Le Havre. » Le voilier apparaissait en plus petite taille sur les six tasses. Le sucrier n'était décoré que du seul bananier. Je fis trois pas en arrière et m'installai sur le canapé, parmi les éléphants impassibles, brodés sur leurs coussins. Je leur tapotai le ventre et caressai leurs trompes. Et puis, je considérai la pièce dans son ensemble, me disant qu'il me faudrait des jours et des jours pour l'explorer à fond, tant il y avait de recoins cachés à visiter et de conversations, entre les objets et les livres, à écouter. À un moment, mon regard s'arrêta sur une photographie. C'était Margareth Solin. Je la reconnus sans que grand-mère Théodora ait eu besoin de me le confirmer. Elle posait sur une plage. Derrière elle, des oiseaux prenaient leur envol. Elle était belle et jeune et souriait comme si le lieu où elle se tenait était le paradis.

## II

Sur la route du retour, je reconsidérai mon jugement sur grand-mère. Je l'avais mésestimée. Oui, sans conteste, il était permis de se renier un peu et de se dévouer corps et âme à une personne de cette dimension. Et je voulais bien aussi laisser Totor me lécher la main. Lorsque, plus tard dans la journée, j'interrogeai Théodora sur les activités de Madame Margareth, elle répondit avec emphase : « C'est une grande dame, Josette. Une femme de lettres de renommée internationale ! » Je ne m'en trouvai guère plus avancée. Si grand-mère avait été charitable, elle m'aurait dit que Madame Margareth était une romancière. Avant de chercher le mot dans les pages du Petit Larousse, j'aurais pu penser, par associations d'idées, qu'elle était une marchande ambulante. Apparentée aux romanichels, elle parcourait le monde pour vendre des romans, comme une épicière faisait le commerce des épices, une mercière fournissait des articles de mercerie, une caissière veillait sur sa caisse. Je n'aurais pas été bien loin de la vérité. Si elle m'avait soufflé que Madame Margareth était dans la littérature, j'aurais peut-être déniché le mot, à supposer que je sache alors l'orthographier. Si elle m'avait expliqué que c'était un écrivain, j'aurais bien fini par comprendre, même si j'étais une barbare, « ANTIQ. Étranger »... Non, il avait fallu que grand-mère fasse son intéressante et soumette à mon imagination ce pompeux « femme de lettres... ».

Peut-être que Madame Margareth œuvrait pour une émission intellectuelle, genre *Des chiffres et des lettres.* Elle était chargée de chercher des mots uniques qui n'étaient apparus qu'une seule fois dans les livres. Des mots timides qui n'osaient plus sortir de leur cachette et qu'elle seule persuadait de se montrer au grand jour. Des mots hétéroclites, imprononçables et spectaculaires.

Chaque soir, à la même heure, tout s'arrêtait dans la ferme. Les mouches cessaient de voler. Pépé Marcel n'avait plus le droit d'éternuer ni de tousser, encore moins de rire. Tata gardait le silence tandis que ses mains épluchaient mollement les patates du dîner. Je m'installais auprès de Mémé. Elle haussait le son de la télévision et, calepin et crayon posés sur ses genoux, elle guettait le générique de son émission intellectuelle quotidienne : *Des chiffres et des lettres.* Après des années de parfaite fidélité, Mémé ne parvenait jamais à composer des mots de plus de quatre lettres. Pourtant, lorsqu'un concurrent annonçait un tonitruant « sept lettres ! », elle s'applaudissait plus souvent qu'à son tour. « Je l'avais ! Oh ! Je l'avais celui-là ! » s'écriait-elle, juste pour épater la galerie. Pépé me faisait un clin d'œil. Je jetais un regard discret sur la page couverte de mots illisibles, de ratures et de gribouillis. Sans le moindre état d'âme, je vendais Mémé d'un signe de tête traître. Pépé se mettait à rigoler dans son coin. Quand on passait aux chiffres, c'était une autre affaire. Un soir, Mémé avoua que ce n'était pas dans ses cordes, mais que l'exercice la faisait réviser ses tables de calcul et travailler les méningites, parce qu'il est toujours utile de savoir, par exemple, que 49 est un multiple de 7. « Les méninges ! rectifia Tata Michelle en glissant les patates dans l'eau salée. Les méninges ! Pas les méningites, Mémé. La méningite, c'est une infection de la tête... On dit méninge ! Pas méningite ! » Je vis arriver le moment où Pépé allait se venger des histoires de sardines dans le port de Marseille. Mais il ne réagit pas et resta coi, sage comme une image sur son siège. « Bon ! reprit Mémé, balayant la remarque que Tata lui avait adressée. C'est le tour des lettres ! Taisez-vous que je me concentre un peu sur mes mots... »

Pépé attendit trois semaines avant de remettre les méningites sur le tapis. J'eus alors l'impression qu'il avait consacré ce temps à tirer au maximum sur un élastique, pour le lâcher au moment où personne ne s'y attendait plus. Clac ! « T'as bien dormi, Georgette ? Comment se portent tes méningites ce matin ? » lança-t-il. Tranquille, Tata continua de tartiner ses tranches de pain, comme si de rien n'était. Cependant, elle jeta un regard courroucé à Pépé, lui signifiant qu'il ne s'arrangeait vraiment pas avec l'âge. Il n'était pas plus tard que sept heures, le soleil se levait à peine, Mémé n'avait encore avalé ni cachets ni potions et il était bien tôt pour commencer à lui balancer des vannes qui la feraient sortir de ses gonds et lui ficheraient la tête à l'envers. Mémé avait oublié l'histoire et ne prit pas la mouche. Elle répondit à Pépé qu'il était bien aimable de s'inquiéter de ses méningites. Mais elle avait toujours besoin de susciter la pitié et ne put s'empêcher d'ajouter, plaintive, la voix cassée : « Hélas ! J'ai pas aussi bien dormi que toi, Pèpère. T'as ronflé toute la nuit durant. J'ai pas fermé l'œil. J'ai pas arrêté de penser à notre pauvre Hubert. J'ai eu mes insomnies. Et je sais pas quand je pourrais bien récupérer le sommeil perdu par ta faute. C'est jamais bon de manquer de repos quand on est neurasthénique... » Pépé inspira profondément et lâcha, sans rire : « Tu m'en diras tant : des insomnies maintenant ! T'en as des maladies, ma pauvre Georgette. En plus d'être amnésique, t'es insomniaque à présent ! Première nouvelle ! Eh ben ! Eh ben ! Entre la méningite, la neurasthénie et les insomnies, t'es pas bientôt sortie de l'auberge. Manquerait plus, là-dessus, que t'attrapes la colitite, la variolite et la coqueluchite... » Sur ces mots, il enfila ses bottes en se bidonnant et abandonna Mémé à la méditation de ces maladies aux noms exotiques.

Théodora laissa passer plusieurs jours avant de demander ce que signifiait pour moi Saint Louis du Missouri en Amérique, d'où est-ce que j'avais entendu parler de cette ville. C'était comme l'histoire des méningites de Pépé et je reçus le coup d'élastique en pleine figure, alors que je me creusais encore la tête pour comprendre ce qu'était une femme de lettres.

Je penchais maintenant pour une idée qui m'était

venue sur le chemin de l'école. Je supposais que la femme de lettres était une grande collectionneuse globe-trotter, une amoureuse des lettres. Elle allait de par le monde, achetait aux enchères des livres rares qui renfermaient des lettres étrangères, des lettres écrites dans un certain style, des lettres anciennes et précieuses. Elle remontait le fleuve Amazone comme un orpailleur court après son filon d'or. Elle sillonnait les routes, du nord au sud, d'est en ouest, et s'enfonçait dans des contrées inexplorées, là où l'homme civilisé ne se risquait pas.

Enfin, je repensai à Mémé Georgette. Un jour, farfouillant dans ses vieux cartons, elle mit la main sur un abécédaire de jeunes mariés. Elle déroula la pièce de lin blanc avec grand soin et apparurent des lettres rouges, de toutes formes et dimensions, brodées au point de croix. « Celui-ci appartenait à ma vieille tante. À l'époque, on en trouvait dans chaque ferme. La promise choisissait un modèle d'écriture et brodait ses initiales sur son linge de maison. Je t'en fais cadeau, si tu veux. » Puis elle secoua le tissu, ferma les yeux et entra dans la nostalgie. Tandis que Mémé marmonnait dans sa barbe des choses sur la jeunesse, l'amour et les brodeuses du dimanche, je jetai un coup d'œil distrait à l'ouvrage. Tout en pleins et en déliés, chargées de petites croix, les lettres de l'alphabet se donnaient des styles, arboraient des rubans, déployaient leurs majuscules comme un plumage flamboyant. Les hampes et les jambages courbaient l'échine dessous les accroche-cœurs, les tire-bouchons et les rosaces. Des lapins couraient entre des massifs de fleurs et des arrosoirs. Est-ce que les abécédaires avaient un quelconque intérêt pour une femme de lettres ? Je n'en étais pas certaine... À mon avis, une femme de lettres ne passait pas son temps à broder ses initiales sur des draps et des torchons de cuisine.

La question sur Saint Louis n'appelait pas une réponse simple. Il aurait fallu que je replace la ville dans son contexte historique, que je raconte ma vraie vie à Théodora. Pour éclairer sa lanterne, j'aurais pu dire, par exemple :

Que, jusqu'au 25 août, je m'appelais Joséphine et non pas Josette...

Que Tata Michelle avait été une bonne nourrice, mais une folle de Joséphine Baker.

Que Tata Michelle connaissait par cœur les chansons de la Baker. Et que j'avais bien été forcée de les apprendre pour les chanter avec elle.

Et qu'elle m'avait déguisée en Joséphine Baker pour la fête du Mardi gras. J'étais vêtue d'un tricot blanc, d'un collant rose et d'une ceinture de bananes. Elle avait cousu mon costume toute seule, juste en regardant la pochette d'un disque de Joséphine.

Elle avait plaqué mes cheveux sur ma tête et sur mon front avec du blanc d'œuf, pour que je ressemble encore plus à la vraie. Elle m'avait prise en photo devant l'école. Elle avait même collé la photo dans son album de fan de Joséphine Baker.

Que les enfants s'étaient moqués de moi pendant trois mois, à cause de la ceinture de bananes.

Et que Tata avait dit qu'un jour je serais aussi célèbre que la Baker. Et ces enfants qui ricanaient aujourd'hui seraient décatis et laids. Ils viendraient me faire des sourires et lécher mes bottes et me demander des autographes.

Malgré tout ça, j'aimais toujours ma Tata. Et je pensais encore à elle, même si je ne lui avais pas envoyé de carte postale. Ce n'était pas ma faute, je n'avais pas d'argent, je n'osais pas demander et je ne voulais pas voler dans le porte-monnaie de ma grand-mère. C'était contre mes principes. Ce n'était pas classe...

Dire encore que je préférais qu'on m'appelle Joséphine, parce que personne ne savait où ma mère avait pêché mon nom.

Que Josette était un nom poisseux.

Que Pâquerette était une fleur du mal qui m'avait jetée à la DDASS.

Et que Joséphine Baker, la Panthère noire, était née dans la boue, là-bas, à Saint Louis du Missouri, en 1906. En Amérique, chez les sauvages qui faisaient la guerre aux nègres en ce temps-là, même s'ils ne pouvaient s'empêcher de danser sur leur musique. Je connaissais la vie de Baker sur le bout des doigts. Elle avait été une barbare, elle aussi. Pourtant, elle s'en était sortie, avec son Ram-pam-pam, ses maris à tête d'âne, tous ses animaux sauvages, son guépard, son serpent Kiki, ses singes, ses oiseaux... Elle avait été si riche qu'elle avait acheté un château de princesse en Dordogne. Et, parole de Tata Michelle, elle était si bonne qu'elle avait recueilli des enfants de toutes les couleurs, partout sur la terre, pour montrer au monde ce qu'était l'Amour avec un A majuscule.

Que je n'avais pas peur d'être enfermée dans un

cachot de bagnard et de manger de la cervelle de chien...

Que j'avais menti : je ne savais pas pourquoi on m'avait envoyée en exil à Marie-Galante. Et que je serais bien retournée chez moi, à la ferme.

À l'époque, j'avais déjà assisté à une de ses crises d'étouffement et je supposais que ce genre de révélation était de nature à tuer Théodora. Je rassemblai mes forces et répondis que j'avais eu, dans la Sarthe, une maîtresse d'école américaine. Elle était de Saint Louis, dans le Missouri, États-Unis d'Amérique. Grand-mère m'observa un instant, l'air dubitatif. « Ah, oui ! Une institutrice qui venait d'Amérique. C'est curieux. Elle parlait bien le français au moins ? » J'assurai que son français était parfait et enchaînai en quémandant un peu d'argent, pour acheter une carte postale, sans préciser quelle en était la destinataire, mais laissant présumer que c'était l'Américaine.

Sur la fin, le mois d'octobre s'avéra difficile. Personne n'osait m'approcher et les enfants ne cessaient de se moquer de moi. J'étais toujours l'étrangère. Comme dans la Sarthe, les têtes de cochons menaient la danse et imposaient leur loi. Les moutons suivaient en ricanant. Je compris alors que les enfants n'avaient cessé de m'observer depuis la rentrée, soupesant mes forces et mes faiblesses. À leurs yeux, j'étais Josette la négresse sortie de France qui flatte le maître pour se faire bien voir. Josette, mademoiselle Je-sais-tout. Josette, doigt en l'air et des *r* plein la bouche... Grand-mère garantissait que, si je les laissais faire, je n'aurais pas la chance miraculeuse d'être sauvée de la fosse aux lions comme la sainte Blandine. Les miracles ne se produisaient plus depuis que les hommes avaient crucifié Jésus-Christ. « Tu dois te défendre, Josette ! Je ne peux rien pour toi... » m'enjoignait-elle. Hélas, je demeurais impuissante. J'étais peut-être une barbare d'une rare cruauté, mais je n'avais pas l'âme guerrière et me retranchais derrière mes livres, laissant les enfants parler entre eux en créole et fustiger mon accent dépendu là-bas, en métropole, chez mes amis les Blancs auxquels je ne ressemblerais jamais, malgré tous les efforts que je déployais pour les imiter.

En attendant des jours meilleurs, je me consolais en poursuivant l'histoire de l'île des bagnards...

*Les révoltes éclatent à chaque heure. Des forçats s'échappent et vont se réfugier dans le château de la fée qui habite dans un endroit tenu secret. Les gardiens ne savent plus où donner de la tête. On entend partout des coups de fusils. C'est la guérilla sur l'île. Josette tient bon. Elle a beaucoup maigri à cause du régime de tête de chat, mais elle ne désespère pas. Sa libération approche. Elle a envoyé un message dans une bouteille jetée à la mer. « Je suis innocente ! Libérez-moi ! Je suis retenue sur l'île des bagnards. » Elle a remis une lettre à son ami rat, le suppliant de la donner à la fée. Les temps sont durs. Les vaches sont maigres. La nuit, elle fait des cauchemars, parfois des rêves de terrine de lapin. Sur le mur de son cachot, Josette trace un bâton chaque matin. Elle est prisonnière depuis quarante jours...*

*

Il se mit à pleuvoir sur Marie-Galante. Aux vacances de la Toussaint, Théodora m'obligea à la suivre au cimetière. Trépignant dessous mon parapluie, je la regardai briquer la tombe vide de défunt grand-père Selbonne. « On fête nos morts, Josette. Et c'est ainsi chaque année », m'avait-elle expliqué. Autour de nous, les gens s'affairaient. Ils récuraient les caveaux, apportaient des bouquets de fleurs et allumaient des bougies, manière de se rappeler au bon souvenir de leurs chers disparus. Armés de seaux, de pinceaux, de pots de peinture, de pelles et de râteaux, des familles entières rappliquaient pour le grand ravalement. La nuit tomba d'un coup, et je ne me sentis guère à l'aise dans ce cimetière. Les gens donnaient l'impression de préparer un bal en plein air, un genre de soirée spéciale un peu macabre. Observant leur manège, je n'étais pas loin de croire qu'ils attendaient un signal — en l'occurrence les douze coups de minuit — pour commencer les festivités, se mettre à sauter et danser sur les tombes. Comme à la messe où il fallait s'asseoir et se lever, s'agenouiller et se recueillir, selon un rituel bien rodé, je supposais qu'à l'heure dite ils enlèveraient leurs masques et qu'apparaîtrait le fond de leurs âmes diaboliques.

Grand-mère m'avait avertie que des individus de triste engeance pratiquaient la sorcellerie dans l'île. Confrérie de méchants et jaloux vendus à Satan. Je devais prendre garde à moi... Ne pas laisser traîner mes affaires à l'école. Ne pas jeter mes cheveux à la poubelle, mais les brûler. En son absence, ne pas donner moi-même du sel à une voisine venue en quémander ; surtout qu'elle se serve elle-même. Ne pas ramasser de l'argent par terre ; je serais en train de brader ma vie sans le savoir. Ne pas accepter qu'un enfant pose sa main sur mon épaule ; mon avenir en pâtirait. Ne pas prêter mes livres... Tout pouvait être utilisé contre moi et pour ma perte. Et si je n'écoutais pas grand-mère, je risquais bien de devenir rien de moins qu'un chien errant sur les routes, plein de puces, affamé, famélique, sans amis ni famille, poursuivi à coups de pierres... Si Dieu était partout, ainsi que l'affirmait Mémé Georgette, le diable était omniprésent à Marie-Galante, ses suppôts se multipliant plus vite que les lapins de Pépé dans les clapiers.

Pour l'heure, cœur vaillant, chacun pataugeait dans la boue des allées. Il y avait des éclats de rire aux échos suspects, des embrassades intempestives, des retrouvailles trop joyeuses. Les discussions frisaient le complot. La lune avait l'épaisseur d'une virgule solitaire tracée à la craie blanche sur le ciel noir. Les rares étoiles semblaient s'éteindre une à une. Mais grand-mère n'avait pas l'intention de quitter ces lieux et allait d'un pas tranquille dans le cimetière, saluant d'un signe de tête les gens de sa connaissance. Je la suivais au plus près. Elle alluma des bougies et disposa des fleurs sur d'autres tombeaux, dont celui de Gloria Mercure, sa mère — 1924-1956. Arrivée devant l'imposant caveau de la famille Solin, où reposaient au moins trois générations, elle s'agenouilla, se signa et se recueillit longuement. Je l'imitai, épuisée, les pieds trempés, priant Dieu de nous mener enfin vers la sortie. Partout, les gens ne cessaient de s'activer. Ici, dans un combat perdu d'avance, à grands coups de truelle et de ciment, un maçon s'échinait sur une tombe lézardée de toutes parts. Cela ressemblait à un travail qui n'aurait pas de fin, car une nouvelle fissure s'ouvrait aussitôt qu'une était comblée. Se tenant debout sur la dalle de béton défoncée, l'homme figurait un matelot esseulé dans une mer démontée. Son embarcation prenait l'eau mais il continuait à colmater la coque, gardait l'espoir au cœur, comme si le Christ en personne lui avait assuré qu'il sortirait sauf de la tourmente. Là, avec des manières efféminées, un ouvrier réajustait du carrelage cassé et décollé. Sa besogne s'apparentait plus à celle d'une demoiselle, en train de raccommoder un habit déchiré, qu'au savoir-faire d'un artisan carreleur. Il avait cependant l'air satisfait de son ouvrage qu'il admirait de temps à autre, un pas en arrière, une main sur la hanche, donnant des coups de dents délicats dans son sandwich à la morue. À quelque distance de la tombe du défunt Monsieur Edgar Solin — 1902-1963, et de Madame Marie-Eugénie Solin née Vicary — 1908-1977 (père et mère de Madame Margareth) —, un chabin ivre dessous sa casquette hoquetait et injuriait le Seigneur, vomissant son rhum entre deux stèles mangées par les herbes folles.

Si ces comportements m'inquiétaient, l'effervescence générale me paraissait surtout très déplacée. En cette circonstance, j'admirais la tenue de grand-mère qui ne se tordait pas de rire, ne gesticulait pas, ne se mêlait pas à ce qui était en train de se tramer. Elle restait digne dans sa douleur. À mon sens, le cimetière était un lieu de silence, comme une bibliothèque, un temple indien ou un hôpital. Il ne fallait pas déranger. Ainsi que les lecteurs, les divinités et les malades, on devait laisser les morts entre eux. L'attitude appropriée étant plutôt de méditer d'un air très pénétré. J'imaginais que, sous terre, enfermés dans leurs cercueils, les défunts commençaient à secouer leurs os en se demandant d'où venait cette agitation.

Mais, je n'étais qu'une étrangère qui juge et présuppose. Je n'étais pas encore au fait des rites du pays de mes racines. Non, ce soir-là, il n'y eut pas de bal diabolique. Les gens ne dansèrent pas sur les tombes. Les squelettes restèrent sagement dans leurs cercueils. Au bout de la nuit, chacun regagna sa case sous la pluie, quittant le cimetière fleuri et ses morts reconnaissants. La fête était finie, le devoir accompli. Je songeai à Mémé Georgette, je l'imaginais bien reposant ici. Sans doute aurait-elle aimé la fiesta qu'on faisait aux morts à Marie-Galante. Souvent, dans les longs jours d'hiver, elle évoquait sa fin prochaine. « Quand je serai plus là, menaçait-elle, quand je serai dans ma fosse, vous rigolerez moins. Je viendrai vous tirer les pieds sur les coups de minuit... » Parfois, elle nous accusait de chercher à la tuer ou de souhaiter sa mort : « Vous ne vous débarrasserez pas de moi comme ça ! Ma foi, je suis pas encore sortie de cette maison les pieds devant... » Dans la Sarthe, j'étais allée au cimetière une seule fois. On disait adieu à Mme Chantoux, une vieille amie de Mémé. Tandis que le cercueil était descendu dans le trou noir avec des cordes, les familles endeuillées sanglotaient, les amis essuyaient une larme et les voisins réajustaient leurs chapeaux avec des mines compassées. À un moment, j'avais croisé le regard d'un des croque-morts et il m'avait tiré la langue. J'avais serré très fort la main de Mémé. Elle m'avait soufflé qu'il ne fallait pas pleurer les morts. Ils n'avaient plus personne pour les embêter, plus à souffrir de douleurs ni de tracas ni de neurasthénie.

Pendant ces vacances, j'accompagnai chaque jour Théodora chez Madame Margareth. Grand-mère s'occupait de la maintenance tandis que je poursuivais avec passion l'exploration de la maison, ne touchant à rien avec les mains et tout avec les yeux. Je découvris que les éléphants n'étaient pas les seuls animaux du royaume de la fée. Hormis Totor qui faisait ses crottes sur la véranda et interdisait l'accès des lieux à quiconque n'était pas de ses amis, je répertoriai d'autres espèces animales. D'abord, de nombreux oiseaux. Ils volaient de branche en branche dans les arbres du jardin et s'aventuraient dans le salon dès qu'une porte était ouverte. Ils saluaient d'un coup d'ailes ceux qui étaient peints sur les assiettes de porcelaine, pris en photo, encadrés et accrochés aux murs de la chambre, attendant le retour de leur maîtresse sans désir de s'envoler ailleurs. Je rencontrai aussi un crocodile en bois qui servait de cendrier, une girafe bouteille abandonnée dans un panier de la cuisine, des lions et des panthères rugissant sur des dessins d'enfants, un poisson-lune devenu abat-jour, des papillons bleus sous verre, un chat en plastique, une colonie de fourmis qui, dans la cuisine, transportaient des cristaux de sucre sur leur dos et cheminaient entre les carreaux de faïence jusqu'à l'entrée d'un souterrain, une étoile de mer pendulette en métal doré, de vrais lézards courant sur les murs, des mabouyas dégoûtants, trois cafards moribonds et beaucoup de moustiques dans les recoins sombres. La propriété de l'Autre Bord était, à sa manière, une ferme du genre de celle que j'avais habitée dans la Sarthe. Je commençai à m'y sentir à l'aise. Si, pour la plupart, les animaux étaient représentés sur des objets, ou peints, suspendus aux murs, ils ne me semblaient pas moins vivants que ceux que j'avais connus, nourris et caressés : les vaches, l'âne Bouillon et Durandal, le cheval de Pépé Marcel ; ou que j'avais connus, nourris et mangés : les poules, les canards, les lapins, les cochons...

Je m'intéressais également, de très près, aux photographies sur lesquelles apparaissait Madame Margareth. En plus d'être une fée, elle devenait petit à petit le portrait de la mère rêvée. Je fermais les yeux et imaginais qu'elle me prenait dans ses bras, me serrait très fort et m'emmenait sur la plage du paradis, sur le fleuve Amazone ou le port de Macao, en Afrique chez ses amis les éléphants, en Amérique jusqu'à Saint Louis du Missouri. J'aimais son sourire, ses yeux noirs, la façon dont elle se tenait quand elle prenait la pose. J'admirais la forme de son visage, les boucles dans ses cheveux, sa peau aussi noire que la mienne. J'adorais son rouge à lèvres, le vernis sur ses ongles, les bagues et les boucles d'oreilles qu'elle portait sur la plupart des clichés. J'étais prête à partir au bout du monde avec elle, à lui servir d'assistante dans sa quête des lettres. Je voulais bien faire son ménage. Je promettais de surveiller le jardinier et de ramasser les crottes de Totor avec le même dévouement que Théodora. Je jurais que je ne me plaindrais jamais, sous le soleil et sous la pluie. Je marcherai dans son sillage, qu'il neige ou qu'il vente. Je me chargerai de ses bagages, de ses livres emplis de mots, des cartes et des souvenirs ramenés de nos expéditions. Et je serai son âne Bouillon et je la porterai sur mon dos si elle est fatiguée. Je laverai son linge, je nettoierai ses chaussures et viderai ses poubelles...

Le premier vendredi de décembre, grand-mère reçut un coup de téléphone. Elle hocha la tête pendant toute la conversation, répondant : « Oui, oui... C'est entendu. Oui, ne t'inquiète pas. Oui, ce sera fait. Oui, bien, effectivement... » Sitôt qu'elle eut raccroché, elle s'écria : « Josette, c'est Madame Margareth ! » Théodora ne se tenait plus de joie, sautillant presque sur place. « Elle arrive dans trois jours. Enfin ! Dieu soit loué ! Madame Margareth va enfin pouvoir se reposer de ses voyages ! Merci, Seigneur ! » Puis, se lâchant dans son rocking-chair, comme si elle revenait aussi d'un long périple, elle m'oublia un instant et, à haute voix, se parla à elle-même : « J'espère qu'elle n'est pas trop fatiguée. D'où est-ce qu'elle m'appelait ? Qu'est-ce qu'elle a dit ? Le Japon, l'Australie, la Suède, je ne sais plus... Les gens ne sont pas humains de lui faire endurer cette existence : sauter dans un avion tous les quatre matins, courir d'un bout à l'autre de la terre, donner des conférences, faire des exposés, répondre aux questions des journalistes à gauche et à droite... Je crois qu'elle m'a parlé de l'Australie, oui, de l'Australie... Ah ! Je dois noter ce qu'elle m'a demandé. Elle veut manger du boudin pour le déjeuner. Du boudin en entrée, et puis des ignames et des bananes jaunes avec une daube de thazard. En dessert, un flan au coco. Il faut surtout que je pense à appeler le plombier pour le robinet de la cuisine... » Elle continua quelques instants à établir des listes et à ordonner les choses à mi-voix, ses paroles devenant de moins en moins perceptibles. J'allais la quitter pour partir à l'école quand elle m'interpella : « Josette, tu viendras à l'Autre Bord, dimanche. Il faudra faire le ménage en grand. Tu vas m'aider pour une fois. »

Depuis que j'habitais avec grand-mère, je ne m'étais vu attribuer que de rares tâches ménagères. Sous son toit, elle régentait et nettoyait tout elle-même. Je devais juste respecter certaines règles. Ne pas abandonner de crasse ni de cheveux dans le lavabo de la salle de bains. Ne pas tenir les murs car ils n'allaient pas s'écrouler ; mes doigts y laissaient des traces. Le samedi après-midi, dépoussiérer les meubles et passer la serpillière dans ma chambre. Au retour de la plage, épousseter mes pieds pour ne pas semer du sable sur le plancher. Le dimanche, mettre le couvert, débarrasser et faire la vaisselle. En sus, il y avait ces notions d'hygiène élémentaires sur lesquelles Théodora était intraitable. Me laver les mains en sortant des W.-C. Laver encore mes mains en rentrant de l'école, et avant de passer à table, et puis aussi après. Le matin, ne pas lui adresser la parole tant que mes dents n'étaient pas brossées. Changer ma serviette de toilette tous les trois jours. Brûler les cheveux accrochés sur mon peigne dans un vieux pot de lait Nestlé et attendre qu'il n'en subsiste pas un brin. Elle n'exigeait rien de plus. Ainsi, pendant qu'elle faisait son ménage, je pouvais rester tranquillement dans mon chez-moi, à lire, apprendre mes leçons, rêver, feuilleter le Petit Larousse ou écrire l'histoire de Josette sur l'île perdue des bagnards.

Le fameux dimanche arriva. Il y eut d'abord la messe. Et, comme à l'accoutumée, les grands chapeaux, les souliers neufs, les signes de croix, les chants et les génuflexions sous le regard de la statue de Jeanne d'Arc. Cependant, je remarquai que grand-mère ne suivait pas l'office avec la piété habituelle. Elle n'était pas à ses prières, n'épiait pas mes moindres faits et gestes. J'imaginais que, dans sa tête, elle était un général en chef, organisant la journée de nettoyage. J'attendais moi aussi l'heure H. J'étais impatiente d'obéir aux ordres de Théodora. Enfin, lorsque, après le déjeuner, nous prîmes la route de l'Autre Bord, je marchai dans ses pas pareille à un petit soldat fier de ses deux galons, convaincu que la guerre avait un sens et paré à mourir pour sa cause.

L'après-midi passa comme un rêve. Je pris mes quartiers dans la cuisine et, drapée d'un grand tablier, j'astiquai les fait-tout, canaris, cocote-minute, poêle à frire, couteaux, louches, fourchettes, cuillères... Grand-mère était persuadée que la saleté et les bestioles s'incrustaient durant l'absence de Madame Margareth. Celle-ci risquait d'être de mauvaise humeur si, levée de bonne heure un matin, elle cherchait à se faire chauffer un peu de lait et tombait malencontreusement sur une casserole poussiéreuse, au fond de laquelle gisait un ravet mort, roulait une déjection de mouche ou se déployait une toile d'araignée. Je ne découvris rien de tout cela et ne compris guère l'utilité de ma tâche. Pourtant, je m'exécutai de bon cœur, puisqu'il s'agissait de ne pas irriter Madame Margareth. En sa qualité de femme de lettres de renommée internationale, ces contrariétés devaient lui être épargnées. Elle avait d'autres chats à fouetter. Pendant ce temps, armé de sa chamoisine, grand-mère opérait au salon, lustrant chaque bibelot, chaque meuble, chaque tableau. Un moment, elle discuta avec le plombier, alla vérifier son travail et lui donna congé. Quand je lui abandonnai la cuisine, elle était en sueur. Cernée par trois cents bataillons d'assiettes et de verres de diverses couleurs et dimensions. Je fus alors chargée de balayer la véranda, d'essuyer les fauteuils et les tables de verre. Le chien Totor tournait et virait, me faisait la fête, gueule ouverte, langue pendante, bavant de son mieux. D'un coup, il filait comme une flèche au fin fond du jardin, puis il réapparaissait, quémandant caresses et mots doux. Je ne m'attendrissais pas le moins du monde. Bien au contraire, sachant qu'il n'avait pas d'heure pour ses crottes, je le surveillais d'un œil noir. Et je lui promettais de mes nouvelles ainsi qu'une belle torgnole s'il osait s'oublier sur la véranda que je venais de nettoyer.

Maître de son domaine, coutelas au poing, le jardinier arpentait ses terres à l'égal d'un fringant conquistador. Secondé par son fils, il semblait, lui aussi, s'agiter plus qu'en temps ordinaire. Tantôt, il cueillait des fruits qui s'amoncelaient dans les grandes panières, les corbeilles et les jattes que Théodora lui avait fournies. Tantôt, il coupait des fleurs qu'il confiait par brassées à son coursier ; ce dernier étant prié de galoper sans même penser à trébucher au cours de sa mission. La mine sévère, grand-mère réceptionnait les bouquets à la porte de la cuisine, puis les mettait dans des vases qu'elle disposait partout dans la maison. Vers les cinq heures, le jardinier montra quelques signes de relâchement. Il errait de-ci de-là, désœuvré, traquant indolemment les feuilles dans les allées, ramassant un caillou échappé d'un parterre, arrachant d'un bosquet une fleur fanée. Théodora surgit sur la galerie et, d'un geste de leur langage codé, lui ordonna d'aller récurer le grand portail, ce qu'il fit sans tergiverser, son homme de main sur les talons.

En quittant l'Autre Bord en début de soirée, nous étions fourbues mais nous sortions victorieuses d'une bataille qui n'était pas gagnée d'avance. La poussière et la vermine avaient été terrassées. L'encaustique et les parfums mêlés des fleurs embaumaient chaque pièce. Du sol au plafond, la cuisine resplendissait de propreté. Dans les vitrines de la salle à manger, les verres et les assiettes étincelaient. Tout était en ordre et en place : draps frais, serviettes impeccables, savons neufs, tapis de bain... Seule la pièce où se concentrait le gros des livres avait été abordée avec modération, juste à petits coups de plumeau, afin de ne pas déranger le désordre organisé. « Enfin, soupira grand-mère, Madame Margareth peut bien arriver au milieu de la nuit, elle n'aura rien à redire... »

Le lundi matin, grand-mère se réveilla à cinq heures. J'entendis ses pas aller de la cuisine à la pièce où elle n'était là pour personne. Suivie de différents bruits de vaisselle, l'odeur du café emplit la case. Je n'avais plus sommeil. Dehors, les arbres du jardin étaient à présent silencieux. L'un après l'autre, les insectes se taisaient à leur tour. La nuit s'étirait encore un peu dans le ciel tandis que les premières lueurs du jour perçaient dans le lointain. Un coq chanta à s'arracher des larmes. J'allumai ma lampe de chevet et pris mon cahier.

*Josette pense qu'elle sera bientôt libre. La fée a donné rendez-vous au rat à minuit. Au cimetière... Il a eu la frousse de sa vie. Il n'est pas un rat de cimetière, seulement un rat de cachot. La fée a lu la lettre de Josette sans dire un mot. Puis elle a demandé au rat de lui dire tout ce qu'il sait de Josette. La fée n'utilise ses pouvoirs que pour des gens qui en valent la peine. Pas les criminels qui ont du sang plein les mains. Pas les assassins au long cours. Le rat est un ami véritable. Il a expliqué à la fée que Josette est innocente. Tout le monde pense qu'elle est une* barbaros. *Les Grecs et les Romains croient même qu'elle est une* ANTIQ *étrangère d'une grande cruauté. Quelques bagnards veulent lui faire la peau et lui couper la tête parce qu'on raconte qu'elle est de la famille du roi Bokassa. Les jours de Josette sont comptés...*

Il me fallut attendre le mercredi pour voir enfin Madame Margareth. La veille, Théodora m'avait annoncé que la femme de lettres de renommée internationale souhaitait m'inviter à déjeuner.

« Oui, tu m'entends bien, vous serez toutes les deux à table. Rien que vous deux et ce sera un plaisir pour moi de vous servir. Tu verras, Josette, c'est une femme très simple. Je te demande une seule chose, ne pas me faire honte. Tu ne parles pas la bouche pleine. Tu ne roules pas trop tes *r* pour ne pas lui écorcher les oreilles. Tu réponds à ses questions avec des phrases entières. Tu déposes tes couverts quand tu ne manges pas. Tu ne fais pas la goulue qui n'a pas déjeuné depuis trois jours... Tu sais, c'est un grand honneur d'être assis à la table de Madame Margareth, continua Théodora en ajustant mes barrettes.

— Oui, grand-mère.

— Je dirais même un privilège exceptionnel dans une existence ! enchaîna-t-elle en appuyant fortement sur les *x*.

— Oui, grand-mère.

— Encore une chose importante : tu la regardes lorsqu'elle parle. C'est insupportable de faire la conversation à une petite négresse qui baisse la tête et vous fuit des yeux...

— Oui, grand-mère.

— En Guadeloupe et dans le monde entier, il y a beaucoup de gens qui lui font des courbettes. Elle prend leurs sourires pour ce qu'ils sont. Elle sait très bien qu'ils veulent la fréquenter uniquement parce qu'elle est la grande Margareth Solin... Fais-moi confiance, elle n'est pas dupe. Elle sait très bien qui sont ses amis et ses ennemis... Et, crois-moi, elle en a des ennemis... Elle les range dans un tiroir spécial...

— Oui, grand-mère.

— Elle veut te rencontrer parce qu'elle aime bien la jeunesse...

— Oui, grand-mère.

— Bon, nous partons maintenant car je dois préparer le déjeuner. Emporte un livre. Tu resteras bien sagement sur la véranda pendant que je serai à la cuisine. Ne joue pas trop avec Totor. Il risquerait de te salir...

— Oui, grand-mère.

— C'est une gourmande, Madame Margareth... À midi et demi pile, dès que j'appellerai pour passer à table, elle sortira de son bureau. Je la connais bien, depuis le temps. Elle peut être en train de chercher un mot, de lire une lettre ou de corriger des fautes, elle accourt... Tu la verras à midi et demi pile... Aujourd'hui, elle m'a demandé de préparer de la daurade grillée et un gratin de cristophine. En entrée, je fais des acras de morue. Pour le dessert, vous aurez des sorbets au choix : mangue, coco, pistache. Alors, qu'en dis-tu, Josette ? C'est pas l'Amérique ! Ce n'est pas mieux que Saint Louis du Missouri. Allez ! Tu es prête pour le voyage ? L'avion nous attend dans le jardin.

— Oui, grand-mère. »

Ce matin-là, franchissant le grand portail, j'avais la gorge nouée. J'allais retrouver ma fée, la femme de lettres, et je n'étais pas moins terrifiée que le jour où je posai les pieds pour la première fois à Marie-Galante. Comme à son habitude, grand-mère sortit les clés de son panier, ouvrit le portail, puis poussa d'un coup d'épaule la porte d'entrée. Le bois gommier enfonça encore une fois méchamment ses griffes dans le carrelage blanc, ce qui n'émut pas Théodora. Un doigt sur les lèvres, elle me désignait la porte fermée derrière laquelle se trouvait Madame Margareth. « Elle travaille ! » chuchota-t-elle. Une musique que j'avais déjà entendue à la ferme sur le vieux tourne-disque de Tata Michelle emplissait la pièce. C'était du blues. Le blues inventé par les nègres d'Amérique.

Je passai la matinée à lisser les plis de ma jupe, à tirer sur mes chaussettes, à vérifier mes barrettes et à repousser Totor qui n'en avait rien à fiche de mes beaux habits. Je m'étais installée dans un grand fauteuil de rotin, mon livre ouvert sur mes genoux, attendant midi et demi. Les lettres dansaient sur les pages. Les mots étaient illisibles. Les histoires n'avaient ni queue ni tête. Je ne pensais qu'à ce déjeuner avec Madame Margareth. Je voulais me faire aimer d'elle. Je devais préparer des sujets de conversation pour qu'elle s'intéresse à moi, pour qu'elle ait envie de me prendre dans ses bras et de me serrer sur son cœur. Dans ma tête, je répétais des formules toutes faites entendues ici et là. « Je vous remercie de ce délicieux repas... » « Votre jardin est magnifique ! » Aplatir mes *r* et surtout surveiller mes propos. Si elle me questionnait sur ma vie précédente, je répondrais que je vivais autrefois dans une ferme de la Sarthe mais que j'avais eu besoin de retrouver mes racines. « J'étais déracinée, vous comprenez, Madame Margareth. Je suis contente d'habiter maintenant à Marie-Galante. » Si elle m'interrogeait sur mon travail scolaire — ce qui était certain : les grandes personnes qui n'ont rien à dire aux enfants leur demandent toujours des nouvelles de l'école et le nom de leur maître — je dirais que je suis une bonne élève...

Grand-mère vint me voir à deux ou trois reprises. Elle m'apporta du jus de goyave, vérifiant par la même occasion que je ne m'étais pas roulée dans la boue avec le chien, que mes cheveux n'étaient pas embroussaillés sur ma tête. Mes réflexions s'arrêtaient un moment, puis repartaient de plus belle. J'étais curieuse de savoir la raison pour laquelle Madame Margareth, grande femme de lettres, souhaitait déjeuner avec une enfant de neuf ans qui n'était rien d'autre que la petite-fille de sa bonne. Juste un ver de terre en somme. Si elle me parlait de ma mère qu'elle avait sans doute connue, je ferais en sorte que la conversation glisse avec élégance et classe sur un autre sujet, pareille à une de ces patineuses d'Holiday on Ice que Mémé admirait tant. « Oh ! Pâquerette Titus va très bien, son mari Fred aussi. Ses trois garçons aussi... Je vous remercie... Il fait très beau aujourd'hui. Il a beaucoup plu au mois de novembre... » Si elle en venait à causer de son métier, je ferais comme si je n'étais pas au courant des explorations, des recherches, des conférences, des ventes aux enchères. Ne pas s'emballer au risque de déraper, plutôt faire preuve de discrétion. Elle ne devait pas avoir l'impression que je la fréquentais uniquement parce qu'elle était Madame Margareth Solin, Grande Femme de Lettres. Arrivée au dessert, je ne voulais pas être rangée dans le tiroir spécial de ses ennemis.

À midi et quart, grand-mère m'inspecta une dernière fois et me commanda d'aller me laver les mains. Tremblante et excitée à la fois, je refermai mon livre pour la suivre à la cuisine. Une guitare pleurait derrière la porte du bureau. M'arrêtant devant le miroir du couloir, je contemplai avec suffisance cette Josette Titus qui était l'invitée du jour. Je passai une main dans mes cheveux et souris à mon image en réajustant une barrette.

À midi et demi pile, grand-mère frappa trois petits coups à la porte de Madame Margareth. Elle ouvrit sans attendre de réponse et, la bouche allongée dans l'embrasure, murmura : « Madame Margareth, le repas est servi. » Deux minutes plus tard, je me tenais au garde-à-vous à côté de Théodora, sourire aux lèvres, muscles tendus, aussi droite que possible. Et, pour la première fois, je la vis. Mon cœur aurait pu se décrocher s'il n'avait été maintenu qu'à un fil comme celui de Mémé Georgette. J'aurais pu rendre l'âme et passer l'arme à gauche. J'aurais pu faire pipi dans ma culotte, tant le tableau était terrifiant, à des milliers d'années-lumière de ce que j'avais imaginé. J'aurais pu prendre la poudre d'escampette si mes jambes n'avaient pas molli d'un coup. J'aurais pu devenir liquide et m'évaporer ; las, mon sang dans mes veines s'était figé en glace. Dans un dernier sursaut, sans doute l'instinct de survie, j'esquissai un pas en arrière. Aussitôt, la poigne de fer de grand-mère s'abattit sur mon épaule. Mon corps se statufia sur place. Mon sourire, si bien préparé, vira au rictus et je sentis ma bouche tirer lamentablement sur la gauche. Non, je n'avais pas devant moi la fée de l'île des bagnards, encore moins la mère idéale. Cela je pouvais l'accepter : Mémé disait que c'est le droit de chacun de se construire des châteaux en Espagne et des villas avec piscine en Floride. Hélas, je n'étais pas non plus en présence de la femme des photos qui souriait partout dans la maison. J'étais face à un genre d'ogresse. Une monstrueuse créature qu'on avait délogée de sa tanière et qui, cigarette au bec et cheveux en friche, arborait un sourire carnassier.

« Dis bonjour à Madame Margareth ! » chuchota Théodora.

Les *r* se précipitèrent sur ma langue tandis que la femme de lettres me considérait d'un air chafouin, la bouche tordue, les yeux ronds, le nez libérant une fumée d'usine à intervalles réguliers.

« Alors, c'est toi ! La fameuse Josette dont j'ai tellement entendu parler... » Sa voix était rauque et caverneuse. Incapable d'articuler un mot, je hochai la tête, me disant qu'un dragon en chair et en os se tenait devant moi. Il ne manquait plus que les flammes. Soudain, à croire qu'elle sondait mes pensées, elle tira une bouffée de sa cigarette et me la souffla en pleine figure.

« Mais parle, voyons. Tu as une langue, Josette ! » m'exhorta grand-mère. Puis, pour s'excuser, elle s'adressa à ce qu'elle appelait sa Madame Margareth : « Josette n'est pas du tout timide d'habitude. Je pense qu'elle est juste impressionnée.

— Moi j'ai faim ! Une faim de loup ! Je pourrais manger une tonne de poissons. Qui m'aime me suive ! Aujourd'hui, tu déjeunes avec nous, Théodora ! »

Grand-mère me bourra dans le dos et retourna à la cuisine, me laissant seule dans le sillage de l'autre qui continuait à me parler, sachant que je n'étais qu'un mouton contraint de la suivre. Ses cheveux n'étaient pas coiffés. Elle se tenait un peu voûtée. Une bosse de bison déformait son vieux T-shirt auréolé de sueur. Ses bras semblaient aussi gros et mous que ceux de Mémé Georgette. Ses talons étaient cornés et elle traînait ses savates de la même manière que cette fille de ferme, cette souillon, que j'avais vue chez une amie de Tata. Elle n'a aucune classe, me dis-je à moi-même, considérant son large derrière qui ballottait dans un saroual. Et, pour mieux me persuader que nous n'appartenions pas au même monde, je me redressai, telle une princesse qui va, la tête haute, dans les pas de son bourreau.

Décidément, je ne comprenais rien à rien. Pour quelle raison obscure avais-je dû m'habiller et me coiffer avec autant de soin ? Pourquoi les yeux de grand-mère s'illuminaient-ils dès qu'elle parlait de sa Madame Margareth ? Où était passée la jolie femme aux bijoux qui prenait la pose sur les photos ? Comment ce naufrage avait-il pu se produire ?

Je repensai aux photos jaunies de Mémé. La jeune Georgette avait été comme écrasée par le bulldozer qu'était la vieille Mémé Georgette. Son corps s'était empâté, sa chair s'était ramollie, sa peau s'était plissée, jour après jour, inexorablement. « Regarde cette sacrée Joséphine ! s'extasiait Tata Michelle en feuilletant son album de fan. Jusqu'au bout — et pourtant elle est morte à soixante-dix ans ! — jusqu'au bout, c'est resté une beauté... Pas vrai ! Le temps n'a pas eu de prise sur elle... » L'admiration aveuglait Tata Michelle. Joséphine Baker avait vieilli avec son siècle, c'était visible à l'œil nu. Sur la fin, elle perdait ses cheveux et ne portait plus que des perruques retenues par des épingles cachées, des tiares de verroterie et des diadèmes de Cléopâtre. Sa chair s'était fanée aussi sûrement que celle de Mémé. Les dernières années de sa vie, le visage de la Panthère noire apparaissait boursouflé malgré l'épais maquillage de plâtre et de poudre. Deux lourdes poches cernaient ses yeux parés de faux cils extravagants. Elle avait un double menton et serrait son corps dans des robes longues à manches. À soixante ans passés, elle continuait à sourire de toutes ses dents sur les pochettes de ses disques, pour faire croire à Tata Michelle qu'elle était toujours la Vénus d'ébène du Missouri, celle qui avait débarqué en 1925 à Paris. La perle noire de la Revue nègre, pauvre Joséphine... Elle avait quand même été écrasée par le bulldozer de la vieillesse.

« Tu vas bien finir par dire un mot », lança Madame Margareth.

Nous étions attablées, face à face. Il n'y avait que deux couverts. Grand-mère ne s'était pas jointe à nous. Je ne me souvenais pas m'être assise. Je ne levais pas mes yeux de l'assiette décorée d'oiseaux, me disant qu'il faudrait que je surveille le bulldozer de loin. Que je ne me laisse pas écraser par la vieillesse.

« Allez ! Parle-moi de ton arrivée ici ! Comment trouves-tu Marie-Galante ? Est-ce que tu t'adaptes ?

L'air agacé, elle alluma une cigarette.

— Josette ! Qu'est-ce qui t'arrive ? Réponds à Madame Margareth ! soupira grand-mère en déposant un plat d'acras sur la table.

— Non ! Laisse-la, Théodora. Laisse-lui le temps... Quand j'avais son âge, je n'aimais pas non plus que les grandes personnes me posent des questions. Je préférais rester loin d'eux, dans ma chambre, à écrire mes histoires. Mes parents disaient que j'étais sauvage. Je m'en fichais. Tu sais bien, Théodora. J'avais plus de sympathie pour les personnages que j'inventais. Ils me faisaient rire et même pleurer, avec de vraies larmes. » Sa voix s'était soudain radoucie, comme si l'évocation de son jeune âge avait été du miel dans sa gorge. « Bon, reprit-elle, quand tu seras décidée, on s'entretiendra toutes les deux. Maintenant, on mange. » Et elle enfourna son premier acra.

À chacune de ses apparitions, grand-mère me fustigeait du regard, parce que je n'étais pas assez causante. Les paroles de Madame Margareth cheminaient dans mon esprit. Je commençais à la trouver un peu moins monstrueuse. Il y avait toujours ses auréoles de sueur aux aisselles, ses gros bras n'avaient pas perdu en volume, ses cheveux étaient encore peignés à la diable... mais elle paraissait maintenant réellement plus humaine. Nous avions quelque chose en commun. Comme elle, j'écrivais des histoires. Comme elle, je pouvais rire et pleurer en relisant mes pages. Alors, à un moment, après avoir répété et répété la question dans ma tête, je me jetai à l'eau.

« Excusez-moi, Madame Margareth...

— Oui, je t'écoute... »

Elle haussa un sourcil, replaça sa fourchette à côté de son assiette, posa ses coudes sur la table et, les mains croisées sous le menton, me fixa d'un œil empreint de curiosité.

« Je voulais vous demander ce que vous avez fait de vos histoires... »

Elle éclata de rire, alluma une nouvelle cigarette, en inspira une bouffée et, la tête rejetée en arrière, comme si elle cherchait à assembler ses souvenirs ou à recoller des lettres pour former des mots, elle me demanda si Théodora m'avait expliqué ce qu'elle faisait dans la vie.

« Femme de lettres », murmurai-je sur le ton du secret, à croire que les murs avaient des oreilles et que les ennemis, à l'affût, étaient tapis dans l'ombre avec les moustiques, en embuscade derrière les éléphants, prêts à charger.

Madame Margareth m'observa un moment.

« Ta grand-mère t'a dit ça ? » Elle éteignit sa cigarette.

« Oui, Madame.

— Elle aurait dû te dire que je suis un écrivain. Tout simplement. J'écris des histoires, des romans... Sais-tu ce qu'est un écrivain ? »

L'idée que je me faisais d'un écrivain était alors assez vague. Un individu d'une époque passée. Un être, d'une espèce un peu particulière, assurément mort comme les poètes dont nous récitions les vers à l'école. Il m'était impossible d'imaginer que Madame Margareth appartienne à cette race-là, supérieure.

« Aimes-tu lire, Josette ? Aimes-tu écrire ? continua-t-elle en dégustant son sorbet.

— Oui, Madame. J'écris aussi des histoires, comme vous. »

Elle fronça les sourcils.

« Tiens donc ! Mademoiselle écrit des histoires. Et depuis quand écrivez-vous, Mademoiselle Josette ? »

J'eus l'impression qu'elle me regardait à présent d'un œil peu amène et qu'elle ne tarderait pas à me basculer dans le tiroir de ses pires ennemis. Elle s'était mise à me vouvoyer. Elle se moquait, tentait de me tourner en dérision. Mais j'étais sur ma lancée.

« Depuis que j'ai huit ans, à peu près...

— Bien ! Et qu'écrivez-vous, Mademoiselle Josette, future grande écrivaine ? »

Théodora débarrassait la table au même moment. Le regard qu'elle me lança exigeait maintenant que je me taise après m'avoir ordonné de parler. Hélas, rien ne pouvait plus m'arrêter.

« Eh bien, Théodora ! Tu ne m'avais pas dit que cette enfant était une femme de lettres... Alors, Mademoiselle ! Qu'écrivez-vous ?

— J'écris toutes sortes d'histoires... Il y a des monstres, des bagnards... Et puis, des fées qui combattent l'injustice. Des guerriers, des voyageurs... »

Elle rit de nouveau, d'un rire un peu grinçant, repoussa sa chaise et demanda à grand-mère de lui préparer un café. Avant de retourner s'enfermer dans son bureau, elle lâcha son venin : « Il faudra bientôt créer un club d'écrivains à Marie-Galante. Une île si petite qui compte tant de grands esprits, c'est extraordinaire ! »

Sur le chemin du retour, tandis que les champs de canne dansaient derrière la vitre du car, Théodora ne décocha pas une parole. Je me demandais ce qui, dans mes propos, avait pu la contrarier. J'avais fait de mon mieux pour me tenir à table, manger proprement et répondre aux questions de Madame Margareth. Je n'avais pas demandé à être l'invitée privilégiée. Pourtant, dès que nous serions rentrées, je savais que Théodora irait méditer et bouder dans sa pièce où elle n'était là pour personne.

Je me retirai dans ma chambre.

*Grâce à son complice le rat, Josette est sortie de son cachot. Elle est allée dans le château de la fée. Au début, pour la tester, la fée s'est transformée en ogresse. Ses habits sont en lambeaux. Du feu sort de sa bouche. Josette sait qu'elle joue sa liberté. Elle ne recule pas. Au contraire, elle salue la fée et la remercie d'avoir répondu à son appel. En entendant ces mots, la fée reprend son apparence. Josette a réussi la première épreuve. Ensuite, la fée essaye de la piéger. Elle pose trois questions : « Quel est ton nom ? D'où viens-tu ? Que veux-tu faire dans la vie ? » Il faut répondre en une seule phrase. Les mots ne doivent contenir ni A ni Z. Josette réfléchit rapidement et réplique...*

Le dîner démarra dans un silence d'église. La soupe était tiédasse et grand-mère glaciale. Soudain, n'y tenant plus, elle déposa rageusement sa cuillère.

« Est-ce que tu ne serais pas un peu prétentieuse, Mademoiselle Josette Titus ? »

J'ouvris de grands yeux.

« Oui, tu m'entends bien... Prétentieuse... Il paraît que tu écris maintenant. Et depuis l'âge de huit ans... Madame Margareth est une femme de lettres, alors la petite Josette Titus déclare qu'elle est de la même hauteur... Mon Dieu, Josette, pourquoi a-t-il fallu que tu fasses ton intéressante ? Au lieu de la remercier... »

Sa colère céda le pas à l'incompréhension. Elle était complètement désarmée. Et moi, j'étais désemparée. À aucun moment, je n'avais prétendu être une femme de lettres.

« Tu l'as fâchée, Josette... Chacun doit savoir rester à sa place », poursuivit Théodora.

Je la voyais peinée et, très confusément, supposai que j'avais donné le sentiment de me comparer à Sa Majesté Margareth, d'avoir essayé de marcher sur ses plates-bandes. Elle avait réagi de façon étrange, haussant d'un ton, passant du tutoiement au vouvoiement, riant d'un coup trop fort, comme le Gérard, lorsqu'il avait trop bu au bal, se donnait du cœur au ventre en invectivant son rival.

« C'est vrai, grand-mère. J'écris des histoires. Je n'ai pas menti...

— Tais-toi, Josette ! m'intima-t-elle. Tu oublies qu'elle a payé ton billet pour que tu viennes vivre à Marie-Galante. Pour que tu retrouves tes racines. Et toi, tu oses te mettre à égalité avec elle. Tu as remarqué comment elle t'appelait à la fin du repas : Mademoiselle Josette Titus, la grande femme de lettres... Au lieu de la remercier, tu fais la fière... Allez ! Va te coucher ! »

C'était la journée des révélations. Je tombais des nues... En un éclair, je revis Tata Michelle en train de préparer mes bagages et d'écraser ses larmes, Pâquerette à l'aéroport me ressassant l'histoire des racines et grand-mère, le jour de mon arrivée, qui me demandait si ma mère m'avait expliqué les conditions de ma venue à Marie-Galante. Non, jusqu'à ce soir-là, le mystère était demeuré entier. Il avait fallu qu'elle se mette en colère pour que j'apprenne, pauvre ignorante, que Madame Margareth était à l'origine de mon exil. Et pour quelle raison ? Par pitié... parce qu'elle savait que j'étais placée dans une famille de la Sarthe. Par charité chrétienne... alors que je ne demandais rien à personne et que j'aurais mille fois préféré qu'on me laisse à la ferme.

Tandis que je me brossais les dents, je regardais mon visage dans le miroir de la salle de bains. Si Tata Michelle m'avait vue à ce moment précis, elle se serait écriée : « Oh ! la la... Tu fais ta tronche de Durandal, Joséphine. Ça sert à rien... Arrête tout de suite de tirer cette bobine ! » Durandal, c'était le cheval de Pépé. Il l'avait vu naître et se préparait à le voir mourir. Pépé disait que l'animal était pour lui plus qu'un frère. Il lui causait souvent, lui racontant des secrets que Durandal ne répétait à personne. Parfois Pépé se plaignait d'étouffer parmi les femmes. Hélas, si son pauvre fils Hubert n'avait pas été chiffonné de la tête et reclus à l'asile, il aurait pu se confier à lui. Alors, il n'avait pas d'autre solution que d'aller voir Durandal et ils restaient entre hommes, ou plutôt entre mâles, qui se comprennent sans avoir besoin de se parler, juste de hennir et de grogner. Durandal était un ardennais à robe noire. Peut-être que Tata me comparait à lui parce qu'elle nous trouvait une ressemblance. Poil noir, peau noire. Mais plus sûrement parce que j'allongeais ma lèvre inférieure, comme le cheval de Pépé, quand j'avais cassé un verre ou renversé ma soupe ou sali mon linge. Oui, en apprenant que Madame Margareth avait payé mon billet pour Marie-Galante, j'avais décroché ma tronche de Durandal.

Cette nuit-là, grand-mère cria dans son sommeil. À plusieurs reprises, je l'entendis répéter le nom de Pâquerette. Quand je me rendormis, je rêvai de Tata Michelle. Elle était une plante d'intérieur abandonnée dans un coin sans lumière. Ses trois fleurs fanées courbaient la tête. Les feuilles desséchées pendaient lamentablement. « J'ai bien reçu ta carte postale, murmurait la plante Tata Michelle. À présent, j'attends une lettre... » Et, sur l'air de *J'ai deux amours*, elle chantonnait, triste : « Une lettre de rien du tout, une gentille lettre... » Et soudain, elle se mit à pleurer en implorant : « Une lettre, une seule petite lettre pour que je sache que tu ne m'oublies pas... »

Dans mon rêve, je me retrouvai errant dans l'abécédaire des jeunes mariés de Mémé Georgette. Je n'étais pas plus grande que les lettres brodées au point de croix. Je voulais bien répondre à Tata Michelle mais j'hésitais entre le *x* et le *r*... Laquelle choisir ? Pendant que je réfléchissais, elle changea d'idée et me demanda de lui envoyer un mot. Je quittai aussitôt l'abécédaire et sautai dans le dictionnaire. J'étais encore plus embarrassée. Un mot... Quel mot ? Je ne pouvais pas me permettre d'expédier n'importe quel mot à Tata. Elle s'y connaissait en mots. Elle reprenait souvent Mémé Georgette qui aimait utiliser des phrases toutes faites et des mots trop savants pour sa bouche, des mots d'anatomie ou de médecine, des mots attrapés à la télévision et qu'elle déformait ou reprenait ensuite mal à propos. Les méningites pour les méninges... « J'ai l'oreille qui siffle, c'est ma trompette d'Eustache qui me donne des nouvelles... — Ma pauvre Georgette, répliquait Pépé, je crois que si ça siffle à gauche, c'est le cor de Roland à Roncevaux... — Je suis claustrophage, j'aime pas me retrouver dans des pièces ambiguës. — Je vais me fracturer le licol du fémur un de ces jours... »

Le lendemain, reprenant le chemin de l'école, j'étais persuadée que je ne reverrais plus Madame Margareth, qu'elle m'avait rangée dans le tiroir de ses ennemis les plus coriaces. Son départ était prévu le 5 janvier. Je comptais les jours. Pendant une semaine, grand-mère campa sur ses positions, s'adressant à moi uniquement pour régler de strictes questions d'intendance. Elle commençait toujours à dix heures mais finissait parfois bien tard, surtout les soirs où sa Madame recevait du monde à dîner. En me confiant la clé de sa case, Théodora me renouvelait chaque matin ses recommandations : ne pas traîner en route, n'introduire personne chez elle, fermer à double tour derrière moi, et n'ouvrir la porte qu'à son retour. J'avais déjà dîné lorsqu'elle rentrait.

« Bonsoir, Mademoiselle... lança-t-elle, la mine renfrognée.

— Bonsoir grand-mère.

— Est-ce que quelqu'un est venu ?

— Non, grand-mère, personne n'est venu.

— Mademoiselle a bien mangé ?

— Oui, grand-mère.

— Mademoiselle peut aller se coucher maintenant... »

J'envoyai ma première lettre à Tata Michelle cette semaine-là. Non pas une lettre de l'alphabet comme dans mon rêve, un *x* ou un *r*, mais une vraie lettre qui commençait par « Chère Tata Michelle » et se terminait par : « Je t'embrasse très fort, ta petite

Joséphine qui t'aime. » Je lui racontais un peu mon existence à Marie-Galante. Il n'y avait pas de bagne. Ma grand-mère Théodora était très gentille. Mes cheveux étaient en train de pousser ; grand-mère les avait pris en main et me coiffait chaque matin. J'allais à l'église tous les dimanches. Et puis, je lui parlais longuement de Madame Margareth. Une femme qui avait été belle autrefois, comme Mémé Georgette. Hélas, elle était à présent laide, vieille et grosse. J'expliquais à Tata Michelle qu'avant de voir cette Madame Margareth, en chair et en os, je l'avais vue en photo. J'étais tombée sous le charme de ses sourires. Je rappelais à Tata comment je la suppliais de me commander des affaires sur les catalogues que Mémé recevait à chaque saison. Tata refusait toujours, objectant qu'elle n'achetait pas sur photo. Selon elle, les articles étaient du bas de gamme, de la mauvaise qualité, des cochonneries présentées à leur avantage et sous leur meilleur profil, de la camelote qui décevait toujours à la réception. Tata avait bien raison de se méfier des photos et je terminai ma lettre en lui promettant de ne jamais rien acheter par correspondance.

Quand le samedi soir arriva, Théodora abandonna le « mademoiselle ». Rentrant vers les huit heures, elle était éreintée et faussement enjouée. Elle se mit à me raconter sa journée passée à l'Autre Bord. Depuis le mercredi, c'était la première fois qu'elle me reparlait de Madame Margareth. Je me méfiais. Je sentais que grand-mère était en train d'essayer de m'embobiner, de la même façon que ces marchands forains qui passaient de village en village. Tata Michelle les dénommait « les sacrés loustics de bonimenteurs » : « Et ça vous flatte les pigeons avec leurs bonnes affaires ! Ça vous fait perdre la boule ! Ça vous englue dans les formules savantes pour mieux vous endormir, vous soutirer du blé et vous refiler la batterie de casseroles ou le service de soixante-quatre pièces dont vous n'avez pas la nécessité. »

À la fin de son monologue, les traits tirés, bien que toujours souriante, Théodora me demanda si je n'avais pas besoin d'un peu d'argent pour des cartes postales destinées à mes amis de la Sarthe ou à mon ancienne institutrice américaine. Je compris qu'elle voulait m'acheter.

Pour connaître le fin mot de l'histoire, il me fallut attendre le lendemain matin, dimanche, au sortir de la messe. Grand-mère avait imploré Dieu de lui venir en aide et Il avait entendu ses prières. Elle avait trouvé la force de m'annoncer que Madame Margareth m'invitait de nouveau à déjeuner.

« Si tu veux, tu pourras apporter tes écritures », me glissa encore Théodora en redressant son chapeau. Et, à l'intonation de sa voix, à son regard égaré, je sus qu'on lui avait bien recommandé de me faire cette commission.

En plus d'être gourmande, me dis-je, l'ogresse est curieuse.

« Cette fois, vous serez en compagnie d'autres personnes. »

J'acquiesçai, préférant ne pas contrarier Théodora. Je la sentais encore plus embarrassée que moi. En fait, j'avais le beau rôle. On revenait me chercher après m'avoir répudiée.

Ce dimanche-là, pénétrant sur la propriété de l'Autre Bord, je ne plastronnai pas. Mon cahier sous le bras, j'avançai dans l'allée d'un pas tranquille. Totor gambadait à mes côtés. Le soleil jouait avec le feuillage des arbres et les fleurs des parterres semblaient me regarder avec curiosité.

Théodora m'abandonna sur la véranda et fila vers la cuisine. Quatre courtisans étaient déjà en position autour d'une Margareth maquillée et habillée avec un réel effort de coquetterie. Ses cheveux courts étaient brossés en arrière. Elle portait un grand boubou bleu et de nombreux bijoux : bagues, boucles d'oreilles, bracelets et colliers.

« Ah ! Voici ma petite amie : Josette ! Nous t'attendions... Comment vas-tu ? Laissez-moi vous présenter mademoiselle Josette Titus, une jeune personne très intéressante... Je la soupçonne d'avoir beaucoup de talent... Ah ! Tu m'as manqué, Josette... Je sais que tu es très occupée, mais tu dois venir me voir de temps en temps. »

Comme si j'étais la nouvelle coqueluche de leur idole, les quatre me gratifièrent de sourires niais, me saluant avec déférence.

« La valeur n'attend pas le nombre des années, susurra celui qui passait pour le poète du groupe.

— Les jeunes sont notre avenir, n'est-ce pas, Margareth ? tenta timidement le professeur du collège de Saint-Louis.

— Bien davantage. Ils sont la lumière de nos jours. Vous êtes une charmante personne ! » glapit le poète qui n'avait aucunement envie de basculer dans le tiroir des indésirables. Le petit cercle s'élargit et, du haut de mes neuf ans, je pris place parmi ces grands esprits. Les tensions étaient palpables mais invisibles à l'œil nu.

Pendant le déjeuner, Sa Majesté s'amusa beaucoup. Elle lançait la conversation sur des sujets étrangers à cette littérature qu'ils étaient tous venus glorifier, honorer et goûter. Elle leur causait plomberie, peinture et jardinage, tandis qu'ils attendaient, tels des secrets d'alcôve, qu'elle évoque sa relation intime avec l'écriture, qu'elle les conduise à la source même de son inspiration. Ils quêtaient des confidences d'écrivain et elle les menait en bateau, leur causant du métier de pêcheur qu'elle respectait au plus haut point. Elle les promena de-ci de-là, tantôt acerbe, tantôt nostalgique, tantôt familière, attisant les rivalités, décochant des flèches à gauche et à droite, et des sourires à qui n'en méritait pas. Personne ne la contredisait. Pas un ne la contrariait. Elle se moqua du propos tenu par celui-là qui, l'espace d'un instant, avait cru capter son attention. Elle interrompit cet autre en plein vol pour s'extasier sur le soufflé d'igname préparé par grand-mère. Elle rit, de sa manière grinçante, au discours poussiéreux du professeur qui avait déjà bu plus que de raison. Ensuite, sans transition, elle accusa le politicien d'être un jeune loup aux dents longues qui ne connaissait pas l'histoire de son peuple. Elle le poussa dans la cale d'un bateau de la traite négrière, parmi les esclaves, les rats, les vomissures et les excréments. Le louveteau rétorqua : « Chère amie, je ne veux pas pleurnicher sur le passé. Je n'ai plus de chaînes aux pieds. Nous sommes en 1984... Je suis un homme libre. J'ai un pays à construire. Je ne dois pas m'appesantir, vous comprenez... Nous avons perdu suffisamment de temps et... » Mais déjà elle ne l'écoutait plus et le jetait, lui et ses beaux discours, dans la gueule de la grande Europe qui était en train de se bâtir sur le dos de ses anciennes colonies. Il y eut une minute de silence, peut-être en hommage aux esclaves et au temps des colonies. Une mouche égarée se posa un instant sur la tête du professeur, puis s'en alla rejoindre ses sœurs dans le jardin. D'un coup d'œil appuyé, le poète en profita pour encourager le sculpteur à présenter son travail. De sa sacoche, l'autre tira aussitôt un album de photos assez crasseux qu'il tendit, avec préciosité, à la maîtresse des lieux. Les œuvres étaient classées dans l'ordre chronologique de leur création. Il s'agissait de sculptures réalisées à partir de bois morts ramassés sur les plages de l'île. Le génie de l'artiste consistait à les transformer en corps torturés, en masques et totems hideux. Margareth feuilleta l'album avec désinvolture, sautant des pages. Laconique, elle hocha la tête à deux reprises et, sans le moindre commentaire, rendit son trésor à son inventeur. Un moment de flottement s'ensuivit. Le professeur rota dans sa serviette. Théodora débarrassa la table. Margareth alluma une cigarette et se mit à rire, sans raison déclarée, juste pour entendre, me sembla-t-il, des échos à ses rires. Soudain, sans transition, me désignant comme si j'étais l'incarnation d'une idée, elle reprit son sérieux pour témoigner de son espoir en la jeunesse antillaise. Les convives cessèrent de glousser et s'engouffrèrent dans la brèche. Et, pendant qu'ils échangeaient des visions, des idéaux, des vœux pieux, des projets divers et des bons sentiments, madame la femme de lettres me sourit. Alors, pareilles à deux complices assises à la même table de jeu, je lui retournai son sourire. Cela m'était déjà arrivé quand je jouais au poker, avec Tata Michelle et contre Mémé Georgette. Le regard seul comptait. Il nous suffisait de cligner un œil, de tapoter sur la table d'une certaine façon, de nous pincer l'oreille droite pour nous comprendre sans paroles.

Vers les cinq heures, Margareth montra qu'elle était lasse d'écouter leurs palabres et de les voir se perdre dans des joutes oratoires qui avaient pour seul but de l'éblouir. Elle ne s'amusait plus, ne faisait même plus semblant d'apprécier leur compagnie. Se laissant distraire et emporter loin d'eux par des pensées secrètes, elle soupirait, bâillait, se grattait le menton. Pourtant, les quatre ne renonçaient pas, n'imaginaient pas un seul instant que leur conversation puisse paraître ennuyeuse. Alors ils s'échinaient de leur mieux, avec des mots choisis dans un vocabulaire qu'ils ne sortaient qu'aux grandes occasions, identiques à des chapeaux extravagants garnis de fruits, d'oiseaux, de fleurs et de plumes. Des mots puant la naphtaline et qui avaient sans doute un goût amer puisqu'ils faisaient grimacer ceux qui les employaient. Des mots décortiqués comme des crevettes, puis mastiqués — syllabe après syllabe. Et des tournures de phrases un peu labyrinthiques, qui s'adressaient aux initiés et dans lesquelles se perdaient mes oreilles de profane.

« Bon, je suis fatiguée, gémit Margareth, coupant net l'élan du professeur. Messieurs, vous savez qu'il ne faut pas abuser des bonnes choses. Il est temps de nous dire au revoir. »

D'un bond, elle se leva, secouant son grand boubou. D'un même mouvement, gentlemen, les quatre l'imitèrent. J'assistai aux embrassades et aux dernières salutations avec consternation. Les remerciements semblaient ne pas avoir de fin.

« Ce fut un déjeuner inoubliable ! » glapit le professeur en se courbant. Et, plus leste que le Sganarelle de Molière que j'avais vu à la salle des fêtes de mon village de la Sarthe, il saisit la main de Margareth et lui baisa le bout des doigts. Le sculpteur se permit de chuchoter quelques mots doucereux à son écrivain favori, puis il tapota l'album crasseux d'un air entendu, comme s'ils étaient convenus de quelque chose. Le politicien, jeune loup, montra les dents et esquissa un sourire en toc. Enfin, pour marquer définitivement son passage, le poète se crut tenu de déclamer une ultime stance de sa création ; Margareth bâilla à s'en décrocher les mandibules. Dans une sorte de chorégraphie de kermesse, ils continuèrent ensemble à saluer et se prosterner jusqu'au portail.

« Voilà ! Adieu, adieu... Bon vent ! soupira Margareth, voyant disparaître la dernière voiture. Nous sommes enfin seules... »

L'espace d'un instant, je crus qu'elle disait vrai. Nous étions vraiment seules toutes les deux. Plutôt, j'étais seule avec elle. Seule face à elle... Prisonnière du château de l'Autre Bord. Je n'osai la regarder, craignant de retrouver l'ogresse de notre première rencontre. Théodora m'avait enseigné qu'il fallait faire appel au Seigneur Dieu et à ses saints lorsque l'on se trouvait dans une situation de péril imminent, d'extrême danger, en bordure de précipice ou dans la main d'un démon. L'heure était venue de dégainer une prière. Aussitôt, des cantiques de mon invention, mélangés à des incantations, se formèrent dans mon esprit... « Protégez-moi, Dieu Tout-Puissant qui régnez au ciel et sur la terre, dans les airs et les arbres, sur les mers et les océans... » Alors, réponse divine, quasi miraculeuse, j'entendis, venant de la cuisine, des bruits d'eau et de casseroles. Grâce à Dieu, grand-mère était toujours dans les parages.

« Je dois écrire un peu, me souffla Margareth. Quelle sacrée bande d'idiots, quand même... J'ai la tête complètement farcie de leurs imbécillités. Mais je vais me débarrasser de tout ça avec une petite séance d'écriture. Me laver la tête... » Elle frotta ses mains l'une contre l'autre, avec une réelle gourmandise, comme si elle allait de nouveau passer à table et déguster les bons plats de grand-mère. « Prends ton cahier, poursuivit-elle. Je vais te faire une place dans mon bureau. Tu veux bien, Josette ?

— Oui, Madame Margareth.

— Non ! Pas de ça entre nous... Tu m'appelles Margareth. Tous les enfants que je connais m'appellent Margareth. Simplement Margareth...

— Je voulais aussi vous remercier d'avoir payé mon billet pour venir retrouver mes racines à Marie-Galante.

— Qui t'a dit ça ?

— ...

— Ta mère ?

— ...

— Elle n'aurait pas dû... Non, tu ne me dois rien, Josette. C'est bien compris ! Rien du tout...

— Oui, Madame Margareth...

— Margareth ! reprit-elle. Margareth ! Je ne veux pas entendre de Madame...

— Oui... Margareth... chuchotai-je, imaginant grand-mère postée derrière une colonne de la véranda, préparant déjà ses récriminations.

— Allez, Jo... Ça ne te dérange pas si je t'appelle Jo ?

— Eh ben, je ne sais pas trop... Avant, là où j'habitais dans la Sarthe, ma Tata Michelle m'appelait Joséphine parce que...

— Joséphine ! coupa Margareth en ébouriffant ses cheveux. Quelle drôle d'idée ! Joséphine... Non, c'est trop long. Ça me fait penser à cette garce d'impératrice... Non, je préfère Jo, décida-t-elle. Tu sais, aux États-Unis, j'ai une très grande amie qui porte ce nom. Toi, tu seras ma Jo de Marie-Galante...

— D'accord, Margareth », fis-je, sans même lutter.

À quoi bon ? Pendant cinq ans, sans rechigner, j'avais répondu au prénom de Joséphine. J'étais alors trop contente de prétendre m'appeler Joséphine pour me dépêtrer d'un prénom qui portait la poisse. « Le passé vous rattrape toujours », assenait Mémé Georgette lorsqu'un criminel était finalement confondu un quart de siècle après avoir commis son forfait. En arrivant à Marie-Galante, je n'avais pas crié sur les toits que j'avais autrefois vécu sous un prénom emprunté à une grande étoile du music-hall. Ici, j'avais celé cette part de mon passé. Pour Théodora, j'avais renfilé mon vrai prénom, de la même manière que j'aurais remis une vieille robe portée dans un temps de vaches maigres et de pain rassis.

« Ça te plaît, Jo !

— Oui, Margareth. Ça me plaît... »

Je ne comprenais pas bien pourquoi les gens voulaient toujours me donner le nom d'une autre personne. Mais, après tout, ce n'était qu'un juste retour des choses. L'élastique me revenait en pleine figure. Après avoir mis des ailes, des plumes et des paillettes à mon prénom, on le réduisait maintenant à sa plus simple expression. Je n'étais plus que Jo. Un prénom ratatiné à l'extrême... Deux lettres. Une syllabe unique. Jo... Le début de quelque chose qui n'ose pas se déballer. Jo...

« Allez ! Viens, Jo ! On va travailler...

— Travailler ? Quel travail, Mada... Margareth ?

— Écrire ! On va écrire... C'est un travail. Tu m'as bien dit que tu écrivais des histoires, n'est-ce pas, Jo ? »

Pendant ces vacances de décembre, je suivis chaque jour Théodora sur la propriété de l'Autre Bord. Tandis que grand-mère s'occupait de l'intendance, je poussais la porte du bureau de Margareth. Elle m'avait demandé d'entrer sans frapper. Pareille à une petite souris, je me glissais dans la pièce enfumée. Je disais bonjour. Elle marmonnait quelque chose mais ne levait jamais la tête. D'un geste un peu brusque, elle m'invitait à prendre place. Je m'installais sans un mot derrière le petit secrétaire qu'elle avait débarrassé de sa paperasse et j'ouvrais mon cahier, tentant de me concentrer sur mes écrits.

Tout comme Théodora se rengorgeait d'être la seule personne à détenir les clés de l'Autre Bord, en même temps que la totale confiance de la femme de lettres, moi — Josette, Joséphine, Jo Titus — j'étais la seule créature vivante autorisée à me trouver aux côtés de la grande Madame Solin pendant qu'elle bâtissait son œuvre. J'étais une privilégiée et, si je ne m'en étais pas rendu compte, grand-mère ne manquait pas une occasion de me le rappeler. Ma peau, mes cheveux et mes habits empestaient le tabac froid mais cela ne l'incommodait nullement.

« Josette, tu es une privilégiée ! commençait Théodora, la mine ravie. Depuis bientôt vingt ans que je travaille pour Madame Margareth, je n'ai jamais vu personne la déranger lorsqu'elle écrit. Encore moins rester dans la pièce ! Tu es une privilégiée, Josette. Je ne comprends pas... C'est peut-être parce qu'elle a lu ce que tu écris...

— Non, grand-mère.

— Qu'est-ce que tu écris d'ailleurs ?

— Des histoires de fées et de bagnards... » Je savais qu'elle n'attendait pas vraiment de réponse. Je ne m'étendais pas davantage.

« Bon, c'est bien, poursuivait-elle. Je suis quand même fière de toi, Josette. Le maître m'a dit que tu es une excellente élève. Alors, tu as bien compris que tu es une privilégiée. Ne me fais pas honte, hein ! J'espère que tu ne me feras jamais le coup de ta mère. Tu me le promets, Josette. »

Et c'était la vérité, à me voir, on aurait pu croire que j'étais une privilégiée. Une VIP admise dans l'intimité de Margareth. Je restais tant que je le voulais. Elle ne baissait pas la voix lorsqu'elle parlait au téléphone. J'entendais toutes ses conversations. Je l'écoutais penser, raconter et inventer à haute voix.

J'étais le seul témoin de ses poses, colères, hésitations, mimiques et tics, de ses petites victoires sur les mots, de ses combats syntaxiques ponctués de sourires agacés et de grimaces appuyées.

La première semaine, m'installant auprès d'elle, j'eus l'impression d'être assise sur un siège éjectable. Je me disais qu'elle finirait par se lasser de ma présence, retrouverait bientôt ses rites de solitude et me condamnerait la porte de son antre. Souvent, je sentais sur moi peser son regard. Elle me fixait mais je ne peux dire de quelle manière, puisque je restais voûtée dessus mes écritures, faussement studieuse et toute pénétrée de mon œuvre. En fait, je ne parvenais pas à écrire. Mon esprit s'égarait. Je pensais à toutes sortes de choses. Aux enfants de l'école d'ici et de la Sarthe. Je me disais qu'ils étaient tous des méchants, noirs et blancs confondus. Je songeais à Pâquerette Titus qui faisait crier grand-mère dans son sommeil. Je me revoyais auprès de Tata Michelle qui, chaque dimanche, trouvait la force d'aller visiter le pauvre Tonton Hubert, enfermé dans son asile et qui ne pouvait sortir parce qu'il était tordu de la cabèche. Mémé Georgette avait renoncé. « C'est mon enfant, gémissait-elle. Hélas, il vit depuis si longtemps sur sa planète et il a peut-être, ma foi, pas tort. Comme tous les fous, il a trouvé le moyen de s'échapper de ce monde pas drôle qui rend neurasthénique. » Je me demandais si je ne finirais pas de la même façon que Tonton Hubert, dans un hôpital psychiatrique, à fumer pareille à un pompier avec des araignées au plafond, à parler à des personnages sortis de mon imagination, à travailler du ciboulot.

Certains jours, je me souviens que la proximité de

Margareth était oppressante. Je me sentais alors misérable, égarée dans un nuage de fumée aussi épais que le brouillard qui recouvre la campagne au plein cœur de l'hiver sarthois. Soûlée de musique, je somnolais par moments. Jazz et blues passaient en continu et ne me donnaient pas envie de danser comme sur les disques de la Baker, plutôt envie de sangloter sur mon sort. Dans un dernier sursaut, je m'accrochais à mon crayon, à croire que mon existence en dépendait. Je me lançais des défis... Si tu écris vingt mots aujourd'hui, tu deviendras une femme de lettres, une célébrité, la panthère noire de la littérature des années 2000. Si tu rates cette épreuve, tu seras une malade mentale, plus folle que le pauvre Tonton Hubert qui a un petit vélo dans le citron et qui pédale sur les routes de sa planète... Pendant quelques minutes, je gribouillais pour sauver ma tête. Mais, au lieu de s'atténuer, les soupirs de Margareth s'amplifiaient soudain. Les froissements de papier et les notes de musique grondaient dans le bureau. Quand elle faisait silence, je savais que Margareth était absorbée par son travail. J'en profitais pour la regarder à la dérobée. Elle alignait les mots jusqu'à en perdre haleine. Au bout d'un moment, je relisais mes petites histoires, sans grand enthousiasme, me lançant un nouvel ultimatum... Si tu ne bouges pas d'un millimètre, tu reverras Tata Michelle. Si tu échoues, tu ne quitteras jamais Marie-Galante. Et tu mourras. Grand-mère Théodora te survivra. Chaque année, elle viendra fleurir ta tombe. Alors, pendant un temps indéfini, jusqu'à en attraper des crampes, je restais immobile, gardant mon poing fermé sur mon crayon.

Je ne sais pourquoi ni comment, j'en vins à m'accoutumer à la présence écrasante de la grande femme de lettres, à sa respiration trop forte, à l'odeur étouffante du tabac. Je me mis à écrire vraiment, comme elle, sans plus me laisser distraire par des pensées parasites. Les voix des chanteurs de blues me portaient au lieu de me ruiner l'esprit. La fumée m'enivrait toujours un peu mais le brouillard me paraissait moins épais. Observant Margareth, je me disais que, si elle n'était pas la mère rêvée, elle pouvait devenir une amie. Une amie de près de cinquante ans qui avait été autrefois une petite fille solitaire. Elle me ressemblait, se réfugiait dans le nid chaud des mots pour échapper au monde réel. Elle était cette fillette, devenue laide et vieille et grosse, avec une figure d'ogresse, mais qui voulait bien de ma compagnie.

*La fée a sorti une formule magique d'un grand chapeau. Josette doit l'apprendre par cœur avant de regagner son cachot. Chaque mot est important. Pour retrouver la liberté, Josette doit les retenir dans l'ordre. La fée a dit : « Je suis ton amie. Je vais te sauver. Il te faudra attendre encore quelques années. Ne t'inquiète pas trop. Ici, sur l'île des bagnards, les années ne sont pas plus longues que des minutes. Le temps passera très vite. Récite la formule chaque matin et tu finiras par quitter ta prison. J'ai beaucoup de travail. Je ne pourrai te recevoir qu'une fois l'an. Suis bien mes conseils et n'oublie pas la formule magique. Maintenant, dépêche-toi de l'apprendre car elle va bientôt s'effacer. » À toute vitesse, Josette se met à répéter les mots inscrits sur le parchemin. Les lettres dansent devant ses yeux car elle pleure de joie et de peine mélangées.*

*« Ne sois pas triste, dit la fée. Fais-moi confiance, Josette. Je ne t'abandonnerai jamais. »*

À midi et demi pile, Théodora frappait trois coups à la porte et annonçait : « Le repas est servi ! » La femme de lettres cessait aussitôt d'écrire. Je refermais mon cahier et, sans un mot, la suivais dans la salle à manger. Lorsqu'il n'y avait pas de convive, nous déjeunions toujours en tête à tête. Bien qu'invitée à partager notre table, grand-mère refusait de se joindre à nous, sous prétexte qu'elle devait surveiller la cuisson d'un gratin, jeter un œil sur le jardinier, nettoyer la cuisine, laver du linge... Je ne posais pas de questions même si je me demandais pour quelle raison Théodora tutoyait Margareth et s'autorisait des gestes et une familiarité qui contrastaient étrangement avec le pompeux Madame qu'elle s'obstinait à assener.

Parfois, les déjeuners étaient très animés. Margareth était en verve. Elle riait, interpellait grand-mère, dégustait les plats, lançant des Hmm ! Hmm ! à n'en plus finir. Elle m'interrogeait sur mes rêves et le métier que j'aimerais exercer plus tard. Elle semblait m'écouter avec une réelle attention. Puis elle me racontait des anecdotes de sa jeunesse passée entre Marie-Galante et la Guadeloupe. Elle me souriait aussi et j'avais alors le sentiment qu'elle m'aimait un peu, avait de la considération pour ma petite personne. Ensorcelée, je riais avec elle. Quand nos regards se parlaient, comme dans une partie de poker, j'étais vraiment heureuse. C'était mon amie et je l'adorais.

D'autres jours, elle m'ignorait. M'adressait à peine

la parole. S'empiffrait sans plaisir, mâchoires contractées, avec une sorte de rage dans ses mastications. Dès qu'elle en avait fini avec la nourriture, elle repoussait son assiette en grognant. Se grattait la tête. Ruminait. Allumait cigarette sur cigarette, le visage agité de tics. Terrorisée, je mangeais du bout des dents, tête baissée, embarrassée de mon corps et gonflée de colère rentrée. Je revoyais l'ogresse des premiers jours et j'avais envie de prendre mes jambes à mon cou, quitter à jamais l'Autre Bord. Je la détestais de me traiter ainsi. Ballottée entre ses griffes, je me sentais déchirée de l'intérieur et je la haïssais de toutes mes forces. Tantôt hissée en haut de l'affiche, pareille au Charles Aznavour de Mémé Georgette, sûre d'avoir gagné son cœur. Tantôt, perdue, abandonnée en pleine forêt d'Amazonie.

Pourtant, de retour à Grand-Bourg, j'oubliais ce que Margareth m'avait fait endurer. J'avais déjà besoin de la revoir et j'espérais le lendemain en préparant des phrases parées de mots savants que j'avais découverts dans mon dictionnaire. Je voulais l'impressionner. Je voulais qu'elle s'intéresse à moi. Et j'allais donc ainsi, au gré des jours, au fil de son humeur, me disant — pour l'amender — qu'elle était sûrement une neurasthénique du genre de Mémé Georgette. Qu'elle avait peut-être aussi un fils caché, cloîtré dans un asile, et qu'en y songeant elle tombait dans un puits de silence sans fond.

Je me souvenais de la tête que faisait toujours Mémé Georgette après Noël. Tata Michelle raccompagnait Tonton Hubert dans son hôpital psychiatrique. « Ma foi, commençait Mémé, le pauvre

Hubert est plus laid d'année en année. Ça m'arracherait presque des larmes. » Et elle se mettait à réfléchir sur le destin de son malheureux fils, se demandant comment elle s'y était prise pour donner naissance à un individu de cette engeance. « Tu peux dire que Tata Michelle est un ange, Joséphine... C'est son frère mais personne ne l'oblige à s'occuper de lui de cette manière. Moi, j'ai renoncé. J'ai plus la force pour ça. Tu sais, quand il était petit, il m'a usée jusqu'au tromblon. J'en ai consulté des médecins ! Des savants et des charlatans... Des rebouteux, des chiropracteurs, des diseuses de bonne aventure... Et des prières, des quantités... Sans compter les bonnes sœurs et les curés... Je pleurais tant que je pouvais. Je me triturais les méningites jusqu'à en attraper des migraines qui duraient des semaines... Et un jour, j'ai plus eu de larmes, pareille à une rivière qui a tari. C'est ce qui a déclenché ma neurasthénie, Joséphine. Aujourd'hui, tu le vois flasque comme une limace, le pauvre Hubert. Moi, je te dis qu'on ne sait jamais quand se réveille la bête... Autrefois, je te jure, Joséphine, il cassait tout. Ça me provoquait de l'urticaire et des tremblements dans les membres. Sa maladie le prenait n'importe où, Hubert. Ma foi, on aurait dit qu'un esprit malin entrait dans son corps et se débattait aussitôt pour en sortir. Ses yeux devenaient plus noirs que le chaudron du diable. Il entendait rien. Il se cognait la tête contre les murs. Il se mordait les doigts au sang. Et fallait cinq costauds à gros bras pour le tenir. Tu imagines, y a même un saisonnier qui s'est fracassé la jambe en se frottant à Hubert qui avait seulement dix ans en ce temps-là... Ça, pour être fort, il était fort. Il m'a usée, je te dis... Mon vieux cœur peut t'en donner des nouvelles... » Alors, pendant les trois jours où Tonton Hubert était à la ferme, Mémé se rongeait de l'intérieur. Tata avait beau jurer que les médicaments qu'il avalait depuis des années lui avaient ramolli les nerfs au dernier carat, Mémé était persuadée que la bête pouvait surgir à l'improviste et que le malheureux allait encore piquer une crise. Même si Hubert était son fils, elle ne l'approchait pas de trop près et comptait les jours qui s'étiraient au ralenti. Elle grimaçait quand il l'embrassait le matin. Elle sursautait dès qu'il ouvrait son bec, le considérant avec dégoût. Tout en lui la repoussait : les chicots dans sa bouche, son ventre débordant de ses bretelles et de son pantalon, ses doigts jaunis par le tabac, ses ongles taillés à la hache, ses cheveux gras qui grisonnaient aux tempes, sa voix nasillarde, la peau de son visage grenelée d'une vieille acné, son parler hésitant, ses postillons, ses propos invraisemblables, ses gestes brusques, sa manière de tanguer lorsqu'il marchait, son dos qui se voûtait un peu plus chaque année, ses tics, sa façon de se moucher et d'éternuer, ses grands mouchoirs crasseux et ses hochements de tête... Elle n'attendait qu'une seule chose : qu'il retourne là-bas, dans son asile, où les infirmiers savaient comment s'occuper de lui et l'attendaient avec leur trousse d'urgence, leurs seringues longues comme le bras et leurs bracelets de contention.

Après le départ du pauvre Tonton Hubert, Mémé se lamentait trois jours et commençait à sentir le poulailler dans le cou et aux aisselles. Au matin du quatrième jour, elle refusait de quitter son lit et de s'alimenter, ne parlait plus à personne. Elle ne répondait même plus à l'appel du générique de *Des chiffres et des lettres.* « Ça y est ! s'écriait Pépé. À force de broyer du noir, elle a fini par tomber dans son puits de silence. Elle fait sa crise de neurasthénie. » Avant d'appeler le médecin qui coûtait des sous, Tata essayait d'abord des tisanes revigorantes et des potions amères qui, bien entendu, ne ramenaient pas Mémé. Ensuite, elle expérimentait et bricolait des recettes de son invention, mélangeant des pilules roses et des sirops verts qu'elle faisait ingurgiter de force à la mourante. Au septième jour, Pépé se levait du pied gauche. Sa casquette de travers sur sa tête, il buvait son café en fixant l'horloge avec intensité, comme si l'heure était grave : le moment était peut-être venu d'appeler Raymond, le croque-mort qui passait de temps en temps boire un pichet de cidre à la ferme. « Bon, j'ai compris ! » soupirait Tata. Elle enfilait son manteau et, au volant de sa petite auto, partait chercher le sauveur. Le docteur de Mémé connaissait mieux qu'un rebouteux les différents organes de Mémé. Son cœur mis à part, il avait déjà soigné sa vessie et sa vésicule biliaire, sa thyroïde et ses intestins, ses ovaires et ses varices. Il savait, en outre, que la neurasthénie de Mémé flambait toujours après le passage du pauvre Tonton Hubert. Il avait déjà entendu trente-cinq fois l'histoire. Il commençait par tapoter les joues de Mémé. En lui causant, de façon très naturelle mais sans attendre de réponse, il prenait son pouls et inspectait le fond de ses yeux avec sa lampe de spéléologue. Puis, il délivrait son ordonnance. Mémé sortait de sa torpeur et remontait à la surface au bout d'une autre semaine.

Quand elle lâchait son premier proverbe, on savait qu'elle était tirée d'affaire et le printemps était déjà là, avec ses bourgeons, ses jours de soleil et ses fleurs des champs.

En fin d'après-midi, lorsqu'elle l'avait décidé et si ses nerfs n'étaient pas en pelote, Margareth se mettait à raconter des histoires drôles et tristes, pleines de rebondissements, de mystère et de suspense. Sans toujours bien saisir le sens des mots, je pouvais l'écouter pendant des heures. Je la découvrais jour après jour. C'était mieux que si on m'avait offert un jouet à multiples facettes ou un livre dont chaque page s'ouvrait sur un personnage fascinant. Sa vie, ou plutôt son existence, était passionnante, faite de rêves et de cauchemars. Elle avait connu le pire et le meilleur. Les hauts et les bas. Avec Théodora, elle partageait de très nombreux souvenirs. Elles avaient fréquenté l'école de Grand-Bourg à la même époque, connaissaient les mêmes lieux, les mêmes familles et leur linge sale qu'elles lavaient à l'abri des regards. Margareth était fille unique mais il y avait, dispersés en Guadeloupe et dans le reste du monde, jusqu'au Canada, des oncles, des tantes et des cousins qu'elle fréquentait de façon chaotique. Son premier roman — *Douleurs des îles* — avait été publié à Paris, alors qu'elle étudiait le droit pour faire plaisir à Marie-Eugénie, sa mère, sévère directrice d'école qui avait toujours souhaité voir sa fille en robe noire d'avocate. À la mort de son père, en 1963, sûre de sa vocation d'écrivain et malgré l'échec de *Douleurs des îles,* Margareth mit un terme à ses études et se consacra pleinement à l'écriture.

Elle avait tout juste vingt-six ans. Sa mère lui coupa aussitôt les vivres. Pendant deux ans, en froid avec Marie-Eugénie, elle vécut de petits boulots. Bonne chez une Marocaine des beaux quartiers de Paris. Doudou créole au Salon du tourisme. Femme de cantine. Standardiste de nuit dans un hôtel, hôtesse d'accueil, caissière, serveuse de bar, ouvreuse... Le succès vint avec *Le chagrin de Samantha*, son deuxième roman, publié en 1965. Un réalisateur belge en fit un film qui obtint un succès d'estime. Margareth se maria à vingt-neuf ans, sans amour, avec le Belge en question, pour avoir un enfant. Elle riait en songeant au mariage. « Une mascarade ! Tu te rappelles de lui, Théodora ! » Grand-mère acquiesçait puis se tordait de rire. Margareth enchaînait sur la calvitie de son mari. Au moment où elle s'apprêtait à dire le oui fatidique, elle se revoyait priant pour que son fils n'hérite pas de cette calamité. Apprenant qu'elle ne pourrait être mère, elle divorça trois ans plus tard. À cette époque, elle écrivait un roman par année et parcourait déjà le monde. Un temps, elle se posa au Sénégal où, tour à tour, Inch Allah, elle rencontra le paradis, l'enfer et le purgatoire. Lorsqu'elle en parlait, des étoiles humides luisaient dans ses yeux. « J'y retournerai un jour, Jo... Crois-moi, j'y retournerai un jour... Qui sait, peut-être m'accompagneras-tu... » Alors, elle me demandait d'aller chercher ses albums de photos et, nos têtes accolées, nous passions le reste de l'après-midi à nous extasier, à voyager à travers le monde et le temps.

Durant ces vacances, Margareth ne sortit qu'une seule fois de sa propriété ; elle se rendit deux jours à Pointe-à-Pitre et alla fêter Noël chez son cousin Philibert. Sinon, même pour une courte promenade aux alentours, elle ne quitta jamais l'Autre Bord. Elle me promit cent fois de monter avec moi au château Murat qui, du temps de l'esclavage, avait appartenu à un riche planteur de Grand-Bourg. Hélas, jusqu'à son départ, elle repoussa chaque jour cette escapade. Je compris alors que Théodora n'avait pas exagéré. Elle était bien l'Indispensable, la femme de confiance, le vrai capitaine de l'Autre Bord. Elle gérait les problèmes matériels, faisait les courses, commandait le poisson aux pêcheurs, la viande aux bouchers, les légumes aux marchandes. D'une poigne de fer, elle dirigeait les ouvriers qui ne cessaient de passer pour les réparations d'entretien de la maison. Bien plus qu'une gardienne, Théodora occupait la fonction de mère nourricière. Et Margareth s'avérait insatiable. Elle attendait tout de grand-mère. Elle avait toujours faim des mets rares et des histoires fameuses qu'on lui mijotait sur place. Elle dévorait d'un même appétit, avec la même voracité, les plats de poisson, les ignames, les gratins de christophines, les bananes vertes, le colombo, les sorbets au coco, les potins de la Guadeloupe et les cancans de Marie-Galante, secrets de famille éventés, adultères, affaires de sorcellerie, morts suspectes, incestes, enterrements, naissances, baptêmes, communions, prêche du prêtre, retour des pêcheurs... Elle se repaissait tant et plus et n'était jamais complètement rassasiée. Après le déjeuner, sirotant son café, au milieu de l'après-midi, en dégustant son thé à la vanille, après le dîner, fumant une dernière cigarette, elle se délectait tandis que Théodora lui rapportait les ragots du marché, les rumeurs sur Untel, les confidences d'un jaloux. Lèvres retroussées, à l'affût du moindre haussement de sourcil de grand-mère, Margareth enfournait les histoires.

Je ne vis pas passer ce premier Noël à Marie-Galante. Il n'y avait pas de neige, non plus de sapin. Pas de dinde aux marrons. Théodora me dit qu'ici les gens fêtaient la naissance du Christ comme des païens, profitant de l'occasion pour boire plus de rhum que de coutume. Il valait mieux rester chez soi et ne pas se laisser envoûter par le son du tambour qui traversait la nuit, non plus par les cantiques qui sortaient des cases et allaient se perdre dans les champs de canne. Le Seigneur qui, dans sa grande bonté, avait sacrifié Son fils unique pour racheter le péché du monde, ne voyait pas ça d'un bon œil. Il était préférable de se recueillir, remercier le bon Dieu, Lui demander de préserver les vivants et prier pour l'âme des disparus.

Afin d'honorer le Très-Haut, la Vierge Marie, Jésus-Christ et le Saint-Esprit, grand-mère m'acheta une robe bleue à volants, une culotte et des chaussettes roses, une paire de souliers blancs et un sac à main en skaï. Elle me coiffa avec un petit sourire satisfait. À force de soins et d'huile carapate, mes cheveux avaient bien poussé et nous étions toutes deux très fières de mes nattes. Je ne parlais pas encore parfaitement le créole, je continuais à refouler les *r* dans ma bouche, mais je commençais à ressembler aux fillettes que je croisais dans la rue, aux petites négrillonnes de ma classe. Je me fondais peu à peu dans le paysage.

Pendant la messe de minuit, les voix des fidèles

montèrent jusqu'au ciel, chantant la naissance du Petit Jésus dans sa crèche. À l'époque, je pensais que le bon Dieu pouvait nous entendre. Les croyants avaient sorti leurs beaux atours. Je me souviens d'avoir prié pour que le cœur de Mémé Georgette ne se décroche pas de son fil, pour que Pépé ne se perde pas dans la forêt, pour que la tête de Tonton Hubert se remette à l'endroit. J'avais aussi supplié Dieu de tenir la main de Tata Michelle pour qu'elle réponde à ma lettre. Je me demandai alors si, là-bas dans la Sarthe, les gens ne m'avaient pas déjà rayée de leur mémoire, si Tonton Hubert avait remarqué mon absence à la table de Noël.

Le 24 décembre, Tata Michelle partait tôt le matin. Elle passait d'abord chez la coiffeuse qui lui faisait une permanente que Pépé appelait « la salade frisée », puis elle allait chercher Tonton Hubert. À son retour, elle préparait une énorme dinde aux marrons. Pépé Marcel passait la moitié de la journée à ranger ses vieux journaux. Mémé Georgette ruminait dans son coin. Moi, je m'occupais de Tonton Hubert. On jouait aux cartes, aux petits soldats et surtout aux petits chevaux. On écoutait des disques de Charles Trenet, Fréhel ou Charles Aznavour. Et puis, sur les coups de dix heures du soir, on se mettait à table. Tonton arrangeait sa serviette autour de son cou et mangeait comme un vrai cochon. Tata m'avait dit de faire comme si je ne remarquais rien. Elle causait d'un air très naturel en regardant de temps à autre Mémé s'enfoncer dans son puits. Pépé entamait des phrases qu'il ne terminait pas et Tonton postillonnait à qui mieux mieux, racontant des histoires de son hôpital qui faisaient frissonner Mémé. Un malade retrouvé pendu dans sa chambre. Un autre qui avait donné un coup de couteau à un infirmier. Une folle qui s'était échappée dans la campagne et qu'on avait retrouvée dans un poulailler en train de gober des œufs couvés.

# III

Cette année-là, Margareth quitta Marie-Galante sans me dire au revoir. Peut-être s'était-elle levée dans un mauvais jour ce matin du 5 janvier 1985. Elle s'était envolée. J'eus très mal au ventre en apprenant la nouvelle. Pourtant, je ne lui en voulais pas. Je lui pardonnais d'avance de m'avoir abandonnée sans un mot, sans une seule petite lettre. « C'est toujours comme ça, souffla grand-mère. Elle disparaît du jour au lendemain. Le temps de réaliser et elle n'est plus là, jusqu'à la prochaine fois. Elle m'a chargée de t'embrasser. »

La semaine suivante, je guettai le facteur chaque matin, espérant une carte postale d'Australie ou du Japon. J'attendis en vain. Lorsque je reçus la lettre de Tata Michelle, j'étais contente mais ma joie n'était pas complète. Les mots doux de Tata m'apparaissaient semblables à un champ de fleurs printanier qu'un caprice de la nature aurait recouvert de neige. « Je pense à toi, je ne t'oublie pas, ma petite Joséphine », écrivait Tata avant de me raconter la vie de la ferme. Elle avait fait sa permanente de salade frisée et ils avaient passé Noël face à la dinde aux marrons traditionnelle et à Tonton Hubert qui avait encore pris un coup de vieux et quelques kilos. Mémé était entrée dans sa neurasthénie et Pépé avait fixé l'horloge jusqu'à ce que Tata monte dans son auto et aille chercher le docteur.

Je repris le chemin de l'école sans entrain, pareille au bœuf qu'on mène à l'abattoir. Ensuite, les années s'enfilèrent les unes après les autres et il me fut impossible d'arrêter le temps. Six années passées à une vitesse époustouflante. Un jour, j'ai chaussé du quarante et mesuré un mètre soixante-dix. Mes cheveux étaient devenus assez longs pour un chignon. Mes bras et mes jambes s'étaient tellement étirés que le petit lit de mes neuf ans me sembla avoir rapetissé. Quand j'embarquai sur le *Major des Îles* pour me rendre en pension à Pointe-à-Pitre, je ne roulais presque plus les *r* et je savais parler le créole. J'avais quinze ans et nous étions déjà en 1990.

Avec le temps, je m'étais accoutumée à la vie marie-galantaise, aux étendues de champs de canne, à tous les moulins en ruine qui gardaient le paysage, aux fruits et légumes d'ici, à la pluie sur les tôles... Après deux années de lutte, l'héroïne de l'île des bagnards avait réussi à s'enfuir pour retrouver sa mère dans la Sarthe. Un soir, je mis un point final à son existence et refermai mon vieux cahier, laissant dormir Josette auprès des autres personnages de mes contes. Je n'éprouvais plus le besoin d'écrire et préférais passer mon temps à lire les romans empruntés à la bibliothèque municipale. Je sais aussi qu'à cette époque je n'étais plus nostalgique de la ferme. Parfois, prise de remords, j'envoyais une carte, à Noël et à Pâques. Lorsque je recevais une lettre de Tata, j'avais l'impression d'être étrangère à ce qu'elle racontait. Tout semblait très lointain, inintéressant, pathétique. Jour après jour, les visages d'autrefois s'effaçaient de ma mémoire. J'oubliais la moitié des proverbes de Mémé, le nom des arbres de la forêt de Pépé, la tronche de Durandal, la couleur du ciel en hiver, les paroles des chansons de Damia ou de la Baker, le goût des pommes, la marque de l'auto de Tata Michelle, les vaches dans l'étable, les enfants de l'école du village... Et adieu la Vénus d'ébène des années 2000 ! Si quelqu'un avait appelé Joséphine dans les rues de Grand-Bourg, je ne me serais pas retournée. J'en avais terminé avec ce temps de strass et de paillettes. J'étais redevenue Josette. La Josette chérie de Théodora Titus. Je me délectais du poisson-chat et du fruit à pain. Je savais dire mes prières, boire un coco à l'eau sans en perdre une goutte. Je savais nager, courir et sauter... et réalisais, sans amertume aucune, que je n'avais aucun talent de chanteuse, encore moins de danseuse. La grande étoile des lubies de Tata Michelle s'était éteinte avant que d'avoir vécu. J'étais Josette Titus et personne ici n'avait dans l'idée de m'attacher une ceinture de bananes en plastique autour de la taille, non plus de me coller du blanc d'œuf dans les cheveux, non plus de me prédire un avenir de reine du music-hall au Casino de Paris. J'étais Josette Titus. Je n'avais pas à me plaindre de mon existence à Marie-Galante. Grand-mère ne me traitait plus de barbare et nous vivions en bonne intelligence. Si son comportement me surprenait à maintes occasions, je ne laissais rien paraître de mon trouble. Certains jours, elle se levait avec une tête de déterrée, aspergeait les pièces d'eau bénite, faisait brûler de l'encens et récitait des prières à rallonges qui, disait-elle, avaient le pouvoir de chasser les démons. Je me disais alors que ces pratiques étaient sûrement communes aux gens de Marie-Galante qui fréquentaient l'église et ses saints de très près.

Le dimanche après-midi, au retour de la plage, nous nous asseyions dessous la véranda et elle me causait de son jeune temps, de son amour pour grand-père Selbonne et de sa mère, Gloria Titus, qui travaillait déjà pour la famille Solin. Elle ne parlait jamais de son père et je ne lui posais pas de questions, me disant que ce sujet risquait de lui provoquer une crise d'étouffement. Théodora pouvait rester des heures à puiser dans ses souvenirs, racontant les jours de son enfance passée à Saint-Louis, entre la petite case de Gloria et la grande maison de l'Autre Bord. Elle avait grandi auprès de Margareth qui était son aînée de trois ans. Malgré la différence de condition, elles avaient partagé les mêmes jeux, porté les mêmes poupées, grimpé aux mêmes arbres. Théodora me décrivait Madame Marie-Eugénie, la mère de Margareth, comme une femme rigide aux sourires rares, une personne distante aux paroles courtes. Directrice d'école redoutée, elle passait son temps dans les livres, tandis que Gloria veillait sur les filles et s'occupait de la maison. Notaire de profession, Edgar, le père, était un homme discret qu'on ne voyait pratiquement jamais en dehors des repas. Les époux Solin ne se parlaient guère et Gloria Mercure servait souvent d'intermédiaire pour régler les affaires courantes. Si elle avait décidé d'évoquer Selbonne, l'amour de sa vie, grand-mère s'avérait intarissable. J'avais droit à toute l'histoire. Du début à la fin. De la première rencontre à la messe de l'Ascension jusqu'à la tragédie ultime. Les yeux de Théodora s'égaraient alors dans ce temps révolu qu'elle goûtait comme un nectar, avant de retomber dans la douleur de son veuvage. « Tu sais, Josette, j'aurais pu perdre la tête quand il a disparu en mer... J'aurais pu tourner folle si Madame Margareth ne m'avait pas secourue... Sitôt qu'elle a su la nouvelle, elle est venue de suite. Elle est restée sans écrire pendant trois mois pour être auprès de moi. Elle s'en fichait bien d'annuler des conférences en Amérique. Elle m'a emmenée chez elle à l'Autre Bord. Elle a essuyé mes larmes. Elle m'a donné à manger. Elle m'a lavée et bercée. Cent fois, elle m'a empêchée d'aller errer sur la plage pour gratter le sable en attendant que la mer me rende le corps de mon pauvre Selbonne. J'étais en loques, Josette. J'étais plus bonne à rien. Je ne pensais qu'à mourir, entrer dans la mer et rejoindre Selbonne et me laisser dévorer par les poissons et tu ne m'aurais jamais connue. » Si elle évoquait Pâquerette, ma mère, Théodora ne voulait se souvenir d'elle qu'au temps où Selbonne était encore de ce monde. Une enfant obéissante qui avait bien démarré dans l'existence. « Son papa était en adoration devant elle. Quand il s'en revenait de la pêche, il la réclamait avant même de décharger le poisson. Il la prenait dans ses bras et la faisait sauter, sauter, sauter... Et Pâquerette riait, riait, riait... On entendait ses rires jusque sur le marché de Grand-Bourg. Et les gens savaient que Selbonne était de retour. De ses voyages dans les îles, il lui ramenait des robes à dentelles, des poupées qui causaient espagnol, des livres écrits en anglais, des crayons de couleur et même un appareil photo, un jour... » Il n'y avait pas de photos de Pâquerette chez Théodora et je me demandais si elle les avait brûlées au fond de son jardin en même temps que les feuilles de l'arbre à pain ou bien si elle les conservait quelque part, en un lieu secret, derrière une planche, dans la pièce où elle n'était là pour personne. « Tu sais, elle a appris à lire du jour au lendemain. Toute seule ! Madame Marie-Eugénie Solin n'était pas une personne à complimenter à tort et à travers ni à gaspiller ses paroles... Eh bien, elle m'avait dit que Pâquerette était d'une intelligence exceptionnelle et qu'elle ferait de grandes choses si elle n'héritait pas de la malédiction qui tombe sur les filles quand elles deviennent femmes. Le désir de chair, la tentation d'ouvrir les cuisses sitôt qu'un beau parleur leur tourne autour... Toi-même, Josette Titus, je te vois grandir sous mes yeux et je ne présage pas ce que demain te réserve. Personne ne peut dire ce que le bon Dieu fera de toi, mais je te mets en garde... Ne me fais pas honte comme ta mère, tu m'entends... » Il était inutile de pousser plus loin. Grand-mère dérapait déjà. Le sujet Pâquerette Titus demeurait épineux et il valait mieux passer à autre chose. J'avais pourtant envie de poser mille questions. Par exemple, savoir si on avait fini par avoir vent de l'identité de mon père. Est-ce qu'il vivait ici même, à Marie-Galante ? Est-ce que j'aurais pu le rencontrer ? Est-ce que j'avais une seconde grand-mère qui habitait quelque part entre Grand-Bourg et Saint-

Louis ? Est-ce que j'avais d'autres frères, des sœurs, des cousins, des cousines... Dans la Sarthe, les enfants me dénigraient parce que j'étais incapable de donner le nom de mon père. Ils ricanaient, faisaient la ronde autour de moi... « On t'a sortie d'une poubelle, Joséphine Titus ! Elle connaît pas le nom de son père ! Elle connaît pas le nom de son père ! Elle connaît pas le nom de son père ! » J'étais rentrée en larmes. En guise de consolation, Tata Michelle m'avait raconté que la Baker n'avait pas non plus connu son père. Mais là-bas, dans le Missouri, elle avait eu des frères et des sœurs. Quand elle était devenue riche et célèbre, elle les avait fait venir dans son château. Souvent, je pensais à mes frères, les fils de Pâquerette. Grand-mère ne les connaissait pas, ne semblait même pas curieuse de ces petits-enfants qui résidaient en France. Mais elle me forçait à leur écrire, de temps en temps. Juste pour garder le lien. Pour ne jamais oublier qu'ils étaient mes frères de sang. Surtout éviter que dans l'avenir, par un hasard malencontreux, ignorante de notre parenté, je ne tombe dans les bras de l'un ou de l'autre.

Chaque année, j'adressais à Pâquerette une carte à l'occasion de la fête des Mères. Une carte de politesse que Théodora achetait par acquit de conscience, façon de montrer qu'elle n'était pas une barbare de l'espèce de Pâquerette qui m'avait reniée trois fois. « Dieu seul sait où tu serais à présent ! soupirait Théodora. Si Madame Margareth ne t'avait pas recherchée, si elle n'avait pas obligé ta mère à te rapatrier, tu serais une fille perdue, Josette. Tu serais devenue une vagabonde sans famille, une driveuse sur les routes, une pauvresse... Tu n'aurais pas reçu d'éducation... » Aussi sûrement que ceux de Tata Michelle, Mémé et Pépé, le visage de Pâquerette s'estompait petit à petit, sans que je puisse rien entreprendre pour le garder intact dans ma mémoire. Bien des fois, j'avais tenté de me la rappeler, mais les traits de son visage m'apparaissaient toujours flous, emprisonnés dans les pétales d'une fleur noire qui fanait à l'instant.

Au cours de ces six années, je réussis à avoir quelques copines... Une Pascaline en CM2. Une Betty en classe de sixième. Une Gladys en quatrième, dont la mère, paraît-il, avait bien connu Pâquerette. Je me gardai bien de lui soutirer la moindre information. Vivre à Marie-Galante, auprès d'une femme du genre de Théodora Titus, m'avait enseigné que le silence vaut mieux que la parole et qu'il n'est jamais bon d'embarquer dans une conversation dont on ignore la destination. Je ne racontais pas ma vie et, par entraînement, fuyais comme la peste tous ceux qui tentaient de délier ma langue. En dépit de son inconstance et de la grande différence d'âge, je considérais Margareth comme ma seule amie. Elle apparaissait et disparaissait plus vite qu'une comète, mais gardait la première place dans mon cœur. Pourtant, elle ne s'était pas arrangée avec l'âge. Son visage était de plus en plus marqué et son humeur, tel un yo-yo, continuait à aller et venir au fil du temps. Depuis notre première rencontre, elle avait écrit quatre nouveaux romans qui avaient été traduits en plusieurs langues. Chaque fois que je la retrouvais, il me semblait qu'elle était plus aigrie, épuisée par ces histoires qu'elle tricotait jour après jour. Je me demandais alors quelle joie elle pouvait tirer de cette vie consacrée à l'écriture. Si, par le passé, je l'avais comparée à une ogresse, j'avais à présent l'impression que les mots étaient en train de la dévorer. Que les personnages qu'elle inventait étaient véritablement des monstres auxquels elle donnait naissance. Une progéniture ingrate et criminelle qu'elle enfantait dans la souffrance.

Je devais avoir treize ans lorsque Margareth me confia que l'écriture était sa prison en même temps que sa passion. Sa drogue. Son réconfort. Sa béquille... Elle ne pouvait ni vivre avec ni vivre sans. Sitôt qu'elle cessait d'écrire, des idées morbides l'envahissaient et elle n'avait plus la force de sortir du lit. Quand elle était penchée sur son texte, elle entrait dans une autre dimension, évoluait dans un temps parallèle. « Entre l'encre et le papier, je vis mon existence par procuration, déclarait-elle. J'ai le sentiment de ne pas avoir grandi et d'éprouver toujours plus d'affection, de compassion et d'amour pour les créatures modelées avec ces milliers de mots qui emplissent ma tête. Si ça continue, je vais finir par vivre en ermite, loin du monde... » Et puis, acerbe, allumant une cigarette, elle rit, férocement. « Je te fais une confidence, Jo. C'est mon karma... Tu sais, mes livres racontent toujours, à peu de chose près, la même histoire... »

Désormais, je passais plus de temps à réviser mes leçons qu'à tricoter des contes. Mon destin de Joséphine des années 2000 enterré, je rêvais de devenir doctoresse spécialiste de la tête et grand-mère me confortait dans cette idée. Année après année, pour sa plus grande fierté, j'avais décroché les tableaux d'honneur. Je couvais de grandes ambitions. Plus tard, diplôme en poche, je voulais la guérir de la double peine qu'elle traînait depuis tant d'années. Je me disais que son généraliste de Grand-Bourg n'était pas à la hauteur. Sûr, il existait un moyen d'empêcher ses crises d'étouffement et ses cris d'après minuit. Des pilules, des pastilles, des potions à inventer... Hélas, la Science ne prenait pas chaque lundi le *Major des Îles* et le praticien vieillissant était privé des dernières découvertes médicales. C'était la même chose pour la maladie de Tonton Hubert et la neurasthénie de Mémé Georgette. La campagne sarthoise était déshéritée. En 1987, Tata Michelle m'avait écrit que le sauveur, l'ami des organes de Mémé, était mort d'un cancer de la prostate. Le docteur le plus proche était maintenant à quarante-cinq kilomètres, autant dire la croix et la bannière pour le faire venir. Et Mémé débloquait de plus en plus souvent. Quant à Pépé, il avait souffert tout l'hiver d'une otite qu'il avait tardé à soigner. Résultat : des vertiges le prenaient à toute heure, le faisant tituber et chuter. À présent, il ne bougeait plus trop de la ferme. On l'avait ramassé plusieurs fois dans les rues du village et les gens chuchotaient qu'il s'était mis à la boisson.

*

« Docteur, c'est un métier respectable. Tu as bien choisi, Josette. Je vais prier pour toi. Je suis sûre que tu réussiras », répéta grand-mère tandis que nous voguions vers Pointe-à-Pitre.

J'entrais seulement au lycée, mais on aurait dit

que je m'apprêtais à gravir les marches de granit de la faculté de médecine. De l'autre côté de la mer, Mme Bella m'attendait. Marie-galantaise de souche, mariée à un Guadeloupéen, la dame avait offert de me prendre en pension dans sa maison située sur la rue Frébault, au cœur même de Pointe-à-Pitre. Ses trois enfants résidaient à présent en France. Leurs chambres étant inoccupées, Mme Bella se faisait une joie de m'accueillir. Retraitée de la douane, tout comme son mari, elle disait aimer la jeunesse et se désolait de vivre dans sa maison vide, aux côtés d'un homme taciturne qui lisait son journal du matin au soir, n'avait pas d'amis et pas de vices.

« Ne dévie jamais de ta voie, continua grand-mère. À partir de maintenant, je ne serai plus auprès de toi chaque jour. Tu dois être ton propre guide. Ta propre conscience. Pointe-à-Pitre est une ville dangereuse, comme la mer. Elle t'emporte dans ses rouleaux et tu peux t'y noyer et te faire dévorer par les requins... Crois-moi, personne ne pourra te sauver si tu t'aventures dans les quartiers où fraient les gros poissons voraces. Prends garde à toi, Josette Titus ! Ne te mets pas à suivre des vauriens qui n'ont aucun respect pour leur famille. Ne me fais pas honte, Josette ! Tu m'entends ? Sur le continent, tu auras le choix parmi les insignifiants, les malappris, les mangeurs de drogue, les rastas, les amoureux transis, les fainéants et les jaloux... Tout ce que je te demande, Josette, c'est de ne pas me faire honte. Nous nous séparons bien, retrouvons-nous chaque mois, bien comme il faut. Je te fais confiance. Tu as su me prouver que tu es une bonne fille. Mais, surtout, ne me déçois pas ! Ne va pas ouvrir tes cuisses au premier venu et je sais de quoi je parle. Ta mère... Te retrouver enceinte d'un monsieur Poudre-d'escampette... Je crois que je t'ai bien éduquée, Josette... Ne te laisse pas entraîner dans des sorties et dans les boîtes de nuit du Gosier, là où se reproduisent les hommes à femmes. Je t'envoie en Guadeloupe pour étudier. Et ma bonne amie Germaine Bella, qui est bien brave de te recevoir, me tiendra au courant de tes agissements, sois-en sûre... Alors, ne lui fais pas honte, ni à elle ni à son mari... Tu restes à ta place. Tu travailles bien à l'école, c'est ce que je te demande. Tu auras ta chambre à toi. Tu auras ta clé. Tu seras à ton aise, alors... »

J'acquiesçais de temps à autre, mais je n'écoutais plus grand-mère. Bercée par le roulis du *Major des Îles*, je l'entendais juste ronronner la petite chanson qu'elle n'avait cessé de me ressasser depuis six années. Je l'aimais, c'est sûr, mais j'avais besoin de me libérer d'elle et je sentais au plus profond de mon corps que la petite Joséphine de Tata Michelle était en train de se réveiller, de se débattre pour sortir de sa coquille. J'avais soudain des ailes dans le dos et des plumes sur la tête. J'étais la Josette échappée de l'île des bagnards. J'étais une princesse des *Mille et Une Nuits* Ram-pam-pam, une déesse vêtue de pierres précieuses, Ram-pam-pam, une reine de la jungle, Ram-pam-pam... Une Vénus d'ébène, Ram-pam-pam... J'avais envie de remuer du popotin comme autrefois à la ferme. Danser le fox-trot. Et chanter, chanter... Et tant pis si je cassais les oreilles des gens. J'avais envie de rire, de cambrer les reins, de gesticuler dans tous les sens, d'envoyer mes jambes en l'air, de gonfler mes joues et puis de loucher comme la Baker et de tirer la langue aux hommes. J'étais Joséphine, une belle grande négresse qui chaussait du quarante et, pareille à l'idole de Tata, je m'en allais conquérir le monde.

La Guadeloupe — le continent, comme disaient les gens de Marie-Galante — était le monde. Et Pointe-à-Pitre, où j'avais atterri six années plus tôt, était la ville lumière qui m'attendait. Redevenue Joséphine, sans que grand-mère n'en sache rien, je marchai à ses côtés, traînant mollement ma valise de toile écossaise. Lorsque nous arrivâmes devant la maison de Mme Bella, elle marqua une pause avant d'actionner la clochette. Je baissai la tête, persuadée qu'elle lirait dans mes yeux que sa petite Josette n'était plus là. Elle m'attrapa par les épaules et, ainsi qu'elle l'avait fait le jour de notre première rencontre, elle me fixa intensément. Une ombre surgit dans ses yeux. Le doute mêlé à la fatalité, comme si tous ses efforts n'avaient servi à rien, comme si la fameuse malédiction des femmes m'était tombée dessus d'un coup, comme si elle était persuadée que je n'échapperais pas aux requins de la ville et que je les attendais et que j'allais bientôt ouvrir mes cuisses au premier beau parleur venu et que j'étais déjà perdue... La Joséphine avait tenté de se réveiller sur l'île de Marie-Galante. À deux ou trois reprises, je l'avais sentie remuer son plumage, froufrouter des ailes et dresser le cou et ouvrir son bec pour faire son insolente. Puis elle s'était recouchée, vaincue, corsetée dans le regard de Théodora qui n'admettait aucun écart de conduite, aucune dérive, aucune fausse note dans l'idée qu'elle se faisait d'une petite négrillonne de mon espèce.

Je connaissais Mme Bella pour l'avoir déjà vue à Grand-Bourg. Elle passait le mois d'août chez son père, Alphonse Réchard, qui avait été autrefois le jardinier de l'Autre Bord. Théodora l'invitait alors à déjeuner. À cette époque, je pensais que Mme Bella était un petit bout de femme prétentieuse qui revenait au pays pour se pavaner et afficher sa réussite sociale. Je la trouvais hypocrite et terriblement bavarde. Lorsque grand-mère était à la cuisine, en train de préparer les plats, elle profitait de son absence pour me tenir la main et me demander, avec des yeux inquiets, si j'allais bien, si Théodora ne me faisait pas de misères, si je n'avais besoin de rien. Son mari, M. Sylvaire Bella, n'était pas du genre à se mettre en avant. Sitôt le repas terminé, il s'installait dans une berceuse avec un journal et ne tardait pas à s'endormir, sifflant et ronflant tour à tour. Pendant ce temps, les deux commères causaient. Mme Bella enchaînait les anecdotes les unes après les autres et parlait de Pointe-à-Pitre comme d'une mégapole où pullulaient les bandits et les assassins, une ville de tentation et de folie qui n'avait rien à envier à New York ou Paris, une sorte de jungle où il fallait du cran pour survivre. « Les Marie-Galantais ignorent qu'ils habitent le paradis sur terre. » Grand-mère hochait la tête et soupirait, jurant que les nègres — et plus particulièrement ceux de Pointe-à-Pitre — étaient maudits pour l'éternité. Le sujet épuisé et visité sous divers angles, la conversation dérivait sur l'ancien temps, l'époque reculée où elles étaient enfants et couraient avec Margareth derrière les cabrouets chargés de canne à sucre. Elles montaient à l'Habitation Murat et, des après-midi entiers, jouaient aux esclaves et aux maîtres. Elles escaladaient les bâtiments en ruine, se cachaient dans le moulin, suaient dans les champs de canne. Mme Bella disait qu'elle n'avait guère aimé ces jeux. Selon elle, Margareth s'attribuait d'autorité le rôle du maître parce qu'elle était la fille du notaire de Saint-Louis. Grand-mère contestait cette version, mais Dame Bella insistait, se souvenant trop bien de quelle manière rosse Margareth assenait ses coups de fouet et, jurait-elle, il lui en restait trace sur le dos. Elle préférait pêcher des poissons dans les mares et chasser les oiseaux, les anolis et les papillons. Ou encore grimper en montagne et cueillir des mangues sauvages, des quenettes, des prunes-café. Quand l'évocation du passé cédait la place au silence, Mme Bella prenait son élan et demandait des nouvelles de Margareth. J'avais le sentiment que tous les mots qu'elle avait enfilés auparavant n'étaient qu'un préambule interminable à cette question qui titillait sa curiosité. « Oh ! Margareth... Elle voyage... », répondait grand-mère qui, se levant sur ces mots laconiques, proposait à sa bonne amie un verre de soda frappé ou une coupe de sorbet au coco.

Si Mme Bella était bavarde et curieuse, elle n'était pas du genre de grand-mère, à épier mes faits et gestes. D'humeur égale du matin au soir, elle avait plutôt un tempérament jovial. Quant à M. Bella, il se fondait dans le décor. Lorsqu'il me demandait « Comment vas-tu, Josette ? Et le lycée ? », je savais que ma réponse ne l'intéressait pas le moins du monde ; il s'efforçait juste à une formule de politesse. À toutes sortes de paroles, il préférait les mots couchés sur le papier. Il lisait même son journal à table tandis que Mme Bella babillait, sans frein, du temps et des saisons, de l'augmentation des prix sur le marché, de la Route du rhum, des maladies sexuellement transmissibles, de la récolte bananière, des grèves, du service de la voirie, des Blancs gâchés, des nègres assistés, du mariage de Unetelle, des vivants et des morts, de sorcellerie, de parfums, shampooings, drogues, politique, gymnastique, publicité mensongère... Mme Bella me déclarait qu'elle était contente d'avoir quelqu'un à qui causer de tout et de rien ; je la croyais, sans aucun doute. « Depuis le départ de mes enfants, affirmait-elle, je m'étiolais. Avec toi, Jojo, j'ai l'impression de revivre. » Et nous passions des après-midi sur le balcon, assises dans des berceuses, pareilles à deux vieilles négresses revenues de tout, regardant les gens arpenter les trottoirs, monter et descendre la rue Frébault, entrer et sortir des magasins.

Au début, je l'écoutais me retracer sa vie et celle des autres, sans trop en dire moi-même. J'avais vécu cela autrefois, avec Tata qui me déballait sans pudeur ses déboires, ses rêves de jeunette, ses histoires vertes et pas mûres... Nous étions côte à côte au chaud devant la cheminée, les jambes recouvertes du jeté de lit au crochet de Mémé. Elle me racontait mon arrivée à la ferme, maigre et pouilleuse. Et, par les chemins obscurs de la pensée, songeant soudain à une personne qu'elle n'avait pas vue depuis longtemps, elle rameutait les souvenirs liés à cette connaissance. Soûlée de mots, je crois que je somnolais parfois. Alors, Tata me donnait un coup de coude et me forçait à délier ma langue, à raconter des histoires aussi. Mme Bella était du même acabit. Quand elle jugeait que son temps de parole était échu, elle posait des questions. Des questions si précises qu'il m'était difficile d'y échapper sans me sentir impolie. Je ne me voyais pas répondre à la manière de Théodora : « Oh ! Margareth ! Elle voyage... » Des questions qui s'accrochaient à vous comme des sangsues et ne vous lâchaient pas. Pendant six années, j'avais suivi à la lettre les prescriptions de Théodora, éludant les sujets délicats, déviant, glissant, slalomant, pour échapper à la curiosité des uns et des autres.

À force de ténacité, Mme Bella finit par m'arracher les mots de la bouche. Chaque mot était une pierre au fond de ma gorge. Je me mis à vomir les mots, réalisant que j'étais lasse de porter les secrets de Théodora, tous ces silences sur ma vie en France. J'étais à Pointe-à-Pitre, la ville lumière. J'étais Joséphine et je n'avais pas honte de mon histoire. C'était mon existence et je ne l'avais pas choisie. Alors, un mot en amenant un autre, je racontai tout à Mme Bella. Et tant pis si les gens de Marie-Galante apprenaient la vérité et se mettaient à dégoiser derrière le dos de grand-mère. « La petite Josette, vous savez bien, l'enfant naturelle de sa fille Pâquerette. Eh ben, avant d'arriver à Marie-Galante, la malheureuse était placée à la DDASS, en métropole, vous vous rendez compte. La pauvre enfant est passée de famille en famille pendant des années... Comment elle a pu laisser faire ça ? » demanderaient aussitôt les gens de Grand-Bourg qui la connaissaient pour sa fierté. Théodora resterait coite et regarderait cette question monter au ciel pour rejoindre le troupeau des questions sans réponse. « Ah bon ! Vous dites que c'est Madame Margareth qui l'a fait venir au pays. L'enfant voyait de la misère en France, dans une campagne perdue. Neuf ans, vous imaginez ! Théodora a attendu neuf longues années avant de la tirer de là... Ah, Seigneur ! Comment elle a pu laisser faire ça ?.. »

Entre nos parlotes et nos confidences, j'allais et venais à ma guise. J'avais ma clé. Il suffisait que je dise à Mme Bella que je partais au lycée ou que je passerais l'après-midi à étudier à la bibliothèque, elle me croyait sur parole. Il n'y avait personne ici pour lui rapporter que je traînais dans les rues de Pointe-à-Pitre ou que je gaspillais mon temps, après les cours, à jacasser avec ma tribu sur les bancs durs de la place de la Victoire. Nous formions une bande d'adolescents où se mêlaient les classes et les races. Je fréquentais les rejetons de la petite bourgeoisie pointoise, les fils du ghetto, les apprentis rastas, les négresses des quartiers populaires, les mulâtres politisés, les Indiens de Saint-François, les fumeurs de cannabis, les moralistes, les Libanais, les évangélistes... Par je ne sais quelle opération du Saint-Esprit, je les attirais tous. J'étais la coqueluche du lycée. Joséphine, la grande liane de la forêt marie-galantaise, que les garçons rêvaient de voir s'enrouler autour d'eux, mais qui ne donnait ses baisers à personne. Cette fille délurée qui n'apprenait jamais ses leçons et décrochait partout les meilleures notes. Joséphine, la meneuse, pour les uns. Et puis Joss, un temps. Et aussi Joy, décrétée par un dénommé Stephen. Et puis, Josy, Fifine, Joyce, Fina, Jo-Phy, la Jojo de Germaine Bella, Joss et Philo en terminale pour Christophe... Jamais Josette, la vieille chaussette qu'on avait jetée à la DDASS et baladée de famille en famille jusqu'à ses quatre ans. Je m'accommodais de tous ces petits noms. À Pointe-à-Pitre, je déployai mes ailes, pareille à la Baker dans le Paris des années 1920. Et Mme Bella laissait faire. « Jojo, disait-elle, tu as de très bons résultats. Ta grand-mère est contente. Continue comme ça ! Mais de temps en temps, fais-moi plaisir, va à la mer avec tes camarades, va danser, amuse-toi un peu ! On devient fou à trop fréquenter les livres, et je sais de quoi je cause... » Ainsi, avec sa bénédiction, j'allais en boîte tous les samedis soir et je me fichais bien de ne pas être une grande danseuse. Je dansais. C'était plus fort que moi, il fallait que mon corps bouge et se contorsionne et se trémousse. J'entrais dans une sorte de transe. J'étais transportée. Je transpirais tant et plus sur des musiques nées à la Jamaïque, à Cuba et Trinidad, en Haïti. Je me sentais libre et vivante. Libre et moi-même. Libre et entière.

Je rentrais une fois par mois à Marie-Galante et retrouvais grand-mère et ses « Josette ! » plein la bouche, ses questions sur mes fréquentations, ses regards torves sur les jupes courtes que je m'entêtais à porter. Il y avait parfois une lettre de Tata qui m'espérait depuis trois semaines, une carte de Margareth postée des États-Unis ou du Japon. J'endossais pour un temps ma vieille défroque de Josette et faisais mine de plier dessous les recommandations de grand-mère. En dépit de mes carnets de notes irréprochables et des éloges répétés de Mme Bella,

Théodora ne se départait pas de sa méfiance. « Je ne suis pas dupe, non plus aveugle, maugréait-elle. Mais je vais prier pour toi tant que j'aurai des forces. Ta mère t'a reniée trois fois, Josette Titus. Dieu est grand ! Moi, Théodora, veuve Titus, je ne t'abandonnerai jamais. Et, plaît au Seigneur, si la malédiction tombe sur toi, je serai encore là... » Des pensées amères se cachaient derrière ses paroles obscures. Des pensées ressassées qui la brûlaient au corps et faisaient se lever l'ombre de Pâquerette dans la case. Des pensées qui se mêlaient à la fumée des cierges bon marché allumés dans la pièce où elle n'était là pour personne. Quand elle en avait fini avec ses prières, elle entrait dans ma chambre comme une furie et, sans me regarder, aspergeait d'eau bénite le lit, mes vêtements pliés dans l'armoire, mes livres. Je la détestais. Je savais qu'elle n'attendait qu'une chose : un jour ou l'autre, me voir débarquer enceinte à Grand-Bourg. C'était une idée ancrée dans son esprit depuis mon premier sang, une évidence qu'elle se complaisait à entretenir, comme si — pour vivre pleinement — elle avait toujours besoin de couver une peine, de lécher une plaie. Après tout, j'étais la fille de Pâquerette Titus, l'innommable, la monstrueuse. Celle qui lui avait planté cette aiguille dans le cœur. Je demeurais le fruit de la honte et du péché, l'enfant naturelle, la Barbare, la fille de ma mère...

Je me souviens de l'avoir vue inspecter la poubelle de la salle de bains pour vérifier la couleur du sang sur mes serviettes hygiéniques. Je la surpris un jour à renifler ma culotte sale. Une autre fois, elle fouillait dans mon sac. De cette époque, je garde en mémoire l'odeur écœurante de l'encens et la distance qui grandissait entre nous dans la case. Théodora ne parlait plus que par prières interposées. Si elle me décochait un mot, elle me toisait auparavant de haut en bas, considérant d'un œil mauvais ma poitrine trop découverte à son goût, ces minijupes que je ne quittais pas et mes longues jambes nues livrées aux regards des requins de la ville. Le plus souvent, elle s'enfermait avec son chapelet dans la pièce où elle n'était là pour personne. Et les repas que nous prenions encore ensemble, face à face, ressemblaient à une partie de poker menteur, chacune retranchée derrière ses cartes, sûre de son jeu, épiant les gestes de l'autre. Le soir, elle récitait ses prières à haute voix. Et ses « Je crois en Toi, mon Dieu ! Ô Tout-Puissant ! Délivre-nous du Mal, Seigneur ! », scandés et martelés à n'en plus finir, me dégoûtaient d'elle. J'avais envie de filer à Pointe-à-Pitre retrouver ma chambre chez Mme Bella, ma tribu sur la place de la Victoire, reprendre mon nom : Joséphine, et aussi tous les autres : les Jojo, Joss, Joy, Joyce, Fifine... Je m'isolais dans ma chambre, mais sa voix traversait les planches de bois mince. Elle s'endormait dans des cauchemars, poussait des cris au milieu de la nuit, appelant Gloria et Selbonne et les saints à son secours. Et le matin, elle se réveillait dès cinq heures, allumait son poste de radio. Assise dans mon lit, j'entendais les nouvelles hurlées du monde : rumeurs de guerre, mort d'une célébrité, mariage d'une princesse, élection d'un président... Je me disais que des gens m'avaient vue traîner dans les rues de Pointe-à-Pitre, qu'ils le lui avaient rapporté ; ce qui expliquait les bizarreries de son comportement. Ou, plus grave, que les confidences faites à Mme Bella avaient embarqué sur le *Major des Îles.* Et il s'était trouvé quelqu'un, sur le marché de Grand-Bourg, pour lui poser la question : « Comment as-tu pu laisser faire ça, Théodora Titus ? Comment as-tu pu abandonner cette enfant neuf longues années durant ? »

Aux vacances de l'été 1992, je décidai d'aller me réfugier à l'Autre Bord. Je ne demandai pas son avis à Théodora. Arguant que je préférais la plage de Saint-Louis à celle de Grand-Bourg, je fis mon sac et pris la route. J'avais dix-sept ans. Théodora ne broncha pas. Margareth m'accueillit sans questions. Et le vieux Totor, qui ne comprenait rien à rien, me fit la fête, bon chien. L'Autre Bord était sinistre, semblable à un château de princesse endormie, comme frappé par un sortilège. Le téléphone était décroché en permanence. Les visiteurs étaient plus rares que les jours de pluie. Et les amis du monde entier — professeurs américains des départements de *french literature*, chercheurs européens en art nègre, journalistes allemands et belges, écrivains africains, scénaristes et plasticiens — ne montrèrent pas le bout du nez. Le temps semblait s'être arrêté. Sauf pour Totor qui avait bien vieilli. La queue basse et l'air effaré, il errait entre les arbres fruitiers, reniflant les feuilles mortes qui jonchaient les allées. Abandonné aux mauvaises herbes et livré aux caprices du vent, l'Autre Bord n'inspirait que désolation. Et le jardinier, constatant que la patronne en personne n'avait rien à redire à son travail, ne craignait plus les foudres de grand-mère. Il se présentait à des heures indues, sifflotant pour faire rager Théodora. Il cueillait des fruits qu'il chargeait dans sa camionnette avec — disait-il — la permission de Madame Solin et puis il disparaissait sans le moindre état d'âme.

Depuis janvier, Margareth avait été très malade, souffrant de maux de tête qui ne cédaient qu'avec force calmants. Elle avait consulté plusieurs médecins, à New York et à Paris. On lui avait conseillé de pratiquer des examens plus approfondis mais elle avait préféré se retrancher à Marie-Galante. Cela faisait maintenant six mois qu'elle n'avait pas quitté l'île ni franchi les grilles de la propriété. Malgré ses migraines, elle fumait toujours autant, avec la même rage et restait recluse dans son bureau empestant le tabac, solitaire, s'échinant à écrire ce roman qu'elle ne parvenait pas à terminer. Le blues seul lui tenait compagnie et je n'avais aucune envie de passer mes journées à écouter John Lee Hooker que j'aimais pourtant bien. Je rentrais et sortais de la maison à ma guise. Margareth n'était pas d'humeur à tenir une conversation et j'étais dans le même état d'esprit qu'elle.

Quand grand-mère arrivait, sur les coups de dix heures, j'étais déjà loin. Partie tôt le matin, j'allais marcher sur les routes jonchées de canne à sucre échappée des charrettes à bœufs. Je me baignais et nageais et dansais dans les vagues, jusqu'à ce que je ne sente plus mon corps. Je dormais sur la plage et me retrouvais parfois à écouter le rasta fou de Saint-Louis qui espérait le bateau du retour en Afrique. L'après-midi, je mangeais des oursins crus, des bonbons gros-sirop, des mangues ramassées au bord des chemins. Je mâchonnais un bout de canne. En attendant le retour des pêcheurs, j'enfilais les histoires que les hommes se racontaient en ravaudant les nasses dessous leur abri de tôle. Ils savaient que j'étais la petite-fille de Selbonne et que je vivais avec Théodora Titus, sa veuve. Alors, ils ne posaient pas de questions, m'offraient un coco à l'eau et des crabes de mer, me disant à mots couverts de ne pas trop rester à driver sur les routes, de prendre soin de moi, d'éviter de causer au rasta qui fainéantisait tout le jour sur la plage. Et je rentrais à l'Autre Bord, pareille à ces chiens qui n'ont pas de famille et dont grand-mère me prédisait le destin.

Entre les prières sans fin de Théodora et les silences de Margareth, j'avais choisi les silences. Lorsque nous nous retrouvions pour le dîner, Margareth mettait parfois un disque de Elmore James, de B.B. King ou de John Lee Hooker, son préféré. Mais, le plus souvent, la musique d'ambiance nous était donnée par les trilles des insectes de la nuit, la pétarade d'une mobylette au loin, des bœufs meuglant à la lune.

« Qu'est-ce que tu fais ici, avec moi ? me demanda-t-elle un soir. Regarde-moi, Jo... Qu'est-ce que tu vois ? Une vieille femme laide qui ne parle à personne et passe son temps à fumer et à écrire, à écrire et à fumer... »

Elle alluma une cigarette. Ses ongles avaient été vernis, il y a longtemps. La laque rouge était maintenant ternie, tachée d'encre et s'écaillait sur les bords. Elle portait un grand boubou de basin bleu délavé. Ses cheveux n'avaient pas été coiffés depuis des jours. Ses joues s'affaissaient...

« Je vous présente Madame Solin, s'écria-t-elle soudain, ouvrant les bras à la manière d'un animateur de variétés. La grande, très grande femme de lettres. La talentueuse Margareth Solin dont les livres nous captivent et nous enchantent... L'auteur de *Cœur de Cauris,* ce fabuleux roman qui nous a transportés en Afrique, au bord du fleuve Sénégal, à la pointe sud du Sahara, jusqu'à la Langue de Barbarie si magnifiquement évoquée... L'immense romancière, écrivaine de mes fesses... C'est moi ! Margareth Solin ! En chair et en os ! La vraie ! L'unique ! La seule... »

Je me dis qu'elle avait sans doute trop bu. Je n'étais pas impressionnée et restai de marbre, un coude sur la table, mon poing fermé soutenant mon menton. Elle pouvait prendre sa figure d'ogresse et me cracher sa fumée de dragon à la figure, Margareth n'était plus en mesure de m'effrayer. Je n'étais plus l'enfant de neuf ans qu'elle avait autrefois terrorisée. À la longue, j'avais appris à la connaître. Ses excès et ses lubies n'étaient pas si différents de ceux des gens qui avaient croisé ma route. Je la considérai avec un petit sourire en coin, songeant à Mme Bella qui assurait qu'il n'était pas bon de trop fréquenter les livres, et elle parlait en connaissance de cause...

« Jo, reprit Margareth, sais-tu que nous allons tous mourir ? Chaque jour qui passe nous rapproche de la mort ? C'est une lapalissade, me diras-tu... C'est peut-être pour ça que j'écris. L'idée de la mort est terrifiante, n'est-ce pas ? Brrr... Les longs doigts froids de la mort... Quelle horreur ! »

La tête rejetée en arrière, elle éclata de rire.

« Toi aussi tu vas mourir, Jo ! Tout le monde, tout le monde... On n'y échappe pas. Personne n'est jamais passé au travers... On est piégés, pareils à des poissons dans une nasse, Jo... C'est comme ça, il n'y a pas d'autre issue que la mort... Alors, profitons de la vie tant qu'on est vivant, Jo... Cette maison est trop triste... Fais-moi rire ! Raconte-moi une histoire de fées et de bagnards, allez ! Chante-moi une chanson, Jo ! Non ! on va danser... Ça fait si longtemps que je n'ai pas dansé... »

Elle repoussa sa chaise et, grimaçant un sourire, me tendit les bras.

« Allez ! Danse avec moi, Jo. »

Je me levai de mauvaise grâce. Je la dépassais maintenant d'une tête. Elle m'enlaça. Le couple que nous formions était si grotesque que cela me fit sourire et je me laissai aller. De son bureau jaillissait la voix éraillée de B.B. King, interprétant *It's my own fault Baby*. Margareth me serra plus fort, emprisonnant mon corps maigre dans son grand boubou bleu. Mes petits seins durs comme des mangos verts cognant et creusant sa chair molle, longtemps nous nous sommes bercées l'une l'autre. Longtemps, bien longtemps après que B.B. eut fini de chanter *It heurts me too...* Longtemps, comme une mère et sa fille pour des retrouvailles. J'aurais pu rester des heures à balancer ainsi, au rythme de ce blues qui réveillait en moi des douleurs enfouies et les pansait du même coup. Vieilles blessures d'une guerre oubliée. Ce blues qui m'enjoignait de ne pas pleurer, de ne pas gémir. Je n'étais pas seule à pleurer et gémir sur la terre. J'étais vivante. J'avais survécu. J'étais encore là. Il fallait juste se tenir debout face au vent. Et lever la tête. Et danser, les jours de grand soleil. Et enterrer le passé qu'on ne pouvait changer.

Et laisser demain s'écrire comme il l'entendait, avec les tourments et la mort au bout du chemin... La musique frappait ma peau pareille à une pluie drue d'octobre. Elle courait dans mes veines et me chamboulait le cœur. Et j'étais bien dans les bras de Margareth. Si bien, que j'eus envie de pleurer. Alors, je la serrai plus fort contre moi. Je la sentis mollir un instant. Puis, d'un coup, elle s'écarta. Non, elle n'allait pas tomber dans une mièvrerie de bas étage. Elle était Margareth Solin, la reine des sarcasmes et de la dérision. La Féroce, la Persifleuse, l'Acerbe qui boutait loin d'elle les âmes sensibles et les larmoyants. Elle était plus solide qu'un baobab de la savane africaine, Margareth Solin. Elle était à l'image d'un roc et comptait le demeurer. Regagnant sa chambre, elle me lança, ironique : « Tu n'as pas le rythme ! Tu danses comme un pied, Jo ! J'espère que tu le sais ? »

Le lundi de la dernière semaine d'août, je trouvai sur le lit que j'occupais à l'Autre Bord une enveloppe blanche, postée de la Sarthe. Tata Michelle m'annonçait la mort de Pépé. Cela faisait maintenant huit ans que j'avais quitté la ferme et les souvenirs, que je croyais perdus à jamais, resurgirent d'un coup, comme réveillés par la peine qui bondait mon cœur. Il m'apparut alors que j'avais pressenti la mort de Pépé et passé tous ces jours longs et mornes à attendre cette nouvelle et à m'y préparer.

Semblable à un automate, je quittai l'Autre Bord pour gagner la case de Grand-Bourg. Derrière mes larmes et la vitre éraflée du car, il n'y avait pas de plantations de canne à sucre, mais des champs de blé à perte de vue. J'étais revenue en pays sarthois. J'étais sur la route du village et je rentrais chez moi, à la ferme, où m'espéraient Tata Michelle et Mémé Georgette. Elles devaient se tourner les sangs et broyer du noir en même temps. Et je leur soufflais : « J'arrive, attendez-moi encore un peu. Peut-être qu'il n'est pas bien mort, le Pépé Marcel ! Peut-être qu'il fait une bonne blague à Mémé et qu'il va se redresser d'un coup et enfiler ses bottes de sept lieues... Et sûrement que le médecin s'est trompé, a mal branché son stéthoscope et que le cœur de Pépé bat encore la chamade à deux cents à l'heure... Et si j'arrive dans cinq minutes, je vous jure que le Pépé dira que ses méningites sont en pleine forme, rien que pour faire mousser Mémé, la voir avec sa tête de cochon... Il se relèvera et il demandera à Tata pourquoi elle continue à aller se faire des salades frisées chez sa coiffeuse alors qu'il y en a de bien plus belles dans le potager... Ou peut-être qu'il s'est juste endormi, d'un sommeil de plomb, et que son rêve est si beau qu'il faut le secouer fort pour qu'il se réveille. Il marche dans les bois, il est diplômé de l'École nationale des eaux et forêts. Il est maintenant au cœur de la forêt. Il ausculte un arbre voyageur... On doit crier pour qu'il nous entende... Allez, Tata ! Crie avec moi ! Pépé ! Pépé ! Pépé ! Reviens ! Reviens ! Les blagues les plus courtes sont les meilleures, ça suffit la comédie de l'élastique... Allez, Pépé ! Lève-toi à la fin ! Y a une bonne terrine de lapin qui nous attend... Une terrine qui ne soulèvera pas le foie de Mémé... Pépé ! Pépé ! Pépé ! Dans la ville de Foix, on soulève les montagnes,

Pépé ! On réveille les morts, Pépé... La foi soulève les montagnes, Pépé... »

Dès que j'entrai dans ma chambre, je cherchai mon cahier de bêtises, de contes et légendes. Les feuilles ramassées lors de nos promenades dans les bois étaient là, intactes. Elles portaient en elles la forêt tout entière, mes balades avec Pépé, l'ogre maléfique, les arbres voyageurs, les quatre saisons de mon enfance... Écrire. Récolter les souvenirs qui affluaient et se présentaient à moi en désordre et par brassées. Écrire mon existence auprès de Pépé, de Tata et de Mémé, sous le signe de Joséphine. Écrire pour soulager ma peine et redonner vie au passé. Écrire pour les sentir vivants à mes côtés. Et j'étais de nouveau à la ferme, assise à la table commune. Et mon crayon courait sur le papier, formant des lettres et des mots qui racontaient notre histoire. L'histoire de la petite noiraude qui avait débarqué chez eux au milieu de l'hiver. La Josette Titus, rebaptisée Joséphine qui tirait le fil des vieux chandails de Tata et enroulait des pelotes plus grosses que sa tête. La négrillonne aux cheveux ras et plaqués au blanc d'œuf qui dansait avec une ceinture de bananes autour de la taille. Les parties de poker. La mère Pluchet et son Benoît, grand voyageur. Les arbres morts en hiver et ressuscités au printemps. La visite des châteaux de la Loire. L'abécédaire des jeunes mariés, les bains de rivière. Le tracteur. Les phrases toutes faites de Mémé. Damia, Fréhel, Chevalier... Les virées dans la voiture de Tata. Le gros ventre de Tonton Hubert. Nos parties de petits chevaux. Le cirque, les romanichels, les fermiers alentour, Monsieur Frédéric, les crimes de sang, la neige recouvrant les champs, les vieux disques de la Baker, les pommiers en fleur, les poulets du père Merlaux, les chroniques judiciaires, l'album de fan, le cheval Durandal, les dindes et les poulets, l'âne Bouillon, la mercière, le Ram-pam-pam, les rillettes, les patates à l'eau salée, Gérard et sa clé du paradis, le duvet des filles de ferme, Charles Aznavour, les proverbes de Mémé, la neurasthénie, les blagues à l'élastique de Pépé...

Je voulais tout écrire. Pour leur dire combien je les aimais.

Je voulais raviver les couleurs de la ferme avec des mots couchés sur le papier.

Je voulais ranimer ma mémoire. Redonner vie au temps d'avant. Écrire pour conjurer la mort. Entendre de nouveau la voix de Tata, mêlée de rires et de grognements. Sentir l'odeur de poulailler de Mémé. Revoir la tête de Pépé...

Au mois de septembre, je repris le *Major des Îles*, bien décidée à décrocher mon bac qui était mon billet de retour pour la France. J'avais écrit une longue lettre à Tata, lui assurant que je serais bientôt à Paris, logée dans l'appartement de Margareth Solin. Je jurais, sitôt débarquée, de prendre un train pour Le Mans.

*

« Comment ! Mais tu ne sais pas... C'est Théodora qui l'a chassée quand elle a compris que ta mère était enceinte. Elle l'a traînée jusqu'au bateau qui partait pour Pointe-à-Pitre... Elle lui a dit bon vent et bon voyage et lui a donné l'ordre de ne pas remettre les pieds à Marie-Galante tant qu'elle serait vivante. » Outrée, Mme Bella ouvrit de grands yeux et s'agita dans sa berceuse, réajustant d'un geste agacé le coussin qu'elle avait glissé dans son dos. Ses petits pieds pédalaient dans le vide.

« Ne pas parler, ne rien dire, garder le secret, se taire ! Voilà le problème des gens d'ici : la communication. Ils ne savent pas communiquer. Ils sont handicapés de la communication... Déficitaires en communication... » Mme Bella était en verve.

« Tu sais, en ce temps-là, ta grand-mère n'avait pas toute sa tête. Elle ne guérissait pas de la disparition du pauvre Selbonne. Ah ! Faut dire qu'ils s'étaient aimés, ces deux-là ! Ta grand-mère, on aurait juré qu'une montagne lui était tombée dessus et lui avait fracassé la moitié de la tête. Théodora est passée par des hauts et des bas. Beaucoup de bas. À un moment, on croyait qu'elle était sauvée et blip ! elle retombait dans le désespoir. Pendant ce temps, Pâquerette n'avait pas de maman. Théodora l'avait toujours jalousée. Elle disait que Selbonne prenait plus soin de Pâquerette que d'elle-même, qu'il gâtait la petite plus que de raison et qu'il n'y en avait que pour elle, la Pâquerette à son papa. Elle aussi a souffert de la mort de son père, crois-moi, Jojo. Orpheline de père et fille d'une femme folle, c'était pas tous les jours facile pour la pauvre Pâquerette... Les voisines lui donnaient à manger en cachette, s'occupaient de son linge. Elle n'avait que treize ans, tu imagines. Un jour, Théodora lui a dit que c'était sa faute si Selbonne était mort. Avant de partir pour sa dernière pêche, il avait promis de ramener un cadeau extraordinaire, quelque chose de rare qu'il avait vu à Cuba, une invention des Cubains qu'on ne trouvait nulle part ailleurs dans le monde. Et il n'est jamais revenu... Ta mère passait ses journées sur l'embarcadère, à regarder voguer les bateaux. Habillée de hardes, elle faisait peine à voir. Mais personne n'osait l'approcher de trop près. Théodora rôdait toujours dans les parages avec sa gaulette. Elle vous tombait dessus à n'importe quel moment. On ne savait de quel trou elle sortait, mais elle était là, plantée devant vous avec sa gaulette et prête à vous rosser méchamment...

— Mais, coupai-je, elle m'a dit que Margareth l'a sauvée, s'est occupée d'elle...

— Deux ou trois mois, pas davantage. Margareth est vite repartie dans ses voyages à travers le monde. Et ta grand-mère est retournée errer sur les plages, espérant que la mer finirait par lui rendre le corps de Selbonne. On ne parlait que de ça à Marie-Galante. On se désolait pour elle, mais les lamentations ne guérissent pas, tu sais bien... Margareth ! Une égoïste qui a exploité Théodora toute sa vie ! Une profitante qui fait la fière parce que ta grand-mère est trop bonne... Elle était, paraît-il, amoureuse d'un Africain en ce temps-là, un Boubacar, grand échalas de nègre noir qui est venu se pavaner avec elle dans les rues de Saint-Louis. Un Sénégalais qui, comme par exprès, habitait une ville du nom de Saint-Louis, là-bas en Afrique... Margareth se fiche pas mal de ta grand-mère, Jojo. Faut que tu le saches. Il y a une justice dans ce monde et on se doit de la respecter. Elle n'est pas au-dessus des lois parce qu'elle s'appelle Margareth Solin. De toute façon, elle ne l'emportera pas au paradis... »

Fait rare, ma logeuse se tut soudain, ruminant ses pensées pour son seul compte. Dans la rue, les passants se raréfiaient, se hâtant de quitter la ville. Les uns après les autres, les rideaux de fer étaient tirés dans un tintamarre de tous les diables. Je suivis des yeux une femme qui dandinait des fesses dessous son parasol. Elle tourna rue Schoelcher. Les rues étaient maintenant désertes.

« Et mon père, madame Bella, vous ne savez rien de lui ?

— Si je savais quelque chose, ma pauvre Jojo. Si j'avais le début d'une explication, tu serais la première informée. Mais, vois comme la vie est étrange... À croire que c'était ta mère qui la rendait folle : le jour où Théodora l'a jetée enceinte dans le bateau en partance pour Pointe-à-Pitre, elle est redevenue la femme sage et posée que nous avions toujours connue. Un miracle ! Elle a cessé de chercher les restes de Selbonne et de marcher avec cette maudite gaulette qui terrorisait les enfants. Quand Margareth est revenue d'Afrique, sans son Boubacar cette fois, à moitié démolie par une crise de paludisme, tout était rentré dans l'ordre. Sauf que Pâquerette avait disparu de la circulation et que personne ne s'inquiétait de savoir si elle était encore de ce monde. Théodora n'en parlait jamais et les gens tournaient sept fois leur langue dans leur bouche avant de l'entreprendre d'un sujet de conversation. Margareth a été trop contente quand Théodora s'est mise à son service. Elle avait abandonné son grand projet de s'installer à Saint-Louis du Sénégal et de vivre là-bas comme une Africaine qu'elle n'était pas. Elle s'est cloîtrée à l'Autre Bord et, pendant qu'elle écrivait son fameux roman, *Cœur de Cauris*, qui lui a valu tous ces prix littéraires et cette reconnaissance internationale, ta grand-mère s'éreintait pis qu'une négresse sur la propriété, de la même façon que sa pauvre mère Gloria qui y a laissé sa peau. Les Solin n'ont pas levé le petit doigt quand Gloria a commencé à dépérir. Ni la directrice d'école ni le notaire. Ils avaient bien profité d'elle pourtant, l'avaient usée au travail jusqu'à la corde. C'est qu'elle était sans pitié, Madame Solin. À ses yeux, sa bonne n'était qu'une petite négresse inculte qui lavait son linge sale, repassait le propre, cuisinait matin et soir et récurait l'Autre Bord chaque jour de fond en comble. Une esclave, je t'assure. Elle la traitait pire qu'une esclave. La pauvresse n'avait pas trente-deux ans quand elle est morte... Je me souviens de son enterrement. Il y avait foule dans l'église de Grand-Bourg. Monsieur Solin était là, tout de noir vêtu, mais la Marie-Eugénie s'était excusée. Elle avait pris un bateau pour Pointe-à-Pitre le matin même ; soi-disant une affaire d'importance à régler. Théodora avait juste seize ans. Et puis, Selbonne a croisé son regard à la messe de l'Ascension. C'est ce qui a sauvé ta grand-mère. Crois-moi, après la mère, ils auraient engagé la fille et l'auraient fait trimer de la même manière. Au moins, Pâquerette a échappé à ça. Faut voir le bon côté des choses, Jojo... Si elle était restée, elle aurait à son heure mis son tablier de bonniche pour Margareth Solin. Mais vaut mieux laisser les morts à leur repos éternel et cesser de remuer ces vieilles histoires qui font plus de mal que de bien... »

*

Je garde un confus souvenir de cette année de terminale. Joies et peines y sont intimement mêlées. Nuits d'études et soirées folles se superposent dans ma mémoire. Secrets et mensonges s'y côtoient sans tourments. Josette et Joséphine, pareillement. Je crois que je me laissais porter par le courant, semblable à un bout de bois flotté dérivant sur la mer. J'allais entre Marie-Galante et la Guadeloupe, de la même façon que je voguais entre le passé hanté et ce futur tant espéré. Ballottée entre Théodora la trop pieuse et Margareth, l'acerbe. Au gré des confidences de Mme Bella. Au fil du vent, entre haine et amour, ne sachant que penser des demi-vérités et des révélations inachevées qui surgissaient ici et là, tels des fantômes que chacun fuyait à son tour. J'avais hâte de regagner la France, d'habiter seule dans cet appartement qui m'attendait à Paris. Et sauter dans un train pour tomber dans les bras de Tata Michelle.

En janvier de l'année 93, au lieu de penser au bac, les élèves ne songeaient qu'au carnaval. J'avais suivi Christophe dans la salle polyvalente du lycée où avaient lieu les réunions.

« L'Europe nous menace ! hurlait Simon qui avait la politique dans le sang. Nous allons porter les hardes des nègres marrons, affirmer notre identité créole. Nous déboulerons dans les rues comme une marée humaine. Nous rendrons hommage à nos valeureux ancêtres... »

L'idée recueillit peu de suffrages ; on avait déjà vu des quantités de groupes grimés en nègres du temps de l'esclavage.

« Il faut faire dans le sensationnel ! Nous sommes la jeunesse de l'île ! Nous devons montrer que nous avons de l'imagination et en même temps une conscience de notre pays... commença Jude.

— Je vois un grand tambour, coupa une élève de seconde au regard halluciné derrière ses nattes emperlées. Notre reine le chevauchera. Le tambour est notre totem. Il symbolise notre culture... Nous pourrions fabriquer des coiffures en forme de tambour... Je vois un raz de marée de tambours appelant le peuple à se soulever... »

Rires et huées emplirent aussitôt la salle.

Élue Miss des lycéens au début de l'année scolaire, je ne m'imaginais pas un seul instant à califourchon sur un tambour.

« Et pourquoi pas un cocotier sur la tête ! Faut penser aux touristes. Nous devons les amener à venir rêver sur nos plages à l'ombre des cocotiers... suggéra le fils d'un grand hôtelier du Gosier.

— Non ! C'est de la démagogie ! assena Paul, élève de terminale qui se destinait à l'agronomie. La Guadeloupe n'est pas à vendre ! Faut penser aux agriculteurs... Ils ont souffert avec le dernier cyclone. Faut les soutenir. Des bananiers, des champs de bananes dans les rues. Se déguiser en bananiers, c'est une bonne idée, non... »

Il y eut un flottement dans l'assistance. Défendre les planteurs partait d'un bon sentiment mais cette perspective n'enthousiasmait guère. Il y manquait l'esprit de la fête, la dérision, un brin de folie. Nous nous séparâmes après deux heures de vains débats.

Chaque soir, dans la chambre que j'occupais chez Mme Bella, je relisais et corrigeais une partie de mes écrits autobiographiques pompeusement titrés « Sous le signe de Joséphine ».

Si le texte reposait sur des bases et des faits authentiques, je devais admettre que j'avais parfois grossi des traits pour leur donner plus de relief, enjolivé des paysages, noirci aux entournures certains souvenirs. Mais qui peut prétendre restituer la pure réalité ? La mémoire est un miroir déformant, une vieille armoire où sont pliées les reliques du passé, un tiroir à malices duquel surgissent des diables à ressort grimaçants qui mentent comme des arracheurs de dents. La mémoire est, selon les jours, une caverne d'Ali Baba ou une île au trésor ou bien encore une cellule sombre dans laquelle vous attendent les chausse-trappes et les portes en trompe l'œil. J'avais maintenant dix-huit ans. J'avais grandi. Les choses autour de moi avaient rapetissé. Et, tandis que ma vision du monde changeait, je portais maintenant sur mon enfance un regard tendre et étonné. J'écrivais l'histoire de la ferme neuf ans après mon départ, entre Marie-Galante et Pointe-à-Pitre, à bonne distance des terres sarthoises.

J'avais tourné mes phrases de manière qu'il y ait des rebondissements et une chute, comme dans toute bonne histoire. J'avais donné chair à des personnages qui m'apparaissaient flous. J'en avais créé d'autres qui trouvaient place naturellement auprès de Mémé, Pépé et Tata Michelle. J'avais brodé et tricoté, tiré des élastiques, plumé des poulets imaginaires. J'avais cousu de fil blanc des amourettes à Tata Michelle, juste pour qu'elle ne paraisse pas trop seule et misérable à attendre le retour de son Benoît Pluchet. J'avais un peu forcé sur la neurasthénie de Mémé, la gardant le plus souvent au lit, le cœur en bandoulière. J'avais fait le portrait détaillé de filles de ferme dont je ne me souvenais guère. J'avais troqué des identités et emprunté des visages entrevus à la télévision. J'avais mangé plus de rillettes qu'en vérité et bu plus de cidre que de raison. J'avais réinventé la ferme, mais je me reconnaissais dans cet enchevêtrement de vrai et d'à peu près, de fantasme et de fantaisie, de tragi-comédie. C'était bien moi, en chair et en os, derrière les mots alignés, entre les lignes, à chaque paragraphe. C'était mon histoire qui dansait le charleston sur les deux cents pages de mon nouveau cahier.

J'adorais le carnaval, ses tambours, ses débordements, ses cris, sa folie. Les années précédentes, j'avais participé au défilé organisé par les lycéens et j'avais pleuré le dernier jour, le mercredi des Cendres, lorsqu'on avait brûlé Vaval. Mes larmes s'étaient mêlées à la sueur qui perlait sur mon visage. Je m'étais dit alors que la vie était un grand carnaval, un défilé de faux-semblants, et qu'il n'y avait rien d'autre à faire que danser, s'étourdir de musique et secouer son corps en attendant la mort. J'avais dansé, comme les poissons dansent leur mort dans les nasses des pêcheurs de Marie-Galante. Et tant mieux pour eux si les gens portaient des masques et cachaient leurs âmes grises derrière des costumes et des robes à fleurs, derrière des phrases alambiquées et des silences à couper au couteau, derrière leurs rires gras et leurs larmes de crocodile. Ma mère aurait pu être cette reine des fleurs caparaçonnée dans du plastique et du papier crépon qui, hautaine et pathétique, souriait à la ronde sur son char. Mon père, ce grand zombie hagard, drapé d'une toile sale, qui chaloupait dans la rue au rythme d'un clairon solitaire. Théodora, cette diablesse à deux visages qui se signait et s'agenouillait tous les trois mètres, brandissant d'abord une croix au nez des badauds et puis ses fesses en carton-pâte pour les saluer. Et Margareth aurait bien pu défiler parmi ces nostalgiques de l'Afrique, vêtus de grands boubous jaunes et verts, arpentant les rues derrière un joueur de kora du dimanche.

« En quoi aurais-tu aimé défiler, Joss ? » m'avait demandé Christophe après la réunion des lycéens. Je n'en avais aucune idée. J'avais passé un moment avec lui, sur un banc de la place de la Victoire, à regarder les bateaux et à lâcher des soupirs chaque fois qu'il lançait une idée de déguisement. Et puis j'étais rentrée chez Mme Bella qui recevait au salon une de ses commères. Je les saluai et filai dans ma chambre. Allongée sur mon lit, je laissai mon esprit vagabonder tandis que je corrigeais le passage où la petite Joséphine avait dû porter la ceinture de bananes en plastique. La honte marquait son visage. La honte et la haine pour cette Joséphine Baker dont Tata était toquée. La haine et le dégoût pour cet œuf envoyé chercher dans le poulailler. Tata en avait séparé religieusement le blanc du jaune. Ce n'était pas une blague. Elle l'avait fait. Elle lui avait tartiné les cheveux de blanc d'œuf. Tata était aux anges et Mémé disait que c'était bien réussi, ma foi, copie conforme de l'originale. Pour faire plaisir à sa Tata Michelle, Joséphine avait posé pour la photo souvenir. Elle portait un tricot de corps blanc, un collant rose et une ceinture de bananes en plastique. Non, elle n'avait pas eu la permission de tirer sa tronche de Durandal. Elle avait des accroche-cœurs et du noir sur les yeux et du vrai rouge à lèvres sur la bouche. Quand les enfants de l'école l'avaient reluquée en se gaussant, elle avait eu envie de rentrer sous terre. Elle aurait voulu mourir sur-le-champ, être foudroyée comme un arbre, disparaître sous le coup de baguette magique d'un prestidigitateur. Mais au lieu de tout ça, il avait fallu qu'elle remue du popotin et louche et gesticule pour ne pas gâcher la joie de Tata. Et quand Tata avait glissé la photo dans son album de fan, Pépé avait assuré que c'était un honneur pour la petite Joséphine.

Souriant à moitié, je repensai à la réunion de l'après-midi. Paul avait raison : la Guadeloupe était le pays de la banane. Il fallait soutenir les planteurs, mettre la banane à l'honneur. Un jour, j'avais demandé à Mme Bella pourquoi, sur la table de la salle à manger, la coupe était garnie de fruits en plastique, alors qu'il y avait tant de fruits naturels sur le grand marché Saint-Antoine. Elle m'avait répondu que le sucre des fruits attirait les bestioles sales et en particulier les mouches bleues qui se posaient partout, « une calamité qui donne des maladies incurables ! Tu les vois sur le caca des bœufs, les bobos à pus des chiens errants, dans les poubelles parmi les immondices, sur les cadavres des chats écrasés, autour des carcasses des crabes de terre, dans les eaux d'égout et même sur les morts exposés ». Par conséquent, il valait mieux mettre les vrais fruits à l'abri, dans le réfrigérateur, la resserre, ou les cacher à la cuisine dessous un torchon. « Tu trouves que c'est pas joli ? s'était enquise Mme Bella. En plus, c'est pas cher, on s'en procure à deux sous chez tous les Syriens... »

Lorsque je proposai de faire courir les lycéennes ceinturées de bananes en plastique, il n'y eut pas une seule objection. La banane serait à l'honneur et la Guadeloupe représentée dans toute sa splendeur, un grain de dérision en plus. Des centaines de Joséphine Baker débouleraient dans les rues de Pointe-à-Pitre et de Basse-Terre.

« Et les garçons, ils auront aussi cette ceinture de bananes ? demanda Paul.

— C'était bien ton idée de rendre hommage aux agriculteurs ! lança une longue chabine aux yeux verts. Et puis, c'est pas la ruine ce déguisement. Les parents vont pas râler... »

Aujourd'hui, je ne puis dire si la petite Joséphine de la Sarthe prit sa revanche le jour du Mardi gras. Quand les bananes en plastique commencèrent à s'amonceler dans des cartons et que démarra la fabrication de nos costumes, je sais seulement que j'eus le sentiment que j'allais partager mon histoire sarthoise avec la Guadeloupe. Les filles babillaient autour de moi, mais j'étais loin d'elles. Fiévreuse et excitée, pressée d'enfiler ma ceinture de Joséphine, de renouer avec mon passé, de boucler la boucle, en quelque sorte. Mes doigts tremblaient tandis que les images aux couleurs sépia défilaient devant mes yeux, brouillant ma vue. Je revoyais les sourires d'ânes des enfants de mon école. De nouveau, je les entendais, avec leurs quolibets, les grelots de leurs rires, leurs flèches sifflantes. Je m'étais sentie si laide et si noire ce jour-là. Si pitoyable. Rien de plus qu'un excrément dessous un essaim de mouches bleues. Et je voulais recommencer, comme si je n'avais qu'un petit pois dans la cabèche. Je remettais ça. Je ressortais maintenant la ceinture de bananes tel un trophée, un butin de guerre, un trésor de pacotille.

C'était un pied de nez fait à la vie. Aussi un cadeau pour Tata. Une manière de lui dire qu'elle avait eu bien raison de faire de moi son rêve américain, de me raconter toutes ces histoires, car rien n'était écrit d'avance. On pouvait naître dans la boue d'un ghetto pourri du Missouri et devenir une châtelaine du Périgord. On pouvait ne pas avoir connu son père, ce n'était pas grave. Fallait juste faire avec. On pouvait avoir été abandonnée par sa mère, ça n'empêchait pas de se bâtir des châteaux en Espagne et de croire aux cendrillons du genre de Joséphine Baker. On pouvait pleurer la nuit, poursuivie par des fantômes sans visage, il y avait toujours un lendemain. Le soleil se levait derrière les carreaux et les spectres disparaissaient, terrassés l'un après l'autre par la lumière du jour. « Après l'hiver, vient le printemps », assurait Mémé. Et ce n'était pas une blague, les arbres morts ressuscitaient avec des oiseaux et des feuilles et des fruits plein leurs branches. Les fleurs sortaient de terre et recouvraient la campagne et s'envolaient pour se poser comme des papillons sur les robes des femmes. On pouvait se faire appeler Joséphine même si on vous avait baptisé Josette. On pouvait avoir les cheveux durs et grenés comme la paille de fer qui servait à récurer le fond des chaudrons, ça ne voulait pas dire qu'on était perdu pour l'humanité. On pouvait se réduire la boule à zéro, les cheveux finissaient par repousser...

La veille du Mardi gras, Mme Bella faillit tomber à la renverse en me voyant débouler. J'étais passée chez la coiffeuse. En moins vingt minutes, ses ciseaux avaient anéanti les années d'effort et de patience de Théodora. « Mon Dieu, Jojo ! Mais qu'est-ce qui t'a pris ! Où sont passées tes nattes ? glapit Germaine Bella. C'est sûr, ta grand-mère va me tuer. Ô Seigneur ! Pourquoi tu as fait ça ? Tu aurais dû me demander avant... »

Je souris, passant une main dans mes cheveux rasés court et plaqués sur ma tête. « Comment a-t-on pu laisser faire ça », gémirait Théodora. Je me fichais de savoir que cette question resterait sans réponse. J'étais la reine du carnaval des lycéens. J'étais Joséphine Baker, la Vénus d'ébène. Trois cents Joséphine défileraient le lendemain derrière mon char. Trois cents filles aux cheveux gominés comme ceux de la Miss qui fit trembler Paris. Trois cents ceintures de bananes lâchées au rythme des tambours. Trois cents paires de jambes courant, sautant et dansant dans les rues de Pointe-à-Pitre. Et nous allions assiéger la ville, telle une armée de Barbares. Et tenir jusqu'à l'aube.

Je regagnai Marie-Galante au lendemain du mercredi des Cendres. Théodora tirait sa bobine des mauvais jours. Elle grogna qu'elle m'avait vue à la télévision. Tantôt sur le char, trônant avec mon guépard en carton que je tenais en laisse. Tantôt, louchant et gesticulant pis qu'une folle échappée de l'asile.

« En train de remuer les reins, les jambes à l'air, avec cette ceinture de bananes grotesque qui donne à penser que les nègres sont des sauvages descendus des singes... Sais-tu, le docteur Gustave m'a arrêtée dans la rue pour me demander si c'était bien toi, Josette, qui avais reçu la coupe du meilleur groupe carnavalesque. J'avais honte, tellement honte... soupira-t-elle.

— Tu as toujours honte de quelque chose ou de quelqu'un, répliquai-je. C'est ton destin ! Moi, je suis jeune et je me fous pas mal de ce que peuvent dire les gens... »

Elle secoua la tête, manière de me faire comprendre que la jeunesse passe mais que les qu'en-dirat-on restent. Selon Théodora, j'étais sur un chemin de perdition. Elle avait accompli tout ce qui était en son pouvoir pour m'éduquer et elle m'abandonnait à ma croix, s'en lavait les mains. Libre à moi de penser que l'existence était un grand carnaval et le monde ce jardin merveilleux peuplé d'animaux dociles et de personnes aimables.

Ces derniers temps, on aurait cru qu'elle avait presque épuisé son stock de prières et cela me reposait. Elle se contentait d'user d'encens et d'eau bénite. Au contraire de ce que j'avais pensé, elle ne s'appesantit pas, ne déblatéra pas pendant des heures sur ma nouvelle coiffure, non plus sur l'indécence de ma tenue de Joséphine. Elle refusait l'affrontement, biaisait, se retranchait, évitant de trop s'enferrer dans les conflits. Je me souviens que mon insolence montait d'un cran chaque jour. Je me permettais des débordements, un parler et une désinvolture dont je me serais crue incapable quelques années auparavant. Mais Théodora semblait s'économiser à présent, attendre mon départ pour la France et sa délivrance. Certains après-midi, je l'observais à la dérobée — triste tableau — repliée sur elle-même, à l'image d'une vieille poupée de chiffon, jouant son rôle de victime, marmottant ses tirades de bonne grand-mère si mal récompensée par l'ingratitude de sa petite-fille.

Théodora avait maintenant cinquante-trois ans. Dans ses cheveux bruns couraient de longs fils blancs. Elle souffrait d'arthrose et ses doigts prenaient de curieuses formes à la saison des pluies. Son dos s'était aussi un peu voûté. Lorsque je la regardais monter dans le car pour gagner Saint-Louis, je me disais que le bulldozer de la vieillesse était en train de l'écraser. Je m'en réjouissais. Si je la voyais comme une petite vieille pitoyable, je n'en avais pas pour autant fini avec elle. J'attendais mon heure. J'avais des comptes à régler avant mon départ. J'étais bien décidée à lui dire ses quatre vérités et remettre les pendules à l'heure, lui faire vomir ses grands secrets. Foutre un grand coup de pied dans la fourmilière et de l'huile sur le feu et le feu aux poudres, de la même manière que Tata Michelle quand elle se fichait en pétard et que sa salade frisée se dressait sur sa tête et que des noms d'oiseaux sortaient entiers de sa bouche, avec leur beau plumage qui s'accordait à leur ramage... Quand elle déboulait ventre à terre chez le Gérard qui avait emprunté de l'argent à Pépé et qu'il freinait des quatre fers pour le lui rendre... Quand elle engueulait un saisonnier qui avait la main leste ou un poil dans la main... Quand elle montait sur ses grands chevaux et s'en partait redresser des torts à travers la campagne... Non, elle n'avait pas sa langue dans sa poche, Tata Michelle. Les mots ne l'effrayaient pas. Il fallait qu'ils soient dits. On devait être entendu, même si on avait affaire à des sourds, à des murs, à des portes de prison. J'étais allée à bonne école et je m'apprêtais à remuer ciel et terre et laisser un champ de ruines derrière moi.

*

Aux vacances de Pâques, le lycée était en deuil. Nous venions de perdre Christophe.

« Cet élève brillant et prometteur, incarnation de la jeunesse guadeloupéenne, nous a quittés ce lundi et nous le pleurons tous, avait commencé Mme Dupré, professeur de mathématiques, en essuyant une larme. Christophe était notre fierté, l'avenir de la Guadeloupe, un enfant du pays que la route nous a ravi. Un tragique accident de voiture l'a fauché dans sa dix-huitième année. La mort a frappé, aussi sauvagement qu'un cyclone. La mort aveugle est venue l'arracher à notre affection. La Grande Faucheuse l'a emporté, nous laissant à notre chagrin. Nous sommes inconsolables. Car nous nous souvenons de son sourire, de son grand sens de l'amitié, de sa générosité aussi. En ce jour d'affliction, nous pleurons et nous nous recueillons aux côtés de sa famille ici réunie, en la cathédrale Saint-Pierre-et-Saint-Paul de Pointe-à-Pitre. Auprès de ses sœurs et de ses frères qui reprendront sans lui le chemin du lycée après ces tristes Pâques. Nous n'aurons pas assez de larmes pour pleurer notre douleur. Mais nous prierons pour toi, Christophe. Nous te faisons aujourd'hui nos adieux mais sache que nous ne t'oublierons pas. Tu resteras toujours vivant dans nos cœurs et dans nos mémoires. »

Il était cinq heures de l'après-midi. Toutes les travées étaient occupées. Les visages s'affaissaient. On entendait des sanglots étouffés et des gémissements. Dehors, le ciel était couleur de béton et les jours d'insouciance du carnaval étaient si loin, comme un souvenir qu'on aurait rêvé, une époque révolue, abolie d'un coup par la Grande Faucheuse. Nous avions changé nos ceintures de bananes contre un brassard noir et troqué nos tambours contre ce terrifiant cercueil qui attendait sa tombe. Nos rires s'étaient éteints. Nous avions le blues de John Lee Hooker. Nous n'étions rien de plus que des misérables vivants, condamnés à vivre sur terre et à traîner notre peine, en attendant le dernier souffle. Nous n'étions pas plus que les cannes à sucre dessous les vents furibonds des cyclones.

De l'autre côté de la mer, à Marie-Galante, les poissons devaient danser leur mort dans les nasses des pêcheurs. Théodora égrenait son chapelet. Margareth noircissait des pages et se soûlait de mots, pour oublier qu'elle allait mourir, elle aussi. Et peut-être que Tata Michelle tricotait tous les soirs afin de distraire son esprit, ne pas trop songer à la mort qui rôdait comme un renard fou à l'entour des poulaillers. Là-bas, à la ferme, essayait-elle encore de faire pousser des plantes en pot ? Ces pauvres filles qui mouraient, rapport à son problème de main verte. Et tandis que je marchais derrière le cercueil de Christophe, parmi mes camarades, je me disais que le bon Dieu de Théodora ne devait pas non plus avoir la main bien verte. Il avait soi-disant créé les êtres humains à son image et ils expiraient plus vite que les plantes en pot de Tata.

Christophe avait été mon meilleur ami. Nous partagions la même passion pour la lecture. Il adorait Queneau, Homère, Zola, Miller. Je lui avais fait découvrir Faulkner, Márquez, Kafka, Tolstoï et surtout les textes de la mythologie grecque dont je ne me lassais pas. Son père se vantait d'être la providence des Guadeloupéens. Sur les rues Frébault et Nozières, l'homme possédait plusieurs boutiques — genre capharnaüm — aux peintures sales et planchers défoncés, dans lesquelles pendaient et s'entassaient pêle-mêle : soieries synthétiques, tissus variés, bimbeloteries à trois sous, montres, lunettes de soleil, sacs à main, meubles en formica, draps de bain, chaises en plastique, trousses à couture, radiocassettes et robots ménagers garantis un mois. « Pas cher ! Pas cher ! À la portée de toutes les bourses ! Entrez ! Entrez ! Vous pouvez toucher ! C'est gratuit et ça brûle pas ! Vous êtes les bienvenus. Ici, on trouve toujours son bonheur ! Et comment va la santé ? » s'écriait-il en leitmotiv, sitôt qu'un client présumé tendait le cou depuis le trottoir. Glawdys, la mère de Christophe, avait vingt-cinq ans de moins que son vieux concubin. Veuf d'une Libanaise, père de trois grands enfants, le commerçant était un homme seul lorsque la négresse se présenta pour un emploi. Il la garda pour sa couche, étonné lui-même de sa verdeur et de la fertilité de sa sève. Si ces deux-là n'étaient pas mariés à la mairie, le Libanais vivait avec Glawdys en bon époux et digne père de famille. Six enfants reconnus à la mairie naquirent de leur union qui résista au temps et à l'opprobre de quelques Libanais de la place. Trois filles et trois garçons : un chabin aux cheveux jaunes, une presque mulâtre, trois de races indéfinissables et un plutôt noir, le préféré de son père, Christophe.

Après son bac, Christophe comptait entamer des études de droit, afin de devenir avocat. Sa vie était sur des rails, affirmait-il. Tout était prévu : l'âge auquel il se marierait, la construction de sa villa sur les hauteurs de Saint-François, le nombre de ses enfants, les millions sur son compte en banque, le voyage au Liban... « Et toi, Joss ! Après le bac, qu'est-ce que tu fais ? » m'avait-il demandé.

Et il était maintenant couché dans ce cercueil et peut-être qu'il embarquerait ses rêves avec lui, dans l'Autre Monde. Mais c'était bien connu, on n'emportait jamais rien au paradis. On arrivait nu et on se promenait pour l'éternité dans le jardin d'Éden parmi les fleurs et les bêtes du bon Dieu. Et, c'était sûr, il irait au paradis, Christophe. Il n'y avait qu'en enfer qu'on emmenait des malles pleines. Les crimes de sang et les sept péchés capitaux, les petites lâchetés et les mauvais sentiments, les mensonges, la trahison, la haine... En enfer, on payait pour sa vie terrestre. On ouvrait ses valises et il fallait tout déballer devant Dieu et ses anges. Les châtiments pleuvaient, mais le plus terrible était de remballer ses bagages et de les charger sur son dos jusqu'au sommet d'une montagne, tout comme Sisyphe avec son maudit rocher. Arrivé là-haut, tout lâcher et regarder ses affaires dégringoler la pente. Redescendre et recommencer, pour l'éternité. Mais peut-être que je me trompais encore, l'enfer était sur terre. Margareth disait qu'elle réécrivait toujours le même livre. Elle empilait les mots dans un roman, le portait au sommet de la montagne. Las, ces efforts ne servaient à rien. Le livre tombait aux oubliettes. Et il fallait tout reprendre du début, rebroder la même histoire en changeant le nom des personnages, les lieux et les époques, ordonner les mots différemment, maquiller d'autres fards les visages, voler de nouveaux mots au dictionnaire. Recommencer. Il était une fois... Le châtiment n'avait pas de fin.

J'avais répondu à Christophe que rien n'était écrit d'avance, que je ne savais pas à quoi je me destinais. Il avait ri.

La lettre de Tata était un feu d'artifice. Les photos du carnaval l'avaient secouée au-delà de mes espérances. Tu ne peux pas savoir le choc que ça m'a fait, écrivait-elle. Comme tu as grandi, ma petite Joséphine. Comme tu es belle. Tu arrives maintenant presque à la hauteur de la Baker. J'ai collé ta photo sur la dernière page de mon album. C'est un signe, fais-moi confiance. Tu es née en 1975, l'année de sa mort, et tu viens à Paris à dix-huit ans, quasi le même âge qu'elle. Je savais que tu étais une grande. J'étais sûre que tu réussirais. Rien ne t'arrêtera. Tu iras loin, Joséphine, je te le promets. Du ciel, la Panthère noire veille sur toi. Elle ne laissera personne te faire de mal. C'est moi qui te le dis. J'ai élevé beaucoup d'enfants, comme tu sais. Je n'ai jamais vu d'étoiles briller dans leurs yeux. J'aurais aimé que Pépé soit encore là. Mémé (ça, tu diras que j'invente) ça lui a arraché des larmes de regarder les photos. Elle n'en revenait pas et n'arrêtait pas de répéter : « T'es certaine que c'est bien elle, la petite Joséphine qu'on avait chez nous autrefois. Tu me fais pas une blague, Mimi. Tu sais que j'ai pas le cœur à rire par les temps qui courent... » J'ai montré tes photos à tout le monde et même à la mercière. Tu ne peux pas imaginer comment je me suis fait mousser sur le marché. Je suis fière de ta réussite, Joséphine. Je t'embrasse très fort et je te dis à bientôt. Ta petite Tata Michelle qui t'aime.

Pour les épreuves du bac, je n'avais ni croix ni fétiches. Juste la lettre de Tata Michelle, pliée dans la poche de ma chemisette, tout contre mon cœur. Si de son ciel, la Panthère noire veillait sur moi, elle devait voir que je n'avais pas peur, que j'étais dans la dernière ligne droite avant Paris. Je n'ai pas frémi devant les sujets imposés. Je n'ai pas non plus tremblé en allant voir les résultats. Un temps s'achevait et j'en avais pleinement conscience. J'étais une pierre froide au milieu des autres qui trépignaient et se marchaient dessus, s'accrochant au portail sur lequel s'affichaient les listes des admis et des repêchés. Je les regardais rire, pleurer, se jeter dans les bras les uns des autres, me disant qu'une page était tournée. Nos vies d'insouciance s'arrêtaient ici, devant les grilles du lycée qui nous fermerait désormais ses portes.

Nos chemins se séparaient dès à présent. Ce soir, chez eux, on leur ferait la fête. Leurs pères les féliciteraient. Les mères leur donneraient des baisers. Il y aurait des larmes de joie, des plans tirés sur la comète. Et moi, j'allais rentrer à Marie-Galante par le dernier bateau. Retrouver Théodora et Margareth. Arracher la vérité en échange de mon bac. C'était donnant donnant. Je paye pour voir, comme au poker. « Joss, tu es une personne étrange et mystérieuse, m'avait un jour soufflé Cynthia, une fille de ma classe. Parfois, tu es une sorte de flamme. Tu es lumineuse. D'autres fois, tu glaces l'atmosphère, je te jure. Tu es ailleurs. Sur ta planète. Tu es éteinte et tout s'éteint autour de toi. »

« Joséphine Titus : mention Très Bien ! C'était à parier ! » hurla Paul.

Je n'esquissai pas même un sourire et le laissai m'étreindre comme un frère. Où était Pâquerette à ce moment-là ? Où se trouvaient mes frères ? Et ce père inconnu ? Savait-il seulement qu'il avait une fille ? Une fille de dix-huit ans qui venait de réussir au bac...

Grand-mère commença sa crise d'étouffement, alors même que je n'avais pas fini de lui poser la question cruciale sur ma mère. C'était une facile échappatoire. Ruse de guerre bien connue. « On ne s'acharne pas sur quelqu'un qui est déjà à terre », disait Tata Michelle. Mais j'étais une barbare, je ne m'embarrassais pas de bons sentiments. Mon cœur était une pierre dure. De gré ou de force, j'allais lui arracher son fameux secret. Ce trésor qu'elle serrait si jalousement. Cette soi-disant aiguille enfoncée dans son cœur. « Tamère, tamère, tamère ! » râlait-elle.

« Oui, ma mère ! Parle-moi de ma mère ! Arrête ton cinéma et dis-moi pourquoi tu l'as chassée ? Avoue ton crime ! Je ne te laisserai pas en paix tant que tu n'auras pas parlé ! Qu'est-ce que ça te coûte de lâcher la vérité ? Je vais partir et je ne remettrai plus jamais les pieds à Marie-Galante... Tu ne me verras plus. Je n'empoisonnerai plus ton existence... Pourquoi dis-tu qu'elle m'a reniée trois fois ? Qu'est-ce que tu me caches ? »

Sa poitrine montait et descendait. Ses yeux étaient exorbités. Le déluge n'allait pas tarder. Il y aurait, comme d'habitude, les fleuves, les mers et les rivières, les inondations. Mais le monde n'allait pas être noyé dessous ces eaux amères. À présent, je savais que la tempête avait un commencement et une fin. Et j'attendrais la fin pour revenir à la charge.

Indifférente à sa douleur, j'allai m'asseoir sur le banc de la véranda. Le jour venait à peine de se lever. Le ciel était strié de grandes traînées rosâtres. Un chien au loin n'en finissait pas de hurler à la mort, mais je pouvais entendre la mer aller et venir sur la plage. C'était son châtiment à elle, aller et venir sur le sable, charrier des coquillages et des algues chevelues, sans fin, dérouler ses vagues et emporter des pêcheurs dans ses grands fonds, pour les siècles des siècles. Le vent avait soufflé fort cette nuit-là. Les feuilles mortes de l'arbre à pain jonchaient le sol. Il faudrait les rassembler et les brûler plus tard dans un grand feu et peut-être même brûler Théodora avec. Je songeai à Christophe, son corps froid dans la tombe. Il était sûrement parti dans l'Autre Monde avec des questions non résolues qu'il réservait pour plus tard. Des questions déconcertantes qu'il avait dû programmer dans le planning de sa vie. Pour quelle raison son père n'avait pas épousé sa mère, par exemple. Pourquoi ses demi-frères — purs Libanais — ne venaient jamais s'asseoir à leur table, ne voyaient leur père qu'en ville, entre deux magasins. Pourquoi sa mère essuyait des larmes certains soirs.

Le silence se fit dans la case et je me dis que grand-mère avait dû rembobiner son déluge. Il était temps de repartir à l'assaut. Mais je me sentis lasse soudain. Qu'elle garde ses secrets pour elle, pensai-je. « Toute vérité n'est pas bonne à entendre, disait Mémé. Parfois, vaut mieux se taire et tourner sept fois sa langue dans sa bouche avant de causer à tort et à travers... Oh ! Joséphine, j'en connais des tripotées qui ont jasé trop vite, ou trop tôt. Eh ben ! Après, ils s'en sont mordu la langue, pareils au serpent qui se mord la queue... Le silence est d'or et faut jamais perdre une occasion de se taire, crois-en mon expérience. Un jour, je te raconte pas de bêtise, c'était pendant la guerre, pas très loin de Mayet, dans un village qu'est quasi en désertification aujourd'hui. Un fermier qui convoitait les champs de son voisin est allé le dénoncer aux gendarmes. Ma foi, il se croyait malin et se jugeait bon Français. Il a raconté que l'autre cachait des gosses juifs dans sa cave. Il avait vu un petit vélo dans la grange et des pantalons d'enfants qui séchaient sur la corde à linge. Les gendarmes ont réquisitionné tant qu'ils ont pu. Ils ont pas trouvé un poil de Juif... Mais, c'était vrai, il y avait des jouets dans le grenier et un tricycle derrière les bottes de foin, caché sous une bâche. Et aussi des chaussures d'enfants, des robes de fillettes pliées dans l'armoire. Alors, les gendarmes ont passé le pauvre paysan à la question et au peigne fin. Il a failli y laisser la vie mais il n'a jamais avoué son secret... La vérité vraie, c'est qu'il voulait pas trahir sa femme. Il voulait pas que les gens se moquent. La pauvre fille n'avait pas été gâtée par le sort. Elle avait fait plusieurs fausses couches et fini par devenir stérile. Elle n'était pas folle. Elle avait juste un grain. Elle se consolait, comme elle pouvait, en achetant sur le marché des attirails et des vêtements et tout le nécessaire pour des mioches imaginaires, et même des cubes et des poupées. À croire qu'elle avait réussi à faire ce que le Seigneur lui refusait. Tu comprends, Joséphine, faut pas se fier aux apparences. Les gens ne voient souvent qu'une face des choses. Ils sont pourtant prêts à jurer leurs grands dieux que c'est la seule vérité et qu'il y en a pas d'autre et que des Juifs sont cachés dans les caves. Quand les Américains ont débarqué, le salaud de dénonciateur est allé en prison. Il a perdu sa ferme et son champ, tandis que la pauvrette a continué de courir les marchés et de remplir ses armoires de linge d'enfant. La vérité éclate toujours à son heure, c'est pas la peine de forcer les choses. Faut juste attendre que les Américains débarquent au jour J. »

Je gagnai l'Autre Bord dans l'après-midi, abandonnant grand-mère dans la pièce où elle n'était là pour personne. Sur le chemin de Saint-Louis, je me dis que Mémé avait raison : la vérité éclaterait à son heure et je ne voyais sans doute qu'une face des choses, aveuglée que j'étais par les révélations de

Germaine Bella et les silences coupables de Théodora.

La récolte de la canne battait son plein. De part et d'autre de la route, on s'activait dans les champs. Des cabrouets menés par des bœufs poussifs allaient et venaient entre les plantations et l'usine de Grande-Anse. Les gens saluaient au passage comme il est d'usage à Marie-Galante. À l'entrée de Saint-Louis, le car manqua d'écraser un enfant qui courait ramasser des cannes échappées d'un char. Inconséquent, il rit et fit des pirouettes en retournant s'asseoir au pied d'un vieux moulin où d'autres dégustaient leur butin, la mine satisfaite.

À mon arrivée, grand-mère m'avait dit qu'il y avait au moins cent moulins éparpillés sur toute l'île. J'aurais aimé leur dire adieu, comme je l'aurais fait avec un grand-père décrépit qui a tant vu et entendu, mais préfère désormais se réfugier dans le silence des souvenirs et contempler, des heures durant, ses mains usées. Et, dans leurs lignes, y lire son existence entière, les chagrins et les rires, la coupe de la canne à sucre, les femmes et l'amour, les enfants partis en France. J'aurais voulu revisiter l'île. En faire le tour. Sauter de roche en roche, laisser la marque de mes orteils dans le sable, regarder les vagues mourir sur mes pieds nus. Et marcher sur les sentes à travers les cannaies. Suivre ces traces qui serpentent dans la montagne. Escalader les ruines de l'Habitation Murat et mettre mes pas dans ceux des nègres esclaves d'antan. J'étais leur descendante. Ici, j'étais devenue une Marie-Galantaise. Cette petite terre m'avait reconnue comme de sa famille. J'avais besoin de la remercier pour tout ce qu'elle m'avait donné, pour le plaisir de ma bouche et la joie de mon cœur, pour les racines aussi.

Avant de partir, je dirai adieu à la mer et aux oiseaux du ciel, aux vieux pêcheurs, aux mares et aux nénuphars, à l'église de Grand-Bourg où j'avais fait ma communion solennelle sous le regard sévère de la Jeanne d'Arc. Je saluerai les cannaies, les cases de gaulettes, les toits de tôle rouge, les crabes de terre, les anolis vert et jaune, le marché et ses marchandes, les chiens sans maître, les policiers municipaux, les vérandas de guingois à l'ombre desquelles dodelinaient de la tête les aïeules. Et puis je tirerai ma révérence. Adieu, je fais mes adieux à la scène. Je m'en vais à jamais. Je pars pour toujours...

Une pointe de nostalgie me picotait le cœur lorsque je poussai le portail de fer forgé de la propriété Solin. Traversant le verger, qui avait été repris en main par un jardinier frais engagé, je me dis que j'allais quitter tout cela et reprendre encore une fois la route. Je désirais l'exil de la même façon qu'une terre promise, le début d'un nouveau chapitre de ma vie. Cependant, j'avais le sentiment de quitter le jardin du paradis. Les manguiers étaient en fleur. D'énormes avocats luisaient dans les feuillages. Des grappes de papayes ventrues souriaient au soleil. En quelque lieu où portait le regard, les arbres donnaient des fruits : cocos à boire, bananes à flamber, corossols, oranges, prunes Cythère, quenettes, maracudjas, sapotilles...

« Les sots pensent toujours que c'est mieux ailleurs, que les gens sont plus heureux sous le soleil de cet ailleurs ! Mais faut pas croire, Joséphine ! commençait Tata. Le Benoît de la mère Pluchet, il raconte des bobards. Il court à travers le monde pendant que ses parents tirent le diable par la queue. Et, je te jure, il sait même pas après quoi il court... Quand il s'en revient par chez nous, il vantardise comme quoi il a vu du pays. Il bombe le torse et il raconte ses aventures de Gulliver. Crois-moi, sa mère est bien bête de le mettre sur un piédestal et de s'émerveiller devant les vahinés en plâtre, les statuettes chinoises et les poupées russes. Mais moi je sais bien qu'il trouvera jamais ce qu'il cherche. Ce qu'on cherche, Joséphine, est bien souvent là sous ses yeux et même déjà dans sa main, mais on est trop aveugle pour le voir. »

Par Théodora, je savais que la femme de lettres avait repris du poil de la bête. « Dieu est tout-puissant ! À force de prières, m'avait soufflé grand-mère, les mystérieuses migraines de Madame Margareth ont disparu. » Elle avait recommencé à voyager et venait de terminer son nouveau roman, *Paradigme créole*, qui était déjà sous presse. Elle m'avait donné rendez-vous à cinq heures, pour me remettre les clés de son appartement parisien où j'allais loger gracieusement.

Je trouvai Margareth sur la galerie, au milieu d'une conversation avec un nègre qui n'était pas de Marie-Galante. S'extirpant avec peine du fauteuil en rotin, l'homme se déplia, se présenta et me salua avec déférence. Margareth considéra ma nouvelle coupe de cheveux avec un petit sourire amusé. Elle ne décocha pas de flèche. En fait, elle semblait d'humeur accorte et m'invita à me joindre à eux. Je restai debout, sur mes gardes. Je ne l'avais pas revue depuis la fameuse danse sur le blues de B.B. King et je comptais bien ne plus me laisser prendre au piège des sentiments. Elle avait un peu maigri. Sa chair semblait s'être dégonflée, flétrie aux joues. Ses cheveux étaient retenus par un bandeau vert. Elle portait un ensemble de lin blanc, des bracelets d'ivoire et des tongs aux pieds. Le visiteur, écrivain du Sénégal, était également professeur de littérature francophone. Grand admirateur de Margareth, il enseignait son œuvre, ainsi que celle d'Aimé Césaire, tantôt à Dakar, tantôt dans une université de Newark. Je crus comprendre qu'il bénéficiait d'une année sabbatique. Son projet, qu'il soumettait à Margareth, était de voyager dans la Caraïbe, de rencontrer ses lointains cousins des Antilles, plus particulièrement les intellectuels de haut vol, les cerveaux, les écrivains de renommée internationale du même acabit que Margareth. À travers eux, il cherchait trace de l'héritage africain dans les mots, les gestes et la pensée des îles.

« Nous devons bâtir un pont au-dessus de l'Atlantique. Nous sommes dans l'obligation morale de renouer les fils que l'Histoire a sectionnés dans l'horreur de la traite négrière. Il est grand temps, n'est-ce pas, de nous regarder les yeux dans les yeux. »

Margareth hocha la tête et tira une bouffée de sa cigarette.

« Il en va de l'avenir de notre race, n'est-ce pas ? Les grands esprits doivent se rencontrer, réfléchir, poser des jalons pour nos peuples. L'Afrique est exsangue. Elle a besoin de tous ses enfants de la diaspora disséminés de par le monde... Et un jour, grâce à vous, nous gagnerons notre place dans le concert des nations... On oublie trop ce que l'Afrique a apporté à la culture mondiale, n'est-ce pas... Nous sommes pourtant des précurseurs, des créateurs, des... »

J'avais souvent entendu ce genre de harangue sur la véranda de la propriété. Si Margareth demeurait sceptique, elle semblait parfois se laisser porter par l'espérance de ce monde nouveau que des oracles bâtissaient à coups de diatribes et de mots savants. Mais cet état de béatitude ne durait guère. Le beau parleur n'avait pas tourné les talons qu'elle retrouvait déjà ses railleries acides, ses paroles désabusées.

Je les laissai à leur discussion au moment où le professeur assurait Margareth qu'elle se verrait bientôt décerner le prix Nobel de littérature. « Votre œuvre est immense », et patati et patata...

Dans le salon, plus que jamais, les livres occupaient le territoire. Une nouvelle bibliothèque remplaçait un fauteuil sur lequel personne ne s'asseyait jamais. Les chevalets avaient disparu, mais les éléphants d'Afrique étaient toujours là, sculptés dans le bois et brodés sur les coussins du canapé. Je leur tapotai le ventre comme je l'avais fait si souvent. Aux murs, les oiseaux peints n'avaient pas perdu une plume. Les masques du Sénégal n'avaient pas pris une ride. Je caressai une dernière fois du regard la statuette noire qui n'avait pas interrompu sa lecture et le don Quichotte africain impatient de livrer bataille, leur disant adieu chacun à son tour.

# IV

Au fur et à mesure que le train s'enfonçait dans la campagne, les arbres remplaçant les immeubles, le béton cédant la place aux villages et aux étendues silencieuses des bois et des champs, je sentais grandir en moi le bonheur du retour. Je rentrais au pays, pareille à l'enfant prodigue à qui il tarde de revoir les siens. Je m'en revenais du service militaire avec ma quille pendue au cou. J'avais gagné ma guerre.

C'en était fini du bagne et de l'exil. J'allais retrouver la ferme de mon enfance, Tata Michelle et sa salade frisée. Mémé, son cœur en bandoulière, ses barbarismes et ses crimes de sang. Et je reprendrai ma place à la table de la salle commune entre Tata et Mémé. Et nous causerons toutes trois du temps qui court et des voisins, nous donnant l'illusion de ne jamais avoir interrompu notre conversation. Et je ne les observerai pas de trop près, pour qu'elles n'aient pas à penser que je dénombrais leurs cheveux blancs ou que je répertoriais leurs rides. Bien sûr, quoi qu'on y fasse, il y aura de l'émotion au début... Peut-être que Tata essuiera une larme. Mémé tiendra son cœur à deux mains, de peur qu'il ne se fasse la malle. Et moi, j'aurai ma tronche de Durandal. Mais peut-être que tout aura changé et que Tata me présentera un fiancé sorti de derrière les fagots, un homme en chair et en os qu'elle aura gagné à la loterie sur un stand de foire, à Écommoy ou à Pontvallain. Un futur mari — cent fois mieux que le Benoît Pluchet — qu'elle aura bien mérité après s'être occupée de tant d'enfants de la DDASS et d'une petite Noiraude, noire dans la neige et dans la brume. Et puis, on boira un coup de cidre pour nous remettre les idées à l'endroit et nous dégourdir les méningites. Et l'on reparlera encore du vieux temps qu'il est toujours bon de remâcher entre deux tranches de pain tartinées de rillettes trop grasses... J'en étais là de mes réflexions quand une voix annonça : « Le Mans, deux minutes d'arrêt. »

Margareth m'avait donné de l'argent pour mon installation à Paris. Une somme colossale à mes yeux. Elle s'était engagée à m'entretenir pendant toute la durée de mes études de médecine. Elle avait pris soin d'ouvrir un compte en banque à mon nom, sur le boulevard du Montparnasse, à deux pas de la rue de Rennes. « Il faut bien que cet argent serve à quelque chose, Jo. Je fais pareil avec mes étudiants du Sénégal, avait-elle ajouté, manière de minimiser son geste. Pourquoi tu n'en bénéficierais pas, toi aussi ? » Si je l'accablais de bien des travers, je ne pouvais nier sa générosité. À l'Autre Bord, je l'avais plusieurs fois surprise au téléphone avec l'un de ses filleuls sénégalais. Très souvent sollicitée, la marraine de cœur promettait de régler la situation sans retard. Elle tenait parole. Je la regardais noter des numéros, et puis dire au revoir, grognant comme une grosse maman lionne. Elle contactait son banquier et le chargeait d'effectuer un virement sur un compte à Dakar, Montréal, New York ou Berlin, en quelque endroit du globe d'où l'imploraient ses protégés.

Au Mans, je choisis un taxi très chic — Mercedes noir, sièges de cuir bleus. La ferme se trouvait à vingt-cinq kilomètres, mais j'étais riche. Mon arrivée devait s'inscrire dans les annales. À l'entrée du village, je demandai à mon chauffeur de rouler très lentement, d'emprunter chaque ruelle et de stationner sur la place de la Mairie. Je fis quelques pas dans la grand-rue, saluant au passage des visages hébétés, caressant les vieilles pierres des façades, à la manière d'un archéologue. Il fallait que tout le monde me voie et sache que j'étais revenue. Les petites vieilles en faction derrière leurs rideaux de dentelle amidonnée, la charcutière et la mercière, les gamins qui se moquaient de moi autrefois, le fils du percepteur et mes anciennes institutrices, le vitrier et le garagiste, le marchand de couleurs et les piliers du Bar de la Mairie. Je voulais que ça jase dans les chaumières. Et qu'ils n'aient pas assez de mots pour dire leur effarement.

J'étais de retour, auréolée de gloire. J'étais la Baker qui remettait les pieds à Gratiot Street, dans son ghetto pourri du Missouri. Je rentrais au pays après avoir décroché un titre de reine du carnaval. Et la nouvelle se répandrait plus vite qu'une traînée de poudre. « Vous devinerez jamais qui revient par chez nous ! Si, si, c'est bien elle ! Vous avez pas la berlue, madame Michut. La petite négresse qu'était placée à la ferme de la mère Georgette ! Faut voir la

Cadillac, longue comme un train ! » Ils se presseraient sur le pas de leurs portes. « On raconte qu'elle est devenue une célébrité en Amérique... On a vu les photos. Elle a reçu des coupes et des médailles. Si j'avais su, madame Balus... Si j'avais supposé, madame Mauvret... Vous vous souvenez quand elle a débarqué. J'avais jamais vu de Noir auparavant... » Et les enfants qui refusaient de s'asseoir à côté de la Noiraude tourneraient de l'œil et tomberaient dans un puits de silence.

Lorsque le taxi fit son entrée royale dans la cour, manquant écraser au passage quelques poulettes et canards, j'étais redescendue sur terre et n'en menais pas large. J'étais la même qu'autrefois et cependant une autre. Ramassée sur mon siège, je me demandais si Tata m'attendait vraiment, si Mémé n'était pas morte entre-temps. Ces longues années durant, les souvenirs n'avaient cessé de faner et refleurir, s'embellissant au fur et à mesure. Perfides souvenirs... La ferme bâtie dans ma mémoire était une légende, une forteresse imprenable ; celle que je redécouvrais à présent s'affaissait dans son âge. Le toit d'ardoise gondolait par endroits. Le mortier s'effritait entre les moellons. Le bleu des portes et des volets n'était plus ce turquoise de fête peint sur mon cahier de bêtises. La grange, les dépendances, le silo à grain avaient misérablement ratatiné tandis que mon corps s'allongeait, là-bas, de l'autre côté de la mer. Le tracteur de Pépé rouillait sous le poirier. La ferme était une antiquité.

« Et les amours dans tout ça ? me demanda Tata.

— Tu crois que j'irai à tes noces avant de passer l'arme à gauche ? » avait embrayé Mémé.

Cela faisait plus de trois heures que j'étais arrivée. Tata n'avait pas pleuré, Mémé n'avait pas tenu son cœur à deux mains. Elles m'avaient accueillie comme si j'étais partie la veille. Petit à petit, je m'étais habituée aux poches flasques sous les yeux de Tata, à son ventre protubérant qui avait poussé dessous son tablier — la faute à un maudit fibrome —, à ses mains fripées et tachées de son, à ses jambes variqueuses. J'avais aussi arrêté de superposer l'image passée de ma bonne grosse Mémé Georgette à cette ancêtre décatie qui avait perdu une dent de devant, son triple menton et trente kilos de chair. J'avais accepté qu'elles soient écrasées par le bulldozer de la vieillesse. Je parvenais maintenant à les regarder droit dans les yeux, sans que mon cœur ne soit serré.

« Tu vois, Joséphine ! J'ai un pied dans la tombe, m'avait dit Mémé en m'embrassant, comme pour s'excuser d'avoir tant maigri.

— Commence pas tes jérémiades ! avait grommelé Tata. Tu vas faire peur à Joséphine. Tu sais bien que tu nous enterreras tous ! »

Nous étions enfin réunies. Voilà ce qui importait. Assises autour de la table de la salle commune, rétrécie elle aussi. Respirant le même air, buvant le cidre de la même bouteille, écoutant ensemble les roucoulades de la Baker. Comme avant. Comme si l'horloge n'égrenait pas les heures. Comme si nous étions les maîtresses du temps...

Nous avons plongé dans le passé pour oublier que Pépé était mort et que nous avions vieilli. Nous avons feuilleté l'album de fan de Tata et ri de la tête d'âne de Jo Bouillon. Nous avons gommé les années, une à une, en remontant les saisons.

De nouveau, j'avais neuf ans. C'était le mois d'août avec ses fleurs sauvages, les meules de foin, les pommes rouges dans les arbres. On n'entendait pas parler de Pâquerette Titus et personne ne s'en plaignait.

Je fêtais mes huit ans et les moissonneuses-batteuses allaient et viraient dans les champs de blé. Je soufflais mes bougies. « Fais un vœu, Joséphine ! »

J'avais sept ans. Une nuit d'avril, la petite souris était partie avec ma dent de lait. Au matin, une pièce de vingt centimes m'attendait dans le mouchoir glissé dessous mon oreiller.

J'avais six ans et je dansais le charleston mieux qu'une Américaine, parole de Tata.

J'avais cinq ans et j'ouvrais mes cadeaux de Noël... « Tu te souviens, Joséphine ! Cette année-là, Tonton Hubert avait eu des bretelles rouges à pois blancs... Et toi, dis-moi ce que le Père Noël t'avait laissé devant la cheminée. Tu te rappelles pas... Un baigneur ! Un gros baigneur qui a pas duré, crois-moi. Tu lui as arraché les bras et les jambes et la tête et tu lui as crevé le ventre. »

J'avais quatre ans. L'hiver 79. Je débarquais à la ferme, cagoule rouge, gants verts, mon jus noir dans l'eau du bain...

Et soudain le silence tomba dans la pièce, pareil à la nuit dehors.

« Fais la lumière, Joséphine ! C'est pas tout ça ! Faut manger à présent ! J'ai préparé un gigot, manque plus qu'à mettre les patates sur le feu ! » s'écria Tata Michelle, la voix pâteuse.

Elle était un peu ivre d'avoir tant remué le passé, d'avoir abusé du cidre. Autour de nous, des ombres s'étiraient sur les murs blanchis à la chaux. Des danseurs de charleston fatigués, une poupée éventrée, une dame de la DDASS, une souris voleuse et une fleur du mal...

« La surprise, Michelle ! T'as pas oublié... »

Tata fit non de la tête, puis retourna à ses patates. Mémé alluma la télévision et posa son corps dans un fauteuil éreinté. J'en profitai pour gagner ma chambre. Orphelines, les bottes de Pépé étaient garées à l'entrée. Dans les vieux cartons, dessous les outils accrochés aux murs, dormaient toujours les jouets de Tonton Hubert, les souvenirs de jeune fille de Mémé et les revues des Eaux et Forêts. Les cannes à pêche et les boîtes d'hameçons rouillés prenaient la poussière. Je rangeai mon sac à dos dans l'armoire et m'allongeai sur mon lit. Derrière le carreau, les étoiles clignotaient dans le ciel noir. Les draps sentaient la lavande et le savon de Marseille des familles. Comme Ulysse, je revenais d'un long voyage. Si long voyage...

Le lendemain, il était midi quand le soleil me tira du sommeil. J'avais dormi quinze heures. Tata n'avait pas osé me réveiller pour le gigot et les patates en robe des champs. Elle avait remballé son dîner et couché Mémé qui avait perdu l'habitude de veiller si tard. Nous déjeunâmes sous la tonnelle. Là même où nous prenions nos repas en été. Là même où « l'histoire des fois à toutes les sauces » nous avait transformés en animaux. Tata me donna de brèves nouvelles de ses autres enfants de la DDASS. « Le dimanche, y en a certains qui me rendent visite. » Elle avait assisté à des mariages, baptisé des bébés, suivi des enterrements. « Mais toi, Joséphine, tu sais bien que tu as toujours été ma préférée. » Elle me demanda de lui raconter ma vie à Marie-Galante, de lui décrire les arbres, les fleurs, les fruits et les oiseaux de là-bas. Elle était curieuse de savoir si ma grand-mère était du même genre que celle qui m'avait mise au monde et venait me voir à la saint-glinglin.

« Ma foi, dit Mémé, elle est pas si mal en point, notre Joséphine. Ça se verrait si elle avait subi des sévices temporels. Et puis, elle se destine à la médecine. Elle s'en est bien sortie au final... »

Quand j'avais annoncé mes projets, Tata avait fait la moue. À contrecœur, elle avait accepté l'idée que je renonce à mon destin de star internationale.

« Y a tellement de gens qui abandonnent leurs rêves d'enfant, souffla Tata. La vie décide à votre place. Mais c'est dommage de faire une croix sur ses rêves. Tu étais douée pour la danse, je t'assure. Plus tard, on a des regrets. Si j'avais su, qu'on se dit. Et on s'en mord les doigts. »

Mémé Georgette se racla la gorge.

« Avec des si, on mettrait la Loire en bouteille et on aurait des châteaux en Espagne... Allez, Mimi ! Donne-lui sa surprise. Ça lui fera un souvenir. »

Tata ébouriffa sa salade frisée grisonnante et me lorgna comme si j'étais une étoile éteinte à jamais.

« Je sais pas si ça lui fera plaisir, lâcha-t-elle en quittant la table.

— Qui ne tente rien n'a rien ! » gémit Mémé.

Je pouffai de rire. C'était si bon de les retrouver, fidèles à elles-mêmes, joueuses, s'enflammant pour des bêtises, comme autrefois.

Lorsqu'elle revint s'asseoir, un mystérieux paquet sous le bras, l'après-midi était déjà bien avancé. Des colonies d'oiseaux traversaient le ciel. On entendait sonner une cloche au loin. Un ouvrier agricole vint déposer une clé sur la table. Je déchirai le papier à fleurs et, sans attendre, ouvris la boîte. Elle l'avait gardée. Elle ne s'était pas résolue à la jeter. Elle l'avait conservée à l'abri des mites et de la poussière pour me l'offrir, le jour des retrouvailles. La fameuse ceinture de bananes en plastique. La parure de Joséphine. Et aussi le petit collant rose. Et les ballerines de danseuse que j'avais effacées de ma mémoire.

« Quand tu nous as quittés, murmura-t-elle, ça m'a brisé le cœur. J'ai pas repris d'enfants après toi. J'ai plus voulu revivre ça. Même si on n'est que la nourrice, on s'attache, pas vrai ! J'avais plus personne pour me faire mes pelotes, plus personne avec qui danser. Des fois, quand je mettais un disque de la Baker, je te revoyais dans notre Ram-Pam-Pam, ça me fichait le cœur à l'envers. »

*

En 1999, après avoir cent fois réécrit *Sous le signe de Joséphine*, je finis par trouver un éditeur. Gilles Marchand me promit monts et merveilles mais je déchantai bien vite. *Sous le signe de Joséphine* parut deux ans plus tard et le succès escompté ne fut pas au rendez-vous. Rosy, mon attachée de presse, se démena de son mieux pour arracher des articles et me faire connaître. Las, mon histoire n'intéressait personne. Je me trouvais pitoyable. Ces années n'avaient été qu'un long cortège d'échecs et de désillusions.

Du jour au lendemain, j'avais abandonné mes études de médecine. Un temps, je m'étais rêvée actrice et j'avais suivi des cours de théâtre qui ne m'avaient menée nulle part. J'avais fréquenté des garçons infréquentables, rencontrés dans les boîtes de nuit parisiennes où je dilapidais l'argent de Margareth. J'avais entamé un Deug de lettres modernes que j'avais laissé tomber pour travailler dans une bibliothèque de quartier. C'était, je crois, à ce moment-là que j'avais décidé que j'étais un écrivain. Comme Margareth, j'allais traverser des galères et finir par vivre de ma plume. Chaque matin, je me réveillais avec en tête une histoire neuve. Des manuscrits bâclés trônaient en permanence sur la table de la salle à manger. Trois débuts de romans cherchaient encore leur fin.

« Je raconte toujours la même histoire, m'avait dit Magareth. Ceux qui étudient mes livres dans les universités s'en rendent bien compte. Pourtant, ils ne s'en lassent pas. Ce n'est pas de la redondance, Jo. C'est ce qu'on appelle bâtir une œuvre. Chaque roman apporte sa pierre à l'édifice. Mes livres se nourrissent de mes obsessions. On naît écrivain, Jo. On ne s'improvise pas écrivain. Et, surtout, on ne s'autoproclamme pas écrivain parce qu'on a commis un seul petit bouquin... »

Nous étions en 2002. J'avais vingt-sept ans. Cela faisait presque une décennie que j'avais dit adieu à Marie-Galante. Au mitan de l'hiver, croisant une petite vieille courbée sur sa canne et ballottée dans le vent glacial, je me rappelais Théodora voûtée dessous mes questions en rafales. Étreinte par le remords, je l'imaginais aussitôt, s'étiolant dans sa solitude, harcelée par ses fantômes. Le même jour, je lui écrivais une lettre dégoulinante de tendresse et de pensées affectueuses. Grand-mère se faisait un devoir d'y répondre sans retard, veillant à ne jamais heurter ma susceptibilité. À croire que l'éloignement nous rapprochait, nous étions désormais, l'une et l'autre, dans de bonnes dispositions et prêtes à toutes les concessions. Elle avait renoncé à prêcher ses sermons et j'avais enterré mes questions.

Là-bas, les années s'écoulaient sans grand chamboulement, entre carême et hivernage. Théodora demeurait la gardienne de l'Autre Bord. Novembre la trouvait au cimetière, honorant ses morts. Chaque dimanche, elle s'agenouillait à l'église parmi les moustiques et les fidèles. L'usine de Grande-Anse fumait dans la campagne. Les cannes étaient plantées et récoltées. Les cyclones allaient et viraient. Dans une de ses lettres, Mme Bella déplorait l'arrivée des touristes. Le débarcadère avait été réaménagé et des bateaux mastodontes déversaient des Européens à la pelle. Grand-Bourg comptait maintenant trois banques et deux docteurs, quatre restaurants de fruits de mer et autant d'agences de location de voitures, vélos, scooters et bungalows. Ils se croient au paradis, pestait Germaine Bella. Ils achètent la terre à prix d'or. Bientôt, les Marie-Galantais ne seront plus chez eux.

Margareth avait maintenant une assistante. Un jour de l'année 2000, Danha avait débarqué à Marie-Galante avec un projet de mémoire sur la vie et les œuvres complètes de Margareth Solin. Danha James avait un père anglais de souche et une mère martiniquaise. Son enfance avait été une longue errance entre la Gambie, la Martinique et la Grande-Bretagne. Partout, disait-elle, s'épanchant volontiers, miss James avait cherché son identité et s'était plusieurs fois fourvoyée. Elle avait endossé des armures de carnaval derrière des mercenaires de dialectique nègre, s'était amourachée de rhétoriqueurs afrocentristes et autres éminences noires. Elle avait défendu des théories de pacotille et s'était battue, la plume au poing, pour des mirages sans demain ni après-demain. Elle avait appartenu à des écoles fumeuses, suivi des courants de pensée douteux, épousé des causes amères. Jusqu'à ce qu'elle tombe sur un livre de Margareth Solin.

« J'ai vécu une seconde naissance, Jo. Je t'assure, ma vision du monde en a été bouleversée. Les livres de Margareth m'ont ouvert les yeux. Ils ont répondu à des questions qui me taraudaient depuis l'enfance. Ses romans ont été une illumination. Elle est une mère pour moi », me confia-t-elle un soir où, invitée chez son éditeur, Margareth nous avait laissées seules dans l'appartement de la rue de Rennes.

« Arrête ! lui dis-je, tu vas m'arracher des larmes. »

Cela faisait deux années que le fameux mémoire était en souffrance, oublié dans un tiroir. Aveuglée par la dévotion qu'elle manifestait à Margareth, la jeune intellectuelle était devenue une porteuse de valises, tour à tour standardiste, chauffeur, infirmière, avocate, videuse de cendriers, arrondisseuse d'angles, pédicure et coiffeuse, comptable... Craignant sans doute de rester en tête à tête avec les créatures de ses romans, Margareth avait fait de Danha son souffre-douleur en même temps que le réceptacle de toutes ses aigreurs. Elle la réveillait au milieu de la nuit. Lui faisait honte en public. Restait des jours entiers sans lui adresser la parole. Mais l'assistante continuait à lui obéir au doigt et à l'œil. À l'encenser, jurant qu'elle avait choisi librement de reléguer ses projets, afin de se consacrer à la femme d'exception qui avait changé le cours de son existence.

« Ne t'inquiète pas, Jo ! Je prends des notes pour plus tard », assura Danha, manière de se convaincre qu'elle ne s'était pas métamorphosée en zombie.

Danha était un ange descendu sur terre et moi la diablesse censée semer le trouble dans son esprit.

« Tu ne vois donc pas le monstre qui t'exploite ! Ça saute aux yeux ! Elle va t'user jusqu'à l'os. Et quand tu ne seras plus éblouie par sa grandeur, elle te jettera aux oubliettes... Elle ne t'a jamais parlé de son tiroir spécial. Quand tu cesseras de la vénérer, tu deviendras son ennemie jurée et je t'assure que tu iras rejoindre les autres dans le tiroir. »

Danha me considéra avec un petit sourire condescendant.

« Tu es ingrate, Jo ! me tança-t-elle. Je suis informée de ce qu'elle a fait pour toi. Tu as la mémoire courte. Et puis, tu oublies que tu vis ici, chez elle, dans son appartement. »

Je sortis aussitôt mes griffes.

« Ne te mêle pas de ça ! Tu marches en terrain miné. Elle t'a raconté des salades. On a nos petits arrangements, nous aussi... Elle sait ce qu'elle me doit. Pour ta gouverne, sache que je ne suis pas une pauvre fille qu'elle a ramassée au bord de la route... »

Je pensais l'avoir éreintée. Mais la secrétaire avait encore quelques cartouches.

« Je ne veux pas te vexer, Jo... » Elle minaudait à présent : « Loin de moi l'idée de m'immiscer dans vos relations affectives. Grands dieux, Jo ! Ne prends pas la mouche. Je ne m'érige pas en juge, non plus en moraliste. Pardonne-moi si je t'ai offensée, Jo... » Danha se carra dans le fauteuil, joignant les mains en prière, telle une chamane. « Néanmoins, je voudrais te poser une dernière question, Jo. Pour éclairer ma lanterne. Allez ! Je me lance ! Un, deux, trois ! C'est parti... Je me trompe sûrement. Tu réponds oui ou non et on n'en parle plus. C'est promis ! Ne serais-tu pas, à tout hasard... jalouse de Margareth ? Son talent ? Sa renommée ? Son succès international ? Ses romans sublimes ?... Tu as publié un petit livre chez un petit éditeur... La presse n'en a guère parlé. Tu as eu quelques lecteurs ? Ça doit être terrible pour toi de rester en rade... »

Elle appuya sur le mot : RADE, le laissa en suspens un moment.

« Je compatis, poursuivit-elle. Margareth pense que tu devrais renoncer à l'écriture, mais il paraît que tu t'obstines. »

Elle jeta un regard dégoûté vers la table de la salle à manger sur laquelle trônaient mes manuscrits inachevés.

« Et puis, quelle torture de moisir dans cette bibliothèque de quartier, entourée de tous ces livres, ces grands noms de la littérature. Tu dois te sentir écrasée, non. Il n'y a pas de déshonneur à s'avouer vaincue, Jo. C'est de la lucidité. Tu trouveras sans doute ta voie dans un autre domaine... Tu sais, parfois la jalousie naît de la déprime... On est déprimé et on ne le sait pas soi-même. On en veut à la terre entière, mais le mal est en soi, pareil au ver dans le fruit... Je pense que tu es déprimée, Jo. Terriblement déprimée ! assena le psychiatre de comptoir avec solennité. Un jour, une amie vous tend la main. Je veux bien être cette amie, Jo... Seulement, je pense que ce ne sera pas suffisant. Tu devrais consulter, je t'assure. »

Je n'avais pas envie d'en entendre davantage, surtout de la part d'une mule savante qui voyait sa mère à travers une femme telle que Margareth Solin. Je l'abandonnai au salon et m'enfermai à clé dans ma chambre. Ces deux-là repartaient le lendemain pour l'Italie. Je n'aurais plus à les supporter, ni à tenir des conversations dénuées d'intérêt. Moi, cela faisait longtemps que je ne cherchais plus ma mère. Je connaissais son adresse à Paris. À mon arrivée, je l'avais eue au téléphone. Elle n'avait pas sauté de joie. Elle m'avait demandé pourquoi je voulais la voir, après tout ce temps. Sa voix était froide. Je m'étais consolée en me disant qu'on ne réécrit pas l'histoire. J'avais vingt-sept ans. Je n'étais pas un Petit Poucet perdu dans la forêt. La souillon du conte s'en était sortie. Je vivais à Paris, dans un appartement de grand standing. Cent vingt mètres carrés. Trois chambres à coucher spacieuses, un immense salon, une salle à manger qui pouvait recevoir quinze convives. Je claquais ma paye dans les boites de nuit, les chaussures et les fringues que je ne portais qu'une fois. Et quand j'étais sans le sou, je téléphonais à Margareth, pour lui demander de m'envoyer de l'argent, juste pour voir si elle répondait présente, si j'étais toujours logée à la même enseigne que ses filleuls du Sénégal.

Margareth se posait à Paris cinq à six fois dans l'année. Elle ne me prévenait jamais de son arrivée. Je sursautais dès que j'entendais sa clé dans la serrure, rageant de devoir encore endurer la pesanteur de sa proximité, son persiflage et ses airs suffisants. Rentrant du travail, si je voyais la lumière briller au sixième, j'avais aussitôt envie de rebrousser chemin. Je la trouvais installée à son aise. Débarquée le matin, elle avait eu, supposai-je, tout le loisir de lire mes écrits et d'en rire à pleine gorge. Nous cohabitions tant bien que mal lors de ses courtes escales. Elle courait de rendez-vous en interviews, honorant de sa présence des déjeuners et des tables rondes d'où elle revenait la bouche emplie de venin. Et j'attendais toujours son départ avec impatience, la considérais pis qu'une intruse bien qu'elle soit la propriétaire des lieux et passât peu de temps dans mes pattes.

Depuis mon départ de Marie-Galante, Margareth avait publié sept romans. Elle était incroyablement prolifique et le succès accompagnait chacun de ses livres. Je me demandais d'où lui venait cette énergie. Où puisait-elle encore l'inspiration ? Je la voyais vieillir mais elle ne faiblissait pas devant la page blanche. Durant ces années, elle avait souffert de moments de doute. Elle avait connu la maladie, maux de tête et crises de paludisme à répétition, fièvres, frissons et vertiges, rhumatismes... Je présageais alors qu'elle n'aurait bientôt plus la force d'écrire, que c'en était terminé de la grande Margareth Solin. Mais, miracle, elle s'était chaque fois relevée, comme si l'écriture était, dans le même temps, le mal et la potion magique du guérisseur. Elle reprenait son sacerdoce. Retrouvait sa morgue. Creusait son même sillon. Racontait sa même histoire. Trempait sa plume dans la même encre, jour après jour, sans relâche et sans peur.

J'avais lu tous ses livres. Je les avais aimés malgré moi. Derrière les mots et les personnages de papier, il y avait en sourdine le blues de ce très cher John Lee Hooker, les accents de sa voix rauque, ses trois accords de guitare et son harmonica. Il y avait Marie-Galante et l'Afrique, son pays perdu. Il y avait des amours ratées et des enfants mort-nés. Des mères froides, des femmes en drive, des hommes coupables. On croisait des pêcheurs d'espérance, des rêveurs impénitents, des marchands de bonheur. Ses romans voyageaient aux quatre coins du monde. Ils racontaient la vie, dans ses hauts et bas, entre petitesses et grandeurs d'âme. Son écriture semblait émaner d'une personne qui m'était complètement étrangère.

Ces derniers temps, elle s'était attelée à un projet démesuré qui couronnerait sa carrière. La pièce maîtresse de son œuvre, affirmait-elle. Un livre majeur qui serait d'un genre nouveau, à mi-chemin entre le roman, l'essai et la biographie. Un ouvrage tenu secret qui devrait révolutionner le monde des lettres. 2006 verrait son apothéose. Jalouse de quoi ? J'étais jeune. Si la Grande Faucheuse m'oubliait sur sa route, j'avais du temps. J'avais des ressources et du cœur à l'ouvrage. Je n'avais pas dit mon dernier mot, quoi qu'en pense la secrétaire de Madame. Et déprimée par-dessus le marché... Est-ce que j'avais des raisons d'être déprimée ? Je vivais à Paris, la Ville lumière. Je n'étais pas une SDF. J'avais mes deux bras, mes deux jambes, un cerveau qui fonctionnait à peu près bien. Je n'habitais pas un pays en guerre. J'étais entourée d'amis et pas mal de beaux mecs me tournaient autour. Il suffisait que j'en choisisse un. Et puis, j'avais de quoi me consoler si j'étais malheureuse. J'avais l'écriture.

« Tiens, tu écoutes John Lee Hooker. Tu blues, Jo. Tu nages dans les mêmes eaux que moi... Crois-tu que cela te donnera l'inspiration ! » m'avait lancé Margareth, un soir que nous étions au salon, assises à nous regarder en chiens de faïence. Je soutins son regard, admirant en secret cette femme de soixante-cinq ans qui voulait encore gravir des montagnes. Je faisais la fière, mais je me sentais bien misérable à ses côtés. Elle avait réalisé son rêve d'enfant. Elle vivait de sa plume et ses romans étaient lus sur les cinq continents. « Tu te souviens, enchaîna-t-elle. Cette soirée à l'Autre Bord, quand nous avons dansé sur B.B. King. Après, je m'en suis voulu de t'avoir dit que tu dansais comme un pied. C'était méchant. Mais cela n'a pas dû te surprendre. Tu sais que je suis une méchante femme, Jo... As-tu appris à danser depuis ? Tu dois bien être faite pour quelque chose, comme tout le monde. Tu as des projets dans la vie ? C'est du sérieux avec ton ami ? Tu vas te marier, fonder une famille ? »

Jeune professeur d'arts plastiques, David enseignait dans un lycée en Seine-Saint-Denis. Il était peintre à l'occasion et critique d'art pour *Black Optimum*, un magazine culturel distribué en catimini et destiné à promouvoir les artistes de la diaspora nègre. Nous sortions quelquefois ensemble, pas assez à son goût. Si j'appréciais sa compagnie, je ne m'engageais guère. J'étais sur mes gardes et avare de mes heures. Derrière ses gentils sourires, je voyais luire les crocs du loup qui ne ferait qu'une bouchée de mon temps. David aurait voulu me tenir des siècles au téléphone, m'emmener en boîte de nuit, au cinéma, en week-end en province, gaspiller des soirées en amoureux, traîner au lit, à me susurrer des mots doux. Je l'aimais bien, mais il était entré dans le paysage au moment où j'avais décidé d'en finir avec ma vie de patachon. J'avais pris de bonnes résolutions. L'écriture nécessitait du temps, de la discipline et de la concentration. Chaque minute passée loin de mes romans en chantier était un temps gâché.

David faisait mine d'accepter de me partager avec mes romans et ne perdait pas espoir de m'en détourner. S'il débarquait à l'improviste, je l'abandonnais à ses ruminations dans un coin de l'appartement. Je continuais à écrire comme s'il n'avait pas été là. Espérant son heure, il piaffait d'impatience et mettait sa colère en sourdine. Il avait beau me jurer le contraire, chacun de ses regards pleurait de jalousie. J'aurais aimé qu'il soit là, sans questions ni suppliques. Juste là, dans mon existence. Pas trop près, ni trop loin. Hélas, on n'a pas le droit de réclamer cela d'un être humain. Un jour ou l'autre, il n'en peut plus d'attendre, se rebelle et vous quitte. Je tenais suffisamment à David pour craindre cette échéance. Je lui téléphonais alors. Lui proposais un dîner au restaurant, une nuit en amoureux. Sacrifiais à contrecœur une soirée d'écriture. Enivrée par le vin, je buvais ses paroles insidieuses. Il avait raison, concédais-je, la vie n'est pas cette geôle. Il y a tant de belles choses à voir au-dehors. Il y a l'amour à vivre et non pas à écrire. Il y a des rêves à bâtir avec des parpaings, du sable et du ciment. À quoi bon s'entêter à construire des châteaux de papier, à se murer dans les mots. « À quoi bon dilapider ton temps, Joséphine ! Tu as déjà écrit un roman. Ça n'a pas marché. Tu dois te résigner. Je t'assure que tu es en train de perdre ton temps... » Il prenait ma main, me souriait, enjôleur. Dans ces moments d'égarement, j'acquiesçais. Je promettais de lui consacrer le restant de mon existence, sitôt que j'en aurais terminé avec *Clair de blues,* le roman de Clara. Je lui demandais juste un peu de patience.

Nous nous étions rencontrés au musée Dapper, en janvier 2002.

« Quand Wifredo Lam est honoré à Paris, on y va ! Qu'il pleuve ou qu'il vente, on ne manque l'événement sous aucun prétexte ! » avait déclaré la Raconteuse d'Histoires tout en enfilant sa fourrure.

« Cela n'a pas de sens d'habiter cette ville si on ne s'intéresse pas à sa vie culturelle ! C'est une hérésie, n'est-ce pas ! » avait chuchoté Danha, de sa petite voix sirupeuse.

Au 35 de la rue Paul-Valéry, une longue queue se trémoussait déjà gaiement sur le trottoir. Il faisait un froid de canard. L'hiver était bien installé. Dépouillés de leurs feuilles, les arbres alentour étiraient leurs bras noirs et imploraient le ciel. Les gens courbaient l'échine et soufflaient de la brume. J'enfonçai un peu plus mes poings dans les poches de ma gabardine, pestant de m'être soumise au bon vouloir de ces deux-là. Pleine de haine et de rage, je les entendais pérorer derrière moi. Margareth, engoncée dans sa fourrure de mammouth, évoquait ses rencontres avec l'artiste. Et, d'avance, son esclave se pâmait de joie à l'idée de contempler les toiles du peintre de renom, ami de Pablo Picasso, d'André Breton, d'Alejo Carpentier et autres personnalités prestigieuses des Arts et des Lettres. Dans la file d'attente, j'avais déjà remarqué ce grand chabin avec sa casquette à carreaux et ses joues creuses. Nos regards s'étaient croisés un instant et puis je l'avais perdu de vue.

J'avais laissé Danha musarder sur les pas de Margareth et m'étais arrêtée devant *La jungle*, gigantesque toile peinte en 1943. Derrière l'ocre et le bleu-vert, les visages en quartier de lune, les hommes à tête de cheval, les fesses hautes et les seins lourds des femmes, les corps enlianés, les mains larges et les pieds plats, il y avait les tiges longues des cannes à sucre de Marie-Galante. Il y avait la douleur du travail à la tâche, la morsure vorace des champs, les nègres turquoise accorés à la terre. Il y avait l'espérance. Fichue espérance qui les tenait debout dans l'horreur, enfermés dans les cages des cannes, suant leur douleur, les yeux exorbités, songeant au paradis perdu, chantant pour demain le bleu des rêves et l'amer des jours.

« Saisissant, non... »

Le chabin à casquette se tenait là, dans mon dos, presque à me toucher. Étrangement, il avait un petit air de parenté avec Wifredo Lam. Les mêmes sourcils en accents circonflexes, la bouche charnue, le menton rond. Je lui avais souri, à cause de cette ressemblance. Il sortit aussitôt de son cartable un exemplaire de *Black Optimum* et me montra fièrement l'article critique qu'il avait écrit sur Lam. C'est ainsi que nous engageâmes la conversation, sans présentation. David avait entendu parler de l'artiste cubain par sa mère qui, jeune fille, l'avait rencontré à Vallauris en 1954, du temps où Picasso y séjournait. Lam avait posé avec elle, pour une photo souvenir, parce qu'ils venaient tous deux de cette Caraïbe dont elle était originaire par son père.

« C'est la troisième fois que je fais la visite. Quand je regarde ces portraits de femmes, j'imagine que ma mère est l'une d'elles. »

Nous nous étions immobilisés devant *Mujer sentada,* toile peinte en 1955.

« Tu me diras que je divague, mais je t'assure que je vois ma mère derrière cette étonnante créature. »

Après une minute de silence, nous avions ri, embarrassés l'un et l'autre. Et, une petite pointe au cœur, je l'avais inspecté de plus près, comme s'il était lui aussi une pièce rare du musée, un de ces hommes à tête de cheval surgis tout droit de *La jungle* de Wifredo Lam, ce Bélial, empereur des mouches, ou cet autre, Sorcier de l'océan hérissé d'arêtes de poissons et de fers à cheval. Lorsque Danha nous rejoignit, l'œil hagard, agacée d'avoir dû me chercher dans la foule, David griffonna son nom et son adresse sur un morceau de papier. Je fis de même.

« On ne sait jamais, dans la vie... », dit-il.

*

*Clair de blues* racontait l'histoire de Clara, jeune métisse en mal d'identité. Sitôt que je l'avais imaginée, elle m'était devenue familière. Perdue dans une forêt inextricable, elle cherchait ses racines et tentait de reconstituer son arbre généalogique. Chemin faisant, elle croisait de surprenants personnages. Les uns étaient ses parents. Ces gens avaient été ses tortionnaires lorsqu'elle était bébé. Un jour, ils avaient regagné leur île et plus personne n'avait entendu parler d'eux. Les autres étaient ses voisins. Ceux-là connaissaient toute l'histoire de Clara. Ils l'avaient recueillie, nourrie et soignée. Ils entretenaient le mystère et gardaient bouche close dès que l'enfant posait des questions sur ses origines. Ils vivaient dans le rêve pour oublier qu'ils avaient un fils, Igor, placé dans un hôpital psychiatrique. Clara avait voyagé. Elle avait marché dans les ruelles du bourg qui avait vu la naissance de sa mère. Elle avait interrogé les vieilles femmes assises sur leurs souvenirs. Elle avait questionné les manguiers séculaires et les pierres éboulées d'une ancienne habitation sucrière. Elle avait mis un cierge à l'église et supplié le bon Dieu de lui donner quelques indices sur son père. Clara était rentrée bredouille de son périple aux îles. Le pays de ses racines était demeuré muet et l'arbre généalogique n'avait donné que du bois mort, des branches cassées, des fruits talés.

En fin d'après-midi, je quittai mes pages, me disant que je devais davantage insister sur les descriptions des personnages secondaires, imaginer et insérer les détails du paysage, composer un décor qui ne soit pas de carton-pâte. Je gribouillai quelques notes et gagnai le balcon. J'avais passé tout mon dimanche à écrire, seule, avec un sentiment de plénitude, convaincue que je bâtissais une œuvre. Nous étions déjà au mois de septembre et j'espérais terminer mon nouveau roman en janvier 2003.

Avec amertume, je me souvins du jour où *Sous le signe de Joséphine* était enfin paru. Sur la couverture, une petite négresse boudeuse portait la ceinture de bananes. Mon nom était écrit en rouge. Joséphine Titus. Au mur, dans son cadre de bakélite, Margareth m'avait souri, belliqueuse. « J'étais l'autre jour avec un type qui n'a publié qu'un seul roman. Et Monsieur se déclare écrivain ! Ces individus sont d'une prétention effarante... », avait-elle lâché lors d'un précédent passage à Paris. Je lui avais rendu son sourire, présageant qu'elle me décocherait la même flèche. Le cœur battant, j'avais ressorti mon vieux manuscrit. Tandis que John Lee Hooker grattait sa guitare en entonnant, désenchanté, *Dusty Road*, j'avais imaginé qu'en moins de deux j'allais connaître la célébrité, devenir une star de la littérature et que partout les gens me donneraient le titre de femme de lettres... Le lendemain, le jour se levait à peine lorsque je m'étais réveillée. Le ciel couvait des nuages filandreux talochés de ciment. Les lumières des réverbères tardaient à s'éteindre mais j'étais dans un matin de grand soleil. Je voyais des oiseaux tracer des arabesques à la tête de la tour Montparnasse. Les passants sautillaient dans la rue et j'avais envie de les rejoindre, d'entrer dans la danse. J'étais comme neuve, revenue d'une longue absence, sortie d'un puits noir, le puits sans fond de Mémé Georgette. De nouveau, je me sentais pousser des ailes et des plumes. J'étais le rêve américain de Tata. J'avais retrouvé mes étoiles dans les yeux et mon sang de panthère courait dans mes veines. Face au miroir de la salle de bains, je m'étais plaqué les cheveux et fait des accroche-cœurs. J'avais enlevé mon T-shirt et j'avais commencé à remuer du popotin, nue.

Ram-pam-pam... Toute nue, je dansais pour la vie qui m'était offerte.

Ram-pam-pam... Nue, sur un fox-trot endiablé qui me collait à la peau et entrait par tous les trous de mon corps et cognait dans ma tête.

Ram-pam-pam... Nue, comme le jour où j'étais née et celui où Tata Michelle m'avait tirée de l'eau crasseuse du bain.

Ram-pam-pam... Nue, pareille aux mots qui racontaient l'histoire de la petite noiraude, noire dans la neige et dans la brume, le mouton noir, la Bamboula, la guenon, la Vénus d'ébène.

Le mois de septembre s'achevait et les feuilles mortes commençaient à joncher les trottoirs. À la une des journaux, les deux tours de World Trade Center étaient toujours en flammes et les malheureux n'en finissaient pas de se jeter dans le vide. Un an déjà. Les Boeing d'American Airlines encastrés dans le béton, les six mille morts. Les vies sauvagement fauchées. La barbarie humaine, aurait dit grand-mère Théodora. Je m'engouffrai dans le métro, me faisant la promesse de terminer mon nouveau roman. C'en était fini des tergiversations. La vie était trop courte. J'allais entrer de plain-pied dans mon destin. Transformer l'essai. Montrer à Margareth que j'étais réellement un écrivain. Lui prouver que j'avais du talent. Et, pour me donner du courage, monter à l'abordage, j'avais changé de coiffure. Je m'étais refait mes accroche-cœurs.

Arrivée à la bibliothèque, je pris place derrière mon bureau d'accueil et, comme tous les lundis matin, considérai d'un œil las les lecteurs qui se précipitaient entre les rayonnages.

« Quel look d'enfer, Joséphine ! s'exclama René en se plantant devant moi. Ma parole, tu as un nouvel amant ou je me trompe... »

Il portait une chemise blanche cintrée, ouverte sur une grande croix et les trois poils de son torse. Les deux larges pointes de son col figuraient les ailes d'une colombe parée à l'envol. Il arborait son sourire de tigre libéré qui ne craint pas d'afficher son homosexualité à la face du monde, même si le monde s'en fiche royalement.

« Alors, raconte ! Ces accroche-cœurs veulent bien dire quelque chose. Tu lances une mode. Tu ressuscites la grande Baker, ou quoi... »

En guise de réponse, je le complimentai sur sa chemise, lui assurant qu'on avait besoin de personnes comme lui dans ce monde de brutes et que le temps était venu de lâcher les colombes. Il était reparti avec son sourire, promettant de reprendre l'interrogatoire à la pause.

Ce soir-là, rentrant rue de Rennes, après ma journée de travail, je trouvai plusieurs messages sur mon répondeur.

Trois de David qui semblait curieusement affolé. « Que se passe-t-il, Joséphine ? J'ai tenté de te joindre pendant tout le week-end. Ton téléphone était décroché. Où es-tu ? Tu ne me donnes pas signe de vie. Il faut qu'on parle ! Rappelle-moi ! Rappelle-moi, je t'en prie. Je suis inquiet. Même tard, rappelle, Joséphine. Je ne bouge pas... »

Une invitation de Wanda, mon amie, haïtienne de Jacmel, avec laquelle j'avais suivi quelques cours de théâtre en 1996, quand je cherchais encore ma voie sur les planches. Elle était tout excitée et riait entre chaque mot. « Sweetie Jo, ça y est ! J'ai décroché un rôle dans la pièce de ce dramaturge béninois dont je t'avais parlé. La première a lieu le 17 octobre. C'est fou, non ! Je compte sur toi ! *Call me... Hasta luego...* »

Une longue tirade de Rosy, mon attachée de presse. Elle avait tenté de me joindre à neuf heures du matin, pendant que je remontais la rue Vaugirard. « Ça bouge enfin, Joséphine ! Une société de production s'intéresse à toi. Ils veulent te filmer dans la Sarthe et au château des Milandes. Rien de sûr encore, mais ils parlent de te payer le voyage pour la Guadeloupe. Tu imagines ! Je t'avais bien dit de ne pas te décourager ! Gilles croit en toi, Joséphine ! Nous croyons tous en toi... »

Le dernier appel venait du Sénégal. Danha et Margareth y séjournaient depuis le début du mois de septembre, pour des travaux secrets se rapportant au fameux livre d'importance majeure. Elles s'apprêtaient à regagner Marie-Galante quand la nouvelle était tombée : le navire *Joola*, surchargé de marchandises et de passagers, avait fait naufrage dans une tempête. Les sources officielles dénombraient des centaines de victimes. Une des filleules de Margareth avait disparu. On l'avait cherchée parmi les survivants, et puis d'entre les corps rejetés par les vagues, les noyés échoués sur les plages, de Ziguinchor aux côtes de la Gambie. En vain, on avait espéré que des pêcheurs l'aient recueillie, morte ou vive. Toutes les familles des villages de brousse étaient descendues à Dakar, pour prier et soutenir les parents de Mariama. Il ne restait plus que les larmes. Margareth était très affectée et différait son retour. Elle me demandait de rencontrer un de ses amis sénégalais vivant à Paris. Il avait perdu son jeune frère Mamadou dans le drame. Il avait besoin de réconfort. Margareth me priait de lui rendre ce service, comme à une amie, même si nos rapports n'avaient guère été amicaux ces derniers temps.

Voilà la vie, n'est-ce pas ! dis-je à l'intention de John Lee qui chantait la complainte du nègre sans nourriture ni souliers *No food on my table and no shoes on my feet*... Voilà la vie... Rires et pleurs en attendant le dernier jour. Joies dérisoires, petits bonheurs, peines de cœur et grand naufrage... Cette nuit-là, je rêvai de grand-père Selbonne. Son canot démâté, emporté par le déluge de Théodora. Le rêve aurait pu se transformer en cauchemar, mais il était seulement triste comme un petit matin d'hiver. Le corps de Selbonne dérivait avant de sombrer au fond des eaux noires. Adossée à un rocher, Mariama l'espérait. Son boubou blanc dessinait les pleins et les déliés de son corps. Méduses et requins bleus lui tournaient autour mais elle n'avait pas peur. Elle souriait et dodelinait de la tête, ses nattes ballottées par le courant. Selbonne était transi de froid. Il suppliait Dieu de remettre à flot son bateau, de rappeler à Lui les vents qui avaient causé son infortune, de le ramener au jour précédent, auprès de sa chère Théodora et de sa jolie Pâquerette... Hélas, tout est accompli, murmura Mariama, montrant le grand tapis déroulé à ses pieds. Tapis tissé d'algues brunes cousues dans les chairs décomposées. Tous viennent ici après les naufrages, disaient les yeux de la noyée. Tous ceux que la mer a retirés du monde. Nous les avons rejoints à notre heure. Ne crains pas la mort, Selbonne. Ne pleure pas la vie. Ceux-là sont sans souffrance depuis des siècles. Te rappelles-tu les esclaves jetés par-dessus bord du temps de la traite négrière. T'en souviens-tu, Selbonne... Des esprits m'ont posé ces questions le jour de mon arrivée. Est-ce que sur terre les nègres d'Afrique et des Amériques évoquent notre mémoire ? Nous ont-ils oubliés ? Est-ce que le monde a changé, Mariama ? Est-ce que les temps barbares sont abolis ? Est-ce que les humains continuent de s'entre-dévorer ? Dis-nous, Mariama, si la terre est toujours cette jungle peuplée de bêtes sauvages...

Le surlendemain, j'appelai Lamine Diagne, l'ami sénégalais de Margareth. Il avait une voix grave emplie de sanglots. Le *Joola* avait fait naufrage le mercredi 26 septembre et l'on n'avait toujours pas retrouvé le corps de son frère.

« Quel drame, n'est-ce pas... Tous ces morts qu'on

pleure, tous ces disparus. Peut-être huit cents morts, vous vous rendez compte ! Le ferry n'était pas en état. Le moteur bâbord était défectueux. Ils le savaient. Ils ont envoyé tous ces gens à la mort... »

Au téléphone, je hochais la tête, la mine contrite.

« Je vous remercie de votre soutien. Madame Solin m'a dit qu'elle vous considère comme sa fille. Je devine que vous êtes une belle âme aussi. La vie est cruelle, mais Allah est grand. Le chagrin est un fardeau trop lourd pour un seul homme. Je vous remercie de le partager avec moi, Jo. C'est lorsque l'on perd un parent que l'on peut mesurer l'affection qu'on lui porte. Hélas, il est bien tard. On ne remplace pas un être cher, savez-vous. Rien ne remplace jamais ceux que l'on a perdus... »

Je reçus ce jour-là de nombreux messages de David. Le ton montait. Il y avait de l'ultimatum dans l'air. Il m'attendait chez lui pour une explication. Je négligeai de répondre à cette mise en demeure et donnai rendez-vous à Lamine Diagne dans un restaurant japonais, rue Madame, chez Ginza. L'ambiance était feutrée, on y dégustait de délicieux sushis, les sashimis étaient de première fraîcheur et les yakitoris aux boulettes de poulet fondaient sur la langue.

Lamine Diagne était grand et hiératique, tel un gigantesque rônier de la forêt africaine. Lorsqu'il encastra son corps dans l'espace étroit qu'on nous avait réservé, déposant ses longs bras sur le petit plateau granité de la table, je regrettai de ne pas l'avoir invité rue de Rennes ; il aurait pu se déplier à son aise et allonger ses jambes d'un mètre soixante. Mais Lamine ne semblait pas contrarié. C'était un homme d'une cinquantaine d'années, au visage osseux, comme sculpté au ciseau à bois. En mangeant du bout des dents un sushi, Lamine me parla longuement de Mamadou. Étudiant en lettres, à l'université de Dakar, il venait de passer un mois en Casamance, dans le village d'Abéné. Il avait bien profité de ses vacances. Et il avait embarqué sur le *Joola.* Mamadou faisait la fierté de sa famille et se destinait à une belle carrière. Et puis, il avait choisi ce jour pour embarquer sur le *Joola*, répéta Lamine, serrant les poings sur la table.

« Il aurait dû partir le surlendemain, avec ses cousins. Mais un camarade l'attendait à Ouakam et il est monté sur le *Joola.* On ne saura jamais pourquoi il était si pressé de rejoindre ce garçon. On n'a pas retrouvé sa trace. On ne connaît pas son nom. On ne sait rien. »

Je lui servis un verre d'eau et posai mes baguettes à côté de mon bol de riz. Je n'avais que vingt-sept ans et il y avait déjà tant de morts autour de moi. Je me rappelais les paroles de Margareth... On va tous mourir, Jo. Personne n'échappe aux longs doigts froids de la mort, Jo...

« Depuis combien de temps êtes-vous l'ami de Margareth ? » demandai-je, manière de revenir aux vivants, chasser le froid qui se glissait par la porte laissée entrouverte. Un froid d'octobre à nous faire attraper la mort.

« Madame Margareth Solin ! » s'écria-t-il, fixant une blondinette assise non loin — et son visage s'illumina comme si je lui avais soufflé que la Sainte Vierge se trouvait parmi nous, était descendue chez

Ginza pour s'offrir une soupe miso et trois sushis au saumon.

Je hochai la tête.

« J'étais jeune lycéen quand elle est arrivée à Saint-Louis. Elle a fait tant de bien là-bas. Elle avait acheté une maison coloniale qui donnait sur le fleuve, à l'angle des rues Henri-Jay et Chassagnol. Une très grande demeure qui avait appartenu à une Signare dans les temps anciens. De son balcon en fer forgé, on voyait le pont Faidherbe et ses Saint-Louisiens qui allaient pareils à des fourmis vêtues de toutes les couleurs de la Création. Elle a permis à beaucoup d'enfants d'accéder au savoir. Elle a payé pour l'école et l'éducation. À elle seule, c'était une ONG, Jo. Elle amenait aussi des livres et les distribuait aux petits talibés et aux mendiants des rues. Elle n'a jamais eu peur d'ouvrir son porte-monnaie quand un indigent lui demandait cinq francs CFA pour nourrir sa famille. » Lamine Diagne était intarissable : « Elle aimait tellement la Langue de Barbarie. Non, elle n'envoyait pas une bonne acheter son poisson aux pêcheurs de Guet N'Dar. Elle passait le pont Malick Gaye, traversait la place Pointe-à-Pitre... Fallait la voir dans ses boubous ! Une vraie Sénégalaise ! Et chacun la saluait. Si vous allez là-bas un jour, n'oubliez pas de dire que vous êtes la fille de Madame Solin... On vous accueillera à bras ouverts. Personne ne l'a oubliée. Je me souviens qu'elle m'emmenait souvent en promenade en calèche à travers les ruelles de sable de Guet N'Dar, se riant des poules et des chèvres, admirant les femmes assises devant leurs habitations de terre. Elle voyait une fillette étendre son linge au soleil et ce seul spectacle l'enchantait, ou bien un pêcheur traçant au pinceau des oiseaux sur sa pirogue. Je me souviens... "Tout est si beau", murmurait-elle. Chaque jour, des gens se présentaient à sa porte, avec des bassines. Du temps où elle vivait à Saint-Louis, Madame Solin sustentait vingt à vingt-cinq personnes, Jo. »

Je haussai un sourcil.

« C'est la vérité, ponctua-t-il. Elle achetait le riz par sacs de cinquante kilos. Et le poisson ne manquait jamais. On l'a bien regrettée quand elle est partie. La maison est fermée là-bas. Mais je crois que son cœur est resté attaché au Sénégal et plus particulièrement à Saint-Louis... Je suis persuadé qu'elle reviendra un jour... » Il avala un sushi et demeura songeur un instant.

Je n'avais rien à dire. J'étais anéantie. Qui était cette Madame Solin ? Qui était cette bienfaitrice de l'humanité que Lamine Diagne sortait de sa boîte comme une poupée magique ? Parlait-on de la même personne ?

« Une fois, reprit-il, nous avons remonté le fleuve jusqu'à la pointe de la Langue de Barbarie, la pointe extrême du Sahara, là même où les eaux douces du fleuve rencontrent les eaux salées de l'océan Atlantique. Madame Solin disait que c'était un bout du paradis déposé en Afrique, l'endroit où elle aurait voulu mourir. Tous ces flamants roses, ces pélicans... Les oiseaux du monde entier viennent s'y reproduire... Sternes, hérons, sarcelles... Elle a pris beaucoup de photos ce jour-là et nous avons...

— Pourquoi ce nom : Langue de Barbarie ? coupai-je.

— Eh bien, c'est une bande de terre et de sable,

une dune étroite qui s'étend sur une vingtaine de kilomètres entre le fleuve et la mer... » Il se gratta la tête, tenta d'étirer une jambe sous la table.

« Et Barbarie, pourquoi Barbarie ? » insistai-je.

Lamine m'expliqua alors qu'il y avait deux réponses à cette question. « Certains historiens assurent que, dans les temps anciens, les Maures y parquaient leurs bestiaux. Ils venaient de l'ancienne Barbarie, des États barbaresques, vous voyez... de l'Afrique du Nord, de la Mauritanie, et se retranchaient là après les razzias... C'était devenu la terre des Barbares... »

Il parut las soudain et je l'encourageai du regard. Nous étions les derniers clients du restaurant. Les serveurs passaient la serpillière et dressaient déjà les tables pour le lendemain, mais je ne voulais pas quitter l'endroit avant que Lamine en ait fini avec cette Langue de Barbarie.

« D'autres racontent qu'on a donné ce nom à la dune parce que les figuiers de Barbarie y poussent comme le chiendent. Vous connaissez le fruit, Jo ? Il apparaît sur les raquettes de l'opuntia... Un petit fruit traître, hérissé de minuscules épines quasiment invisibles. Je me souviens que Madame Solin en avait saisi un à pleine main. Elle avait au moins dix épines plantées dans les doigts. On a mis des jours à les lui retirer. Elle pleurait et riait en même temps. Elle disait : "Tu te rends compte, Lamine ! Même au paradis, il y a des épines..." On ne sait pas de quelle manière ils sont arrivés là, ces figuiers de Barbarie. Ils viennent d'Amérique, vous imaginez... »

Lorsque je rentrai rue de Rennes, abandonnant Lamine Diagne à son chagrin, il était une heure du matin. Je trouvai David assis sur mon paillasson, à moitié endormi. Je n'étais pas si mécontente de le voir. J'avais besoin de sentir sur mon corps et dans ma chair la chaleur d'un être vivant. Je lui pris la main, comme à un enfant.

« Je t'aime, Joséphine, gémit-il. Tu me rends dingue. Je ne sais plus que penser... »

Il n'y avait pas de colère dans sa voix, seulement son impuissance à domestiquer le cheval fou qui ruait là-haut dans sa tête.

« Je suis une Barbare, David. Je suis plus cruelle et sauvage qu'une panthère. Tu ne pourras rien faire de moi. »

« Tu es ma panthère noire », fit-il en déboutonnant mon manteau.

Il enleva un à un tous mes vêtements. Mes bottes noires, mon pull noir, mon pantalon noir, mon soutien-gorge et ma culotte noirs. Et il s'assit devant moi pour me contempler, de la même façon qu'il regardait les toiles de Wifredo Lam. Et il se mit à pleurer. Je me souviens de l'avoir pris dans mes bras, presque porté. Il titubait. Nous avons traversé l'appartement pour gagner la chambre et il pleurait toujours. Nous nous sommes allongés sur le lit, lui habillé des pieds à la tête, moi nue. Et dans la pénombre, juste trouée par la lumière jaune d'un néon, je voyais encore ses larmes perler sur ses joues. Je les ai essuyées. Je les ai embrassées. Et puis, je l'ai déshabillé, avec lenteur et précaution, de la même façon que j'aurais procédé avec un baigneur de porcelaine. Son corps était agité de sanglots et de soubresauts nerveux.

« Je t'aime, répéta-t-il. Et ça me fait mal... Je n'arrête pas de penser à toi... Est-ce que tu m'aimes un peu, Joséphine ? »

Je me coulai le long de son corps et l'embrassai encore. Je laissai courir mes doigts sur son torse et son ventre. Je caressai ses cuisses et sa longue queue. Puis, je m'assis sur lui et le chevauchai comme si j'avais été une Mauresque montée sur son cheval et lancée au galop, là-bas, sur la Langue de Barbarie.

« Je suis une Barbare, David. Est-ce que tu aimes les Barbares ? Est-ce que tu n'as pas peur d'être fait prisonnier par une Barbare ? »

Et je le sentis soudain s'enfoncer en moi, fouir dans ma chair, percer et pénétrer, vibrer de tous ses membres. Il m'empoignait, me pressait contre lui, me mordait, pétrissait mes fesses, forçait mes reins. Et j'en redemandais. J'en voulais encore.

« Encore, encore... », murmurai-je.

Je désirais cet homme à tête de cheval qui pleurait sa panthère noire. Je voulais son amour et son cœur et son corps. Il était mon Pégase. Il était Bélial, empereur des mouches, qui avait planté son dard au plus profond de moi. Il était le Sorcier de l'océan et ses lames furieuses grondaient dans mes entrailles.

« Encore, encore... »

Et c'était à croire qu'avant cette nuit nous jouions à des jeux d'enfants, poupées de bois et chiffons, mimant les gestes de l'amour. À présent, nous n'étions plus qu'un. Une créature bicéphale. Cheval et panthère croisés dans la jungle folle de Lam.

Ivres, nous avons mêlé nos larmes et nos sueurs jusqu'au petit matin, laissant nos corps s'apprivoiser, parler à la place des mots. Et c'était la vie, David avait raison. Croire en l'éternité. Oublier la barbarie humaine. Oublier la mort et danser l'amour. Oublier les noyés en décomposition au fond des océans. Les cadavres à nos pieds, dessous la terre froide des cimetières. Jouir de l'existence, advienne que pourra.

« Tu as changé de coiffure ? » me demanda David en pointant du doigt mes accroche-cœurs.

Il était huit heures du matin, ce jeudi.

« *Sous le signe de Joséphine*... Le roman intéresse une maison de production. Je vais peut-être partir en tournage à Marie-Galante », fis-je.

Je lui collai un petit baiser sur la bouche et dévalai la rue de Rennes, sans me retourner. Je n'aurais pas supporté de regarder mon Pégase se transformer en Durandal, la tronche allongée, planté sur le trottoir. Il aura le temps de ruminer la nouvelle toute la journée, me dis-je. Et de s'y faire.

À la pause déjeuner, je ne pus m'empêcher d'appeler Tata pour lui annoncer que j'allais bientôt revenir au village avec des reporters. Elle me répéta pendant trois minutes qu'elle l'avait toujours su, qu'elle le dirait à tout le monde. Sur ma lancée, je téléphonai à grand-mère Théodora. Avec le décalage horaire, il n'était que six heures du matin à Marie-Galante. Mais elle était réveillée depuis les aurores, comme à son habitude, assise à la cuisine, sirotant son café et écoutant les informations.

« Ça me fait plaisir de t'entendre, Josette. »

Si longtemps que personne ne m'avait plus appelée Josette...

« Et la santé, grand-mère ? »

Elle toussa à l'autre bout du fil.

« Bien, je vais bien... J'ai entendu dire qu'il fait froid en France. Tu te couvres assez, j'espère. »

Je lui répondis que je comptais venir en mars, pour présenter mon roman et me faire filmer dans les rues de Grand-Bourg.

« Tu es une célébrité. Je suis fière de toi, Josette. Quand tu seras là, je te montrerai quelque chose qui te fera plaisir. »

J'abandonnai l'écriture jusqu'aux premiers jours de novembre. Si Clara, l'héroïne de *Clair de blues*, m'apparaissait quelquefois, dans un visage croisé au détour d'une rue ou derrière une vitrine, je m'efforçais de la chasser très vite de mon esprit. Je l'écartais comme une rivale qui voulait m'éloigner de David. Désormais, nous passions presque toutes nos soirées ensemble, à faire l'amour, à grimper l'un sur l'autre telles des bêtes impatientes. Et je n'en avais jamais assez de le sentir en moi, de quêter ses lèvres et sa queue de Pégase. Je lui avais donné la clé de l'appartement et nous projetions de nous installer ensemble, rue de Rennes. Margareth ne s'y opposait pas ; Danha n'avait pas émis de commentaires.

David logeait vers la porte de la Chapelle, dans une sinistre chambre de bonne, avec W.-C. sur le palier, qu'il dénommait studio ou atelier, selon les jours. La pièce était encombrée de toiles, les siennes et celles de jeunes peintres caribéens dont il faisait la critique dans *Black Optimum*. La plupart étaient de ses amis. Ils devinrent des habitués de la rue de Rennes, s'invitant plus souvent qu'à leur tour à notre table. Pour eux, je me fis femme d'intérieur et improvisai des dîners créoles, agrémentés de nems, sushis, crevettes sauce aigre-douce et autres mets asiatiques commandés aux traiteurs des environs. Dans notre petite bande, Lamine figurait l'aîné, incarnant une forme de sagesse ancestrale africaine que nous, enfants de la diaspora, respections tous. Et puis, il y avait ces comédiennes noires en mal de rôles que Wanda traînait dans son sillage. Négresses coiffées de nattes synthétiques ou portant des turbans de couleurs vives. Elles passaient leurs journées à courir les castings. Se résignaient à mener carrière en prêtant leurs voix aux actrices black des séries américaines. Fustigeaient la France ingrate qui refusait de leur donner une visibilité. Lamine œuvrait dans une boîte de coopération où il s'employait à développer le volet culturel, organisant des soirées qui honoraient poètes et écrivains du continent africain. Grâce à lui, Wanda avait reçu un petit cachet en lisant des poèmes de Senghor et un passage du roman *Les cancrelats* de Tchicaya U Tam'si.

D'entre les relations de David, surgissaient parfois des artistes africains-américains, égarés à Paris. Demi-rastas à longues dreadlocks, afrocentristes qui n'avaient jamais mis les pieds que dans une Afrique mythique, visionnaires hésitants au talent incertain, sculpteurs et peintres illuminés. Avec les Antillais, ils tentaient de créer une révolution artistique dans le monde noir. Issu des diasporas disséminées à travers les cinq continents, ce mouvement avait pour ambition de faire émerger un nouvel art nègre, né de l'expérience de l'exil, des lambeaux de la mémoire et des déchets de la société de consommation. Les discussions me rappelaient parfois celles auxquelles j'avais assisté, enfant, à l'Autre Bord. Les gens se rengorgeaient de mots et bâtissaient les temps futurs à coups de phrases alambiquées et de concepts alcoolisés. Au petit matin, les yeux vitreux, la voix avinée, ils continuaient à s'empiffrer comme s'ils n'avaient pas mangé depuis dix ans, comme s'ils devaient manquer de nourriture pendant les dix années à venir. Sandy, la sœur de Christophe, était devenue une fidèle de ces soirées. Depuis que nous nous étions retrouvées, par hasard, au BHV de la rue de Rivoli, elle cherchant des gants et moi une écharpe, nous ne nous quittions plus. C'était elle qui m'avait reconnue. « Excusez-moi, ne seriez-vous pas Joss, la Miss des lycéens de Pointe-à-Pitre de l'année 93... » Presque dix ans déjà que Christophe était décédé. Elle en avait vingt-cinq. Secrétaire dans le cabinet d'un avocat guadeloupéen installé à Paris, elle était mariée, mère d'un enfant de trois ans et comptait en avoir deux autres. Pareille à son frère Christophe, elle faisait des projets et programmait sa vie.

Cette fin d'année 2002 me sembla être le commencement d'une nouvelle existence. Mais j'y entrai à tâtons, de la même manière que j'avançais dans mon nouveau roman. Je ne connaissais pas la route, ne savais rien des jours à venir. Et lorsque mon éditeur me jurait que *Sous le signe de Joséphine* allait bientôt devenir un best-seller grâce au reportage qui se préparait, je l'écoutais avec fascination, comme s'il me déroulait un conte.

En décembre, je naviguais entre deux eaux, ne sachant que penser de ma relation avec David. Depuis qu'il était question de ce fameux tournage, David faisait grise mine. Il était jaloux du temps que je consacrais à Gilles Marchand, mon éditeur, qui me téléphonait plusieurs fois par jour et laissait sur le répondeur des messages que David imaginait codés, interprétait comme des déclarations d'amour masquées. J'avais signé pour deux autres romans. Nous étions liés. Gilles m'avait demandé de le tutoyer. Il m'appelait princesse, merveilleuse Joséphine, petite chérie. Il ne cessait de répéter qu'il croyait en moi et me poussait à terminer au plus vite *Clair de blues*.

Au bout de ma journée à la bibliothèque, je traînais de plus en plus tard dans les rues, m'arrêtant devant les vitrines de Noël et les montagnes de jouets enguirlandés. Transie de froid, je flânais, portée par mes pas, l'esprit embrumé. Je déambulais dessous les sapins de lumière clignotante, mes pieds foulant la neige sale, mon bonnet de laine enfoncé jusqu'aux sourcils. J'étais Joséphine Titus, une future célébrité. J'étais Joséphine, la panthère de David. Nous formions un jeune couple moderne. Nous avions des amis, une vie sociale et des projets. Pourtant, je n'avais pas envie de le rejoindre dans l'appartement.

« Il a encore appelé, lâchait-il, la mine renfrognée.

— Qui "il" ? demandai-je.

— Tu sais bien, ton éditeur. Il pourrait nous laisser un peu tranquilles. Et cette Rosy, la soi-disant attachée de presse... Elle a aussi laissé un message... »

« Tu vas encore écrire ce week-end ? Perdre ton temps devant ta machine... Si je faisais pareil, hein !

Si je passais mon temps à peindre, hein ! Qu'est-ce que tu dirais ? »

Nos nuits ne ressemblaient plus à nos jours. Pégase ne sortait du bois qu'au coucher. Nous faisions l'amour comme si nous allions mourir dans les prochaines heures, comme si nous étions des naufragés luttant dans les eaux déchaînées, des combattants d'une guerre perdue d'avance. Et il me jurait qu'il m'aimait. Me couvrait de baisers, promettant de ne plus se montrer jaloux de ma vie, de mon éditeur, de ces mots qui grouillaient dans ma tête et m'empêchaient d'être toute à lui. Nous nous endormions dans les bras l'un de l'autre, las, dans une béatitude volée aux dieux.

Et puis, le matin arrivait.

Mesquin petit matin.

Et David avait déjà sa tronche de Durandal en buvant son café.

« Quand est-ce que tu pars ? Il viendra avec toi. Et ton attachée de presse sera de la partie... Vous partez combien de temps ? Et moi, dans tout ça ! Je suis un guignol... Faut pas me prendre pour un imbécile, Joséphine... »

Le 23 décembre, jour de la fermeture de la bibliothèque, je marchai comme un automate vers la gare Montparnasse. Il y avait encore un train pour Le Mans, le dernier avant le lendemain. J'achetai un billet et montai dans ce train, ne me posant pas de questions. Je savais seulement que je ne voulais pas rentrer chez moi. Ne pas voir la tête allongée de David. Ne pas entendre ses diatribes. Ne pas me perdre dans ses bras. Ne pas écouter ses serments. Ne pas sourire aux invités... Nous avions prévu de passer la soirée avec Wanda et Lucas, son dramaturge béninois.

Le matin, j'avais préparé un colombo de poulet. J'avais nettoyé la cuisine et dépoussiéré l'appartement. J'avais passé l'aspirateur, sorti la nappe et dressé la table pour quatre. J'avais rangé ma machine à écrire, rassemblé mes manuscrits inachevés. Une page de *Clair de blues* avait alors glissé sur le parquet. En la ramassant, j'eus un pincement au cœur et l'impression de voir Clara soudain debout devant moi, comme sortie d'une lanterne magique. Elle me regardait sans un mot, des reproches plein les yeux. Ses yeux sombres de noyée.

## V

J'étais arrivée à la ferme vers minuit. J'avais toqué à sa fenêtre et Tata m'avait accueillie sans questions. « Ta chambre est faite. Y a des draps propres sur ton lit. Je sais pas pourquoi, j'avais dans l'idée que tu viendrais passer Noël avec nous. Hubert est déjà là. Je suis allée le chercher tantôt. »

Le lendemain matin, la grosse voix de Tonton me tira du sommeil sur les coups de dix heures. Il était assis comme un coq en pâte devant son bol de café et ses comprimés de couleur. Le visage et le pyjama froissés, les cheveux en débandade, il expliquait comment il avait sauvé un malade de l'hôpital qui tentait de se pendre avec sa ceinture. Dès qu'il me vit, il enjamba le banc et me tendit les bras de sa manière lourdaude.

« Joséphine, t'es revenue ! T'es revenue pour Noël ! » s'écria-t-il en m'enlaçant de toutes ses forces.

Son ventre était énorme, ses mains moites. Il postillonnait, suait et sentait le bouc.

« Ben, ça suffit, Hubert ! Tu vas quand même pas l'étouffer notre Joséphine ! fit Tata.

— Tu m'as apporté un cadeau ? demanda Tonton.

— Bon sang, laisse-lui le temps de s'asseoir ! »

Cela faisait longtemps que je ne l'avais vu. Ces dernières années, la vieillesse et les médicaments aidant, il s'était bien calmé. Depuis qu'il avait dépendu son voisin de chambre en le supportant sur ses épaules et en hurlant jusqu'à ce que les infirmiers arrivent, Tonton Hubert était devenu une sorte de sauveur. Tata m'avait soufflé qu'il profitait de chaque occasion pour raconter son acte de bravoure, mimant la scène, exagérant au fil des jours le poids de l'homme et le temps de l'attente.

« Cent kilos qu'il pesait le malheureux. Je te jure, Joséphine, je l'ai porté pendant une demi-heure, sans lâcher. On m'a dit que j'étais courageux et fort comme un bœuf. Pendant une demi-heure passée, tu te rends compte, Joséphine... J'ai appelé mille fois : Au secours ! Au secours ! »

Et ses yeux luisaient de fierté.

« Arrête de te faire mousser ! lança Tata.

— Elle m'a serré la main, la femme du malheureux. Elle m'a remercié. Elle m'a fait cadeau d'une boîte de chocolats suisses. Tu sais, Joséphine, ils ont dit que j'étais plus dangereux. Et y a même un infirmier qui m'a donné une médaille que j'accroche au revers de mon veston. Je suis quelqu'un maintenant, pas vrai, Mimi. Je suis un secouriste. Et si j'en vois un qui se noie, je saute, Joséphine. J'ai pas peur... Je suis une force de la nature, plus costaud qu'un taureau... »

Il était cinq heures de l'après-midi. Tata était en train de mettre la dinde au four. Mémé roupillait dans son fauteuil en attendant *Des chiffres et des lettres.* Et je jouais aux petits chevaux avec Tonton.

« Tu sais même pas nager, Hubert. Comment tu pourrais sauver un noyé ? fit Tata.

— Qu'est-ce que tu m'as apporté comme cadeau ? » demanda Tonton en déplaçant son cheval rouge de trois cases.

C'était Noël et j'avais débarqué les mains vides. Je ne savais pas combien de temps je resterais à la ferme. J'étais seulement venue me réfugier auprès des miens. Fuir Paris et David. Me mettre au vert.

Il y a longtemps, je devais avoir six ans, j'avais demandé à Tata pour quelle raison Tonton Hubert devait avaler tous ces cachets de couleurs différentes. Elle m'avait répondu que ce pauvre Hubert voyait le monde en noir et blanc. Les pilules restituaient leurs couleurs aux arbres, au ciel, aux champs de blé. Elle avait ajouté : « Et toi, Joséphine ! J'espère que tu vois bien toutes les couleurs... Tu sais, ça prend à n'importe quel âge. Un matin, on se réveille et le monde est en noir et blanc, triste à mourir... C'est un genre de maladie. Faut pas que ça t'arrive, Joséphine. Tiens, dis-moi un peu ! Elle est de quelle couleur la nappe ? Et cette vareuse que je porte ? Et le fichu de Mémé ? »

Après le dîner de Noël, je restai assise seule face à la carcasse de la dinde et aux trois pommes de terre abandonnées au fond du plat. Quand Tata eut couché Mémé et discuté un long moment avec Tonton, afin qu'il accepte de retirer son veston orné de sa médaille de sauveur et se mette en pyjama, elle me rejoignit à la table. S'assit pesamment et passa une main dans ses cheveux.

« Alors, Joséphine ! Tu me diras bien ce qui t'amène. T'es pas juste venue passer Noël avec nous... T'as une peine de cœur, c'est ça... Dis pas le contraire, je le vois dans tes yeux. »

Dans l'après-midi, j'avais appelé Sandy, lui demandant de prévenir David. « Tu lui expliqueras. J'avais besoin de prendre du recul. Je suis chez ma Tata Michelle, dans la Sarthe. Je dois réfléchir... » Sandy avait poussé un cri horrifié. « Mon Dieu, Joss ! Tu n'as pas dans l'idée de le quitter. Que se passe-t-il ? Ça avait l'air d'aller entre vous... David est dans tous ses états. Il t'aime, Joss. »

« Reprends une part de bûche et du champagne, souffla Tata. C'est pas tous les jours fête. »

Il était minuit passé. Je n'avais pas envie de parler de David. Je pensais à ma mère, Pâquerette, me demandant si elle avait préparé une dinde aussi pour sa petite famille, si elle avait réuni ses fils autour de sa table de Noël. Je trempai mes lèvres dans la coupe de champagne et me mis à sangloter sottement sur moi-même, la petite Josette abandonnée. Pour quelle raison ? Quelle faute avais-je commise pour qu'elle m'écarte de sa vie ? Et plus je pleurais, plus je me sentais misérable, me disant que je n'avais pas mérité son amour.

« S'il te plaît, Tata, mets le *Ram-Pam-Pam*, murmurai-je. C'est fini ! Je vais arrêter de pleurer et de renifler comme une gourde. Je sais pas ce qui m'arrive. J'ai trop bu, je crois. »

Tata se leva sans un mot. Elle chercha dans une pile de vieux 45 tours le disque de Joséphine. Il y eut des grésillements et des craquements, puis la voix de la Baker emplit la pièce. J'essuyai mon visage et ravalai mes larmes. Me tournant le dos, Tata resta plantée devant la vieille machine. Raide sur ses jambes variqueuses.

« Est-ce que tu veux qu'on danse ? En souvenir du bon vieux temps... »

Au même moment, le diamant se logea dans un sillon... Ce pauvre Cupidon... Ce pauvre Cupidon... Ce pauvre Cupidon...

« Je me doutais que le disque était rayé, grogna Tata. On a fini par l'user à force... »

Elle revint s'asseoir près de moi, passa un bras autour de mes épaules et me plaqua un petit baiser dans le cou.

« Dis-moi ce qui te tracasse, Joséphine. Ça me brise le cœur de te voir dans cet état... Je voudrais bien t'aider. Qu'est-ce qui te turlupine ?

— Ma mère... Que sais-tu d'elle, Tata ? »

Elle hocha la tête d'un air entendu.

« Ha ! Nous y voilà ! Ça fait longtemps que j'attends cette fichue question... »

Il y avait des bruissements de colère dans sa voix, des trémolos de fatalité.

« Vous êtes tous pareils, va. Y a que ça qui vous intéresse : savoir pourquoi on vous a abandonnés. »

Elle parlait à tous ses enfants adoptifs.

« Vous comprenez pas qu'on vous ait placés à la DDASS... Toujours la même rengaine. Et je dois me taper l'interrogatoire des mal-aimés. Chacun à votre tour, vous chargez la mule... Qu'est-ce que tu veux que je te dise, Joséphine ? La vérité sur ta mère. Toute crue. Tu la veux toute crue, pour remuer le couteau dans la plaie. Qu'est-ce que ça va t'apporter de plus ? C'est le passé, bordel ! Tu t'en es bien tirée, pas vrai... On t'a donné de l'amour ici. T'as eu une famille, un pépé et une mémé, comme tout le monde. J'ai remplacé ta mère du mieux que j'ai pu. On s'aime, c'est ce qui compte. Qu'est-ce que tu veux de plus, Joséphine ? T'as pas viré folle... T'es pas pensionnaire de l'hôpital psychiatrique, que je sache. »

Je me remis à pleurer. Des sanglots à n'en plus finir.

« Purée ! lâcha Tata. Arrête un peu ou tu vas me faire fondre ! C'est la nuit de Noel, bon Dieu de bonsoir... »

Sa voix se cassa.

« S'il te plaît, Tata. J'ai besoin de savoir.

— Oh ! Ta mère, qu'est-ce que j'en sais ? Pas grand-chose. Ils en disent guère les gens de la DDASS. Ils ont pas le droit. On apprend des trucs qu'il faut pas répéter. Des racontars entre deux portes. Des bruits de couloir, tu sais... Des indiscrétions, des histoires sans véritable fondement.

— Pourquoi tu l'appelais la fleur du mal ? »

Elle soupira.

« Je me doutais bien qu'un jour ou l'autre ça allait me retomber sur le coin de la figure. C'est Pépé qui lui avait trouvé ce nom à cause d'un livre qu'il avait lu autrefois. C'était pas méchant. Tu te souviens pas ! On en riait, Joséphine. C'était juste pour rire... »

Une serviette tachée de sauce traînait sur la table. Tata s'en saisit et se mit à la rouler entre ses doigts.

« Est-ce que tu l'as revue depuis que tu vis à Paris ? »

Je fis non de la tête.

« Elle ne veut pas me voir. Elle a mon adresse et mon numéro de téléphone. Je l'ai appelée une fois.... »

Tata tordit la serviette en même temps que sa bouche.

« Tu sais qu'ils sont capables de me faire un procès si je te révèle des trucs. Je peux aller en taule, si tu les répètes... »

J'opinai, écrasant une larme sur ma joue.

« Allez, mouche-toi ! Tu me promets de pas faire d'histoires, de pas aller la voir et lui demander des comptes. Faut que tu comprennes que les gens font pas ce qu'ils veulent, Joséphine. Des fois, la vie te ballotte dans tous les sens et tu perds pied. Tu as beau lutter, tu te retrouves déboussolé. Tu sais plus quoi faire... Ta mère, faut pas lui en vouloir. Elle était jeune, perdue à Paris avec un bébé sur les bras. Elle s'est acoquinée avec un lascar de mauvaise engeance. Après les sérénades et les déclarations d'amour, le type s'est mis à la battre comme plâtre à ce que j'ai su. Et t'as trinqué dans l'affaire, ma pauvre fille. Des voisins ont prévenu la flicaille. »

J'opinai.

« Ils logeaient dans un meublé sans commodités. Une chambre louée au mois. Te laissaient mourir de faim. Seule à hurler à la mort. Et on te tapait dessus pour que tu cesses de braire. Quand on t'a sortie de ton berceau, t'avais le derrière en feu. Du caca séché dans tes draps et de la pisse glacée jusqu'au cou. »

Tata soupira, puis se tut. Elle me toisa avant de continuer, d'une voix chuchotée.

« Depuis le début, le type en question avait dans l'idée de mettre ta mère sur le trottoir. Elle en avait peur comme du diable. Paraîtrait qu'il avait un casier à rallonges, des années passées derrière les barreaux et des penchants pervers. Merde à la fin ! Tu veux la vérité ! »

Tata flanqua un coup de poing sur la table.

« Il t'a tripotée, l'enfant de salaud. La voilà, la vérité... T'étais son jouet. A posé ses mains sur toi pendant que la Pâquerette faisait le pied de grue sur le trottoir. Il a fourré ses doigts malpropres dans tous les trous de ton corps. Il a enfoncé sa langue vicieuse là où tu devines. Sa sale langue de maquereau. C'était son plaisir à l'animal. Sa langue dans ta bouche et dans ta petite chatte. Et sa grosse queue de cochon puant, il la promenait sur ta figure. Et il te tartinait avec son lait caillé... Voilà toute l'histoire ! Voilà la vérité... »

Tata fit un nœud serré à la serviette, et puis l'envoya valser à l'autre bout de la pièce.

« Seigneur, qu'est-ce que je déblatère ! Ma parole, tu m'as bien eue... Je m'étais pourtant juré de ne rien dire. Jamais te raconter ces horreurs. Ma pauvre Joséphine, tu vois qu'il fallait pas chercher à savoir... Bon Dieu, qu'est-ce qui m'a pris... »

Elle me regarda, atterrée, les yeux rougis, emplis de larmes, comme si elle avait été elle-même complice de ce passé et venait de s'accuser du crime. Alors, pour la consoler, je lui caressai le visage, lui murmurant : merci, merci, merci, Tata. Oui, depuis longtemps, je voulais l'entendre, cette vérité. Et Tata avait bien fait de la vomir. De me la restituer dans toute sa cruauté. Nue. Sans fard ni paillettes ni décor de music-hall. Elle était bonne à connaître, cette vérité. Blessante, comme le plein soleil de midi au mois d'août. Plus glaciale qu'une pluie hivernale. Plus rude que des coups de fouet sur l'échine. Tata me l'avait assenée et je lui en étais reconnaissante. Et je voulais bien tendre l'autre joue pour qu'elle m'en dise des kilomètres encore. Je n'avais plus de larmes. Je me sentais étrangement calme. J'éprouvais même un sentiment de soulagement. Je n'étais pas coupable. Je savais quelque chose de ce temps reculé que tout le monde s'acharnait à me cacher. Je venais de quelque part. Et tant pis si c'était de l'enfer.

Je passai une semaine à la ferme. Sandy m'appela deux fois. Sa voix était sèche. Elle avait rencontré David. Il était déprimé. Ils avaient discuté tout un après-midi. Au final, ils avaient décrété que l'histoire du tournage me montait à la tête, que je me prenais pour une star et que je me laissais embobiner par mon éditeur. Et puis, David m'avait téléphoné. Il avait dîné avec Lamine Diagne. « J'ai compris certaines choses. Je t'attends à Paris. Je t'attendrai le temps qu'il faudra, Joséphine. »

Dans le train du retour, les confidences de Tata ne cessaient de me revenir en mémoire. J'imaginais Pâquerette faisant le pied de grue sous une porte cochère, proposant son sexe comme une marchandise. Elle avait laissé un homme me tartiner la figure de son lait caillé mais j'avais quand même besoin de la revoir. Sentir son parfum. Besoin qu'elle me prenne dans ses bras. Non, je n'allais pas lui demander des comptes. Je voulais juste qu'elle me reconnaisse comme sa fille. Au fond de moi, je n'avais jamais oublié ce que j'avais enduré dans mon berceau. À la ferme, la nuit ouvrait la porte aux fantômes. Tous les engins qui avançaient leurs mandibules sur les murs de ma petite chambre me parlaient de l'homme cochon qui avait abusé de mon innocence. Et plus tard, à Marie-Galante, les branches qui cognaient à la fenêtre me rappelaient ce même enfer. *The road is so rough,* chantait John Lee. Si le dandy du blues était mort, le 21 juin de l'année 2001, le blues n'était pas mort avec lui. Oui, les temps étaient durs et la route était longue. Sa voix ne s'était pas éteinte. Entre velours et rocaille, elle indiquait le chemin. Fallait continuer, vaille que vaille. Tenir la distance. Tracer dans le mauvais temps. Chanter la vie et ses drôles d'histoires qui vous tombaient au coin de la gueule. Et pas laisser les bêtes sauvages vous dépecer. Et si vous étiez descendu au dernier sous-sol, le cœur serré dans le blues, fallait empoigner le jour et le porter jusqu'au soir. Et prendre le bon temps quand il se présente, parce que c'est pas si souvent. Et pas se mirer trop longtemps dans les vitres et les miroirs pour chercher sur son visage des restes de lait caillé.

Lorsque je rentrai rue de Rennes, David était là, aux abois. Il avait le regard d'une bête traquée. Ses mâchoires étaient contractées. Pieds nus, il portait une chemise à carreaux froissée et un pantalon de velours côtelé maculé de peinture bleue.

« J'ai recommencé à peindre », fit-il en guise de bonjour.

J'ôtai ma veste et gagnai la cuisine. Il me suivit.

« Depuis ton départ, je n'ai fait que ça, peindre... Peindre et dessiner comme un fou... »

Il me tendit un de ses croquis.

« C'est toi, Joséphine ! Je te peins toute la journée... Tu me rends dingue, Joséphine... »

Sur le papier, une tête de louve aux yeux exorbités me fixait, l'air peu amène.

« C'est comme ça que tu me vois, David... Qu'est-ce que tu veux que je te dise. Tu détestes tout ce que je suis... »

Il fit craquer ses doigts, se mordit la lèvre.

« Tu te trompes, Joséphine. J'ai changé. Ton départ m'a secoué. Je me suis remis en question. Lamine m'a parlé de ce qui était arrivé à Margareth au Sénégal... Elle était tombée amoureuse d'un certain Boubacar. Elle l'avait suivi jusqu'à Saint-Louis. Elle était prête à tout abandonner pour lui... sa nationalité française, sa culture, sa religion, sa famille, ses amis, sa maison de Marie-Galante, son appartement à Paris, ses voyages et ses conférences à travers le monde... Tout, sauf l'écriture. Elle croyait que c'était possible. Un temps, elle a cessé d'écrire. Par amour. Elle vivait à l'africaine, cuisinait le tiéboudienne mieux qu'une Sénégalaise, s'en fichait d'attraper le paludisme. Elle avait même appris le wolof... »

Il marqua une pause, se frotta le menton.

« Et puis, elle s'est mise à dépérir, sans qu'aucune maladie ne soit déclarée. L'écriture lui manquait. Lamine était jeune alors. Pourtant, il se souvient des larmes de Margareth le jour de son départ.

— Ah oui...

— Oui, elle pleurait. Et quand Lamine m'a dit ça, j'ai compris. Si on avait enlevé leurs pinceaux à Lam et à Picasso, ils seraient devenus fous. Si tu avais été un musicien et que je t'aie empêchée de jouer de ton instrument, tu serais partie aussi. Je n'avais pas le droit de tenter de te détourner de ton écriture, Joséphine. J'ai compris... Je t'assure qu'on peut vivre ensemble... »

Il rit.

« Tous ensemble. Toi et tes personnages, moi et mes peintures. Je te jure que je ne piquerai plus mes crises de jalousie. Je vais peindre pendant que tu écriras... »

Il tenta de m'attirer à lui.

« Donne-moi une seconde chance, Joséphine. »

*

Pour rien au monde, Mémé n'aurait manqué de faire le voyage jusqu'aux Milandes. Je crois qu'elle n'aurait pas été plus heureuse si on lui avait annoncé qu'on montait à Paris pour une soirée aux Folies-Bergère. La pauvre Mémé avait encore faibli ces derniers temps. Une mauvaise grippe l'avait clouée au lit durant tout le mois de janvier 2003. Elle chancelait à chaque pas et je craignais que ce surcroît de fatigue ne l'achève, qu'elle ne rende l'âme sur le perron du château. Mais elle se faisait une joie de cette visite dans le Périgord, en cette Dordogne où elle n'avait jamais mis les pieds qu'en rêve. Le cameraman filmait chacun de nos gestes, épiait nos mouvements, tentait de recueillir l'émotion des paroles échangées. Et tandis que nous franchissions les grilles du château, je me disais que tout cela était une belle mascarade. Tata avait refait sa teinture, Mémé arborait une robe neuve dessous son vieux manteau. Et moi, avec mes accroche-cœurs, je devais incarner une sorte de fille spirituelle de la Baker. Ne manquait que ce pauvre Tonton Hubert que Gilles et la production auraient bien aimé tirer de son hôpital psychiatrique pour parachever le tableau.

Accompagnée de la même équipe de tournage, j'étais revenue à la ferme une semaine plus tôt. Docile, j'avais répondu à toutes les questions, répétant inlassablement les mêmes phrases, les mêmes anecdotes. J'avais marché dans les champs de blé de mon enfance et parcouru les rues du village sous les regards curieux des paysans. Devant le cameraman, je m'étais assise sur mon petit lit entre Tata et Mémé. Je m'étais accoudée au comptoir du Bar de la Mairie. Je m'étais couchée sur la paille et j'avais souri aux anges, fixant les solives et les vieilles poutres de la grange.

Tata perdit la parole sous le porche du château des Milandes. Ses yeux étaient mouillés et sa lèvre inférieure tremblait, tout comme sa salade frisée traversée par le petit vent frais de février.

« Alors, Tata Michelle ! C'est un grand moment d'émotion, lui lança Michaël. Le château spécialement ouvert pour vous ! Une visite privée ! Quelles sont vos impressions ? »

Tata avala sa salive, essuya une larme et sourit, intimidée.

« C'est le rêve de toute une vie qui se réalise !

s'exclama Mémé Georgette. Vous pouvez pas comprendre l'amour qu'on voue à cette femme d'exemption. Aujourd'hui est un grand jour qu'on n'oubliera pas de sitôt. La Joséphine, elle a rempli notre vie de joie, poursuivit-elle. Et c'est pitié qu'on lui a volé son château de son vivant. Vous croyez que c'est normal, vous ! Y a pas de justice... Une femme qui a fait danser le monde entier, qui a recueilli des orphelins sur les quatre continents, tout comme ma brave Michelle. Une vedette qui a guerroyé et fait l'espionne pour l'honneur de la France ! Hélas, la bonté est pas récompensée sur cette terre. C'est le drame du pot de terre contre le pot de fer. Les bons partent toujours devant, c'est bien connu... »

Tata Michelle opina.

« Et moi, je vous dis que je suis fière d'être une fanatique d'une grande dame comme Joséphine Baker, continua Mémé. Et on est aussi fières de notre petite Joséphine qui est la fille spiritique de la grande. »

Elle me caressa la joue.

« Et un de ces quatre matins, je le prophétise devant vous, messieurs et dames, cette belle branche de fille aura un château, elle aussi. Mais peut-être que je serai plus de ce monde et que les asticots auront fini de me manger les orteils, mais je le saurai quand même...

— Si vous voulez commencer la visite », proposa la directrice du musée.

Ce jour là, Tata marcha dans les pages de son album de fan et je l'y suivis pas à pas. Elle était l'invitée de la Baker. Elle avait le droit de toucher du bout des doigts ses robes de soie et de velours, de palper le poil de ses fourrures. Alors, elle ne se le fit pas dire deux fois. Elle glissa ses doigts entre les plumes de ses parures, fit tinter ses bijoux, tapota son oreiller, inspecta l'émail de sa baignoire. Elle avançait dans chaque pièce, avec solennité, sonnée de parcourir les lieux magiques de notre mythologie.

Arrivées dans la cuisine du château, nous restâmes un moment pétrifiées devant les portraits de la Baker. Décrépite, la Joséphine, écrasée par le bulldozer de la vieillesse. À soixante-neuf ans, ruinée, endettée jusqu'à l'os, elle était remontée sur les planches, dans un ultime effort, un pied de nez à la fatalité, une dernière révérence. Elle avait remis ses plumes, ses paillettes, ses faux cils de deux kilomètres. Dans sa chair fanée, elle avait recommencé à se trémousser, à lancer des œillades et à loucher pour faire rigoler la galerie et les gens aux balcons. Elle avait repris les roucoulades de son répertoire, *J'ai deux amours* et compagnie. Elle avait souri à son destin, dessous les projecteurs, comme si elle était encore en 1926, fraîchement débarquée à Paris, dans son corps de jeune fille. Et elle y avait cru encore une fois. Oui, tout pouvait recommencer... Shuffle Along, la Revue nègre de Paname, le Tout-Paris à ses pieds, le temps des léopards et des singes de sa ménagerie, les hommes et leurs déclarations d'amour, la descente de l'escalier du Casino de Paris, les diamants, les amants, le champagne, les folies d'un soir, la gloire et les bravos... Elle y avait cru jusqu'au bout, chassant de toutes ses forces Tumpie, la petite négrillonne du Missouri qui volait du charbon sur les trains d'Union Station, celle qui remuait les reins pour un cent à Gratiot Street et que sa mère prostituait ou louait au plus offrant. Il fallait qu'elle danse encore et encore, afin que s'éteignent les flammes qui avaient embrasé Saint Louis à l'été 1917, pour que disparaissent les fantômes des *niggers* qui avaient péri sur Eads Bridge, cette nuit-là... Chanter et danser pour distraire le monde...

« Moi, je dis qu'on doit donner son nom à une rue de Paris ! » tonna Mémé en posant devant la photo de son idole. Une Joséphine pathétique, assise comme une clocharde sur les trois marches de sa cuisine. Un bonnet de nuit sur la tête, des poches immenses sous les yeux. Ici même, en robe de chambre, entourée de vieux cartons de lait Guigoz qui contenaient toute sa fortune, elle avait juré qu'elle se laisserait mourir de faim.

« Qu'en pensez-vous, Tata Michelle ? Une rue portant le nom de Joséphine Baker ! »

Tata baissa la tête.

« Elle n'aurait pas voulu cela, commença-t-elle avec un chat dans la gorge. Tout ce que Joséphine demandait, c'était que les gens cessent de se battre et se mettent à vivre ensemble pour de vrai. Et moi je suis d'accord... »

Le perchiste ricana dans le dos de Tata.

Tata se tourna vers lui, le foudroya du regard et puis explosa.

« Qu'est-ce qu'il croit, le parigot de mes fesses ! Qu'on est des bêtes de foire ! Je vois bien depuis le début que vous voulez nous faire passer pour des dindes parce qu'on habite à la ferme ! Vous tous, vous êtes rien que des veaux ! »

La mise en scène tournait vinaigre. La scripte aux couettes roses avait des yeux affolés. Michaël, le réalisateur, passa une main sur son front, ouvrit sa veste et regarda avec perplexité ses souliers crottés de terre. Rosy lui chuchota quelque chose à l'oreille.

Tata n'en avait pas fini avec eux.

« Je sais bien qu'aujourd'hui, c'est dépassé de dire qu'on veut la paix dans le monde. Je vous ai pas insulté, ma parole ! J'ai pas dit des insanités ! Demander que les gens vivent ensemble sans se taper dessus et s'entre-tuer, c'est pas un blasphème ! Ah ! Ça vous fait rire... Je savais pas que j'étais un clown...

— Madame, je vous assure, personne ici ne se moque..., tenta Michaël.

— Je suis ni sourde ni aveugle et j'ai pas ma langue dans ma poche. Mais qu'est-ce qu'ils croient ces Parisiens avec leur tour Eiffel ! Bon Dieu, vous descendez pas de la cuisse de Jupiter... Oui, je vous suis bien reconnaissante de m'avoir emmenée au château de la Baker. Mais c'est pas pour ça que je vais vous lécher les bottes et pondre des sornettes pour votre bon plaisir. On n'est ni des singes savants ni des perroquets d'Amazonie. On dit ce qu'on pense et c'est pas donné à tout le monde. J'ai ma fierté, moi, monsieur. Je vois bien que Mémé vous fait rigoler et dégoiser avec son franc-parler. C'est pas charitable de se gausser d'une vieille qui pourrait être votre grand-mère. Et vous là ! hurla-t-elle au cameraman. Baissez votre bidule, c'est fini le cinéma ! »

Si Rosy ne l'avait pas retenue, Tata aurait bien pu marcher jusqu'à Castelnaud-la-Chapelle, et même jusqu'à Sarlat, pour trouver une voiture qui nous aurait conduites à une gare. Marcher sous la neige molle de février qui s'était mise à tomber soudain. Marcher avec sa fierté dessous les grands chênes du Périgord. Marcher loin de ces Parisiens qui voulaient la faire passer pour une Bécassine.

Rosy avait une quarantaine d'années. D'une extrême maigreur, elle cachait son corps dans des petites jupes à volants, des vestes de marque et des bottines à bouts et talons pointus. Elle buvait, fumait et toussait du matin au soir. La première fois que nous nous étions rencontrées, elle m'avait embrassée, enthousiaste, disant qu'elle était heureuse d'avoir lu *Sous le signe de Joséphine*.

« Je le défendrai bec et ongles, affirma-t-elle. Je l'ai dévoré en une nuit, tu sais. Je n'ai pas pu le quitter. Ça fait longtemps qu'un roman ne m'a pas emballée. Ton livre est merveilleux. »

J'avais fait la moue, embarrassée. Elle alluma une cigarette, me jaugea du regard, croisa les jambes et ajusta la broche au revers de sa veste.

En dépit de sa frêle silhouette, de son penchant pour la boisson, Rosy était d'une efficacité redoutable.

« Têtue, il y a pas plus têtue que moi, déclarait-elle. Tu verras, je finirai par te faire connaître...

— Les livres et les écrivains sont toute sa vie, m'avait soufflé Gilles. Ils sont comme ses enfants. Elle n'aime que ça, la littérature. Elle n'a que ça. Et quand elle s'entiche de quelqu'un, elle peut remuer ciel et terre... Les écrivains, leurs excès, leurs contradictions... donnent un sens à sa vie. »

Je ne connaissais rien d'elle, de ses amours, de son passé. Rosy souriait à la ronde et gardait ses chagrins pour son cœur, les noyait dans l'alcool, comme les chatons d'une portée encombrante qu'on plonge dans la baignoire. Des petits chats dont on n'a pas pu se débarrasser. Des bébés chats qu'on n'aurait pas su nourrir.

« Elle a beaucoup souffert, racontait Gilles. Une histoire d'amour qui a mal tourné. Elle ne s'en est jamais remise. Mais tu ne l'entendras jamais se plaindre. C'est une coriace dans son genre. »

*

Le 15 mars, j'embarquai pour la Guadeloupe, accompagnée de Rosy, de Michaël, le réalisateur qui m'avait suivie de la Sarthe au Périgord, et de Donald, cameraman, intermittent du spectacle. Je bouclai ma ceinture en me disant que je pouvais mourir durant ce voyage. Avant de partir, j'avais mis de l'ordre dans ma vie. J'avais rangé mes manuscrits. J'avais envoyé un exemplaire de *Sous le signe de Joséphine* à ma mère. J'avais dîné en tête à tête avec David et nous avions fait l'amour pour rapiécer les morceaux de notre histoire. Au début du mois de mars, Margareth avait passé une semaine à Paris. Nous avions réussi à cohabiter sans trop nous déchirer. Je m'étais même surprise à apprécier sa compagnie. Un dimanche après-midi, nous avions évoqué l'Autre Bord et nous avions ri, nous rappelant certains visiteurs à courbettes et grands discours. Seule ombre au tableau, Danha avait perdu sa belle alacrité. Elle se rebellait. Un soir, elle refusa d'accompagner Margareth qui grincha et partit en claquant la porte. Danha profita de son absence pour pousser ses récriminations. Je l'écoutai, avec empathie, me raconter comment on la traitait, avec quel manque de cœur on usait de son dévouement, de quelle façon on lui avait fait courir tout le Sénégal, dans des carrioles infâmes, des pirogues peu sûres, des cars puant l'essence trafiquée.

Soudain, elle cessa de geindre.

« Tu ne le diras à personne, n'est-ce pas ? »

J'acquiesçai.

Elle vint se frotter à moi sur le canapé.

« Je sais que je peux te faire confiance, Jo. De toute façon, je pense que tu t'en fiches. Le Sénégal, ce n'est pas ton rayon. »

Elle baissa d'un ton.

« Voilà, elle est sur un coup ! Tu sais sans doute que Léopold Sédar Senghor, le grand poète sénégalais, est né en 1906. Il est mort en 2001, bon. S'il avait pu tenir jusqu'en 2006, il aurait eu cent ans... Margareth veut sortir ce livre fin 2005, pour être la première, tu comprends. Elle écrit une énorme saga qui débute à Joal — la ville natale de Senghor —, traverse le siècle en passant par les deux guerres mondiales, le courant de la négritude, Césaire, Damas et les autres... Elle reprend la route du commerce triangulaire, tu saisis. L'Afrique, l'Europe et les Amériques. Les personnages de son livre se construisent à l'ombre des géants de la littérature nègre, et plus particulièrement de Senghor, dans l'euphorie des indépendances africaines, les tourments de la question identitaire antillaise et les misères de l'émigration. Ils sont écartelés entre leurs ancêtres esclaves et leurs enfants soûlés de R'nB, écrasés sous les diktats des afrocentristes américains, pris dans l'enfer du crack... Son projet est démesuré. »

Elle se tritura le menton.

Je croisai et décroisai les jambes.

« Tu t'imagines que j'ai dû aller dans le Bronx et que j'ai failli m'y faire trancher la gorge. J'ai été sauvée *in extremis*, Jo. Et ça a fait rire Margareth... "Pauvre chou ! Tu as manqué te faire zigouiller !" Je suis au bout du rouleau, Jo. Je n'en peux plus. Margareth était tout pour moi. Je la vénérais. Elle est odieuse, tu sais. Elle me considère comme sa bonniche alors que j'ai dix années d'études derrière moi. Si je voulais, je pourrais enseigner dans une université. On m'a fait des propositions. J'ai un poste qui m'attend sur la côte est des États-Unis. Je n'arrive plus à écrire. Mes travaux sont en suspens. J'en bave, Jo. Je suis épuisée. Je craque... »

Subitement, elle se mit à sangloter. Une enfant pleurant son jouet cassé.

« Qu'est-ce que tu croyais ! Il ne faut pas s'approcher trop près du soleil, Danha. Éloigne-toi au plus vite avant de brûler tes ailes, c'est le conseil que je peux te donner. »

J'aurais pu continuer dans ce registre, la réconforter de deux trois métaphores. Elle avait besoin de compassion. Mais je me souvins de son arrogance d'antan.

« Au fond, tu es une maso dans ton genre. Une maso qui déprime et trahit sa patronne. Tu traverses une mauvaise passe, Danha. Tu devrais peut-être consulter un psychiatre. »

Elle releva la tête, me fixa de ses petits yeux humides.

Je soutins son regard sans ciller.

« Tu es comme elle, gémit Danha. Tu n'as pas de cœur. Vous êtes exactement pareilles et c'est pour ça que vous vous détestez. Vous êtes toutes deux des monstres de la pire espèce. »

À Pointe-à-Pitre, l'air était chaud. Le soleil piquait la peau et brûlait les yeux. Autour de nous, les gens charroyaient leurs bagages en nous dévisageant avec curiosité. La caméra de Donald était braquée sur moi. Il n'y avait pas de temps à perdre. Dessous un palmier de l'aéroport, je répondais déjà aux questions de Michaël. Mes premières impressions ? J'étais de retour après dix ans passés en France. J'avais envie d'aller embrasser Mme Bella qui était venue à ma rencontre et m'envoyait des petits baisers derrière Donald. J'avais hâte d'embarquer sur le bateau qui me ramènerait à Marie-Galante auprès de ma grand-mère Théodora. Je voulais prendre un bain de mer et sauter dans les vagues en chantant le *Ram-pam-pam.*

« C'est dans la boîte ! *Perfecto !* déclara Michaël. On file à l'hôtel. On fera d'autres prises là-bas. »

Rosy m'attrapa le bras, me décocha un large sourire.

« Tu as été merveilleuse, Joséphine. Tu deviens une vraie professionnelle maintenant. »

Elle consulta ses papiers couverts de numéros de téléphone et de notes griffonnées.

« Tu passes en direct au journal télévisé de la Guadeloupe ce soir. On file à l'hôtel et on repart dare-dare. C'est excitant, non ! T'es une star de retour au pays... La merveilleuse Joséphine Titus sur les traces de son enfance antillaise... »

Enfin, Mme Bella me prit dans ses bras. Me serra contre sa poitrine. Et je fis un bond de dix ans en arrière. J'étais à l'aéroport prête à m'envoler, avec toute ma rancœur et des valises pleines de certitudes. J'avais juré de ne plus remettre les pieds en Guadeloupe. J'étais inscrite à la faculté de médecine de Paris. Je détestais Théodora, tout ce qu'elle représentait, ses silences et ses secrets, ses crises d'étouffement et ses déluges, sa piété et son honneur. Et je haïssais aussi Margareth, ses romans, la fumée de ses cigarettes, ses grands boubous africains. J'étais sûre que la Guadeloupe ne me reverrait jamais, que mon temps de bagne était achevé. Et j'étais de nouveau là.

« Tu auras un moment pour passer à la maison, ma petite Jojo. Tu viendras embrasser M. Bella. Il a lu ton livre, tu sais. Il a ri quand il est tombé sur le passage où tu parles de lui. Tu as romancé l'histoire et changé les noms, mais il s'est reconnu. Tu es une célébrité ici, Jojo. Ton livre est partout. Les gens t'attendent. Dès que je raconte que tu étais en pension chez moi, ils ouvrent de grands yeux et me regardent autrement. »

Rosy me tira par la manche, pointa sa montre. Les bagages étaient déjà embarqués dans un 4 × 4 japonais. Donald était au volant. Michaël s'épongeait le visage.

Le dîner chez Mme Bella fut arraché de haute lutte. Je dus négocier avec Rosy, lui promettre que je ne veillerais pas trop tard à Pointe-à-Pitre et que je serais en forme le lendemain, pour affronter mes lecteurs de Marie-Galante. M. Bella vint me chercher à l'hôtel du Gosier sur le coup de huit heures. J'avais passé l'après-midi dans mon ancien lycée. J'y avais retrouvé mes professeurs. Intimidés de se présenter à moi, certains me vouvoyaient. D'autres n'osaient s'approcher.

Une grande banderole de bienvenue avait été accrochée sur les grilles. Surexcités, les lycéens rassemblés dans la cour criaient, applaudissaient, se bousculaient. Un discours dithyrambique, exhortant la jeunesse à suivre mon exemple, fut prononcé par le proviseur. Dans la salle polyvalente, les murs étaient placardés d'extraits du roman. On avait reproduit des dizaines de fois la petite négresse boudeuse de la couverture de mon livre. Il y avait aussi des photos du carnaval de l'année 1993. Revêtue de mon costume de Joséphine, j'apparaissais, longue et maigrichonne.

« Vous vous souvenez, me glissa un professeur. Vous étiez la Miss. L'idée des bananes, c'était vous, hein ! On a eu ces reliques par un ancien élève qui enseigne maintenant ici même. Justin Léval, vous vous rappelez... Il les a récupérées dans le galetas, chez sa mère. Cela faisait dix ans que ces photos dormaient dans un vieux carton... »

« *Nou enmè-w*, Joséphine ! » hurla un lycéen, tandis que je prenais place à la tribune d'honneur.

« Moi aussi je vous aime ! » lançai-je telle une chanteuse de variétés.

La rencontre dura deux heures et s'acheva par un pot de l'amitié. Je signai près de quarante livres et reçus des cadeaux : poèmes, dessins, lettres d'adorateurs, souvenirs de la Guadeloupe *made in China.* Je sirotais un jus de prune Cythère quand Justin Léval m'aborda. Nous avions été dans la même classe de terminale. Il était maintenant professeur d'anglais.

« Tu ne te souviens pas de moi, Joss. À l'époque, on a fait quelques sorties ensemble. Je t'ai même invitée à danser un soir, dans une boîte de nuit du Gosier. Tu dansais les yeux fermés. C'était du reggae, Bob Marley, je crois... » Et, sans intermède, il se mit à fredonner : « *Exodus, movement of Jah people... Open your eyes and let me tell you this... Men and people will fight ya down... Tell me Why...* C'était le bon temps, reprit-il. Christophe était toujours vivant. On avait des rêves plein la tête et toi tu étais notre Miss. Aujourd'hui, ça fait dix ans. La plupart sont rentrés dans le rang, comme moi. D'autres ont mal tourné. Et toi, tu es un écrivain. »

M. Bella avait l'œil rieur et ses lèvres minces s'ourlaient dans ses silences. En garant sa voiture, il me souffla qu'il avait été flatté de se retrouver dans mon livre, même si je l'avais dépeint comme un homme transparent, fourré du matin au soir dans la lecture de son journal.

La maison de Pointe-à-Pitre n'avait pas changé. Les bibelots sur les buffets, le rideau de faux coquillages, les napperons de dentelle, les couvre-lits au crochet, les fleurs en tissu dans les vases, les fruits en plastique dans les jattes. Pendant que Mme Bella s'activait à la cuisine, je revisitai la maison, entrai dans chaque pièce et m'enfermai dans mon ancienne chambre. J'avais passé là des heures à écrire *Sous le signe de Joséphine,* à étudier mes leçons, à lire des romans, à pleurer sur mon sort et à maudire Théodora.

Le punch pris au salon, nous gagnâmes la salle à manger et nous attablâmes, un peu guindés, mesurant chacun de nos gestes comme dans un dîner mondain. Mme Bella avait sorti sa nappe de broderie anglaise, son argenterie, sa vaisselle de porcelaine et ses verres de cristal. Elle était impressionnée de m'avoir à sa table. Je n'avais pourtant pas changé. Je n'aurais pas été offensée si M. Bella avait ouvert son journal et s'était mis à lire à table pendant que Mme Bella me questionnait sur ma vie d'écrivain.

« Et Margareth ! Comment va-t-elle ? lâcha-t-elle à la fin du dîner. Ça fait longtemps que je ne l'ai vue. On dit qu'elle est retournée en Afrique. J'ai entendu ça dans un reportage... Il paraît qu'elle prépare un roman du genre de *Cœur de Cauris*. Tu habites toujours chez elle à Paris ? J'espère qu'elle n'est pas trop jalouse de ta renommée...

— Quelle renommée, madame Bella ! Je ne suis rien... J'ai...

— Tu es trop modeste, Jojo. Tu sais, Margareth est une personne qui n'aime pas qu'on lui fasse de l'ombre. Elle veut toujours être la première, celle qui écrase les autres. Marche ou crève ! Et des coups de fouet sur le dos... Ça, elle s'en prive pas. Ta pauvre grand-mère est usée avec son arthrose. La dernière fois que je suis allée à Marie-Galante, il y avait branle-bas de combat à l'Autre Bord. Fallait que tout brille ! Théodora a plus l'âge de s'esquinter dans les ménages, mais Margareth s'en fiche comme de l'an quarante. Madame recevait du monde. Des journalistes canadiens, je crois. Il y a eu un grand banquet.

Le maire de Saint-Louis était invité. Des gens sont venus de Pointe-à-Pitre pour la fête. Théodora était debout tous les jours à quatre heures du matin. Elle a eu mal aux reins pendant une semaine. Elle ne pouvait plus rien faire de ses mains. Moi, je lui dis d'arrêter. Elle a déjà soixante-deux ans. Elle peut vivre sans se priver avec sa petite retraite et la pension de Selbonne. Mais elle ne veut rien entendre. Elle pense qu'elle est l'obligée de Margareth. Elle continue à trimer pour l'autre égoïste, comme sa mère Gloria trimait pour Madame Marie-Eugénie. Seigneur, l'esclavage est fini ! On n'a plus le droit d'abuser des gens de cette manière. Faudra que tu lui dises. Peut-être qu'elle t'écoutera, Jojo... Crois-moi, un jour, il faudra bien que justice soit rendue. »

Grand-mère m'attendait sur le débarcadère. Son visage n'avait pas pris une ride. Elle était un peu plus voûtée. Dans ses cheveux noirs, les mèches blanches s'étaient élargies. Ses doigts étaient terriblement déformés par l'arthrose et je me dis que Mme Bella avait raison ; Théodora devait cesser de travailler sur la propriété de l'Autre Bord. Elle avait mérité de se reposer. Margareth avait soixante-cinq ans et se jugeait encore en mesure d'escalader des montagnes sur les cinq continents pour écrire le roman du siècle. Libre à elle d'aller par monts et par vaux, de parcourir l'Afrique en tous sens dans les pas de Senghor. Mais il était temps qu'elle laisse grand-mère tranquille. Je la pris dans mes bras sous l'œil de la caméra, mimant les gestes de l'enfant prodigue.

« Tu as gardé tes cheveux courts », murmura Théodora dans un reproche.

Un petit vent frais se leva. Rosy manqua s'envoler et je l'attrapai par le bras. Le vin d'honneur nous attendait à la mairie. J'avais envie d'aller me baigner, seule sur une plage. J'en avais assez d'être la célébrité du jour. Quand Rosy me glissa sous les yeux le programme des festivités, je sus que je devrais prolonger mon escale.

Les jours défilèrent. Le soir, les deux larrons traînaient avec Rosy dans les bars, buvant le rhum fort de Marie-Galante. Et dès le matin, ils étaient d'attaque, parés à battre la campagne. « Il faut engranger le maximum d'images ! ne cessait de répéter Michaël. Faut qu'on te voie en situation. Tu dois exprimer la joie du retour au pays, Joséphine. Souris, bon Dieu ! » Docile, j'avais marché sur la plage, regardant l'horizon d'un air inspiré. J'avais poursuivi des crabes, grimpé sur un cabrouet, grignoté un bout de canne à sucre. J'étais passée chez grand-mère. Nous avions échangé quelques mots, refait trois fois les prises de vues. Théodora avait été filmée en train d'éplucher un fruit à pain. Je m'étais tenue à ses côtés, observant tour à tour son visage et ses mains. Nous avions été parfaites dans nos rôles : la bonne grand-mère créole et sa petite-fille reconnaissante. Et puis, il fallut courir au château Murat. « Caresse les pierres, les arbres, Joséphine ! tonnait Michaël. Pense à tes ancêtres qui en ont bavé... C'est ton histoire. Je dois voir de l'émotion dans tes yeux, du chagrin... Tu te souviens d'eux... Tu revis leur calvaire... » Encouragée du regard par Rosy, je m'exécutai sans broncher, pour en finir au plus vite.

Nous logions dans un hôtel flambant neuf, situé au milieu de la mangrove. Les moustiques infestaient l'endroit et se repaissaient de notre sang. Les jambes et les bras de Rosy étaient crépis de boutons et de taches de sang qui faisaient des petits points de rouille sur ses vêtements. Elle avait beau s'enduire de toutes sortes de lotions répulsives, les moustiques ne la lâchaient pas. Elle avait hâte de repartir. Au matin du troisième jour, je lui annonçai que je différais mon retour. Rosy ne sembla pas surprise. Elle me serra dans ses bras. « Profites-en ! Le temps passe si vite, murmura-t-elle. Depuis le temps qu'on se connaît, on n'a même pas encore trouvé une occasion de se parler toutes les deux. »

Ma petite escorte envolée, je passai mon après-midi sur la plage de l'hôtel. Les rares touristes de mars avaient déserté les paillotes. Seul, assis sur un bois flotté, un rasta à longues dreadlocks méditait, scrutant l'horizon. Je regagnai ma chambre, me douchai, enfilai un jean et un T-shirt et quittai les lieux, mon sac sur le dos. La route s'ouvrait belle devant moi. Les champs de canne étaient en fleur. J'étais de retour à Marie-Galante. Je partais retrouver Théodora. J'étais mon héroïne Clara au pays de ses racines.

La porte était entrebâillée et la case silencieuse. Je m'assis sur le sofa. Par dérision, je repris la pose de la petite Josette de neuf ans qui lissait sa jupe en attendant qu'une soubrette apporte du thé. Je supposai que Théodora était enfermée dans la pièce où elle n'était là pour personne et savourai ce moment de solitude, les jambes étirées devant moi. Sur le buffet, grand-père Selbonne avait toujours son même regard réjoui. Je lui retournai son sourire. Peut-être qu'il n'était pas mort et profitait de son restant de vie dans le pays de Fidel, auprès d'une Cubaine flamboyante dont il serait tombé amoureux... Peut-être qu'il était de la race de Compère Lapin, un rusé qui avait abandonné femme et enfant, pour jouir de l'existence... Peut-être qu'il naviguait encore sur les eaux de la mer des Caraïbes. Tel Ulysse, il affrontait des sirènes, il était prisonnier sur une île fantôme, ensorcelé, empêché de rentrer chez lui... J'en étais là de mes tergiversations, lorsque grand-mère fit son entrée, un coutelas à la main. Elle revenait du jardin. Sursauta.

« Tu es encore ici. Je croyais que tu partais ce matin. »

Je caressai le poil de Gégé, son petit chien créole, qui me léchait les pieds. Elle l'avait recueilli depuis peu. Il lui tenait lieu de compagnon.

« Vas-tu dîner avec moi ? J'ai un reste de lambi de ce midi. »

Le visage raidi, elle prit le chemin de la cuisine, Gégé sur les talons. Je la suivis comme son ombre. Les Parisiens étaient loin. Le cinéma était fini. Nous nous retrouvions face à face, pareilles à de vieilles ennemies. Ces dix années n'avaient pas refermé les blessures. Théodora avait gardé ses préventions à mon encontre. À ses yeux, j'étais toujours la barbare qui avait empoisonné sa vie, la fille de l'innommable Pâquerette qui s'était fait engrosser et qui tapinait à Paname pendant que son mec tartinait son bébé de lait caillé. Mais, Théodora avait-elle eu connaissance de toutes ces merveilleuses histoires ? Avait-elle su ce qu'il était advenu de Pâquerette après qu'elle l'eut chassée de Marie-Galante ? Un instant, j'eus envie de lui jeter la vérité à la figure. La cinglante vérité. Rien que pour la voir faire sa comédie de déluge. Rien que pour l'entendre psalmodier et réciter ses bondieuseries.

Elle haussa le son de la radio. C'était l'heure des informations.

« La guerre, gémit-elle en allumant le feu de la gazinière. Toujours la guerre. Ça n'aura jamais de fin. Partout sur la terre. Depuis des siècles. Toujours la barbarie. »

Gégé aboya devant ses écuelles vides. Je lui versai un peu d'eau et demandai à Théodora si elle avait quelque chose à lui donner. Dehors, la nuit était tombée. Un son de tambour montait dans la campagne. Avec mille précautions, je posai ma main sur l'épaule de grand-mère. Tata Michelle m'avait dit que les gens n'étaient pas maîtres de leur destin, que la vie les ballottait dans tous les sens, qu'ils perdaient pied parfois... Elle avait raison. Théodora avait été malmenée par l'existence. Tombée dans le veuvage et la folie le même jour, elle s'était relevée. Des années durant, la foi l'avait tenue debout, à l'aide de crochets et d'étais de fortune, droite dans ses habits bien repassés, les yeux regardant au loin et le visage taillé dans la pierre. Elle avait cependant commencé à se voûter au fil des ans et ses doigts, plus tordus que les racines d'un figuier maudit, déformés par l'arthrose, étaient devenus l'éventaire de son âme torturée. Je la pris dans mes bras, caressai ses mains monstrueuses.

« Je n'ai jamais voulu faire le mal, bredouilla-t-elle. Je te demande pardon si je t'ai peinée, Josette.

J'ai quelque chose pour toi. Demain... On verra tout cela demain. »

À la fin du dîner, je la questionnai sur son travail, lui suggérant qu'il serait sans doute sage d'arrêter de trimer à l'Autre Bord. Elle secoua la tête. « Je ne veux pas abandonner Madame Margareth. Je ne peux pas cesser d'aller là-bas. Certains jours, je me lève en me disant que je ne prendrai pas la route de Saint-Louis. Je tourne et je vire dans la case, embarrassée de moi-même. Je m'assieds au salon, je regarde Selbonne et je pleure. Et puis, je m'habille et je vais attendre le car. Ici, il y a trop de fantômes. J'entends leurs voix. Je vois leurs visages. Je prie pour les chasser. Je m'enferme dans ma pièce de prière, j'allume des cierges. »

Elle écarta un moustique, prit une inspiration.

« J'ai peur de retomber dans ma folie... Des fois, je me trouve au bord du précipice. Je prie Dieu et Il me retient. Je recule de trois pas... Si cela se reproduit encore une fois, je sais que je n'aurai pas la force de me relever. Ils sont là. Tout autour de moi... Peut-être as-tu senti leur présence dans la case... »

Elle m'interrogea du regard.

Je fis non de la tête.

« Avant Gégé, poursuivit-elle, il y a eu un autre chien ici, Azor. Je l'ai pris quand tu es partie en France. Tu ne l'as pas connu. Des touristes l'ont écrasé devant la porte. Les chiens, comme les enfants, éloignent les fantômes, les empêchent de trop se manifester... Je l'ai compris après ton départ. À l'Autre Bord, il n'y a pas de fantômes. Je suis à mon aise là-bas, chez Monsieur Solin. Je sais que les gens pensent que Madame Margareth m'exploite, qu'elle va m'user à la tâche comme ma pauvre maman Gloria. Ils se trompent et jasent sans rien connaître de la vérité. J'y vais de mon plein gré. Et le jour où Madame Margareth n'aura plus besoin de mes services, je n'aurai qu'à me coucher et mourir... »

Nous restâmes un moment silencieuses. Grand-mère n'avait pas coutume de s'épancher avec tant de facilité.

« Qui sont ces fantômes ? demandai-je.

— Demain, je t'en dirai davantage. »

Je continuai sur ma lancée.

« Pourquoi l'appelles-tu toujours Madame, alors que vous avez été des camarades d'enfance ? »

Théodora lissa la nappe du plat de la main.

« ... Cela date de longtemps, de l'époque où ma pauvre maman travaillait à l'Autre Bord pour Madame Marie-Eugénie. C'était une marque de respect. Je l'appelais Mademoiselle Margareth en ce temps, même si on jouait ensemble. Elle s'est mariée avec le Belge. Et tout naturellement, j'ai commencé à lui donner du Madame. Tu sais, elle m'a demandé plusieurs fois d'arrêter avec le Madame, mais j'avais pris le pli. »

Elle frotta ses mains déformées.

« Et toi, pourquoi tu as changé de nom ? »

Le lendemain, je me levai en même temps que Théodora. Nous bûmes notre café en écoutant la radio. Attentats ici, génocides là. Le monde était en guerre. Il y avait trop d'hommes-lions dominants qui avaient faim du petit gibier et des animaux faiblards. Des bêtes féroces qui hantaient les forêts et couraient les savanes. Des animaux parlants et pensants qui discouraient de la paix dans le monde et le souillaient de leurs immondices.

J'allai m'asseoir sur le petit banc de la véranda. Grand-mère avait des révélations à me faire, mais à l'heure où elle l'aurait décidé. Je devais attendre, lui laisser le temps d'ordonner ses pensées. Gégé vint me rejoindre. Il m'observait en remuant la queue et me rappelait Totor, le chien de Margareth. Même pelage fauve, mêmes yeux cireux. Totor était mort depuis longtemps. Il avait été remplacé par un berger allemand redoutable qui répondait au nom de Black. Je caressai Gégé, songeant aux paroles de grand-mère. Est-ce que les chiens, comme les enfants, repoussent les fantômes ? Je n'en étais pas très sûre. Théodora n'était pas saine d'esprit. Je m'en rendais compte à présent. Sans m'en apercevoir, j'avais vécu des années durant auprès d'une créature hantée par des fantômes. Est-ce que les enfants sont conscients de la folie des grandes personnes ? Est-ce que la folie est héréditaire ? Est-ce que Margareth savait que grand-mère n'avait pas toute sa tête ? Quand j'étais partie, Théodora m'avait remplacée par un chien. Une bête docile qui se contentait de ce qu'on voulait bien lui donner, se fichait de ne pas savoir qui était son père.

Après le déjeuner, nous prîmes la route de Saint-Louis. Quand le car stoppa, je faillis ne pas reconnaître les lieux. De part et d'autre du petit chemin qui menait à l'Autre Bord, des maisons en dur avaient remplacé la cannaie. Un lotissement neuf avait poussé là, avec ses ruelles de goudron, ses trottoirs alignés, ses jardins et parkings privatifs.

« Las, gémit grand-mère, le béton envahit Marie-

Galante. Si Monsieur Solin était encore de ce monde, crois-moi qu'il n'aurait pas laissé faire cela. Il aurait acheté ces terres-là et l'Autre Bord serait demeuré en paix. Pendant les vacances, on entend toute la journée des cris de sauvages, un tintamarre de klaxons et de radios. Le samedi soir, c'est zouk. La dernière fois qu'elle est venue, Madame Margareth n'a pas fermé l'œil de la nuit. »

Grand-mère sortit de son panier les trois grosses clés qui m'avaient paru si monstrueuses la première fois que je les avais vues. Elle ouvrit le portail et nous pénétrâmes sur la propriété de Margareth. Le jardin était impeccablement tenu. Pas une feuille morte sur la pelouse, non plus sur les dalles des allées. Les vieux arbres étaient élagués et de nouvelles essences avaient été mises en terre.

« On a changé le jardinier, m'expliqua Théodora. Le garçon est honnête et sérieux. Il a fait une école d'horticulture en France. Madame Margareth le paye très cher mais elle n'a pas à se plaindre. Moi, je n'ai pas à surveiller ses faits et gestes comme avec les autres.

— Toutes ces fleurs ! C'est magnifique...

— Je suis en paix ici », coupa Théodora.

Je voulais bien la croire. Sitôt que nous avions franchi le portail, j'avais été gagnée par la sérénité des lieux. Le monde autour pouvait ruer et s'entre-déchirer, l'Autre Bord était réellement un havre de paix, un jardin du paradis. Nous nous tenions sous la véranda où les fauteuils de rotin attendaient leurs hôtes, nostalgiques de ceux qui étaient déjà passés là, avec leurs beaux discours, leurs certitudes et leurs habits chic. Soudain, je revoyais tous les visiteurs de mon adolescence... Poètes maudits, politiciens jeunes loups aux dents longues, professeurs américains, journalistes, admirateurs et chercheurs... Ils avaient pris place autour des tables basses de verre et de fer forgé. Ils avaient bâti des projets enfumés et débattu des grandes affaires terrestres. Entre le punch et les acras, ils avaient causé littérature, dans une langue qui me paraissait alors obscure, enrubannée de mots savants, solennelle et pointue. Ses trois clés en main, grand-mère bourra la porte d'un coup d'épaule, puis la poussa de toutes ses forces. Mal ajustée sur ses gonds, la porte griffa le carrelage blanc. Il y eut un grincement, un soupir et puis le silence. Ces années durant, me dis-je, Théodora n'avait jamais songé à la faire raboter, comme si le fait de devoir forcer pour pénétrer dans la maison était un rituel obligé qui lui tenait à cœur, contribuait au cérémonial de son entrée chez feu Monsieur Solin.

De nouveaux livres avaient été entreposés. Une caverne de livres. L'ogresse de mes neuf ans était demeurée insatiable. Elle n'en avait jamais assez d'accumuler. Livres et bibelots ramenés de ses voyages. Animaux de bois, terre et faïence. Je cherchai des yeux les coussins sur lesquels dormaient les éléphants de mon enfance. À leur place, on avait installé des coussinets de soie indienne brodés d'oiseaux aux ailes mordorées. Pendant que Théodora vaquait à ses occupations, je restai un moment debout au milieu du salon, les bras ballants, parcourant la pièce du regard. J'étais dans un jeu de pistes et je ne savais par quel bout commencer. Je me mis à fureter, sans bien savoir ce que je cherchais, posant mes yeux et mes mains dans tous les coins, sur les étagères et les rayonnages des bibliothèques, au fond des placards et des buffets. J'ouvris des tiroirs emplis de paperasses. Quand je tombai sur un vieil album de photos, je le pris sous mon bras et filai m'asseoir dans un fauteuil de la véranda. Margareth devait avoir à peine trente ans à cette époque. Les clichés remontaient à sa période africaine. On la voyait entourée d'enfants, souriant au photographe devant un puits. Elle n'avait pas ces plis d'amertume ni cet air blasé que je lui avais toujours connus. Derrière elle, s'étirait une savane gouvernée par un baobab solitaire. Margareth était amoureuse, cela se devinait à son regard ébloui que je sondais, tentant de percer le mystère de cette femme qui me fascinait et m'horripilait tout à la fois. Imaginait-elle ce qu'elle serait devenue trente ans plus tard ? Regrettait-elle ses choix ? Le succès méritait-il ce sacrifice ? Toutes les photos la montraient radieuse, épanouie, heureuse de vivre dans ses grands boubous de basin aux couleurs éclatantes. Elle était la poupée magique que Lamine Diagne avait sortie de sa boîte, la bienfaitrice qui nourrissait vingt-cinq personnes à Saint-Louis. J'avais sous les yeux cette photo où elle apparaissait sur un bout de plage. Margareth tendait les bras au ciel, comme pour saisir les oiseaux qui volaient par centaines autour d'elle. Dans l'album, nulle trace de Boubacar, l'homme qu'elle avait aimé, le grand nègre qui avait failli lui faire renoncer à sa carrière d'écrivain. Seulement des femmes et des gamins qui la regardaient avec adoration. Je refermai l'album, me promettant de les imiter. Il était temps. J'avais été bien ingrate. Quels que soient ses défauts, Margareth m'avait tirée de ma condition d'enfant de la DDASS. Elle avait obligé ma mère à m'envoyer aux Antilles. Elle avait payé mes études, mes billets d'avion. Je vivais dans son appartement. Je devais l'adorer moi aussi, la juger à ses actes et non à ses paroles.

Je poussai la porte du bureau, le sanctuaire où nous avions écrit ensemble par le passé, où j'avais fait l'apprentissage de mon métier d'écrivain, écouté pour la première fois le blues de John Lee Hooker, dans la fumée et la torpeur de l'enfance. Une masse de documents était empilée sur le sol. Il y avait là les photographies des grandes figures noires : Marcus Garvey, Martin Luther King, Lumumba, Malcolm X, Fanon, Mandela, Rosa Parks, Angela Davis... Une trentaine de coupures de presse datant des années 1960 à 2000 rapportaient des faits divers à travers le monde : incestes, arrestations d'enfants dealers, naufrages de boat people au large de la Floride, viols de grands-mères, infanticides... Je mis la main sur une biographie de Senghor et une autre de Césaire, sur des carnets de voyage, des notes de téléphone, un vieux 33 tours de Elmore James. Je déployai une carte du Sénégal et cherchai des yeux Saint-Louis. Je lus quelques pages d'une enquête sur les conditions de vie des ouvriers maliens à Paris, un paragraphe sur les Haïtiens de Québec. Je découvris un guide touristique de la Jamaïque, un recueil de poésie de Langston Hugues, une anthologie nègre, une plaquette sur Bob Marley, un exemplaire de *Légitime Défense*, un extrait du *Code noir*... Je m'attardai sur un article du journal *France-Antilles* relatant l'histoire d'une adolescente de quinze ans. Droguée au crack à la Guadeloupe, la fille avait jeté son bébé sous le pont de la Rivière aux Herbes à Basse-Terre. Elle avait été mise en prison. Personne ne comprenait son geste. Comment peut-on expliquer cette ignominie ? Pourquoi tant de violence chez nos enfants ? L'Esprit du Mal est en nous. Il faut le chasser avant que nous ne perdions toutes les valeurs héritées de nos ancêtres. Nous devons nous ressaisir car la Guadeloupe est en train de dérailler, concluait le chroniqueur. D'un trait rouge, Margareth avait souligné « L'Esprit du Mal ».

Je déposai la coupure de presse, m'assis à la place de Margareth et tâtai la chemise bleue déposée sur son bureau. En l'ouvrant, je sus que je commettais un geste sacrilège, un crime de lèse-majesté. Mais rien n'aurait pu m'arrêter. Près de trois cents feuillets étaient déjà imprimés. Danha n'avait pas exagéré. La femme de lettres s'était attelée à une tâche colossale. Marche ou crève ! aurait dit Mme Bella. Parcourant les pages à la hâte, l'oreille aux aguets, je crois bien que j'enviai Margareth à ce moment-là. Son œuvre s'avérait magistrale. Elle embrassait les siècles et l'histoire de l'humanité. Remontait au passé des terres africaines, visitait le présent sur les cinq continents. Elle interrogeait les ancêtres, pour mieux rencontrer leurs descendants : les nègres des ghettos et *suburbs,* survivant aux abords des mégapoles américaines, les *homeless,* les enfants perdus des diasporas, les déracinés et les exilés sans papiers, les Blacks de la banlieue parisienne, les demandeurs d'asile, les rêveurs d'Afrique, les taximen haïtiens de Montréal, les fous de Dieu, les mendiants et les gazous de Dakar, les danseurs de zouk, salsa, mérengué, reggae et soukouss, les émigrés des foyers insalubres et les bouches affamées qui attendaient l'argent au pays... Senghor n'était en fait qu'un prétexte. L'ambition de Margareth était de donner à voir le monde dans toute son horreur, pour changer le cœur des hommes-lions et ficher des ailes au dos des gazelles. Elle mettait son talent au service des déshérités de la terre, montrait les peuples qui n'étaient pas conviés au grand banquet, tous les exclus soûlés de drogue et de musique qui traînaient encore les chaînes de leurs pères. Elle leur demandait de se relever enfin. Elle mêlait les temps avec maestria, analysait l'Histoire, et derrière chaque page se profilait le chaos à venir. Ses personnages, terribles dans leur vérité, étaient de chair et de sang ; des êtres victimes d'injustices, brinquebalés par la vie, courant après des visas et des chimères, des cartes de séjour et des ancêtres disparus. Son écriture avait un sens et une force. Tandis que je m'épanchais sur mes petites blessures, les écorchant pour voir perler le sang, Margareth s'effaçait derrière ses mots. Elle défendait une cause. Qui m'aime me suive ! m'avait-elle ordonné, la première fois que nous avions déjeuné à l'Autre Bord, près de vingt ans plus tôt. Oui, il fallait l'aimer pour son œuvre gigantesque et, du même coup, différencier les écrivains des plumitifs qui se haussaient du col parce qu'ils avaient pondu un œuf et croyaient avoir accouché d'une œuvre. Je déposai un disque de B.B. King sur la platine de la chaîne hi-fi. *You've done lost you're good thing now...* Qu'est-ce que j'avais cru ? La merveilleuse Joséphine Titus de Rosy n'était rien à côté de Margareth Solin.

Sur le chemin du retour, grand-mère me montra la villa d'un Canadien récemment installé sur les hauteurs de Grand-Bourg. Sa propriété s'étendait sur un hectare.

« Il a fait construire des bungalows qu'il loue aux touristes. Les gens viennent pour une semaine et puis ils tombent en amour pour La Galette et ils achètent la terre. Bientôt nous ne serons plus chez nous ici, prédit-elle. Les étrangers sont de plus en plus nombreux. Les Marie-Galantais aiment l'argent. Ils vendent au plus offrant. Ils ne laisseront rien à leurs enfants. »

Je me mordis les lèvres pour ne pas lui demander ce qu'elle avait l'intention de léguer à sa fille Pâquerette et regardai les petits toits de tôle rouge nichés dans la verdure. La nuit n'allait plus tarder à tomber et Théodora ne m'avait toujours pas fait ses révélations. J'étais moi-même étonnée de ma patience.

Dix ans plus tôt, barbare, je lui aurais mis un couteau sous la gorge pour lui faire cracher sa vérité. Mais le temps avait passé. J'avais pris des coups de vent et perdu mon arrogance. Je n'avais que vingt-huit ans et j'avais soudain l'impression d'avoir vécu trois siècles. Je me sentais laminée, brisée dessous le poids de ma propre vie. Je ne cessais de penser à l'homme sans visage qui m'avait tartiné la figure de son sperme. Est-ce que j'avais mérité ça ? J'avais reçu les confidences de Tata comme une libération, un beau cadeau que le Père Noël aurait tiré de sa hotte. J'avais eu ce que je voulais : l'histoire toute crue. Et j'en ressentais maintenant les effets toxiques. J'aurais voulu oublier le lait caillé, les draps maculés d'excréments, prendre exemple sur Margareth, me dévouer tout entière à de belles et grandes causes. Mais j'étais incapable de lever le petit doigt pour mon prochain. Mon âme était malade et je la soignais en écrivant, en me racontant des histoires. Et je m'enfermais dans ces histoires, pareille à Théodora dans sa chambre à prière, cherchant la paix ainsi que le Canadien perché sur son morne, à l'abri des regards, loin des bandits et du spectacle des misères du monde.

Je saisis le vieux carton que Théodora avait posé devant moi, au mitan de la table de la salle à manger.

« Voici ce que je t'avais promis, Josette », murmura-t-elle, tirant une chaise pour s'asseoir à mes côtés.

Quels monstres dorment en dedans ? me dis-je, hésitant à défaire le ruban rose fané. Quels squelettes vais-je devoir encore exhumer ?

« Ne crains rien, fit Théodora. Il n'y a que du bonheur enfermé là. C'était le temps d'avant la disparition de Selbonne. Les autres choses viendront plus tard. »

On aurait dit que grand-mère était devenue un maître du suspense, un genre d'Alfred Hitchcock fou, ressuscité à Marie-Galante. J'enlevai le couvercle. Écartai délicatement le papier de soie. À première vue, il n'y avait rien d'effrayant. Ni ossements ni instruments de torture. Je retirai d'abord une poupée blonde, puis une boîte de cubes et des crayons de couleur attachés ensemble avec un élastique, enfin un jeu de cartes.

« Tout cela appartenait à ta mère », souffla Théodora.

Soudain sa respiration s'amplifia, comme si elle était près de basculer dans une crise d'étouffement.

« J'ai conservé ces jouets pendant toutes ces années. Selbonne les lui ramenait de ses voyages dans la Caraïbe. J'avais mis de l'ordre dans la case quand ta mère est partie grosse en Guadeloupe. Depuis, je n'ai jamais ouvert ce carton. » Grand-mère semblait épuisée. Son souffle se fit plus saccadé. Ramener ces reliques au grand jour la renvoyait à un temps qu'elle avait rayé de sa vie, enfoui dans une boîte nouée d'un ruban rose.

« Je la revois avec sa poupée. Le jour où Selbonne la lui a rapportée d'un voyage à Puerto Rico, elle a couru et sauté dans la case comme si elle était pourchassée par trois cents moustiques. Cette poupée, c'est Barbie. Ta mère ne la quittait pas. Dès qu'elle revenait de l'école, elle la prenait dans ses bras et lui donnait son biberon. Elle jouait à la maman. Elle lui racontait des histoires en coiffant ses longs cheveux. Elle lui chantait des berceuses, dormait avec elle. Regarde au fond de la boîte, Josette. Tu trouveras ses habits et ses petits souliers. Mademoiselle Barbie avait des robes en quantité et même une chemise de nuit en popeline. Ta mère l'adorait. Elle disait qu'elle appellerait sa fille Barbie. »

Voilà ce que grand-mère avait à m'offrir. Les jouets de Pâquerette, cette Barbie qu'elle avait chérie de tout son cœur, des cubes et des crayons de couleur, un jeu de cartes. Ces jouets n'étaient pas innocents, plutôt cruels.

« Qu'essaies-tu de me faire comprendre ? demandai-je. Que veux-tu que je fasse de tout ça ? Qu'est-ce que ça peut me foutre de savoir que ma mère avait une poupée du nom de Barbie ? »

Je jetai les jouets dans la boîte. Mes doigts tremblaient. Je serrai les poings sur la table. D'un coup, les bonnes résolutions que j'avais prises s'évanouirent. Je repoussai ma chaise avec rage et haussai le ton.

« Je n'ai plus neuf ans ! hurlai-je. Je n'ai plus dix-huit ans ! J'en ai vingt-huit à présent ! J'en veux pas de ces jouets ! J'avais rien demandé. La paix ! Je ne voulais rien d'autre que la paix ! Alors, vraiment ! Tu croyais que ça m'aurait fait plaisir de prendre cette Barbie dans mes bras ! De t'écouter me raconter que ma mère lui donnait son biberon et la berçait et dormait avec elle ! Regarde-la bien ! Cette poupée a des nichons, c'est pas un bébé à qui on doit donner le biberon... Y a rien à faire, je crois que tu as une case en moins ! »

Théodora sembla rapetisser sur sa chaise. Son dos se voûtait à mesure que ma colère enflait.

« Reniée trois fois ! J'ai entendu ça des milliers de fois ! Qu'est-ce que ça veut dire à la fin ? »

J'aurais pu continuer à ruer dans les brancards et à fulminer pendant des heures, jusqu'à ce que grand-mère se soit ratatinée tout à fait et ne finisse par tomber en poussière. Mais je surpris le regard affolé de Gégé, ses yeux larmoyants. Je sortis de la case et allai me planter sous l'arbre à pain. L'air était frais. J'avais la gorge sèche et la tête à l'envers. Dans le papayer, des chauves-souris faisaient bombance des fruits mûrs. Un bébé pleurait dans le voisinage. J'avais eu un baigneur à la ferme. Un cadeau de

Noël que j'avais éventré après lui avoir arraché les bras et les jambes. Je n'avais jamais aimé les poupées. Je n'avais jamais joué à la maman. Je n'avais jamais pris le fils de Sandy dans mes bras. Quand David me parlait de nos futurs enfants, je faisais la sourde oreille. Je m'adossai sur le tronc de l'arbre à pain, me commandant la sagesse et le calme.

Une heure plus tard, je regagnai la case, Gégé dans mon sillage. Il trottinait d'un pas léger, pareil aux fantômes du passé qui n'en avaient pas fini de me talonner. Grand-mère avait quitté la salle à manger. Elle n'était pas non plus à la cuisine. Ni dans sa chambre. Je poussai la porte de la pièce où elle n'était là pour personne, bravant un interdit qui remontait aux temps antédiluviens. Je la trouvai agenouillée sur le plancher, les mains jointes en prière. Sur l'autel, les flammes des bougies votives dansaient et fumaient. Ça puait l'encens. La silhouette de Théodora se découpait en ombre chinoise sur le mur. Sa figure m'apparut bosselée dans la maigre clarté. Nous restâmes un moment à nous dévisager. Elle, d'un regard énigmatique, avec acuité. Moi, déboussolée.

« Reniée trois fois. Qu'est-ce que ça veut dire ? » murmurai-je, le ton suppliant.

## VI

À mon retour en France, j'étais dans un piteux état. À l'horizon des toits, derrière la tour Montparnasse, je cherchais la plage de Saint-Louis et l'usine à sucre, les cabrouets dolents et les moulins à vent. J'avais ramené des bonbons gros-sirop dont je me gavais au réveil. Dès que j'en avais un morceau dans la bouche, je le laissais fondre au lieu de le croquer, pour faire durer le plaisir. Je fermais les yeux et, sans trop d'effort, je voyais apparaître les champs de canne, les pêcheurs sous les amandiers, les gens tirés à quatre épingles sur le parvis de l'église... Puis, montaient à mes narines l'arôme fort du sirop de batterie, le parfum du piment dans le bébélé tout chaud, les effluves des eaux de Cologne bon marché... Et j'entendais japper les chiens, chanter les coqs du petit matin, pleurer les tambours du soir...

David n'était pas encore revenu s'installer rue de Rennes, mais il y passait quelques nuits dans la semaine. Nous tentions l'un et l'autre de chasser les ressentiments par des corps à corps impétueux, des baisers sans paroles, des caresses sans promesses. Nous réapprenions la vie à deux, épiant chacun de nos gestes et de nos humeurs, à l'affût du moindre cillement, guettant sur nos visages l'empreinte de la colère ou du désenchantement. Quand David me prenait dans ses bras, je gardais les yeux grands ouverts pour les emplir du réel. Le corps de David n'était que désir et je m'abandonnais à sa jouissance, ployant dessous ses étreintes. Et tandis qu'il me chevauchait, je me réinventais un passé d'eaux calmes, sous les ailes d'une mère aimante et d'un père connu. Je me composais une enfance créole bercée par les alizés de Marie-Galante, auprès d'une grand-mère saine d'esprit. Il murmurait mon nom « Joséphine... Joséphine... » et tous les fantômes s'éloignaient. Je marchais dans un jardin saturé de fleurs tropicales. Je rentrais mes griffes et pétrissais la peau de David comme une bonne pâte à pain. « Je t'aime, Joséphine... » répétait-il. Chanson douce à mon oreille. « Je t'aime, Joséphine... » Et je l'enfonçais plus profond en moi, arquée dans la douleur, lui demandant de me déchirer, de m'anéantir, de me le répéter encore.

Avec une sorte de stakhanovisme, David avait repris ses peintures. J'avais la certitude qu'il cherchait à occuper son temps, à se distraire de sa vacuité. Je le soupçonnais de se fabriquer un personnage d'artiste pour exister à mes côtés. À sa manière, il tentait de me montrer qu'il était un créateur, lui aussi ; qu'il avait une passion dévorante. Les jours où il ne travaillait pas au lycée, il déambulait dans les musées, passait des heures à la rédaction de son journal, courait en de lointaines banlieues interviewer les jeunes plasticiens issus des peuples noirs. Les ongles et le pantalon maculés de gouache, les lacets défaits, il se présentait parfois en retard à nos rendez-vous, prétextant qu'il se préparait à exposer ses œuvres. Il avait été happé par son travail, avait oublié le temps. Un jour, je lui avais confié que l'écriture n'était pas une passion dans mon existence. Seulement un baume et la bande de gaze dans laquelle j'enfermais mes plaies. Écrire me permettait de circonscrire la douleur, d'empêcher le mal d'empirer. Il n'avait pas compris, se figurait que j'avais de l'ambition et que nous étions en compétition, lui sur le terrain pictural et moi à la tribune littéraire. Je ne lui en fis pas grief. Je dois dire que ses mises en scène d'artiste m'émouvaient. Il avait besoin de briller à mes yeux. Il voulait susciter mon admiration et se convaincre qu'il n'était pas juste un second rôle muet dans l'histoire.

Au mois de mai, je passai deux jours à Florence, conviée à un festival du livre auquel je rechignai à me rendre. *Sous le signe de Joséphine* venait d'être traduit en italien. Gilles m'avait sommée d'accepter l'invitation.

« Après tout ce qu'on a fait pour toi, Joséphine, tu ne peux pas refuser. Tu es dans l'obligation d'accompagner le livre ! L'Italie, c'est une chance. Tu ne te rends pas compte ! Ton livre est traduit en italien ! Les gens veulent te voir ! Qu'est-ce que tu crois ! Les écrivains battent la campagne pour se faire connaître. Nous nous sommes démenés pour toi, Joséphine. Tu ne vas pas gâcher toute cette énergie en jouant les divas... »

Je fis profil bas.

Rosy m'escorta, ravie, dit-elle, d'aller manger des

pâtes en Toscane. En avril, j'avais remarqué qu'elle avait subitement cessé de boire. Au restaurant, elle prenait des médicaments en douce, entre deux bouffées de cigarette. Ses yeux, cernés de khôl, étaient jaunâtres. Sa maigreur s'était encore accentuée. Perchée sur ses talons aiguilles, elle titubait à chaque pas, frêle, sans avoir bu une goutte d'alcool. Mais elle était enjouée, rieuse, se promettant de ramener de Florence des litres d'huile d'olive rare, des pâtes fraîches et du gorgonzola. Nous étions logées chez Azzi, Locanda degli artisti, au numéro 56 de la via Faenza. L'hôtel avait un charme baroque avec ses meubles d'époques diverses et ses bibelots de tous âges. Une visite de la ville de Dante et de Pinocchio était programmée dans l'après-midi. Je déclinai l'invitation de Francesca, l'organisatrice, et gagnai ma chambre, jurant que j'allais me reposer pour être en forme le soir.

Aux premiers jours du printemps, j'avais laborieusement repris l'écriture de *Clair de blues* et je savais qu'il ne fallait pas que je m'éloigne trop du texte. Clara s'était faite rétive lorsque j'avais de nouveau plongé le nez dans son histoire. Les mots tardaient à venir. J'entrapercevais une sorte de happy end où mère et fille se retrouveraient, tomberaient dans les bras l'une de l'autre pour la grande réconciliation. De toutes mes forces, je repoussais cette tentation dont je rêvais pour ma propre vie. Je n'avais plus huit ans et savais maintenant que les mots qui sortaient de mon esprit ne modifiaient pas le futur. Au pire, me disais-je, il y aurait une lueur d'espoir à la dernière page, un semblant d'apaisement.

Je pensais aux travaux titanesques de Margareth et j'étais effarée par l'étroitesse des mondes que je dépeignais. Mon horizon semblait bouché. J'avais beau me rappeler une de ses interventions dans une émission radiophonique, je ne parvenais pas à me libérer du sentiment d'insignifiance qui grandissait en moi à la relecture de mes propres écrits.

Je m'enfouis dans les draps et commençai à relire le chapitre que je venais d'écrire. La chambre était calme, tout de bleu dessous une lumière tamisée. De nombreux miroirs étaient disposés ici et là. De mon lit, je pouvais me voir sous différents angles. Une négresse noire dans des draps blancs. Une Noiraude dans un bol de lait. Un écrivain au travail. Une panthère avec des accroche-cœurs. Une petite sœur créole de Pinocchio, marionnette d'ébène qui venait faire son cinéma à Florence, se mentir à elle-même sans que son nez ne s'allonge. La fille de Pâquerette Titus. La pathétique Joséphine qui devrait sourire, et peut-être même reprendre les couplets du *Ram-Pam-Pam.*

J'imaginai la Baker, seule dans les chambres d'hôtel où elle avait séjourné de par le monde. Est-ce que les miroirs lui renvoyaient ces images cruelles d'elle-même ? Était-elle étreinte par le doute et la peur dès que les strass et les bravos n'étaient plus de mise, sitôt qu'elle avait refermé la porte à ses admirateurs ? Tandis qu'elle ôtait ses faux cils et sa lourde perruque bouclée, ses perles et ses dorures de reine, la négrillonne sortie de la boue de Gratiot Street venait-elle lui tirer la langue et lui rappeler Saint Louis du Missouri, les spectres blancs du Ku Klux Klan ? Osait elle lui dire que tout ce qu'elle représentait n'était que simulacre et futilités face au spectacle des nègres noirs pendus aux branches des arbres, corps pourrissants, ballottés par le vent, les *Strange Fruit* chantés par Ladie Day ?

« Tu es merveilleuse ! Tu vas faire un tabac ici ! » m'avait assuré Rosy en me quittant. D'un pas chancelant, elle était partie à l'aventure, à travers les ruelles aux pavés déchaussés, faire provision d'huile d'olive et de gorgonzola. Elle projetait d'organiser un dîner à son retour à Paris. Mais je savais par Gilles qu'elle avait des problèmes de santé et risquait de se faire hospitaliser dans les prochains jours.

La rencontre avec mes lecteurs florentins avait lieu dans un vieux théâtre paré de tentures et de fresques sur lesquelles butinaient des angelots joufflus aux fesses rebondies. Le diable était dans la salle mais je ne le repérai pas d'emblée. Il s'agissait d'un Français ventripotent. Installé à Florence depuis une vingtaine d'années, l'homme fréquentait le monde des lettres et se présenta comme un amoureux des arts.

« Je suis édifié, mademoiselle Titus, commença-t-il. Vous vous glorifiez d'avoir été montrée comme un animal de foire par vos parents adoptifs. Si je ne m'abuse, vous n'étiez à leurs yeux qu'une poupée exotique vêtue d'une ceinture de bananes, une triste réplique de Joséphine Baker... Je connais les Antilles pour y avoir séjourné régulièrement ces dernières années... Comment vous abaissez-vous... »

Il se rengorgea, jeta un regard circulaire à l'assistance.

« Oui, vous vous abaissez à dépeindre la personne

de couleur comme un être exotique. Cette vision est dépassée. »

Au fond de la salle, Rosy trépignait de rage. Ma traductrice se rongeait un ongle.

« Les écrivains de vos régions, comme ceux d'Afrique racontent le vécu, la guerre, le racisme, la misère, la prostitution, la drogue, les séquelles de l'esclavage, et bien entendu le sentiment de fatalité qui accompagne l'ensemble de ces calamités... Ils évoquent l'Histoire, ses conséquences palpables aujourd'hui. Ils écrivent dans une langue où perce le créole... Votre conte enfantin plaît au public français, mais il y a, pardonnez-moi, de la honte à cette caricature. Plus tôt, vous évoquiez l'esclavage, la traite négrière. Qu'en est-il dans ce petit bouquin ? Nulle trace... L'histoire d'une fillette noire dans une campagne française peut certainement en émouvoir plus d'un, mais vous y perdez votre âme... »

Francesca lui fit signe d'abréger. Le polémiste s'exécuta illico. Il y eut un remous dans les travées, des chuchotements, quelques bravos.

« J'ai simplement raconté mon histoire, balbutiai-je, m'excusant à moitié. C'est un premier roman fondé sur mes souvenirs d'enfance. J'ai reçu beaucoup d'amour de la part de ma famille adoptive... Je suis noire, ils sont blancs. Je ne peux pas changer cette vérité. C'est mon histoire. Une simple histoire... Je n'oublie pas le racisme dans ce livre. J'en parle, bien sûr... »

Je tâtonnais, cherchant mes mots, comme toujours. Je tentai de me ressaisir, me redressai sur mon siège, pris le micro à deux mains.

« Que me reprochez-vous réellement ? De ne pas

aborder des questions de société ? De trahir mon peuple ? Ou bien d'avoir porté cette ceinture de bananes ? »

Rosy acquiesça, m'encourageant à poursuivre dans cette veine. Je haussai d'un ton.

« Est-ce que vous voulez me dicter ce que je dois écrire ? »

Je pris une inspiration.

« Je sais d'où je viens et vous n'avez pas besoin de me le rappeler. De quel droit me jugez-vous ? Je n'ai pas honte d'être une descendante d'esclave. Je ne renie rien de l'histoire de mon peuple. Et, que vous le vouliez ou non, Joséphine Baker vient de là aussi... Un père improbable, une mère aux abois, une enfance saccagée dans un monde de ségrégation raciale... »

Les mots se bousculaient sur ma langue. Je crois avoir décoché quelques flèches acérées volées à Margareth, repris à mon compte une ou deux de ses tirades percutantes. Je me souviens avoir pensé une seconde à cette attachée de presse qui m'avait conseillé de tenter ma chance dans le milieu de la mode. « Ça marche les Blacks en ce moment... » Je me rappelle avoir revu, en plusieurs flashes, les nègres bleus à têtes de cheval des peintures de Lam, leurs corps mêlés à ceux des ouvriers agricoles qui coupaient la canne dans les champs de Grand-Bourg. Un instant, j'ai entraperçu Théodora, son regard énigmatique, Lamine Diagne récitant ses poèmes, les amies comédiennes de Wanda, le rasta solitaire de la plage... Je sais que j'ai répété souvent le mot liberté, le portant haut comme un étendard. À la fin, j'étais devenue une sorte de pasionaria, défendant la cause des écrivains du monde entier, réclamant la liberté pour les livres et le bûcher pour ceux qui voulaient les brûler.

Au dîner, Francesca et Rosy me couvrirent d'éloges. Pourtant, je ne tirais nulle fierté de mes petites escarmouches. J'avais puisé dans le fiel de mon passé. Sans état d'âme, j'avais brandi mes ancêtres esclaves comme de pauvres pantins encombrés de chaînes et de boulets. Ignoble pantomime que les gens avaient applaudie... Je m'étais réfugiée derrière leur douleur pour attirer les bien-pensants de mon côté et voir sur les visages courir la culpabilité du Blanc. J'avais usé de vieilles ficelles pour séduire mon public, mis dans ma bouche les mots de Margareth, parlé au nom des écrivains...

De quel droit...

S'ils avaient pu lire dans mon esprit, les gens auraient vu que tout cela n'était que fanfaronnade et esbroufe. Ils auraient tiré de son trou la petite Josette terrorisée, reniée trois fois par sa mère. Je n'étais qu'une Joséphine en toc qui faisait l'article pour vendre son bouquin. Tout était faux. Mon livre n'était qu'un château de papier. Un conte enfantin ; le diable avait vu juste. Un conte qui, au fond, n'était pas si différent de ceux que je bâtissais à neuf ans. Il y avait toujours des forêts à traverser que je voyais peuplées de monstres. Toujours la princesse réduite à l'état de souillon, le Petit Poucet abandonné par ses parents, le Chaperon noir et sa grand-mère, le loup planqué quelque part sur la route... Il y avait des ogres et des dragons, des fées aux pouvoirs extraordinaires, des animaux bavards et rusés et, en prime, quelques fantômes errant de-ci de-là...

« C'était deux jours avant que Selbonne ne prenne la mer pour son dernier voyage, avait commencé Théodora. Je m'en revenais de la veillée funèbre de Man Irsinia Euphrate qui était morte le matin même. Les gens étaient sortis des trois communes de l'île. Elle avait eu neuf enfants. Trois fils et six filles. Elle était centenaire et arrière-grand-mère. On lui comptait au moins quatre-vingt-quinze descendants. Tous étaient là. Et des gens plein la cour. Des centaines de personnes. Certaines que je n'avais pas croisées depuis des lustres. S'il y avait tant de monde, c'est qu'on la craignait comme le diable, morte ou vive, Man Irsinia. Chacun se signait religieusement et faisait la révérence devant son cercueil installé sur la table de la salle à manger. Mais en fait, on voulait voir de ses propres yeux le corps raidi de Man Irsinia. Elle avait des pouvoirs reconnus en Guadeloupe, au-delà du Venezuela et jusqu'au tréfonds de la forêt d'Amazonie, là où vivent perdus ces nègres marrons qui n'ont jamais su que l'esclavage était aboli. On disait qu'elle conversait avec les esprits des morts. Et qu'elle-même était un esprit... On racontait qu'elle avait remonté le temps dans un voyage qui la mena au siècle où l'Habitation Murat s'étendait sur deux cents hectares plantés en cannes, et prospérait, riche de ses trois cents esclaves. J'ai entendu dire qu'elle était en possession de recettes savantes que lui avait, en songe, léguées une négresse à la main coupée. Une négresse nommée Sonora qu'on avait accusée d'avoir dérobé une orange. À cause de cela, sa maîtresse lui avait fait trancher la main droite d'un coup de sabre... De sa main gauche, Sonora préparait des potions qui jetaient les femmes dans la couche des hommes. Des breuvages sans odeur ni saveur qui terrassaient en deux jours, des tisanes qui gonflaient de puissance et apportaient la fortune et la terre qui va avec. Des voisins juraient qu'il lui poussait des ailes certains soirs et que Man Irsinia gagnait la côte des Amériques en un quart d'heure. »

Hébétée, je restai plantée sous le chambranle de la porte. Théodora se releva avec précaution et s'assit sur l'unique fauteuil, dans la pièce où elle n'était là pour personne.

« La nuit était noire, poursuivit-elle. Pas une étoile dans le ciel. La lune même ne prêtait pas sa lumière. J'avais quitté la veillée avec Irénée et Glwadys, deux commères qui habitaient à l'entrée du bourg. Elles sont décédées aujourd'hui. L'une d'une phlébite, l'autre d'une congestion. Paix à leur âme... Nous avons marché deux heures sans rencontrer quiconque. Pour nous donner du courage, nous causions à mi-voix tout le long du chemin. Parfois, on entendait des bruits de pas derrière nous, un chuchotement dans les champs de canne. On faisait une prière et on se tenait le bras. Et puis, Glwadys est arrivée devant sa case. Elle nous a dit : "À demain, s'il plaît à Dieu !" Nous nous sommes retrouvées à deux, traçant dans la noirceur. Je me souviens qu'Irénée claquait des dents et tremblait de tout son corps. "J'ai un drôle de pressentiment, Théodora, me dit-elle en poussant sa barrière. J'ai senti un souffle froid dans mon dos. Tu ne penses quand même pas qu'on a ramené l'esprit de la défunte avec nous..." Je pouvais toucher Irénée mais je ne voyais pas ses yeux ni même ses dents. Elle a pris ma main. La sienne était glacée. “Je vais allumer un cierge pour que tu fasses le reste de la route sans encombre, promit-elle. Prends garde à toi, Théodora.” Sa barrière a couiné sur ses gonds. J'ai repris mon chemin, maudissant Selbonne qui ne m'avait pas accompagnée à la veillée. Il avait prétexté qu'il ne pouvait pas laisser Pâquerette seule dans la case et que je trouverais toujours une personne pour m'en revenir. »

Théodora frotta l'une contre l'autre ses vieilles mains noueuses. Je me demandai où elle voulait en venir avec cette histoire de veillée funèbre, pourquoi elle remontait si loin dans le temps, alors que j'attendais une réponse à ce « reniée trois fois... » qui ne cessait de me tourmenter.

« J'ai dit trois *Je crois en Toi mon Dieu*, et j'ai avancé de quelques pas, continua-t-elle. J'ai pensé au cierge qui brûlait pour moi dans la case d'Irénée. J'y ai pensé tellement fort que je l'ai vu éclairer ma route un moment. Je n'étais plus très loin de la maison. Peut-être un kilomètre encore à fendre la nuit noire. Je suis passée sous un manguier. Je suis sûre que c'était un manguier. Je me suis appuyée un moment contre le tronc et j'ai levé la tête. Je ne sais plus pourquoi j'ai levé la tête. C'est alors que j'ai vu luire les yeux d'une créature sans nom au faîtage de l'arbre. Elle me regardait fixement comme si elle voulait me transpercer. J'ai senti mon corps s'engourdir, se raidir et refroidir d'une manière pas catholique. J'ai repris le chemin. J'ai marché plus vite pour me réchauffer, priant Dieu de me venir en aide. Autour, les champs de canne bruissaient de mille voix emmêlées qui se faisaient menaçantes. Je suis passée à côté de la mare et j'ai entendu des clapotis étranges. C'était pareil à des pierres que quelqu'un jetait dans l'eau. Plakatak ! Plakatak ! Plakatak ! Et puis, il y a eu une clarté. La lune est sortie de derrière les nuages. J'ai remercié le ciel. C'est alors que je l'ai vu... »

Grand-mère ferma les yeux, joignit les mains.

« Je l'ai vu comme je te vois. Un immense nègre monté sur un grand cheval. Un géant de nègre armé d'une hallebarde... Son visage était tout en os. Il avait plus de dents que les requins que mon pauvre Selbonne ramenait de sa pêche. Mon Dieu, j'aurais pu tomber à la renverse et mourir cette nuit-là. Il était devant moi et me barrait la route. Le temps que je fasse un signe de croix, la lune était retournée se cacher. Je savais que l'autre démon était là, planté au milieu de la route. Mais je ne le voyais plus. J'entendais piaffer son cheval. J'entendais la ferraille de son armure et ses étriers battre les flancs de l'animal. J'entendais son souffle et je le sentais même sur mon visage. Un souffle glacé pis que la mort. J'ai crié : "Mon Dieu ! Que Ta Volonté soit faite !" Au même instant, il a pris la parole. Seigneur, sa voix sortait des enfers. »

J'étais partagée entre fascination et dérision. À l'instar de Margareth, grand-mère était une grande raconteuse d'histoires. J'imaginais sans trop d'effort ce revenant d'un temps jadis, ce duc d'Auge nègre juché sur sa monture, allant combattre les ruines des moulins à vent et effrayer les pauvres femmes égarées dans la nuit.

« "Les Ténèbres vont s'abattre sur toi, Théodora

Titus. Tu crois que la vie te sourit. Ah ! Ah ! Ah ! La mer va te ravir tes espérances et ton homme qui n'a pas jugé bon d'aller saluer une dernière fois Man Irsinia. Tu jalouseras ses eaux. Ah ! Ah ! Ah ! Elles t'emporteront là où tu ne veux pas aller, dans un pays où coulent des rivières de larmes." Après, j'ai entendu un rire satanique, le grelot d'une chaîne et le galop du cheval. Je suis tombée à genoux. Je me suis traînée jusqu'à la case. J'ai raconté toute l'histoire à Selbonne. Je lui ai redit les mots du géant. Je l'ai supplié de renoncer à sa pêche du côté de Cuba. Il a ri, l'innocent. Il s'est moqué de moi... Il a ri, Josette. Certaines nuits, j'entends encore son rire cascader dans la chambre à coucher. Il a ri tandis que je savais déjà que la mer me le volerait. »

Est-ce que j'allais rire à mon tour ? Au final, cette histoire me faisait froid dans le dos.

« Tu connais les événements qui ont suivi... La disparition de ton grand-père, le désespoir qui m'a jetée dans la folie, ta mère abandonnée à elle-même... »

Et elle se tut, glissant progressivement dans les dédales de sa mémoire. « Reniée trois fois, qu'est-ce que ça veut dire ? » demandai-je à nouveau. Théodora leva les yeux vers moi, éberluée, me considéra longuement, comme si elle se réveillait à l'instant.

« Elle a menti, Josette. Trois fois. Quand j'ai vu son ventre s'arrondir, trois fois, elle t'a reniée. Trois fois, elle m'a dit qu'elle n'était pas grosse. Trois fois... »

*

Un soir du mois de mai, Sandy m'invita à dîner dans un restaurant libanais tenu par l'un de ses amis. Après les embrassades, nous nous étions séparées sur le trottoir. Elle s'était engouffrée dans le métro et j'avais marché droit devant moi. Il faisait doux ce soir-là. Si doux que j'aurais pu errer des heures, et me perdre, me laisser accoster par des inconnus, croiser leurs regards et suivre l'un d'eux. Faire comme ma mère. Marcher dans ses pas...

Elle en avait peur, m'avait assuré Tata. Elle était jeune.

Ne savait pas...

Ne savait pas qu'elle avait un bébé à protéger, un innocent à aimer, une petite fille à bercer...

Ne savait pas qu'elle l'offrait en pâture à un loup. Tandis qu'elle écartait les jambes dans des chambres de passe, elle ignorait sans doute que j'étais aux mains de son souteneur.

Ne savait pas, en ramassant l'argent des animaux qui se soulageaient dans son corps, branlaient sur elle, suant et râlant.

Ne savait pas que l'autre porc s'amusait de son mieux. Elle était jeune, la pauvre Pâquerette.

Fallait lui pardonner. Faire comme si tout cela n'avait pas existé. Pardonner...

Mais comment oublier ?

Ça tournait en rond dans ma tête. Un petit manège, des chevaux de bois, une vieille complainte rassise, ressassée sans fin. Et cette question cuisante : Comment a-t-elle pu laisser faire ça ?

Rue de Rennes, la voix soie sauvage de Billie Holiday emplissait l'appartement. *I'm a fool to want you...*

Lasse, je m'assis près de David sur le sofa, heureuse de trouver une épaule sur laquelle déposer ma peine.

« Tu as eu un appel de ton frère », me lança-t-il, tranquille, comme s'il m'annonçait que Wanda ou Lamine avait téléphoné. « Il a laissé un numéro de portable où tu peux le joindre. »

*I'm a fool to want you... Time and time again...*

« Quel frère ? demandai-je. Son nom. A-t-il donné son nom ? »

Je revoyais de manière floue les petits visages des trois : Ben, Teddy, Steve. Leurs profils tendus vers la télévision et ce match de football qui les avait empêchés de se lever pour venir m'embrasser. Trois chabins, comme leur père, vautrés dans le canapé bleu. Ben, Teddy et Steve, mes trois frères.

*I'm a fool to want you...*

« Teddy, je crois. J'ai tout noté. »

Ben, Teddy et Steve... Ils m'avaient à peine dévisagée. Et j'étais demeurée à l'entrée du salon, les bras ballants, affamée de leurs baisers. Je me souvins du poster, les vagues immobiles sur le sable, le cocotier décoiffé par le vent. « Ah ! ces hommes avec leur football ! » s'était exclamée Pâquerette. Je me rappelai mon dîner solitaire dans la cuisine, loin d'eux. Ma valise écossaise posée à l'entrée, pour que je comprenne bien que je n'allais pas m'installer. Et puis, je revis le petit lit qu'elle avait déplié au fond du couloir, devant un débarras. Elle m'avait dit de me coucher. « Dors vite, Josette ! » Un peu plus tard, il y avait eu les voix des garçons mêlées à celle de leur père, les commentaires passionnés sur le match, la victoire de leur équipe. « T'as vu le but ! Un coup de canon ! J'ai cru qu'il allait se prendre une lucarne ! Putain, ce but ! » s'était écrié Fred. Enfin le silence. Et j'étais restée là, seule dans le couloir, les yeux grands ouverts sur le noir, fixant un rai de lumière sous la porte de ma mère, espérant de toute mon âme qu'elle se glisserait dans mon lit, petite souris, et me collerait un doux bisou dans le cou. J'avais attendu, en vain. Le lendemain, elle m'avait levée aux aurores. « Vite ! Prépare-toi, Josette ! » Et nous étions parties comme des voleuses, vite, sans dire au revoir. « Tes frères dorment », avait-elle soufflé. Depuis, je ne les avais jamais revus.

Dans mon souvenir, Pâquerette était une très belle femme, une grande négresse qui aurait pu être la fille de Margareth Solin. Même stature, même démarche altière. La Pâquerette de mes neuf ans avait les yeux d'une gazelle aux abois, la bouche amère de ces femmes qui, dans l'enfance, se sont inventé un destin de princesse et se réveillent, à l'âge mûr, blessées, défaites par la vie, brûlées au feu des illusions. Elle portait les cheveux tirés en arrière, serrés dans un chignon, une pelote dure et piquée de longues épingles qui gardait le secret de son temps de dérive. Qui aurait pu dire, la voyant, qu'elle avait une fille cachée dans une ferme de la Sarthe, une enfant qu'elle avait livrée à la DDASS ? Qui aurait pu supposer que cette femme avait fait la grue et attendu le client et vendu son corps ? Irréprochable, impeccable, mère exemplaire, voilà l'image qu'elle voulait donner d'elle. Las, derrière cette icône, se terrait une créature tourmentée. Je me rappelai ses gestes saccadés, la nervosité qui agitait ses mains, sa précipitation le jour de mon départ vers le pays de mes racines. Je comprenais maintenant pourquoi elle n'avait pas obligé mes frères à venir m'embrasser. J'incarnais sa honte. J'étais Josette, l'abject reliquat de sa jeunesse. Me regardant, à chaque instant, elle voyait sur mon visage son passé dégoûtant. Tout comme moi, elle en avait honte. En fait, elle avait toujours voulu se débarrasser de moi... Me placer à la DDASS. M'écarter de sa vie bien policée. Me caser dans la Sarthe. Vite ! M'expédier *ad vitam aeternam* à Marie-Galante, auprès de celle qui lui en avait fait voir des vertes et des pas mûres... Me rayer de sa mémoire. En oublier jusqu'à mon existence... Mais j'étais la figure récurrente. Un de ces fantômes de l'espèce de Théodora qu'elle avait choisi de ne plus croiser sur sa route. Avec patience et détermination, comptant sur le temps et ses œuvres, elle s'était reconstruite sur les ruines de son histoire. Qu'avait-elle pensé en tenant dans ses mains le livre que je lui avais envoyé ? Il lui avait peut-être brûlé les doigts. L'avait-elle seulement lu, même en cachette, au fond d'un bus ? Non, sûrement pas... J'étais la Barbare qui tentait de mettre à sac son havre de paix. Barbare et non pas Barbie, sa poupée blonde adorée. J'étais son déshonneur et son remords. J'étais la plaie noire de son existence. Oui, à présent, je saisissais mieux ce qu'elle avait voulu dire avec le pays des racines. Fallait que je prenne racine et que je fasse souche là-bas, loin de ses yeux, pour l'éternité. Au bout de ces années, dormait-elle quand venait la nuit ? Mon visage la hantait-il quelquefois ? Se souvenait-elle encore du jour où les assistantes sociales m'avaient retirée à elle ? Avait-elle versé une seule larme ?

Teddy me donna rendez-vous le samedi suivant, à la sortie du métro, station Barbès-Rochechouart. J'avais pris la ligne quatre à Montparnasse, direction Porte-de-Clignancourt, et compté quinze stations jusqu'à Barbès. Une semaine était déjà passée depuis son premier appel. Nous nous étions ensuite parlé chaque jour au téléphone. Je me souviens, j'avais été étonnée que Teddy s'épanche avec tant d'aisance. Dans une sorte d'urgence, il me raconta sa vie, sa mère — notre mère —, son père et ses deux frères. Il était le benjamin et avait maintenant vingt-trois ans. Il jura qu'il ne se rappelait pas mon passage. Avait oublié la soirée où j'étais furtivement apparue tandis qu'ils suivaient leur match de foot à la télé.

« J'avais quatre ans, Joséphine. Peut-être que je dormais... »

Il avait lu mon livre, était tombé dessus par hasard chez son libraire.

« C'est papa qui m'a parlé de toi. Avant, tu te prénommais Josette, non... »

Il était étudiant en droit à la Sorbonne.

« Je veux devenir avocat, Joséphine. Depuis tout petit, je défends les causes perdues. J'ai été délégué de classe pendant des années. J'en ai sauvé plus d'un devant les professeurs. »

J'avais été submergée par la masse des informations qu'il ne cessa de me souffler durant ces sept longs jours. À l'autre bout du fil, un flot de paroles qui charriait des mots en pagaille. Et j'en redemandais. En voilà un qui n'est pas tenu par le secret, m'étais-je dit. Teddy avait une façon comique de raconter la vie, passant du coq à l'âne, sautant gaillardement d'une époque à une autre. J'étais sa sœur retrouvée. Et, de façon impérieuse, il me débitait les histoires de notre famille, comme si je m'en revenais d'une longue absence. Ses parents avaient divorcé. Il vivait du côté de la mairie du dix-huitième avec sa mère.

« Mais ça ne m'empêche pas d'adorer mon père. »

Ben, l'aîné, était homosexuel et avait émigré au Canada en 2001 ; il travaillait dans la communication.

« Quand il a présenté son petit ami à maman, elle a manqué tomber dans les pommes. Seigneur ! Tu es homo, Ben ! Tu veux vivre avec un homme, Ben ! Qu'est-ce que j'ai fait au bon Dieu pour mériter ça ! Mais c'est son fils. Elle a fini par accepter l'idée. Je lui ai dit que Ben était né comme ça. Je lui ai rappelé les manières de femme qu'il avait déjà tout petit. »

Quant à Steve, il était devenu père à dix-huit ans. Un temps, fumeur de cannabis, il avait failli mal tourner à cause de ses fréquentations.

« Il a été renvoyé du lycée. À présent, il s'est un peu calmé. Il bosse dans un fast-food à Châtelet. On est très différents. Maman le soutient beaucoup. Elle voudrait qu'il reprenne ses études, mais ce n'est pas son truc. Il ne s'occupe pas non plus de son fils qui a déjà huit ans, Igor. Tu te rends compte, Joséphine ! J'ai seulement vingt-trois ans et je suis le tonton d'un gosse de huit ans ! Et je te jure, Igor, c'est un sacré petit bonhomme. Sa mère est une Franco-Marocaine. Il y a deux ans, elle s'est mariée à un Espagnol. Elle a eu une fille cet été, Jessica. Des fois, maman garde Igor. Elle en est folle. Elle le prend pour les vacances et pleure chaque fois qu'il doit repartir... Tu vois, la famille s'agrandit... Moi, je ne suis pas pressé. Les études d'abord, comme dit maman... »

Un flot continu d'anecdotes qui, dans le désordre, me racontaient ma mère Pâquerette et faisaient apparaître ses autres visages. Des brassées d'images à trier, des histoires rapiécées, des contes et légendes... Sa chute à vélo lorsqu'il avait dix ans. Les larmes de Pâquerette. Et puis, le jour où elle s'était fait couper les cheveux.

« Maman était si belle ! Si belle dans sa robe jaune à fleurs. Mais papa est entré dans une colère noire. »

Le quinzième anniversaire de Ben, la fête à la maison, les bougies vertes sur le gâteau au chocolat que Pâquerette avait préparé avec tant d'amour. Le voyage au Maroc, en famille au Club Med. Les soirées à la sauce créole : zouk, boudin, acras et rhum.

« Papa avait invité ses cousins et maman deux de ses collègues. Albert était soûl comme un cochon. Il draguait la copine de son frère. J'ai cru qu'ils allaient se battre. Maman lui a parlé. Elle a trouvé les mots. Au bout d'un moment, il s'est posé dans un coin et il s'est endormi. On a dansé jusqu'au lendemain matin... »

Et puis, le triste jour d'hiver où Fred avait perdu son boulot.

« Il ne bougeait plus de la maison. Restait à traîner ou à regarder la télé. Il déprimait... Quand maman rentrait de la Poste, elle essayait de lui causer. Elle a tout fait pour qu'il retrouve le moral. C'est une battante, crois-moi. Je ne l'ai jamais vue baisser les bras. D'ailleurs, c'est elle qui l'a fait embaucher à la Poste. Il est facteur maintenant, grâce à elle. Tu sais, elle a travaillé dur pour monter les échelons. Elle a commencé au tri. Après, elle a suivi des cours du soir et elle est devenue guichetière. J'allais la voir en sortant de l'école. J'étais fier rien qu'à la regarder. Une vraie reine sur son trône... Maintenant, elle s'occupe des clients au service des prêts. Elle a son bureau. Elle traite des dossiers de crédits. Quand je pense qu'elle est partie de rien... »

Les résultats du bac, la joie de Pâquerette. Et puis, les cris du père dans l'appartement, ses absences, ses reproches.

« Papa découchait. En fait, il avait une autre femme. Maman a beaucoup souffert. Je l'ai surprise plusieurs fois en train de pleurer, seule, assise dans la cuisine. Dès qu'elle me voyait, elle séchait ses larmes. Elle ne s'est jamais plainte, tu sais. Ce n'est pas dans sa nature... Elle était juste triste et silencieuse. Elle a été inconsolable pendant près d'une année. Mais elle a repris le dessus aujourd'hui. »

Steve attrapé par sa mère en train de fumer un joint dans la chambre.

« Maman se faisait un devoir de l'accompagner tous les mercredis après-midi chez un psychologue. »

Steve avec son bébé dans les bras. Les silences de Pâquerette. Ben et ses manières de femme. Et puis, il y a cinq ans, la séparation brutale des parents... Des pièces d'un patchwork à coudre ensemble pour mettre bout à bout les années. Le tableau d'une famille ordinaire, avec ses hauts et bas, ses bleus à l'âme, la fumée grisâtre des rêves, les hivers blancs, les colères noires de Fred, la robe à fleurs jaunes de ma mère... Tant de couleurs à leur histoire. À cette histoire que je voulais mienne aussi. Que je jalousais et qui plantait des épines dans mon cœur.

« Et notre mère, vous a-t-elle jamais parlé de moi, jamais, vraiment jamais ? »

Teddy grogna.

« Une fois, Ben m'a dit qu'on avait une sœur qui s'appelait Josette. Il se souvenait de toi, du jour où tu étais passée à la maison... Je l'ai traité de menteur... Il a demandé à papa. On avait parié, je crois... Papa lui a fait jurer de ne pas poser la question à maman... Mais, je préfère discuter de ça quand on se verra. T'es d'accord, Joséphine. »

Je ne dormis guère cette semaine-là. Avec Teddy, trop de monde était entré d'un coup dans ma vie. Mon sommeil était haché, traversé de visages inconnus. Deux nuits de suite, je rêvai que j'étais dans une gare. J'attendais le train. Le quai était bondé. Les passagers se battaient pour monter dans ce fichu train. Il n'y avait pas assez de places. Les gens me bousculaient. J'aurais voulu quitter cette gare, mais j'étais prisonnière de la foule. Je manquais d'air. Il faisait si chaud. Il y avait des cris, des pleurs et des insultes emmêlés. J'avais peur. Peur d'être écrasée et piétinée. Les gens allaient en venir aux mains. J'avais cinq ans. J'étais entourée de géants... J'appelais : Maman ! Maman ! Maman ! Je l'avais perdue. Un moment, je me suis agrippée à un pan de robe, au grand pétale d'une fleur jaune. Je m'y accrochai de toutes mes forces. Maman ! Maman ! Maman ! Et ce n'était pas elle. La femme a hurlé. Sale petite négresse ! Ôte tes pattes de ma robe ou je te colle une baffe ! J'ai crié de plus belle : Maman ! Maman ! Maman ! Et soudain, j'étais dans le train, portée là je ne sais comment. Et le train partait. M'emmenait loin de ma maman... Et je la voyais derrière la vitre. Elle courait sur le quai, criant mon nom : Joséphine ! Joséphine ! Joséphine !

Il m'avait dit qu'il me reconnaîtrait.

Le matin, je m'étais lavé les cheveux pour les débarrasser du gel dont j'usais pour façonner mes accroche-cœurs. Je les avais séchés et brossés en arrière. J'allais voir mon frère et je devais me défaire de mes fioritures de Joséphine. Fallait que je laisse sortir la petite Josette effarouchée de sa tanière. Teddy méritait bien ça. Il s'était démené pour me trouver. Avait appelé mon éditeur. Pour obtenir mon numéro, il s'était fait passer pour un journaliste martiniquais de passage à Paris. Il avait l'air de bien aimer les robes. Dans mon armoire, j'avais dépendu une d'entre celles que j'achetais sur un coup de tête et que je ne portais jamais. Une longue robe de lin beige que je dus relever comme une traîne de mariée pour gravir les escaliers sales du métro.

David avait proposé de m'accompagner pour ce premier rendez-vous.

« C'est quand même louche qu'un de tes supposés frères se réveille, après tout ce temps... On ne sait jamais... Y a peut-être anguille sous roche... »

J'avais repoussé son offre.

Il s'était brusquement souvenu qu'il avait un ami

peintre dans le quartier. Un certain Pablo Archambeau sur lequel il projetait d'écrire un article.

« On pourrait juste faire le trajet ensemble. Je vois de quoi l'autre a l'air et puis je file chez Pablo. Il est toujours chez lui le samedi après-midi. »

D'un regard, je lui fis comprendre que j'étais une grande fille et que je saurais me défendre si Teddy se transformait en quelque animal féroce.

Ce samedi-là, à la sortie du métro, il y avait les habituels vendeurs à la sauvette, les pickpockets à l'affût, les mamas noires et leur marmaille. Un moment, je cherchai du regard mon chabin de frère. Peut-être m'observait-il à distance. Je regardai ma montre. Je lissai mes cheveux en arrière pour me donner une contenance. Je fis quelques pas. Assis cassé à même le trottoir, un Africain me proposa mollement une canette de ses sodas qui marinaient dans l'eau douteuse d'une bassine bleue. Un autre, grand échalas d'ébène, me tendit d'autorité la carte de visite d'un sorcier soi-disant réputé de la forêt équatoriale. Un troisième, claudiquant — sans doute m'avait-il repérée de loin — courut à ma rencontre et se ficha devant moi, insistant, bancale, avec des chapelets de fausses montres Cartier et Rolex, ainsi qu'un assortiment de portefeuilles Vuitton et Dior. Pendant qu'il me racontait d'un ton plaintif les tourments de son existence, une famille à nourrir et un docteur à payer pour sa jambe malade, il tirait son attirail de contrefaçons des poches de sa veste qui me parurent taillées sur mesure pour son petit commerce ambulant.

« Bonne qualité ! Je te jure, ma sœur. Tu vas pas

regretter. Garantie ! Fais-moi vendre, ma sœur, s'il te plaît. Tu feras une bonne action. Dieu te le rendra au centuple. »

Je détournai le regard.

Un instant, je suivis des yeux un jeune homme qui allait bon train, son violon sous le bras. C'était un métis à petites lunettes et cheveux fous. Il marqua le pas près d'une mendiante agenouillée à même le sol, puis s'éloigna à la hâte, brandissant son archet devant lui ainsi qu'une épée de conquistador. Exposée au soleil, la femme tenait à deux mains sa pancarte bourrée de fautes d'orthographe. « J'ai Fain. J'ai perdi mon travail. J'ai 2 enfant. Je né pas logemant. Une pièse SVP pour mangé. » David m'avait cent fois demandé d'arrêter de donner à tort et à travers. Selon lui, ces gens roulaient sur l'or et avaient des châteaux en Espagne. J'ouvris quand même mon porte-monnaie. Jetai un euro dans la boîte de conserve déposée devant la femme silencieuse qui implorait la foule. Et tant pis si je me faisais avoir encore une fois. Tant pis pour moi et mes bons sentiments. Elle cligna des yeux et me proposa de lire dans les lignes de ma main. Je n'eus pas le temps de répondre.

Mon frère se tenait à côté de moi.

Mon frère Teddy.

Un inconnu.

Il me dépassait d'une tête.

Il avait dit mon nom.

« Joséphine, c'est moi. »

Et j'étais restée statufiée sur le trottoir, ne sachant trop s'il fallait l'embrasser ou lui serrer la main. Me méfier ou bien lui rendre son beau sourire.

« On ne va pas rester plantés là ! » avait-il enchaîné dans un rire cassé.

Et, sans s'être embrassés ni serré la main, embarrassés de nos corps qui ne savaient comment se comporter, nous avions marché droit devant nous. Il avait l'air de savoir où il m'emmenait. Silencieux, il allait à belles enjambées, fixant un point lointain sur le boulevard.

Un jour, il y a longtemps, Tata Michelle avait succombé à la tentation. Contre dix francs, une gitane de passage au village lui avait soufflé ses prédictions au creux de l'oreille. « Celle-là, me confia-t-elle un soir d'hiver, était une Charlotte. Elle m'a raconté des salades. Comme quoi j'allais pas tarder à me marier à un grand voyageur. De bien chercher dans mon entourage. Elle voyait un homme. Je l'avais déjà rencontré. Elle tenait ma main serrée dans la sienne et attendait que je fasse un tour d'horizon de mes supposés prétendants. "Tu as trouvé ?" me demanda-t-elle au bout d'un petit moment. Ses ongles étaient noirs et il lui manquait trois dents mais son œil était perçant. Qu'est-ce que tu crois, Joséphine ? Je suis tombée dans le panneau. J'ai dit : "Ce serait-y pas le Benoît Pluchet !" Peu ou prou, c'était le seul grand voyageur de ma connaissance. L'autre a fait : "Oui ! C'est bien lui ! Regarde ! Son nom est inscrit là, dans ce trait qui coupe net ta ligne de vie. Je vois une robe blanche et un grand mariage au village." Eh bien ! Joséphine, j'attends encore que le fils Pluchet fasse sa demande... On a dansé un soir au bal du 14 Juillet. Oh ! Y a des années de ça... Après, je l'ai revu quelquefois. Mais il s'est jamais rien passé entre nous. Et figure-toi, je m'étais monté le bourrichon à cause des prédictions de la gitane. Et Mémé y croyait aussi : "Qui ne tente rien n'a rien, Mimi. Ma foi, faut pas laisser passer la chance quand elle frappe à votre porte..." Alors, pendant quelque temps, j'allai visiter sa pauvre mère au Benoît. Tu t'imagines, je prenais des nouvelles de mon futur mari. Fallait me voir ! Pauvre dinde en train de caresser les vahinés et les poupées russes qu'il ramenait de ses voyages à travers le monde. Je regardais les photos du Benoît et je me languissais de lui. J'étais pareille à une fiancée bretonne qui espère son homme parti en mer. La vieille dame Pluchet, je suis sûre qu'elle a dû se demander quelle mouche m'avait piquée, ce que je venais fiche devant sa porte tous les quatre matins. J'y croyais, Joséphine... Chaque fois que je me trouvais au Mans, je pouvais pas m'empêcher de reluquer les robes de mariée de la vitrine d'un magasin chic. Il y avait là de belles robes longues tout en soie, avec des broderies et de la dentelle fine en veux-tu en voilà, et des roses et des rubans de satin. T'as pas eu l'occasion de juger, mais c'était un beau gars, le Benoît Pluchet. Des yeux bleus à renverser les montagnes, et bien bâti, je te jure. La dernière fois que je l'ai croisé, j'étais sur le marché de Pontvallain. Il avait perdu un œil, quelque part, vers l'Australie qu'il m'a dit. De son œil valide, azur comme un ciel d'août, il m'a dévisagée, à croire qu'il me voyait pour la première fois. Il a même promis de me rendre visite. Quand j'ai raconté ça à Mémé, elle a dit : "Mimi, au royaume des aveugles, les borgnes sont rois. Ma foi, il t'était pas destiné, le fils Pluchet. Maintenant qu'il y voit plus qu'à moitié, il a retrouvé la vue et il se rend compte trop tard que t'es toujours un beau brin de fille qu'il aurait pu marier. Allez, Mimi ! Perds pas ton temps à retourner le couteau dans la plèvre." » Songeuse, Tata avait regardé le feu de la cheminée et je l'avais imitée, voyant comme elle brûler, dans les flammes voraces, sa robe blanche de jeune épousée et ses vieux rêves de noces. Elle avait arrangé la couverture sur nos jambes. « Tu sais, y en a qui lisent vraiment ton histoire dans les lignes de ta main, Joséphine. Y en a des rares qui ont le don. J'avais vingt ans quand j'en ai rencontré une qui m'a dit que j'aurais beaucoup d'enfants. Elle voyait pas d'homme, plissait les yeux, comptait et recomptait. Je t'assure, Joséphine, elle n'arrivait pas à les compter tellement y en avait. Elle racontait pas d'histoires, la gitane. J'en ai eu à la pelle, des mômes... Et de toutes les couleurs... Et pas d'homme à l'horizon... »

« Les lettres et les cartes que tu envoyais ! Non, je n'en ai jamais entendu parler. On ne les a jamais reçues. Peut-être que tu n'avais pas l'adresse exacte... »

Teddy se tenait face à moi, les mâchoires serrées, le front barré d'une ride. Nous étions du côté de Pigalle, assis au fond d'un sombre café aux toilettes infectes. Au téléphone, il m'avait paru enjoué, heureux à l'idée de me rencontrer. Ici, nos mains auraient pu se frôler sur la table mais il ne lâchait pas sa tasse. Et je me retenais de caresser ses longs doigts, son visage couleur cappuccino. Le toucher. Me convaincre qu'il était bien là, en chair et en os. Mon frère. Mon frère à moi. J'avais un frère qui ne tarderait pas à me prendre dans ses bras. J'en avais même trois. Et tandis que Teddy cherchait en silence une explication logique au fait que mes courriers ne soient pas arrivés à destination, je recomposais le tableau de famille. Je prenais ma place parmi ses membres. Je posais avec eux pour la photo. J'étais l'aînée des quatre enfants de Pâquerette...

J'imaginais Ben et ses manières de femme.

« Tu ne crois quand même pas que maman gardait les lettres... Je t'assure que ça ne lui ressemble pas... Je dois te dire, aussi, qu'elle ne sait pas que je t'ai contactée. Elle n'a jamais parlé de toi, je n'ai pas osé... Tu comprends. »

Je voyais Steve se rouler un joint dans sa chambre.

« Dans ton livre, j'ai appris que tu avais vécu dans une ferme de la Sarthe, avant de partir à Marie-Galante chez notre grand-mère. »

J'observais Pâquerette — femme de lettres aussi — en train de ramasser le courrier, trier les enveloppes postées de Grand-Bourg, déchirer les cartes de fête des Mères et de Bonne Année, jeter froidement mes lettres à la poubelle ou bien les ranger au fond d'une armoire, dans un vieux carton, pareil à celui dans lequel Théodora avait rassemblé ses jouets d'enfant, ses cubes et sa poupée Barbie.

« Nous, on n'a pas eu la chance d'aller aux Antilles. Maman a rompu les liens avec le pays. Elle dit qu'elle a trop souffert là-bas. Notre grand-mère était une femme terrible à ce que j'ai pu comprendre... Tu sais, ça m'a fait un choc quand papa m'a annoncé que tu étais ma sœur. J'avais laissé traîner ton livre sur le canapé. Il l'a pris, a regardé ta photo au dos, et il a dit : C'est bien elle. C'est Josette, ta sœur.

J'étais sonné. C'était comme si tu sortais du néant. Je ne me souvenais pas de toi... Je te jure... Papa m'a expliqué que maman t'avait eue très jeune. Avant qu'ils ne se rencontrent. Elle était seule. Elle ne pouvait pas t'élever. Elle a dû te placer dans des familles d'accueil et chercher du travail. Je pense quand même qu'elle envoyait de l'argent à tes nourrices. Elle ne t'a sûrement jamais oubliée mais elle avait refait sa vie. »

Je revoyais le poster de la plage sur le mur du salon.

« Quand ils se sont mariés, papa a voulu te prendre. Maman a dit que c'était trop tard. Tu avais déjà cinq ans, je crois. Des gens t'avaient adoptée. Tu risquais d'être traumatisée si on t'enlevait à eux. Je ne sais pas. Je répète ce que j'ai entendu... Papa n'a pas l'air très au courant et maman est du genre silencieuse. Il faut lui tirer les vers du nez à tout bout de champ. Je ne veux pas la blesser en réveillant des choses dont elle n'a pas envie de parler. C'est son passé. Elle a le droit de garder ses secrets pour elle. C'est ma mère et je l'aime comme elle est... »

Je me rappelais Pâquerette, demandant à ses fils de venir m'embrasser.

« Ce que tu racontes dans *Sous le signe de Joséphine* n'est pas vrai, n'est-ce pas ? poursuivit Teddy. C'est un roman, hein ! La mère s'appelle Marguerite dans ton bouquin... La fleur du mal, c'est en référence à Baudelaire... Tu voulais dramatiser les choses pour accrocher le lecteur... C'est sûr, je n'ai pas reconnu ma mère. Cette Marguerite est une invention d'écrivain ou bien... »

Teddy avait besoin d'être rassuré et, dans le

même temps, il me mettait en garde. Au fond, c'était la raison qui l'avait poussé à me contacter. Je n'avais pas intérêt à démolir la belle image qu'il avait de sa mère. Et quand bien même mon histoire serait vraie, il lui chercherait mille excuses, un milliard de circonstances atténuantes. Il était son fils, un futur avocat, paré à la défendre quoi que j'avance. C'était sa mère. Elle l'avait élevé, lui avait donné de l'amour. L'amour d'une bonne mère. Tout ce qu'il m'avait raconté les jours précédents en attestait. Il avait déballé leur histoire pour démonter mes accusations, balayer mon réquisitoire.

Cette Marguerite n'était pas sa mère. Il voulait me l'entendre dire. Nous ne parlions pas de la même personne. J'avais ma vision de la réalité et il avait la sienne ; nous avions évolué dans des mondes différents. Lui avait grandi dans un cercle bien délimité et moi dans des familles éparses et de substitution. Je n'avais gardé aucun souvenir des premières nourrices chez qui j'avais vécu. Non plus des enfants auprès desquels j'avais passé un peu de temps avant d'atterrir chez Tata. J'avais été transplantée dans la Sarthe, loin de ma vraie famille, et puis exilée à Marie-Galante, pour prendre racine.

« J'ai changé certains noms, commençai-je. Bien sûr, j'ai un peu romancé... Mais le fond de l'histoire est vrai. C'est mon histoire, Teddy. Ensuite, il y a les mots que j'ai choisis et qui vivent leur propre vie. Chaque lecteur les éprouve différemment, selon les liens qu'il tisse avec ces mots. Toi, tu te sens plus concerné que les autres, parce que tu reconnais des personnages. Cette Marguerite est bien la Pâquerette de mon enfance... »

Il fronça les sourcils.

« Je n'ai pas voulu en faire une créature monstrueuse. J'ai porté sur elle mon regard d'enfant. Je l'ai si peu connue... »

Teddy ferma les yeux, prit une inspiration.

« Moi, je l'ai connue, maugréa-t-il. Je vis avec elle depuis toujours. Je sais de qui je parle... »

Je n'étais pas venue régler des comptes. Juste sortir du noir et blanc, donner des couleurs à mon histoire. Je croisai mon regard dans une vieille glace du bar. Je tirais ma tronche de Durandal et c'était de circonstance.

« Est-ce que la Marguerite du livre est ta mère Pâquerette ? C'est la question qui te tracasse. Tu es angoissé à l'idée que ce personnage pourrait bien être ta bonne maman. T'es-tu demandé si elle m'a manqué ? Si j'aimerais la revoir ? Elle est aussi ma mère, Teddy... Ça, je ne l'ai pas inventé. »

Il se mordit la lèvre, allongea ses jambes sous la table, baissa la tête.

« Je suis contente de te voir. Tu es mon frère, Teddy. On s'en fiche de ce que j'ai écrit. Ce qui importe maintenant, c'est qu'on se soit retrouvés, pas vrai ! »

Je pressai sa main, ses longs doigts aux ongles parés de lunules rosées.

« Teddy, je suis tourmentée depuis que je suis toute petite. Je vis avec des fantômes. Tu dis que tu n'as pas eu la chance d'aller aux Antilles. Moi, je n'ai pas eu la chance de vivre auprès de ma mère... Tu sais, certains matins, je me demande ce que je fais sur terre. Je me dis qu'elle aurait dû me tuer, me jeter dans une poubelle. Je me triture les méninges.

Je crève d'avoir été une enfant abandonnée... J'aimerais tellement la revoir, Teddy. Est-ce que tu peux le comprendre ? J'ai besoin de la voir. J'ai besoin de son amour, Teddy... Comme toi... Tu me donnes rendez-vous en cachette. Pourquoi ? Vous avez honte de moi ? Je suis l'indésirable, c'est ça ! Il faudra bien que quelqu'un mette un coup de pied dans la fourmilière ! Je veux juste en finir avec les secrets et la honte et les fantômes... Rien d'autre. On ne peut pas changer le passé, Teddy. Il est déjà écrit. On ne va pas tergiverser. Qu'est-ce que tu souhaites vraiment entendre ? Tu sais, les lettres, je les postais bien à la bonne adresse. Des cartes de bonne année et de fête des Mères que ma Tata Michelle me forçait à écrire... Et puis, à Marie-Galante, j'ai continué. Grand-mère y tenait. Et jamais de réponse. Jamais un seul mot de vous autres. Qu'est-ce qu'elle en a fait ? Mystère ! Et elle travaille à la Poste par-dessus le marché ! Quelle ironie ! dis-je en essuyant une larme. Je lui ai envoyé mon livre, tu sais. Est-ce qu'il est parti à la poubelle ? Je veux seulement la voir, Teddy. Je ne demande pas grand-chose. Tu as fait la moitié du chemin et je t'en remercie. Je veux juste que tu prennes ton courage à deux mains et que tu lui parles de notre rencontre, que tu la convainques de me voir. Au moins une fois... Ne t'inquiète pas, je ne me présenterai pas en redresseuse de torts. Je ne la juge pas. Je n'ai pas l'esprit de vengeance. J'ai une mère, bon Dieu ! C'est ma mère aussi... Dis-lui, s'il te plaît, que je l'aime et qu'elle me manque... »

Nous étions en plein mélodrame. J'avais les deux poings serrés sur la table que j'avais martelée à plusieurs reprises, manière de ponctuer chacune de mes phrases. Teddy sembla ému par ma longue tirade. Il chancelait dans ses certitudes. Après un temps de silence, passant une main dans ses cheveux châtains coupés ras, il me souffla qu'il allait faire son possible.

Les jours suivants, Teddy ne donna pas de nouvelles et je m'abstins de l'appeler. Le temps filait entre mon travail à la bibliothèque et mes soirées d'écriture. David était parti une semaine à Marseille où s'exposait la peinture caribéenne. J'étais seule, tranquille. Je ne voulais pas m'apitoyer sur moi-même et me concentrais sur mon roman. J'écrivais tard le soir. Et je me levais tôt le matin, pour écrire encore, impatiente d'en terminer avec Clara, mon héroïne. Si j'avais parfois l'impression de tirer les fils de pelotes emmêlées, je ne cessais de poursuivre les mots avec obstination. Margareth avait raison, chaque mot était une banderille qui mettrait le roman à mort et m'en délivrerait.

L'avant-veille du retour de David, c'était un dimanche, j'entendis une clé s'enfoncer dans la serrure. J'eus un pincement au cœur. Ce ne pouvait être que Margareth. Il était cinq heures de l'après-midi. Au salon, John Lee Hooker grattait sa guitare comme une vieille plaie. Je ne m'étais pas lavée. Mes cheveux étaient en jachère. Je portais ma salopette en jean usé et mon T-shirt délavé *Pa ni pwoblèm* que j'enfilais toujours pour me planter devant ma machine à écrire. C'était ma tenue de travail. La défroque fétiche dans laquelle je me sentais à l'aise pour affronter mon chantier. Après tout, je n'étais rien d'autre qu'un tâcheron qui apprend son métier de maçon sur le tas, qui charroie des sacs de ciment et des planches de coffrage et redresse les clous et bat le mortier. J'étais en train de bricoler un dialogue. « Ta mère t'attend. Elle est prête. Surtout, il ne faudra pas la heurter. C'est une femme brisée aujourd'hui... »

Margareth était seule. Lâchée par un taxi au bas de l'immeuble avec ses valises, elle s'en revenait du Mexique où elle avait donné une série de conférences dans les universités.

« Je suis bien contente de te trouver là », me dit-elle en m'embrassant.

C'était un bon début.

« Miss Danha est en Martinique. Elle est restée auprès de sa mère qui est souffrante. La pauvre femme a été piquée par un moustique. Elle a chopé la dengue. Elle est hospitalisée. »

Margareth alluma une cigarette, étala son corps las dans le canapé et jeta un œil dans la pièce. Elle était chez elle parmi ces meubles et ces bibelots. Aux murs, il y avait ses portraits qui me toisaient chaque jour depuis bientôt dix ans. Un tableau de la jeune Margareth au regard de mouette rieuse, peint par un illustre inconnu, une photographie en noir et blanc inspirée du studio Harcourt, une grande affiche d'un salon du livre de Berlin dont elle avait été la figure emblématique, et puis son visage encadré à tous les âges, dans le couloir qui menait aux chambres. Je me souvenais des bonnes résolutions que j'avais prises à l'Autre Bord, tandis que je feuilletais ses albums de photos, examinant les frimousses reconnaissantes des petits Sénégalais agrippés à son boubou. Je me rappelais les propos rapportés de David... son désir d'Afrique, son amour impossible pour Boubacar. Aussi sa générosité dans les confidences de Lamine Diagne... « Elle sustentait vingt à vingt-cinq personnes à Saint-Louis. Elle achetait le riz par sacs de cinquante kilos. Le poisson ne manquait jamais... Madame Solin payait les livres et la scolarité... » Je me revis en train de lire, sans y avoir été autorisée, son manuscrit dédié aux enfants de Césaire, Malcolm X et Senghor, à toutes les diasporas nègres. Avait-elle flairé mon passage dans ses pages ?

« As-tu quelque chose à manger, Jo ? » me demanda-t-elle.

Sans un mot, je repoussai ma chaise et gagnai la cuisine. Voilà ce que les femmes Solin avaient toujours attendu des négresses qu'elles avaient sous leur commandement. Elle me prenait pour sa bonniche. Il y avait d'abord eu Gloria Mercure qui s'était tuée à la tâche et avait laissé sa peau au service de Madame Marie-Eugénie. Ensuite, Théodora qui trimait pis qu'une demeurée là-bas, persuadée que l'Autre Bord était une succursale du paradis où, à l'abri, elle parvenait à échapper à ses fantômes. Et moi, Jo, la dernière de la lignée des bonnes à tout faire. Et c'était naturel pour Margareth d'exiger de moi que je lui serve un repas.

Devant le réfrigérateur, j'ajustai la bretelle de ma salopette et considérai la cuisse de poulet que je me réservais pour mon dîner en solitaire. Une cuisse de poulet, c'est peu de chose en regard de ce qu'elle a fait pour toi, me dis-je. Allez, fais pas ta mesquine, Joséphine ! Pense aux sacs de riz qu'elle achetait à

Saint-Louis, les livres payés à des générations de petits Sénégalais...

Je dénichai trois tomates et un cœur de laitue dans le tiroir. Je mis le poulet au four et préparai une vinaigrette pour la salade, tout en pensant à la réponse de Clara. « Brisée par quoi ? Pourquoi dites-vous que ma mère est une femme brisée ? » Et puis, j'imaginai Teddy, un bref instant, en train d'essayer de convaincre ma mère d'accepter de me rencontrer.

Je retournai à la salle à manger et dressai le couvert. Margareth s'était allongée sur le canapé. Un cendrier était déposé à même le parquet, à portée de sa main. Elle avait ôté ses souliers pour pieds sensibles et chaussé ses lunettes. Avec son tailleur violine en tissu infroissable et son corsage rose à jabot, elle ressemblait à une grosse mammy *african american* qui s'en revenait fourbue de l'église évangéliste. Ne manquait au tableau que le chapeau extravagant, paré de plumes, de fleurs et d'oiseaux exotiques, assorti au tailleur. Elle avait son agenda en main et le compulsait fiévreusement, attendant que je l'invite à passer à table. Elle pestait, cigarette au bec, comme s'il n'y avait pas assez de jours à l'année en cours.

« Je ne crois pas que je pourrai encore longtemps compter sur Danha James. Ces temps-ci, elle cherche tous les prétextes possibles pour éviter de m'accompagner. »

Elle rit, amère, écrasa son mégot.

« La dernière fois, elle a inventé une histoire de passeport périmé. C'était un mensonge, Jo. Je ne suis pas dupe. Je sais par des amis que Danha se plaint de la vie que je lui fais mener. »

Elle prit place devant son assiette.

« Dis donc, ça sent drôlement bon ! Tu tiens de ta grand-mère, Jo. »

Elle leva la tête au bout de son compliment et croisa mon regard. J'étais tout sourire, me forçant à voir la femme de cœur derrière l'ogresse qui n'allait faire qu'une bouchée de la cuisse de poulet. Je devais m'obliger à la regarder au travers de ses écrits et de ses paroles brûlantes d'intelligence.

« Je ne reste que trois jours à Paris et j'ai un milliard de choses à régler. J'aimerais qu'on passe une soirée avec Lamine. Si tu peux t'en occuper, tu me soulageras. Je repars jeudi pour Marie-Galante. J'y serai jusqu'au mois d'août, sans bouger d'un poil. Je vais terminer mon livre là-bas. C'est toujours à l'Autre Bord que je suis le plus inspirée. »

Elle enfourna quelques feuilles de laitue.

Il me fallait accepter les deux Margareth : l'immense femme de lettres et la petite négresse de Marie-Galante, la fille du notaire, qui s'autorisait à fouetter ses camarades de jeux jusqu'au sang. Le personnage public respecté et la lionne à l'humeur lunaire qui se bâfrait en privé. La merveilleuse raconteuse d'histoires et la receleuse des secrets de famille.

« Tu as vu le nouveau lotissement sur la route de la maison. Marie-Galante perd chaque jour un peu plus son âme. Ça construit à tout-va », grogna-t-elle, la bouche pleine

Aujourd'hui dimanche, que faisait ma mère ?

Avec quoi tuait-elle le temps ?

Des aiguilles à tricoter comme Tata Michelle.

De quoi emplissait-elle son esprit pour se débarrasser de ses fantômes ?

Les crimes de sang relatés dans les journaux, les jeux télévisés, les émissions de variétés, les prières.

Sans doute Teddy était-il en tête à tête avec elle...

Peut-être y avait-il aussi Igor, son petit-fils adoré.

J'imaginai Pâquerette armée d'un grand couteau en train de découper un gâteau au chocolat... Elle aimait cuisiner, m'avait dit Teddy. Ça occupe bien l'esprit et ça fait passer le temps de préparer un gâteau. Mesurer les ingrédients. Fouetter les blancs d'œufs. Voir la mousse se transformer en neige très ferme. Mettre à fondre le chocolat, à feu très doux. Surveiller la cuisson.

Ne penser qu'à cela.

Ensuite, attendre que le chocolat fondu soit tiédi. Y incorporer les jaunes, une pincée de cannelle, une larme de vanille, un zeste de citron, une once de muscade. D'autre part, travailler le beurre, le sucre et la farine. Ajouter la levure au travers d'un petit tamis. Et battre encore ensemble, vigoureusement, ces quatre éléments. Quand les mains sont affairées, le temps file dans une cuisine. La pâte obtenue doit être lisse, sans grumeaux. L'enrichir des jaunes chocolatés. Mêler le tout à la spatule, sans précipitation. Enfin, avec grande délicatesse, amalgamer les blancs montés en neige à la préparation. Le moment est crucial, il exige de la concentration et du doigté, du temps devant soi.

Ne penser qu'à cela.

Beurrer un moule. Le fariner. Verser la pâte.

L'enfourner. Et attendre en fixant la pendule. Ne penser qu'à la pâte qui lève dans le four...

Pâquerette était sûrement en train d'offrir une belle part de gâteau au chocolat à son Teddy, son avocat... Sitôt que cette image blessante me traversa l'esprit, sans avoir rien prémédité, j'attaquai Margareth.

« J'ai revu l'un de mes frères. Il m'a appelé ici. Il voulait savoir si la Marguerite de mon livre avait quelque chose à voir avec sa petite maman. »

Margareth plissa les yeux, fronça les sourcils, déposa sa fourchette sur la table.

Je me servis un verre de vin.

« On me cache des choses depuis si longtemps. J'ai appris des trucs à gauche et à droite. J'ai besoin d'en savoir davantage. »

Elle haussa un sourcil.

« J'aimerais, s'il te plaît, que tu me dises enfin pour quelle raison tu as obligé ma mère à m'envoyer à Marie-Galante... Et pourquoi tu ne l'as pas fait quand elle m'a placée à la DDASS ? Pourquoi t'es-tu occupée de moi ? Je ne suis que la petite-fille de ta bonne... Que sais-tu de ma mère ? Comment l'as-tu retrouvée ? Il y a des pièces manquantes au puzzle que j'essaie de recomposer. Comment as-tu fait pour l'obliger à m'envoyer là-bas ? Est-ce que tu la vois lors de tes passages à Paris ? Est-ce que vous vous rencontrez en cachette ? Teddy n'a jamais entendu parler de toi... Est-ce que tu sais que grand-mère n'a pas toute sa raison ? Tu te rends compte que j'ai vécu auprès d'une femme folle pendant près de dix ans ! Et je l'ai compris là, dernièrement... Les enfants trouvent les grandes personnes un peu bizarres. Je croyais qu'elle n'était pas différente des autres. Mais tu le savais, quand même... Tu le sais... »

Le poulet était en train de refroidir. La peau se figeait dans sa graisse.

Margareth me dévisagea un instant. Puis elle fixa le ciel derrière la fenêtre.

« Tant de questions, Jo ! Je reviens de voyage. Je suis épuisée. Je veux bien te répondre, mais laisse-moi me souvenir... C'est vrai, tu as le droit de savoir. Pourquoi avoir attendu si longtemps... Après tout, c'est ton histoire... »

Elle repoussa son assiette, alluma une cigarette et bascula sa tête en arrière.

« Par quoi commencer, Jo ? »

Quand elle se mit à dérouler sa parole, ressuscitant les personnages d'un temps ancien, réinventant leurs dialogues avec ses mots affilés, la vieille Margareth disparut derrière une jeune conteuse qui s'emballait dans la joie du dire. Il y avait des rebondissements et du suspense, des apartés et des digressions, des questions sans réponses et des circonlocutions. Il y avait les quatre saisons de France, le soleil cuisant de Marie-Galante, la colère des cyclones. Des chansons douces, des illusions perdues et des amours démâtées dans des couleurs fanées. Des rires et des pleurs et des silences de femmes. Des fleurs et des fruits par brassées. Des tourbillons, des rafales, des envolées superbes... Et cependant tout était limpide. J'étais au cœur de ses mots et me laissais porter, ballotter sur les eaux de sa mémoire, tel un petit canot de papier, au gré du courant, au fil du vent.

Le récit débutait au temps où Gloria Mercure n'était qu'une jeune fille de quinze ans. Dans un triste jour de carême, elle avait marché jusqu'à l'Autre Bord et s'était présentée à la porte de Madame Marie-Eugénie Solin.

Autrefois, la terrible directrice de l'école des filles de Saint-Louis promettait à toutes ses élèves un destin de misère.

« Si par miracle vous échappez à la canne, tonnait-elle, vous finirez bonniches. À la cuisine à préparer des repas pour d'autres, à lessiver le linge des autres, à épousseter les meubles des autres ! Je ne vois rien d'autre à l'horizon. Je lis dans vos yeux de scélérates. Aujourd'hui, vous ne songez qu'à la bagatelle au lieu de vous pencher sur vos leçons. Vous êtes des analphabètes mais la seule chose qui vous intéresse, c'est ce morceau de chair qui gémit la faim entre vos cuisses. Et vous croyez qu'il va vous apporter le bonheur et le miel et la moire. Je vous demande de prier afin de ne pas succomber à la tentation. Priez Dieu de vous venir en aide, mesdemoiselles ! Je vous en conjure, repoussez Satan de toute votre âme ! Il est à vos trousses et vous poursuivra jusqu'à la chute. Il a grand sourire et belle denture. Gentil garçon, il se présente à vous au bal de la fête communale. Il vous fait danser la mazurka et vos pieds ne touchent plus le sol. Vous croyez être arrivées au paradis. Ne vous y trompez pas ! Ce grand beau nègre en costume, lavallière et souliers vernis n'est qu'une bête féroce remontée des enfers. Vous n'aurez pas de répit et, trop tard, vous vous souviendrez de mes paroles. Mesdemoiselles, le salut est dans vos livres. Ouvrez-les pour sortir du néant !

Ouvrez-les et instruisez-vous pour quitter votre condition de miséreuse. Ouvrez-les et fermez la porte aux anges du Mal. »

Elle se redressait alors, lissait sa robe de popeline chamarrée, avançait dans la cour, dévisageant d'un regard d'aigle noir le cheptel de négrillonnes rassemblées sous le soleil.

« Je lis en vous comme dans mes livres. Je vois des bougresses engrossées, des femmes aux abois, des enfants sans pères, des ventres creux. Je vois la canne où vous entrerez corsetées de vieilles hardes. Je vois la boutique où vous pleurerez pour un crédit. Je vois des larmes, des rivières de larmes... »

Tifanie Mercure, la mère de Gloria, venait tout juste d'être mise en terre au cimetière de Grand-Bourg. La vieille Eunice Nabare, qui avait travaillé pour les Solin quarante ans durant, agonisait sur son grabat. Avant d'être frappée d'aphasie, ses ultimes paroles avaient été destinées à Gloria, sa petite voisine, qu'elle avait fait mander à son chevet.

« Ils ont besoin d'une personne là-bas, à l'Autre Bord. Ils ont dans l'idée de faire venir quelqu'une de Pointe-à-Pitre. Mais dis que c'est moi qui t'envoie. Dis que tu te présentes au nom d'Eunice. Dis que ta pauvre maman est partie au ciel et que tu es seule au monde. Gloria, dis que c'est ma dernière volonté qu'ils te prennent à leur service. Elle pourra pas me refuser ça, Madame Marie-Eugénie. Dis que c'est charité chrétienne et que Dieu le lui rendra... »

Armée des recommandations de la dame Nabare, revêtue de sa robe noire d'orpheline, Gloria avait agité la clochette et attendu, sous le soleil de midi. Attendu qu'on vienne lui ouvrir le grand portail de la propriété. C'était un samedi. Elle n'avait pas mangé le matin et non plus la veille au soir. Elle ne se souvenait même plus de son dernier repas. Elle commença à suer sous son chapeau de paille, se rappelant les paroles prophétiques de Madame Solin... « Si par miracle vous échappez à la canne, vous finirez bonniches ! » Tout était dans l'ordre des choses.

Son destin était écrit depuis longtemps et elle n'avait pas appris à lire.

Dis que tu viens de la part d'Eunice, se répéta-t-elle.

Autour d'elle, les champs de canne se mirent à tournoyer, pareils aux chevaux d'un manège fou. Elle actionna de nouveau la cloche, s'agrippa aux grilles du portail.

Dis que tu viens au nom d'Eunice.

Sa gorge était sèche et elle avait pourtant envie de chanter les couplets d'une berceuse que lui fredonnait Tifanie, sa pauvre mère... *Pitit dodo, papa pa la, sé manman tou sèl ki dan lan misè...* Et, par une conjonction étrange, Gloria vit la défunte debout devant elle, surgie des champs où elle était entrée chaque jour de sa vie pour amarrer les cannes. Tifanie avait les yeux grands ouverts et racontait son voyage dans l'au-delà, riant comme si elle s'en revenait d'une escapade à Pointe-à-Pitre. Puis son regard se voila et elle s'évapora, aussi soudainement qu'elle était apparue. À la joie d'avoir revu Tifanie, succéda la tristesse. Lasse, Gloria aurait bien voulu rejoindre sa mère. En finir avec cette vie déjà écrite de A à Z. À quoi bon, se dit-elle.

Derrière le fer forgé, les fleurs du jardin — alamandas et hibiscus — dodelinaient de la tête, tels des gens au spectacle. Songeant au mince bouquet d'arums qu'elle avait déposé sur le cercueil de sa maman, Gloria se mit à pleurer des larmes de miséreuse. Des larmes sans questions ni réponses. Les rivières de larmes que Madame Solin avait déjà vues couler de ses yeux.

Et, en plein midi, la nuit tomba d'un coup. Les doigts de Gloria se détachèrent un à un du portail. Elle s'abandonna à la mort, l'appelant de ses vœux, et s'éboula dans l'herbe, en un petit tas d'os et de chair maigre, de toile noire et de paille.

Le notaire la découvrit vers les trois heures de l'après-midi. Il descendit de son auto, ôta son chapeau melon et la ramassa avec des gestes précautionneux, à croire qu'il s'était agi d'un petit oiseau blessé, les ailes brisées. À cette époque, Edgar Solin arborait ses trente-sept ans. Gloria en avait quinze. Il aurait pu être son père. Il avait déjà une fille, Margareth, âgée de deux ans à peine.

Nous étions en 1940. La guerre tonnait là-bas en Europe et personne n'en connaissait l'issue. Depuis le rivage, on voyait glisser les bateaux au large, mais on n'espérait guère de nourriture sortie de France ou des Amériques. Plus de riz, plus de bœuf, plus de lentilles et de pois rouges. On produisait sur place et on se contentait de ce que la terre voulait bien donner. Canne à sucre, coco, avocat, café, cacao. On mangeait les ignames, les malangas et les fruits à pain avec le poisson. On élevait quelques cochons dont on salait la viande et des poules qu'on suçait jusqu'à l'os les dimanches gras. Le pain, on le faisait avec le maïs. Et il y avait le manioc pour les galettes de cassaves. Les temps étaient durs et le superflu n'était pas le quotidien.

Pas de place pour les douceurs, même pour un notaire.

Gloria n'était pas morte, juste évanouie. Edgar la coucha à l'arrière de son auto et prit son pouls, ainsi qu'il l'avait vu faire par le docteur Guillebaut. Il plaqua sa longue main sur le front de l'enfant, essuya la sueur avec son mouchoir de percale blanc. Il défit les boutons de sa robe noire. Elle tressaillit, se cabra. Il posa son oreille contre la poitrine de l'enfant et perçut les battements du cœur affolé, enfermé là comme un petit animal sauvage. Ses seins se raidirent. Deux petits tétés jumeaux, durs, aux aréoles couleur des pruneaux à l'eau-de-vie — doux nectar qu'il avait rapporté de son dernier voyage en France. Il le dégustait avec un cigare, à petites doses, dans un minuscule verre de cristal ciselé. C'était son plaisir. Son seul plaisir, le soir venu, après ses journées de travail. Assis, seul, dessous la véranda de l'Autre Bord, il trempait ses lèvres dans l'eau-de-vie, écoutant les bruits de la nuit. Et il fumait le cigare, dénombrant les étoiles dans le ciel.

Il passa son index sur les lèvres de la petite. Elles étaient agitées d'imperceptibles tremblements. Juste une caresse, pour mesurer son souffle, pour la réveiller sans l'effaroucher. Sa bouche était ronde à croquer, plus charnue qu'une sapotille.

Sous le regard amusé d'Alphonse, son jardinier, il avait planté lui-même un sapotillier dans la pépinière qui jouxtait le potager. La sapotille était son fruit préféré ; elle dégageait comme une odeur âcre de femme en chaleur, un parfum douceâtre un peu rebutant. Les connaisseurs se délectaient de sa chair tendre.

Gloria ouvrit les yeux, les referma, les écarquilla. Ses cils froufroutèrent un moment, papillons noirs du soir, espoir. Ses yeux : deux billes d'onyx. Edgar tapota ses joues, son petit nez rond aux ailes courtes.

Pas de place pour les douceurs en ces temps de restriction. La faute aux hommes qui se battaient pour des territoires de la même façon qu'au commencement des temps. Des plaines et des montagnes à conquérir, encore et encore. Des peuples à asservir, encore et encore.

Et pas de place pour le paradis dans ce monde-ci.

Pas de place pour les douceurs.

Gloria tenta de se redresser sur ses coudes, ramena ses pieds sur la banquette. Sa robe se releva. Edgar s'écarta, foudroyé, le souffle coupé.

« *Non an mwen, sé* Gloria Mercure. Je venue de la part de Man Eunice qui agonise dans son *kaz.* Prends-moi à votre service par charité chrétienne. Je *savé* cuisiner, lessiver et repasser. Je suis propre. *An pa fainéant.* Je puis nettoyer une grande *kaz.* Je suis *perdi ma manman. An tou sèl.* »

Sans prendre une seule fois sa respiration, elle avait causé dans un méchant français égratigné de créole. Le chant d'un oiseau tombé du ciel. La voix était conforme à ce qu'il avait imaginé. Un peu aiguë, un brin fluette.

## VII

« Sweetie Jo, je suis enceinte, m'avait soufflé Wanda au téléphone. Je ne sais pas si je vais pouvoir garder l'enfant. J'ai annoncé la nouvelle à Lucas, il a tiré une de ces têtes. Tu peux pas mesurer le coup que ça m'a fait ! J'ai vu un chien enragé. Ces jours-ci, dès que je lui adresse la parole, il aboie et il montre les crocs... C'est fou comme les gens changent... J'ai besoin de tes conseils, Sweetie. Qu'est-ce que t'en penses ? J'ai déjà trente-deux ans. Si j'avorte, j'ai peur de le regretter plus tard. Il m'a dit qu'il doit repartir au Bénin. Qu'il en veut pas de cet enfant. Il a sa carrière à mener. Il doit monter une pièce de Césaire à la fin de l'année... Je me sens perdue... »

Les yeux fermés, j'écoutais les sanglots de Wanda, ses paroles précipitées. Mon cœur se mit à battre un peu plus vite.

« Il faut qu'on se voie, Sweetie... J'ai besoin de parler à quelqu'un... Et j'ai besoin d'argent aussi... Tu pourras m'en prêter un peu, Sweetie... »

De quoi vivait Wanda ? Je m'étais toujours interrogée sans jamais oser creuser le sujet. C'était comme l'histoire de ses cheveux qu'elle enfermait dans ses foulards. Cela faisait dix ans que je la connaissais et elle n'avait jamais renoncé à ses rêves. « Un jour, affirma-t-elle, je deviendrai célèbre. On verra ma gueule au cinéma et si ça ne marche pas en France, j'irai en Amérique où on craint moins les Blacks qu'ici. » Je l'imaginai aussitôt partageant l'affiche avec Denzel Washington ou Meryl Streep. Avant de quitter Haïti, elle avait rencontré une femme qui lui avait dit son avenir. « Je suis faite pour la scène, Sweetie Jo ! Et rien d'autre. C'est mon destin. » Elle vivotait à droite et à gauche, tantôt en pseudo-colocation, tantôt dans des squats. Je lui avais déjà prêté pas mal d'argent. Des prêts qui se transformaient en donations. Je l'avais hébergée quelques mois, rue de Rennes. En deux temps trois mouvements, elle avait transformé l'appartement en une loge de théâtre. Vêtements, sacs et chaussures, bijoux et foulards traînaient partout. Elle abandonnait rouges à lèvres et vernis à ongles à l'endroit même où elle les avait utilisés, sur les buffets, le parquet, le bord de l'évier. Sans le sou, elle trouvait parfois le moyen de ramener des roses, une bouteille de champagne, des mangues du Brésil. Certains jours, elle se mettait à la cuisine et le désordre qui s'ensuivait était indescriptible. Elle voulait me faire plaisir, Wanda. Hélas, pour préparer le repas créole (trois bananes plantains frites, un aileron de morue aux oignons, riz et pois rouges consommés), il lui fallait sortir le grand jeu, des casseroles en pagaille, poêle, fait-tout, louches, fourchettes, cuillères, sans compter les torchons dont elle abusait. Que ferait-elle d'un bébé ? Sa vie allait cahin-caha. Doublures par-ci, figuration par-là, lectures de poésie nègre, cachets dérisoires, petits rôles dans des pièces qui ne rameutaient pas les foules. J'étais persuadée qu'elle ne mangeait pas chaque jour à sa faim.

Lorsque Gloria vit son ventre s'arrondir, pareil à une petite calebasse pendue à sa branche, elle l'amarra serré, dans une grande pièce de coton découpée dans un drap que Madame Marie-Eugénie lui avait demandé de jeter.

Depuis le jour où Monsieur Solin l'avait ramassée devant le portail de fer forgé de l'habitation, la vie allait douce pour Gloria. Elle avait hérité de la chambre de la vieille Eunice. La pièce, qui embaumait encore l'encens dont usait l'ancienne bonne, était en fait une remise au fond du jardin. Alphonse, le jardinier de l'Autre Bord, y déposait ses outils et sa brouette. Mais Gloria n'avait rien à redire. Avec ses trois repas quotidiens, sa chair s'était épaissie. Et, du matin au soir, elle chantonnait, oisillon, remerciant Dieu de l'avoir menée en ce paradis où tout n'était qu'ordre, beauté et belles manières raffinées saupoudrées de français.

Les premiers jours, Madame Marie-Eugénie n'avait cessé de la guetter du coin de l'œil, se figurant que Gloria ne savait pas mesurer la chance qui lui était donnée et aurait pu avoir l'esprit malin de ces bonnes dont on déplorait les travers dans les magasins chic de Pointe-à-Pitre, entre dames de notables. « N'oubliez pas que vous êtes à l'essai, mademoiselle. J'ai une personne qui m'a été recommandée par les sœurs du Carmel de Basse-Terre. Vous avez un mois pour faire la preuve de vos capacités. Il y a beaucoup de travail à l'Autre Bord. J'espère que vous n'avez pas un poil dans la main. Sachez que je ne transige pas. Je n'admets pas que ce qui doit être fait le jour même soit reporté au lendemain. Procrastination ! J'abhorre la procrastination ! Je vous demande de la rigueur, mademoiselle. Si vous voulez avoir le privilège d'être employée dans cette respectable demeure, je vous exhorte à exécuter à la lettre chacun de mes ordres. Obtempérez ! Sinon vous pouvez retirer vos pieds de chez moi ! »

Gloria ne comprenait pas la moitié des mots. Ils jaillissaient comme de la mitraille de la bouche de Madame. Des mots qu'on n'entendait jamais dans les rues de Marie-Galante et qu'elle avait sûrement dû ramener de ses nombreux voyages en France. Des mots emberlificotés à accents circonflexes et *h* aspirés. Des mots à injonctions, révérences, grands cols empesés et petits doigts levés pour boire le thé de Chine. Des mots rares et acidulés, aussi goûteux que ce quartier de pomme-France que Gloria avait dégusté, un jour, il y a longtemps. Une pomme que sa mère Tifanie lui avait présentée comme une pépite d'or. « Vous vous lèverez tôt le matin et vous vous coucherez tard le soir. Le linge doit être impeccable. Lavé, blanchi, amidonné, repassé, plié dans les armoires. La vaisselle ! Attention à ma vaisselle de porcelaine ! Pour en préserver les dorures, ne pas les affadir, vous nettoierez chaque pièce de mon service avec une petite éponge que je vous indiquerai sur la paillasse. Je ne veux pas voir une seule assiette cassée. Je ne mange pas non plus dans de la vaisselle ébréchée ou fêlée. »

Et l'argenterie ! Les précieux verres de cristal ! Et les meubles d'acajou et de mahogany à cirer ! Et les lustres à pampilles où les araignées tissaient leurs toiles chaque nuit. Et puis les livres, les bibelots, les tableaux, les statuettes, les pendules à dépoussiérer... Et aussi le carrelage à brosser chaque matin, de la cuisine au salon, en passant par le bureau de Monsieur, celui de Madame, la salle à manger et la véranda qui faisait l'entour de la maison. Les baignoires de Monsieur et de Madame à récurer de fond en comble. Et les repas à préparer. Poissons à écailler, racines à éplucher, pois à écosser. Le déjeuner devait être servi à midi et demi pile. Raccompagnée par le chauffeur de la mairie, Madame était là à midi et quart au plus tard. Si Monsieur ne montrait pas la même rigueur dans ses horaires, il s'arrangeait toujours pour être attablé à l'heure dite — mis à part, bien sûr, les jours où il était parti en voyage sur le continent. Madame était intraitable sur la ponctualité.

« C'est ce que l'on nomme le savoir-vivre, ma fille ! Vous n'êtes pas chez des sauvages. Vous êtes à l'Autre Bord, chez des personnes honorables... »

Et aussi s'occuper de l'enfant turbulente, la petite Margareth, qu'elle avait été sommée d'appeler Mademoiselle et qui restait impunie lorsqu'elle bottait Gloria et lui donnait des ordres du haut de ses deux ans.

Gloria ne vivait pas cette charge de travail comme une malédiction. Bien au contraire, elle s'y astreignait sans gémir, en chantant, bénissant chaque jour Monsieur et Madame de l'avoir soustraite à l'enfer des cannes. « Il y a un bon Dieu dans le ciel qui veillera sur toi », lui avait soufflé sa pauvre maman avant de mourir. Et c'était vrai, Gloria voyait Ses œuvres et Sa gloire à l'Autre Bord. Alors, elle n'était pas aigrie, contemplant ses mains meurtries jointes en prière. Elle ne couvait pas de mauvaises pensées, couchant son corps fourbu sur son grabat. Elle louait le Seigneur et s'endormait dans la félicité des humbles qui rendent grâce à leur Créateur et ne jalousent pas les nantis.

Si Madame pouvait paraître austère certains matins, raide, boutonnée haut dès le réveil — lèvres pincées, cheveux tirés au fer chaud et ramassés dans un petit chignon doublé d'une postiche ridicule —, elle lui accorda bien vite sa confiance. Au bout du premier mois, Madame n'inspectait plus les assiettes, ne scrutait plus les lustres, ne traquait même plus la poussière dessous les tapis, ne cherchait plus les taches au revers des draps. Quant à la personne recommandée par les sœurs du Carmel, Madame l'oublia presto. Pour ainsi dire, Gloria faisait maintenant partie des meubles. Disons plutôt qu'elle avait trouvé une famille. Car, à l'entendre, Madame l'avait tirée du lot des négrillonnes aux talons cornés qu'elle s'escrimait à éduquer.

Elle l'appelait : « Ma fille ! » Ma fille ceci, ma fille cela.

« Ma fille, vous mettrez au bain Mademoiselle Margareth à cinq heures ! Ma fille, vous dresserez le couvert pour quatre ; ce soir, nous recevons le docteur Guillebaut et son épouse. Ma fille, occupez-vous, je vous prie, des cuivres de la porte d'entrée. Ils sont ternes et heurtent l'œil... »

Gloria ne se faisait pas répéter les ordres deux

fois et, qualité rare chez les gens de sa race, elle ne traînait pas des pieds pour accomplir sa tâche. Et il était curieux de constater qu'elle possédait aussi une intelligence des choses, prévenant le moindre désir de Madame Marie-Eugénie, interprétant ses regards, répondant sans faillir à cette langue française dont elle ignorait les rouages et les mécanismes savants. Elle était toujours présente là où on l'espérait.

« Je vous assure que vous ne trouverez pas plus besogneuse. Un rêve de servante, se gaussait Madame. Une petite négresse échue de la canne et, miracle ! elle s'avère aussi stylée qu'une nurse anglaise. »

À l'école, Gloria n'avait pas réussi à lire B.A.BA... ni à causer en bon français. Mais, chez Madame, la langue créole était bannie. Gloria la déposait à l'entrée de la propriété, pareille à une panière d'immondices et de vieilles hardes. Elle la reprenait le dimanche quand elle s'en descendait au bourg. À l'Autre Bord, elle s'ingéniait à rouler les mots français dans sa bouche, à les prononcer comme il faut. Madame corrigeait ses barbarismes et ses solécismes, toutes ses offenses faites à la précieuse langue de ce Monsieur Voltaire que Gloria n'avait, hélas, jamais rencontré dans les ruelles de Saint-Louis, même pas à la messe.

« Chez nous, ma fille, de la même manière qu'on ne mélange pas torchons et serviettes, on ne mélange pas créole et français, vous comprenez ! »

Et, dans sa grande piété, Madame lui inculquait les règles élémentaires de la grammaire et lui donnait des leçons de lecture, parce que c'était son sacerdoce et qu'elle priait chaque matin pour que les négresses échappent aux pattes griffues de l'obscurantisme, déjouent les ruses du grand Satan, la gueule en biais, qui attendait leur chute.

« Ma fille, un jour viendra où vous me remercierez de vous avoir ouvert l'esprit... »

Ma fille ceci, ma fille cela...

Et puis, il y avait Monsieur Solin. Monsieur Edgar Solin. Le triste notaire qui regardait chaque soir sa Marie-Eugénie poser son corps tel un pain de glace dans la couche conjugale. Avec sa chemise de nuit à collerette de dentelle nouée au ras du cou, et ses décourageants panties à fanfreluches qu'elle avait ramenés d'un voyage à Saint-Martin et ses papillotes et ses bas de coton grimpés haut sur ses cuisses et ses : « Non ! je vous en prie, Edgar. Non, pas ce soir, Edgar ! » Et son dos qu'elle lui donnait et ses prières qu'elle entonnait à mi-voix pour faire coucher le rustre, l'animal dressé à ses côtés. Une bête dégoûtante qui ne songeait qu'à la monter, la chevaucher et galoper sur son corps jusqu'à ce qu'il s'ébroue — Seigneur ! — et rue, les membres agités d'insupportables secousses. Une danse macabre que Madame abhorrait de toute son âme. Et sentir — oh ! Doux Jésus ! — le lait âcre, l'empois, la glu, s'écouler en elle, lui coller à l'entrejambe, souiller ses bas et tacher les draps.

« Non, je vous en prie ! Pas ce soir, Edgar ! J'ai ma migraine... »

Pauvre Monsieur Edgar qui avait fait entrer la tentation dans son éden de l'Autre Bord.

Pas de place pour les douceurs...

Et le petit oiseau chantait tout le jour.

Dès que Monsieur franchissait le portail de sa propriété, son cœur s'emballait, jeune cabri que la vie ravit et qui cabriole de roche en roche, broutant l'herbe tendre d'une savane. Son cœur cognait, cognait dans sa poitrine. Sitôt descendu de voiture, il tendait l'oreille pour entendre le chant de l'oiseau. Si Gloria se trouvait à la cuisine, affairée derrière ses marmites, il prétextait une soif soudaine, se servait une orangeade et restait à l'écouter, adossé au chambranle de la porte.

« Continuez, chère enfant. Je vous en prie, continuez... Faites comme si je n'étais pas là. Personne ne vous interdit de chanter. Ma fille, en ces temps de guerre et de deuil, un peu de douceur ne nuit point... »

Bien entendu, ces paroles étaient susurrées loin des oreilles de Madame. L'oiseau reprenait alors son chant. En oubliait même jusqu'à la présence de Monsieur qui s'en revenait du bourg de Saint-Louis chaque jour un peu plus tôt. Il fermait les yeux, pénétré du chant de l'oiseau, laissant éclore son coupable désir. Cela faisait si longtemps qu'il n'avait pas connu ce genre de sensation. Des frissons après l'emballement du cœur. Et puis, une boule dure dans la gorge, telle une pierre. Un frémissement imperceptible de ses muscles qu'il ne pouvait plus commander. Une euphorie soudaine à laquelle il s'abandonnait de tout son être. Grisé d'un coup, il ouvrait les yeux et, à son aise, contemplait la croupe de la fille qui tanguait doucement au rythme de sa mélodie. Non, il n'y avait pas de plus beau spectacle en ces temps de restrictions. La déshabillant du regard, il voyait dessinés à la perfection les pleins et les déliés du corps de Gloria Mercure. Une poupée noire aux reins souples, aux courbes voluptueuses.

Les cuisses effilées, les mollets charnus semblables à deux mangues sœurs. Les petits pieds nus battant la mesure sur les dalles de terre cuite. Les orteils si joliment pétris. Amoureusement pétris par la main du Créateur.

Pas de place pour les douceurs...

Et sa taille qui ne demandait qu'à être enlacée. Une taille qu'il était sûr de pouvoir enserrer dans ses deux mains, se disait Edgar. Et puis, il y avait ce dos étroit et pourtant solide, pareil à un grand mât qui semblait capable de supporter de terribles tempêtes. La nuque était un délice pour les yeux ; poussaient là d'adorables nœuds de cheveux qui se perdaient plus haut dans la crinière crépue. Une forêt dense où Edgar aurait bien voulu enfoncer les mains. Ses mains dont il était embarrassé et qu'il fourrait dans ses poches, pour ne pas les voir courir, vagabondes, sur la peau de Gloria Mercure.

Pas de place pour les douceurs...

Des mains qui, tout le long du jour, palpaient le papier froid des actes notariés, promesses de vente et titres de propriété. Des mains de notable qui rêvaient de tâter une fois, caresser une seule fois, le petit oiseau que le destin avait déposé devant son portail.

Pas de place pour les douceurs...

Il s'avançait, la frôlait comme par mégarde, déposait son verre sur la paillasse. « Ma fille, que nous préparez-vous aujourd'hui ? » demandait-il, l'air détaché.

Et puis, un matin, Madame Marie-Eugénie grimpa l'échelle du bateau qui s'en retournait à Pointe-à-Pitre. Le menton dans une main, Edgar resta longtemps accoudé au garde-corps du débarcadère, jusqu'à ce que la mer et les brumes engloutissent Madame et sa robe à falbalas, ses bas de coton, son col boutonné haut, ses panties à fanfreluches.

C'était un jour de plein carême, de grand soleil. Un jour qui promet du poisson aux pêcheurs et des cannes juteuses dans les champs. Un jour où la guerre, au loin, ressemble à un mirage. Monsieur confia l'office notarial à son clerc, prétextant qu'il avait une affaire à régler avec son jardinier. Il regagna l'autre-Bord, la faim au ventre. L'auto traçait à vive allure sur la route trouée de nids-de-poule. De part et d'autre, les fleurs de canne saluaient le passage d'Edgar, soufflaient le nom de Gloria. Cela faisait maintenant près de six mois que l'oiseau chantait sur la propriété. La fille possédait un vaste répertoire. Refrains de joie et d'espoir conjugués. Complaintes tristes et gaies à la fois. Tendres mélodies, cantiques et berceuses.

D'abord, se dit-il, je me servirai un verre d'eau-de-vie aux pruneaux. Il n'était que neuf heures, mais Madame n'était pas là pour lui faire les gros yeux, lui rappeler le savoir-vivre et les belles manières de Paris. Elle tolérait à peine ce rituel qu'il avait fait sien, on ne sait pourquoi, de boire le soir, seul, sur la véranda, ressassant sa journée. « Ces derniers temps, Edgar, je constate que vous abusez de l'alcool. Ce vice vous perdra. » Elle lui jetait son regard sombre traversé d'éclairs. Que lui offrait-elle en contrepartie ? Rien. Camisoles, corsets et compagnie... La glace et la foudre associées.

De retour à l'Autre Bord, il gara son auto derrière la maison et tendit l'oreille, comme à l'accoutumée.

Cette fois, le chant montait de l'appentis que Madame appelait pompeusement buanderie. Un siècle de temps qu'Edgar n'avait ressenti un tel bouleversement dans sa chair. Son corps trémulait. Il était exalté, tel un explorateur qui s'en va pénétrer les forêts profondes. Aussi fébrile qu'un corsaire paré à l'abordage. Il empoigna la carafe d'eau-de-vie. S'en servit une première rasade qu'il but d'un trait. Puis, il en versa une seconde. Et une autre. La gorge en feu, il prit une inspiration, expira lentement et s'affala sur le sofa. Suçotant un gros pruneau noir, gorgé d'alcool, il crut qu'il tenait déjà dans la bouche un des mamelons de l'enfant. Il avait à présent le cœur en branle et — pardon, Seigneur ! — elle frétillait devant ses yeux. Une petite danseuse d'ébène aguicheuse, nue des pieds à la tête. Une créature tombée du ciel. Ses couplets assuraient que la vie était belle. M'en fous la misère ! Même en temps de guerre, il ne fallait jamais cesser de chanter et danser. Vibrer de tout son être et, dans ses veines, sentir pétiller le sang. Danser et chanter, faire la nique à la peur, à l'horreur de la mort à venir. Et il voulait chanter et danser avec elle, Edgar. M'en fous demain ce qui adviendra ! Se frotter à sa peau. Se soûler de son parfum sapotille. Oublier la femme de glace, ses corsets et ses bas, ses prières, son regard d'aigle noir... Entrer dans le corps de Gloria et danser la vie. Aujourd'hui même, car Madame vaquait à ses affaires sur le continent Guadeloupe. Aujourd'hui même... Il se redressa sur ses jambes, cracha dans sa main le noyau qu'il contempla comme s'il s'agissait de la face pile d'une pièce qui venait de décider de son destin. Danser la vie, voilà ce à quoi il aspirait. Qui pouvait l'en blâmer ? Non, il n'était pas encore mort. Il rajusta son pantalon tendu par le bâton dur qui avait forci entre ses jambes. Danser la vie. Rien de plus. Rien d'autre...

Dessous son chapeau, Alphonse était accroupi au fond du jardin, occupé à déserber un carreau de cives. Il n'avait même pas relevé la tête quand il avait entendu Monsieur garer son auto. Ce n'était pas son affaire. Ici-bas, s'il veut la conserver, chacun doit savoir rester à sa place. Les gens de la qualité de Monsieur Solin vont à leur guise. Ceux de la condition d'Alphonse connaissent les règles ; personne ne l'avait engagé pour veiller les allées et venues des uns et des autres. Seulement tenir son rôle de jardinier, et il avait fort à faire... Élaguer les arbres, dorloter les fleurs, sarcler le potager, cueillir les fruits avant le passage des rats et des chauves-souris, arroser la pelouse, surveiller les pucerons et les chenilles, retourner la terre, fouiller les ignames, le manioc et les patates douces.

La porte de l'appentis était entrebâillée. La pièce ressemblait à une geôle, sombre, étroite, crevée d'une méchante fenêtre à barreaux. Monsieur demeura un moment à épier la fille. Et des larmes lui montèrent aux yeux. Pauvre petite, comment se fait-il qu'elle ait encore le cœur à chanter ? se demanda-t-il. Et ses pieds battaient la mesure, tandis que ses bras, tirant et lissant le drap sur la planche, s'ouvraient et se refermaient en de gracieux mouvements qui décrivaient d'amples arabesques. Tentative d'envol cent fois recommencée. La sueur perlait à ses tempes et s'égouttait sur son visage en une huile fine qu'elle essuyait méticuleusement, avec une pièce de toile tirée de la poche de sa robe noire de deuil. Sur une table attenante, une montagne de linge déjà repassé, plié à la perfection. Tout est parfait dans ce tableau naïf, se dit Edgar. Parfait et remarquable à l'image de cette humble vierge noire qui prenait si grand soin du linge et de la maison tout entière. Chaque jour, répétait les mêmes gestes routiniers et ingrats. Récurer, laver, repasser, lustrer, cirer, épousseter, balayer, cuisiner, nettoyer... C'était sa vie et elle s'en contentait. Brosser, frotter, lessiver, jusqu'à en avoir les mains tuméfiées. Pauvre petit ange, déplora Edgar, la regardant se saisir d'une nouvelle pièce.

À même le sol de terre battue, dans une grande bassine émaillée, des quantités de serviettes et torchons espéraient leur tour. Serviettes de table à fleurs que Madame ordonnait de changer trois fois dans la journée. Torchons à carreaux qu'elle ne souffrait pas de voir maculés.

« Reprenez-vous, mademoiselle, on ne mélange pas torchons et serviettes », avait-elle coutume de souffler sitôt que Gloria appelait au secours un mot créole ou bien trébuchait dans la langue de Monsieur Voltaire.

« Malheureuse ! Vous m'écorchez les oreilles ! »

À cette heure, Edgar aurait payé cher pour être un de ces modestes torchons de coton. Afin qu'elle le prenne entre ses mains, l'étende sur la planche, le plie avec délicatesse. Il s'approcha, titubant à moitié. Alors, sans qu'il l'eût commandé, son bras se tendit devant lui, tâta du bout des doigts, caressa la nuque de Gloria, là même où frisottaient les petits nœuds de cheveux.

Et puis, ses gestes se précipitèrent. Électrisé, il

tomba à genoux devant elle. Lui écarta les cuisses. Passa une main dans la petite culotte si blanche, presque aveuglante. Histoire sans paroles. Retira la culotte. Et, tel un chaton assoiffé de lait, se mit à laper, les larmes aux yeux. Laper dans la chair offerte. Laper et sucer goulûment. Gloria ne le repoussa pas. Elle demeura là, ébahie, une main enserrant la poignée du fer, l'autre agrippée à une marguerite brodée sur la serviette qu'elle s'apprêtait à repasser. Monsieur était à ses pieds. Agenouillé comme un mendiant éploré. Un petit chat affamé tétant le lait de sa mère. Elle aurait pu lui assener le fer chaud sur le crâne. Un, deux, trois coups portés. Et tout aurait été dit. Il aurait battu en retraite, tenant sa tête à pleines mains, les cheveux brûlés, abandonnant derrière lui une odeur de chair calcinée. Elle aurait pu se débattre, lui donner un, deux, trois coups de pied bien placés. Mais la scène était irréelle et les larmes de Monsieur insolites. Gloria avait beau chercher à ordonner ses pensées pour éconduire Monsieur, les mots français s'emmêlaient dans son esprit, se heurtaient au créole.

« S'il te plaît, Monsieur, *pa fè sa...* »

Non, ce n'était pas du bon français de France.

Le chaton lapait de toute son âme et sa langue était douce.

« Si Madame *vini* », gémit-elle encore.

Gloria savait bien que c'était mal de s'abandonner à ce plaisir.

« Si Madame *vini...* »

Mais comment résister à la tentation ? De quelle manière rester de marbre face à un homme en pleurs ? Et c'était si bienfaisant. Si délectable de remuer doucement les reins et de sentir cette langue habile aller et venir entre ses cuisses. Elle déposa le fer. Écarta un peu plus les jambes. Attrapa la tête de Monsieur. La cajola. Elle aurait pu le repousser, lui lancer un, deux, trois jurons de sa connaissance. Il se serait enfui, mécréant. Hélas, il était déjà trop tard... C'était un si joli spectacle de voir les cheveux de Monsieur mêlés aux poils grainés qu'elle avait au bas du ventre. Et, sans musique de bal, Gloria dansait, à cause de cette langue vorace qui fouillait en elle.

« Si Madame *vini*... »

Mais Madame était loin, de l'autre côté de la mer. Partie pour la journée. Et Monsieur était à sa disposition, la léchant avec application, comme si sa fente était un sucre d'orge qu'il voulait garder dans sa bouche pour l'éternité. Et cette façon qu'il avait de se repaître d'elle, sanglotant à moitié, poussant des soupirs entrecoupés de petits râles, enfiévrait la chair de Gloria Mercure.

Voilà donc, se dit-elle, ce qui se passe entre les hommes et les femmes... Elle avait entendu des filles en causer après les leçons de catéchisme. Les yeux mi-clos, elles se chuchotaient à l'oreille des confidences qui les faisaient se tordre de rire. C'était donc ça la chute infernale que prédisait Madame Solin. Un enchantement de sensations jamais éprouvées. Un étourdissant voyage au cœur d'une tempête où il n'y avait qu'à jeter son corps. Une envie de mourir dans l'extase. Et prier pour que la mort dure longtemps, longtemps, longtemps...

Et soudain, plus rien n'exista alentour. Les tôles du misérable appentis. Les barreaux à la fenêtre. Les torchons et les serviettes mélangés dans la bassine.

Le charbon fumant du tesson. Le fer et les montagnes de linge déjà repassé. Plus rien que la joie des sens. Des éclairs, une lumière fulgurante, un éblouissement. Et tant pis si Madame venait, les surprenait dans leur nid d'amour. Gloria était en feu, une torche allumée par la langue de Monsieur. Et il lui en fallait davantage à présent qu'elle était embrasée. Tout cela n'était que prémices, elle le savait par intuition. Il y avait sûrement autre chose de plus beau à venir. Monsieur Edgar l'avait pour ainsi dire préparée. Elle avait dès lors si faim de lui qu'elle ne fut pas étonnée le voyant sortir la chose de son pantalon. Un bâton dur de cacao noir qu'il glissa, gentil garçon, dans la fente humide de Gloria. Elle geignait comme une bête blessée mais en redemandait, les sens exacerbés.

« *Ban mwen y ! Ban mwen y ! Ban mwen y, Misiè !* S'il te plaît, Monsieur, donne-moi encore... »

Il s'enfonça aussi loin qu'il put, s'arc-boutant contre elle de toutes ses forces.

Il est probable que leurs regards se croisèrent à l'instant de commettre l'irréparable. Mais leurs yeux emplis de larmes disaient qu'ils n'avaient plus d'autre choix que s'amarrer solidement l'un à l'autre, pareils aux survivants d'un naufrage. Sans doute, Edgar se sentit-il un bref moment dans la peau d'un triste sire qui agit à l'instinct du démon. Las, il n'était qu'un homme, Edgar. Un pauvre pécheur devant l'Éternel, qui succombe à la tentation.

Si, ce jour là, découvrant l'amour, Gloria manqua s'évanouir et cria sous les coups de reins de Monsieur, elle comprit aussi que le sang qui lui coulait le long des jambes n'était pas une blessure de guerre.

Juste le chemin ouvert par Monsieur. Un court chemin qui menait en un jardin extraordinaire où l'on allait par deux, béats et enivrés.

Il y eut d'autres occasions. Des absences de Madame. Des escapades de Monsieur en milieu d'après-midi. Des baisers volés entre deux portes, des caresses discrètes au fond du jardin, des regards complices, des retrouvailles ferventes dans la remise.

Il n'y eut guère de mots échangés.

Et puis, le ventre de Gloria s'arrondit d'un coup. Et la colère froide de Madame comprenant soudain que Monsieur était l'auteur du crime.

Il y eut un temps de silence innommable durant lequel Madame digéra l'affront qui lui avait été fait sous son propre toit. Pas de pardon ni de pitié pour les coupables. Non, ainsi qu'on aurait pu le présumer, elle ne chassa pas la fille. Celle-ci aurait tôt fait d'aller courir et dégoiser partout qu'elle portait l'enfant de Monsieur, qu'il n'était pas meilleur bougre que les nègres des cannes qui se comportaient pis que des animaux. Non, elle ne répudia pas son époux, ne demanda pas le divorce. Les gens auraient illico rabouté les épisodes de l'histoire. De surcroît, Madame aurait été la risée du peuple, la proie du qu'en-dira-t-on. Et on l'aurait plainte... Non, elle ne voulait surtout pas de leur compassion. Elle préféra garder les criminels sous son joug, à portée de son courroux. Les garder sous ses yeux, ne jamais plus les perdre de vue, pour qu'ils sentent bien peser sur eux toute la haine qu'elle éprouvait à leur encontre. Elle fit chambre à part — ce qui, au fond, l'arrangeait bien. Elle interdit à Monsieur de la toucher, même du regard. Lui enjoignit dorénavant de ne plus lui adresser la parole sans qu'elle l'y ait autorisé.

Il fallut sauvegarder les apparences, continuer à mimer les gestes de la bienséance dans le petit monde des notables. Monsieur fit son *mea culpa*. Madame lui rétorqua qu'il était libre de se laisser aller à ses instincts bestiaux, de s'adonner au vice avec une servante qui ne savait même pas causer français. Elle s'en fichait royalement, du moment que les bruits de leurs ébats ne franchissaient pas le portail de l'Autre Bord. Monsieur quémanda l'absolution, promit de ne plus pécher.

En effet, il ne toucha plus Gloria, même du regard. Pleutre, il jura à Madame que la fille l'avait ensorcelé avec ses rengaines, ses manières dévoyées et sa manie de danser à toute heure du jour, comme si la vie ici-bas était une bacchanale. En voyage sur le continent, il consulta un sorcier des Abymes. Ce dernier attesta que l'Esprit du Mal était bien dans la place. Il prescritvit un bain de feuillages censé débarrasser Monsieur du charme dont il avait été l'objet.

Un mois durant, Gloria Mercure — pourtant encombrée d'un ventre proéminent — devint aussi transparente que le temps qui passe. Le temps qui trace, invisible et cruel, des sillons sur le front et peint les cheveux noirs en blanc. Face à face, attablés à midi et demi pour le déjeuner, Monsieur et Madame mangeaient la nourriture qu'elle préparait. En apparence, rien n'avait changé. Ils dormaient dans les draps qu'elle lavait et repassait, marchaient sur le carrelage qu'elle récurait, mais ils ne la voyaient plus. Les ordres de Madame étaient lancés aux murs ; Gloria les attrapait au vol et puis courbait la tête : « Oui, Madame... Bien, Madame... » Quant à Monsieur, il ne lui adressa plus jamais la parole. La croisant dans un couloir de la maison, il détournait le regard, rasait les murs et fixait un point imaginaire droit devant lui.

Un jour qu'il était parti régler une affaire d'indivision en Grande-Terre, il ramena à Madame une parure de rubis supposée racheter sa faute. Il la lui offrit devant Gloria, maladroit, manière de bien montrer où allait sa préférence. Madame ne se laissa pas émouvoir.

« Je ne suis pas une de vos catins, vociféra-t-elle, lui jetant le collier à la figure. Vous ne m'éblouirez pas avec vos colifichets ! Donnez-les plutôt à la fille engrossée par vos soins. Elle va bientôt mettre bas... »

Gloria, pauvre Gloria ! Son châtiment fut pensé et repensé jusqu'au terme de sa grossesse. Pendant que la fille entrait dans les douleurs et accouchait, seule dans sa chambre, Madame rédigea une longue lettre. Au lendemain de la naissance de Théodora, elle la soumit à Gloria qui fut contrainte de la recopier laborieusement, puis de la signer de sa main, certifiant : que l'enfant était de père inconnu ; qu'elle ne réclamerait jamais d'héritage de quelque nature que ce soit, et cela même après le décès des époux Solin ; qu'elle s'engageait à travailler toute sa vie à l'Autre Bord et à ne jamais salir la réputation de la famille Solin. Bien sûr, Gloria n'opposa aucune résistance à cette déclaration de foi abusive qui la liait à Madame. Elle n'était qu'une ignorante et croyait que les mots tracés sur le papier étaient aussi sacrés que les Évangiles. Elle avait fauté avec Monsieur en connaissance de cause, et plus d'une fois. Elle y avait trouvé son plaisir ; Monsieur n'était pas le seul coupable. Elle avait trompé de manière éhontée la confiance de Madame et méritait sa punition. Madame était trop bonne de la garder à l'Autre Bord avec sa petite Théodora. Il lui fallait expier, battre sa coulpe, remercier Madame de sa grande bonté, lui demander pardon chaque jour. Et fuir Monsieur comme le Diable, ne plus laisser ses reins se souvenir des étreintes et des baisers de Monsieur. Oublier la langue du chaton affamé. Expier. Expier et trimer plus que de raison. Expier et se tuer à la tâche. Ne plus chanter, ne plus danser. Et puis, chaque dimanche, en l'absence de Monsieur, se plier à la séance de prières et de repentance, aux dix coups de fouet que Madame lui infligeait pour son bien, pour faire sortir le démon de son corps. Fini le temps de « ma fille par-ci, ma fille par-là »...

« Répétez encore une fois ! tonnait Madame.

— Pardonne-moi mes offenses, ô Seigneur ! C'est ma faute, ma très grande faute. Ne me soumets plus à la tentation, mais daigne me délivrer du Mal... »

Et la progéniture des impies, Théodora, née du péché, grandit à l'Autre Bord, auprès de son aînée Margareth. Deux sœurs qui ne se savaient pas sœurs et jouèrent ensemble comme il est d'usage, au temps de l'enfance, entre les chérubins des employeurs et les rejetons des employés. Deux sœurs qui vécurent des années durant dans l'ignorance de leur parenté et finirent par l'apprendre, chacune à son heure, mais bien tard...

L'une, Théodora, de la bouche de sa mère au jour de sa mort : « Tu es la fille de Monsieur Solin.

Tu as un père en ce monde. Dieu m'a demandé de ne pas partir avec ce secret. » Nous étions en 1956. Théodora n'avait que seize ans. Sur le coup, elle pensa que ces mots d'adieu n'étaient qu'un délire de mourante.

Et l'autre, Margareth, dans une lettre cachetée qui lui était adressée et que lui remit le premier clerc de son père, au carême de l'année 1977, soit trois jours après l'enterrement de Marie-Eugénie.

*12 avril 1963.*

*À ma très chère Margareth,*

*Quand tu ouvriras cette lettre, tes parents ne seront plus de ce monde. Je suis miné par la maladie, ce cancer à la gorge. Mes jours sont comptés. Avant que ces aveux ne te parviennent, il aura cependant fallu attendre la disparition de Marie-Eugénie. Selon mes strictes consignes, M. Archis — ou celui qui a pris sa succession — t'a remis ce pli au lendemain de l'enterrement de ta pauvre mère. J'espère que tu n'es pas trop âgée, qu'il n'est pas trop tard pour que justice soit rendue. Théodora Mercure, épouse Titus, est ta sœur. Je te le dis sans préambule. Ne m'en tiens pas rigueur. J'ai passé l'âge des circonlocutions de salon. La mort dans l'âme, j'ai vécu avec ce secret celé dans mon cœur jusqu'à mon dernier souffle. Je crois bien que c'est lui qui m'a étouffé, contrairement à ce que prétend le Dr Guillebaut qui incrimine le bon tabac de Cuba qui m'a si souvent régalé. Si je n'ai pas reconnu Théodora plus tôt, c'est que j'étais tenu par un serment. Ta mère n'aurait pu vivre dans la honte. Je ne voulais pas rajouter sa honte à mon péché. Je lui devais bien cette faveur. J'ai commis l'adultère avec ta bonne, Gloria Mercure. De mon vivant, je n'ai pu réparer cette faute. À toi de juger et de pardonner. Je rechigne à me présenter devant Dieu encombré de ce lourd fardeau. Vois ce que tu peux faire pour exonérer ton père et rendre justice. Vois si tu peux aider en quelque manière que ce soit ma deuxième fille, ta sœur, Théodora. J'ai payé le bois et les tôles pour la case où elle vit avec son époux, Selbonne Titus. J'ai payé le bateau et le moteur qui l'emmène pêcher en haute mer. J'ai payé une médaille pour le baptême de la fillette. Hélas, l'argent ne suffit pas. Pâquerette a aujourd'hui cinq ans. Tantôt, j'ai visité Théodora. Je lui ai avoué que j'étais son père. Elle n'a rien dit. Pas de reproche. Pas un cri. Elle m'a servi une orangeade et nous sommes restés silencieux sous l'arbre à pain de sa cour. Quand je suis parti, je crois que j'ai voulu la prendre dans mes bras. Mais elle avait dressé comme un mur entre nous. Elle m'a dit : « Au revoir, Monsieur. Prenez bien soin de vous. »*

*Voilà, je quitte ce monde l'âme en paix. J'ignore ce que sera demain, mais je sais que les crimes des parents sont payés d'une manière ou d'une autre par leurs descendants. Tout te revient, bien sûr : la propriété de l'Autre Bord, les terres de Capesterre que je loue à M. Durival, la plantation des Abymes et les trois appartements de Pointe-à-Pitre. Malheureusement, je te laisse aussi mon crime en héritage. Sache que tu en prendras la charge, que tu le veuilles ou non, car les voies du Seigneur sont impénétrables.*

*Je te demande de veiller sur elles, de les aimer de tout ton cœur...*

*Ton père, Edgar Solin*

À la mort de Marie-Eugénie Solin, soit quatorze ans plus tard, Pâquerette avait déjà quitté Marie-Galante.

« En 1977, l'année où je suis rentrée à Marie-Galante pour enterrer ma mère, tu avais deux ans à peine, Jo... et j'ignorais jusqu'à ton existence. Je vivais en Afrique en ce temps-là. Théodora en avait trente-sept et moi quarante. Après sa mère, je l'avais toujours entendue m'appeler Mademoiselle, puis Madame. Madame Margareth par-ci, Madame Margareth par-là... Comment pouvait-il en être autrement ? Et, d'un coup, j'apprenais que nous avions le même géniteur. Il était trop tard pour s'improviser des gestes de sœurs, tu comprends. Théodora a toujours vénéré mon père. Elle veut garder sa mémoire intacte. Selon elle, le secret ne doit pas être éventé. Jamais elle ne dira publiquement qu'elle est la fille de Monsieur Solin... Elle m'a interdit de révéler quoi que ce soit. Si elle m'entendait te déballer tout ça, elle en serait malade. »

Margareth me considéra longuement, triturant un bouton de sa veste violine. Son visage avait perdu sa morgue. Et elle me sourit, de ce grand sourire généreux qu'elle réservait d'ordinaire à ses filleuls du Sénégal.

« Eh oui, je suis ta grand-tante, Jo ! Ça ressemble au dénouement d'un roman de gare, mais c'est la vérité. Germaine Bella m'a raconté ce qui s'était passé durant mon absence. Le départ de Pâquerette. Ta naissance en 1975 à l'hôpital de Pointe-à-Pitre. Les gens parlent, comme tu le sais. Germaine avait une amie infirmière qui lui a soufflé qu'une petite

Josette Titus était née dans la nuit. Sa mère venait de Marie-Galante. Elle avait à peine dix-sept ans. Était seule dans la ville. Elle semblait perdue, incapable de s'occuper de l'enfant. Elle répondait avec réticence et méfiance aux questions. Personne à prévenir. Pas de layette. Pas même un lot de couches et deux épingles à nourrice. Pas de biberons. On lui a donné un bon pour retirer le nécessaire à la Croix-Rouge. Elle a été hébergée chez une aide-soignante pendant un mois. Elle aurait travaillé dans un restaurant sur la place de la Victoire. Et puis, elle a disparu avec son bébé. »

On retrouvait la trace de Pâquerette, deux années plus tard. Le Dr Guillebaut, qui la connaissait bien, avait fait un voyage à Paris. Il était tombé sur elle, par hasard, dans le métro. À son retour à Marie-Galante, il affirma que Pâquerette était très amaigrie. Le blanc des yeux violacé, le regard fuyant, l'air hagard. Elle portait des bas noirs, résille, et un ciré rose sur une petite robe à fleurs vertes qui lui arrivait à mi-cuisse. Il avait engagé la conversation, lui avait donné des nouvelles de Théodora. Renfrognée, Pâquerette s'était contentée de hocher la tête. Elle était descendue à la station suivante, sans un au revoir.

En 1977, de retour du Sénégal, Margareth décacheta la lettre posthume de son père. Elle la replia soigneusement après lecture. La déchira en de menus morceaux qu'elle enferma dans son poing. Elle marcha jusqu'à la plage de Saint-Louis. Face à la mer, elle attendit que le vent se lève et sèche ses larmes. Et elle ouvrit la main. Pourquoi pleurait-elle ? Tout était confus dans son esprit. D'abord le chagrin d'avoir perdu sa mère et de se retrouver orpheline. Et puis, il y avait des larmes de colère contre son père. Quatorze ans après sa mort, l'homme qu'elle avait toujours considéré comme un pragmatique resurgissait de sa tombe, tel un zombie, pour lui raconter des histoires immondes et lui avouer ses frivolités passées. Une sœur ! Elle avait une sœur ! La fille de la bonne...

Un jour, c'était un dimanche après-midi... Margareth devait avoir six ou sept ans... Son père était absent... Elle avait surpris sa mère en train de fouetter Gloria. La bonne était agenouillée à ses pieds et prenait les coups sans broncher. Pas un cri, pas une plainte, une sorte d'abnégation dans le regard...

« Ma mère exultait, Jo. Ses yeux lui sortaient de la tête et un petit rictus tordait sa bouche. C'est sans doute de cette vision qu'était née ma manie de fouetter mes camarades de jeux... J'étais dans le camp de ceux qui dominaient les autres, tu comprends. Je détenais le pouvoir et c'était jubilatoire. J'avais des créatures taillables et corvéables sous mon commandement. Des esclaves qui n'avaient pas le droit de me contrarier et étaient contraintes de pendre un Mademoiselle au bout de chaque phrase... Peut-être que ce jour-là, au lendemain de l'enterrement de ma mère, j'étais étreinte par les remords et pleurais sur moi-même, ma prétention d'antan... »

Trois ans plus tard, Margareth se mit à chercher Pâquerette et sa fille Josette. Dans l'annuaire, sans succès. Ensuite, par des associations antillaises implantées à Paris. Elle se présenta à la police, alla frapper aux portes des services sociaux de la ville. Titus, le nom n'était pas si commun. Josette Titus, née le 15 juillet 1975 à Pointe-à-Pitre, Guadeloupe. Josette Titus, fille de Pâquerette Titus née à Grand-Bourg de Marie-Galante, le 26 septembre 1958. Pâquerette Titus née de Théodora Mercure, elle-même née à Saint-Louis de Marie-Galante, le 2 décembre 1940. Elle finit par se résoudre à confier l'affaire à un avocat spécialisé.

« Tu avais mauvaise conscience ?

— C'était les dernières volontés de mon père. "À toi de juger et de pardonner..." Ces bribes de phrases me revenaient sans cesse à l'esprit. "Vois si tu peux aider..." Sais-tu, Jo, que les mots que tu as lus tracent des chemins dans ton esprit. "Veiller sur elles, les aimer de tout ton cœur... Mon crime en héritage..." Les mots ne sont pas innocents, jamais. Ils n'ont cessé de me poursuivre. Je te fais une confidence, Jo. Je crois bien qu'il y a une justice immanente. J'avais déchiré la lettre, mais je revoyais l'écriture tremblée de mon père sur le papier qui avait jauni et s'était taché pendant ces quatorze longues années. Des taches identiques à ces nævi qui apparaissent avec le temps sur la peau des vieilles gens. J'avais déchiré la lettre mais je ne pouvais nier l'existence de ma sœur. "Veiller sur elles..." Pourquoi tant d'acharnement à vous retrouver ? Je dois t'avouer qu'à l'époque, doublé de mon remords, j'éprouvais un fort désir de maternité. Ça me rongeait. J'avais déjà quarante-trois ans. Je savais qu'hélas je ne pouvais plus avoir d'enfant. Dans ma bêtise, je t'imaginais comme une fille qui m'attendait quelque part. D'après ce que j'avais pu comprendre, Pâquerette ne t'avait pas désirée. Mauvaise conscience ? Sans doute... Vous étiez désormais ma seule famille avec ces cousins de

Pointe-à-Pitre qui me détestent autant que je les hais... Tout ce que j'ai écrit depuis tourne autour de cette histoire. L'injustice... J'aurais pu naître fille de la bonne, vois-tu. La vie, Jo ! C'est une drôle de loterie, pas vrai... Moi, j'ai tiré le gros lot. Pourquoi moi ? J'aurais pu être celle qu'on fouettait. Mais c'était moi qui tenais le fouet, comme ma mère... Tout ce que j'écris, Jo, vient de là... De cette enfance trop belle... De ma culpabilité... De la honte que j'éprouvais lorsque les souvenirs affluaient. Tout ce que j'écris a germé dans ce terreau-là. Et je peux bien tromper mon lecteur en plantant mon décor en Afrique ou dans un quartier noir d'Atlanta, je raconte toujours la même histoire, Jo. L'histoire de Gloria, celle des déshérités de la terre. L'histoire des femmes abandonnées, des enfants sans père... L'histoire de cette injustice... Au final, c'est peut-être ma punition. En écrivant, je paye la facture de mon père. Je répare sa faute. C'est le tonneau des Danaïdes. Je remplis des pages, mais je sais que c'est en pure perte. Je n'en aurai jamais fini... Y a trop à faire et l'histoire ne se réécrit pas, tu le sais... »

L'avocat retrouva Pâquerette en 1982. Elle était mariée, avait trois fils et travaillait à la Poste. Qu'en était-il de Josette ? L'enfant avait été placée à la DDASS, baladée de famille en famille jusqu'à atterrir dans une ferme de la Sarthe.

« Ça a pris du temps, mais je suis parvenue à convaincre ta mère de t'envoyer à Marie-Galante. Elle ne voulait rien entendre. Elle assurait que tu étais bien mieux là-bas à la campagne. Je lui ai juré que je m'occuperais de toi mieux que si tu avais été ma propre fille. Je lui ai promis qu'elle n'aurait pas d'ennuis. Il fallait juste qu'elle te mette dans l'avion pour la Guadeloupe.

— Juste qu'elle livre le paquet...

— Théodora n'est pas folle, crois-moi...

— Juste un peu timbrée... »

Deux jours plus tard, quand Wanda sonna à ma porte, je repensais encore à Margareth. Elle s'était montrée si généreuse dans sa façon de raconter l'histoire de Gloria, mon arrière-grand-mère. Le matin de son départ, je l'en avais remerciée. Elle avait ajusté le col de sa veste d'un geste sec et m'avait gratifiée d'un de ses sourires d'Afrique qui valait trois soleils. Dans un élan de cœur un peu enfantin, je l'avais prise dans mes bras et serrée contre moi. Elle ne s'était pas raidie, ne m'avait pas non plus repoussée. Bien au contraire, nous étions restées enlacées un bon moment, comme mère et fille qui se rabibochent après un temps de guerre froide. Cela ne ressemblait guère à Margareth.

« Désolée, Jo, je ne suis pas très douée pour les effusions », s'excusa-t-elle tandis que je la bécotais dans le cou et qu'elle me frottait le dos avec énergie, manifestant son affection de sa façon malaisée et bourrue.

Elle s'en serait certainement défendue, mais elle était émue. Ses yeux étaient embués de larmes. Elle s'était ressaisie, avait allumé une cigarette et, avec un petit sourire ironique, m'avait demandé si j'avais appris à danser depuis que je vivais à Paris.

« Y a rien à faire, Margareth. Je crois que je suis désaccordée pour le restant de mes jours... »

Elle avait ramassé son sac pendant que je me

chargeais de sa valise. Son taxi l'attendait au bas de l'immeuble.

Pour rire, en refermant la portière, je lui avais soufflé : « Au revoir, Tata... »

J'avais attendu que le taxi disparaisse dans le flot des autos et j'étais remontée à l'appartement, songeant à Gloria Mercure, mon arrière-grand-mère. Où donc Margareth avait-elle puisé cette profusion de détails pour raconter une histoire soi-disant tenue secrète ? Sans doute d'Alphonse, le père de Germaine Bella, qui était le jardinier de l'Autre Bord en ce temps. Peut-être avait-il été là le jour où Monsieur avait pénétré dans l'appentis... On ne se méfie pas assez des jardiniers. Pires que des caméléons, ils se cachent dans les arbres et en prennent la couleur. Ils marchent à pas feutrés sur le gazon, sont accroupis au bas des haies, humblement agenouillés devant les fleurs qu'ils mignotent mieux que les tétés des négresses qui dorment dans leur couche. On ne voit ni leurs yeux ni leurs oreilles dessous leurs chapeaux de paille molle. Alors, on imagine qu'ils sont des rêveurs, de gentils poètes détachés du monde. On les oublie dans le décor avec les mouches et les fourmis. Je n'avais pas eu le temps de connaître Alphonse. Bien qu'il habitât au bourg de Saint-Louis, Théodora ne le fréquentait guère, ne le visitait pas pour s'inquiéter de sa santé, lui donner un bonjour. Mme Bella m'avait pourtant si souvent parlé de lui que j'aurais pu le décrire. Un nègre pas plus grand qu'un pied de goyave sauvage. Peu épais. Si discret qu'invisible. Jamais il n'entrait dans la maison de l'Autre Bord. Contrairement à sa fille, Germaine, qui était chaque dimanche conviée à venir jouer avec Mademoiselle, il n'avait pas sa place dans les murs de la grande maison.

Fille unique, Margareth s'ennuyait ferme entre ses vieux parents. Marie-Eugénie l'avait plusieurs fois prise en train de se narrer des histoires qui faisaient froid dans le dos. Des contes d'une incroyable cruauté, des fabliaux sans queue ni tête. Il est certain qu'elle préférait la voir jouer avec Théodora, l'enfant de la bonne, et Germaine, la petite du jardinier, plutôt que de l'entendre se parler à elle-même, comme une qui aurait perdu l'esprit. Ma foi, les biscuits qu'elles croquaient ensemble à l'heure des dînettes ne signifiaient pas qu'elles mangeraient plus tard dans les mêmes assiettes, se disait Marie-Eugénie. Elles s'entendaient donc si bien toutes trois que Madame laissait faire, passant du même coup pour une âme charitable. Margareth y trouvait son compte. La fillette aimait la compagnie de ces miséreuses qui remplaçaient aisément les poupées roses reléguées dans son coffre à jouets. Avec leur parler créole, elles la distrayaient de sa solitude et se pliaient à ses règles sans jamais oublier qui était la fille du notaire. Croyez bien qu'elles n'y perdaient pas au change. En retour, elles héritaient de ses vieilles robes et de ses paires de souliers devenus trop étroits. Chacune avait entendu les dix commandements de sa mère : « Tu ne me feras pas honte ! Tu garderas les yeux baissés devant Madame et Monsieur ! Tu ne manqueras pas de dire Mademoiselle Margareth ! Tu ne rendras pas ses coups à Mademoiselle ! Tu ne jureras pas ! Tu diras Merci et S'il te plaît et Bonjour Madame et Au revoir Monsieur ! Tu ne courras pas dans la maison de Madame ! Tu ne toucheras à rien ! Tu attendras que Mademoiselle commence à manger avant de te jeter sur la nourriture ! En toute occasion, tu obéiras à Mademoiselle ! » Elles obtempéraient. Dans les jeux, Mademoiselle s'octroyait toujours le beau rôle : féroce institutrice flagellant ses élèves qu'elle traitait d'ânesses ; impitoyable maîtresse de la plantation face à ses esclaves ; lionne de la jungle africaine dévorant des gazelles au goûter...

Plus tard, adolescentes, avec la bénédiction de Madame Marie-Eugénie, elles étaient sorties de l'Autre Bord pour s'en aller conquérir les savanes et les mornes alentour. Sur les plages, jusque dans leurs trous, elles avaient traqué des crabes. Elles avaient chassé des anolis dans les arbres, à la saignée des branches. Elles avaient nagé, dansé, chanté ensemble. Et puis, Germaine avait décroché son certificat d'études et avait dû rejoindre le continent Guadeloupe. Théodora avait trouvé un mari : Selbonne Titus. Elle était dans la fleur de ses dix-sept ans ; le bougre avait deux fois son âge. Mais l'amour — qui l'ignore ? — ne se compte pas avec des nombres et une table de multiplication. « Ils s'aimaient tant ces deux-là ! s'exclamait Germaine Bella. Un amour, Jojo, qui a sauvé ta grand-mère. La pauvre Gloria nous avait quittés l'année précédente. Emportée à trente-deux ans par un mal des poumons. Ils l'ont laissée dépérir dans la remise où elle logeait avec ta grand-mère. Pas soignée... Théodora lui préparait des tisanes de cannelle contre les fièvres. Madame Marie-Eugénie pestait que Gloria se forçait à tousser pour donner pitié. Elle n'est même pas allée à son enterrement. Après, ils ont été trop contents de voir

Théodora débarrasser le plancher au bras de son époux. *Vade retro, Satana*, ses pompes et ses œuvres... Un amour, Jojo, qui l'a tenue debout pendant treize ans. C'était un saint, le pauvre Selbonne. Un pain doux... Jusqu'à ce qu'il rencontre Théodora, il avait juré de rester dans le célibat. Et puis, il a croisé son regard à la messe de l'Ascension. Théodora portait encore le deuil. Les gens disaient que c'était le portrait craché de sa pauvre mère. Une beauté ! Ils se sont mariés en septembre de l'année 1957. J'étais le témoin de Théodora. Ils se sont tant aimés, ces deux-là que j'aurais pu en être jalouse. Mais tu vois, faut jamais succomber à la jalousie... Ceux que tu envies, tu ne sais pas ce qui les attend au tournant... Faut seulement profiter du temps présent et se réjouir de son lot... »

« Est-ce que tu aimes Lucas ? » demandai-je à Wanda.

Elle me toisa comme si ma question était indécente.

« Et toi, est-ce que tu aimes David ? Qu'est-ce que j'en sais, moi, de l'amour ! On couche ensemble. Il sait y faire. J'avais pas dans l'idée de tomber enceinte. C'est un accident. »

Wanda avait ôté ses chaussures crasseuses au cuir écorché et jouait avec les franges de son foulard. Le bout de ses collants était troué, percé par les ongles de ses deux gros orteils, trop longs, négligés, recouverts d'un vernis bordeaux écaillé. Au temps où nous courions ensemble les castings, elle prenait soin de sa personne, répétant que les gens du spectacle vous jaugeaient d'un regard. En toute occasion, il fallait apparaître sous son meilleur jour et se préparer à décrocher le rôle de sa vie. Qu'étaient devenus ses rêves de gloire ? Est-ce que j'aimais David ? Ces derniers temps, je ne le voyais guère. Il passait ses journées entre le lycée et son atelier. Si nous vivions ensemble presque officiellement, je ne me projetais pas dans l'avenir. Il disait m'aimer. Est-ce que je l'aimais ? Bien sûr que je l'aimais. Comment Wanda pouvait-elle en douter ?

« Sweetie, minauda-t-elle, tu peux me prêter un peu d'argent ? Je te le rendrai, je te jure. Tu n'auras qu'à... »

J'avais commencé doucement.

« Pour quoi faire, l'argent ? »

Et puis, je m'étais emballée.

« Pour quoi faire ? Avorter ou acheter de la layette et des biberons ? T'es une irresponsable, Wanda ! J'en ai marre de tes simagrées. T'es plus une gamine, quand même... Tu n'as rien à toi. Tu vis à gauche et à droite. Tu boulottes... Tu ne sais même pas si tu mangeras à ta faim demain mais tu couches avec ton Lucas sans te protéger... Et voilà le résultat ! Tu tombes enceinte... Est-ce que t'es une gosse de quinze ans qui ne connaît rien de la vie... Il n'a rien demandé à personne ce bébé... Est-ce que je tombe enceinte, moi !

— Peut-être que je peux le garder. On verra bien. Maintenant qu'il est là. Deux cents euros... Ça suffira. C'est juste un dépannage. Je te jure, je te les rendrai, Sweetie... »

Elle s'était maquillée. Elle s'était mirée dans une glace et avait fait glisser le bâton de rouge sur ses lèvres. Elle avait pris le temps d'étaler du fond de teint sur sa figure boutonneuse. J'en avais la nausée.

« Merde, j'en ai assez des femmes de ton espèce... Qu'est-ce que tu en feras si tu le gardes ? Tu as un toit ? Un travail stable ? Un salaire au bout de chaque mois ? Non ! Tu n'as rien, Wanda... Tu es une clocharde... Une clocharde fardée... Et tu te précipites chez Sweetie Jo, la bonne poire qui va te sauver du pire... Tu me dégoûtes, t'es qu'une pute... »

Elle courba la tête et contempla ses orteils en se tordant les mains. J'avais envie de la rouer de coups, lui balancer mon poing à la figure. Plus je m'emportais, plus je me sentais dans mon bon droit, légitimement autorisée à l'agonir d'injures, à déverser ma bile.

« Allez ! Dis-moi ce que tu feras d'un bébé ? Dis-le-moi ! Allez ! »

Je trépignais de rage.

« Qu'est-ce que t'en feras quand tu n'auras pas le sou, quand tu décrocheras un petit rôle de bonniche ou de putain dans une pièce de théâtre et que tu ne pourras pas te payer une baby-sitter, quand tu rencontreras un type qui te racontera ses salades et te voudra dans son lit ? Hein ! Qu'est-ce que t'en feras du mioche qui pleure la faim et qui veut son biberon ? Tu le laisseras hurler jusqu'à ce qu'il s'endorme, dans sa pisse et sa merde... Et puis, quand tu en auras assez, comme les sales garces de ta race, tu le placeras à la DDASS ! Tu sais, la boîte où on abandonne les enfants qui vous embarrassent... Et peut-être qu'il aura de la chance, on ne sait jamais... Peut être qu'il échouera dans une bonne famille, mais c'est rare... Attention ! les pervers sexuels sont partout. Ils aiment bien la chair fraîche des enfants... Ils les cueillent comme des fleurs en boutons. Ils arrachent un à un leurs pétales et les bouffent en salade. Et quand tu penseras à ton môme, quand tu seras rongée par le remords, tu lui rendras une petite visite et tu lui feras des guili-guili et tu compteras même ses dents de lait que tu n'auras pas vues sortir... Et il pleurera quand tu partiras. Vient toujours le moment où la mère doit partir. C'est une loi dans le genre. Les adieux déchirants et compagnie... Et puis, il grandira, plein de colère rentrée. Et peut-être qu'il ou elle sera un peu tordu du ciboulot à cause de ce qu'il aura vécu... Tu sais, ça laisse des séquelles d'être privé de l'amour de sa mère. Trimballé à gauche et à droite, ballotté pire qu'un paquet dont personne ne veut... Et tu voudras alors l'envoyer en Haïti, pour qu'il retrouve le pays de ses racines... Tu voudras rattraper le temps, mais il sera trop tard... »

J'avais les yeux pleins de larmes. J'en connaissais trop bien la source. Une fois de plus, je m'apitoyais sur moi-même. Misérable petite Josette pleurnicharde, vieille chaussette et patati et patata... C'en était affligeant. Sûr, j'avais ma tête des mauvais jours. J'aurais pu continuer à déblatérer des heures encore, m'assourdir de mes propres cris. Ruminer ma peine et la cracher sans fin à la figure de cette pauvre Wanda. Mais je me tus un instant et fus frappée par le silence qui emplissait l'appartement. Pendant que je replongeais dans le blues, Wanda avait remis ses chaussures, ramassé son sac et, les lèvres pincées, elle s'apprêtait à s'extirper du canapé. Non, elle n'allait pas se défiler. C'était trop facile. Je la saisis par le bras et lui hurlai d'autres insanités. Elle se débattit. M'échappa. Je lui courus après, manquant déraper sur le parquet. Je finis par la coincer dans le couloir. Il y eut un moment de lutte corps à corps, un échange d'insultes en créole et français.

« Laisse-moi partir, à la fin, gémit-elle. Je croyais que tu étais mon amie. Tu as tout ! Regarde où tu vis ! Tu es riche... Je te demande juste deux cents euros. »

Je restai interdite un moment, submergée par un sentiment de totale impuissance, ne trouvant pas de mots assez violents à lui assener. Alors, en guise de réplique, je me mis à la bourrer de coups de poing. Cogner, tant que je pus. Frapper, tant et plus. Elle était un punching-ball et n'offrait plus la moindre résistance. Elle était le sale destin qui m'avait faite Josette Titus, abandonnée de sa mère. Elle incarnait l'injustice et sa balance trafiquée et la loterie qui se jouait des humains. Elle figurait les terrifiants fantômes de mes nuits, l'homme au lait caillé qui me tartinait le visage... Elle était ma mère, Pâquerette Titus et je ne voulais pas lui faire de mal...

Mes forces m'abandonnèrent d'un coup. Mais je ne m'avouai pas vaincue. En désespoir de cause, j'arrachai son foulard à Wanda. Geste barbare. Tremblante, je le gardai à la main comme un étendard dérobé à l'ennemi. Wanda s'était recroquevillée sur le parquet. La tête plongée dans ses deux bras, elle sanglotait et reniflait tour à tour. Imbécile, je me tenais devant elle, les jambes écartées, prête à lui mettre une nouvelle torgnole, ne sachant que faire de ce carré de soie synthétique que j'imaginais grouillant de bestioles. Accessoire de diva ? Hélas, non. Plutôt, foulard cache-misère. Wanda souffrait d'alopécie. Elle ne m'en avait jamais parlé. Sur sa tête, les cheveux ne poussaient que par endroits. Il y avait des zones nues et d'autres touffues. Et cela composait un curieux paysage fait de clairières, de terres brûlées et de forêts inexplorées. Nous nous fréquentions depuis plus de dix ans. Nous étions soi-disant des amies. De la même manière qu'elle avait fait silence sur sa maladie, je ne lui avais rien confié de mon enfance. Elle avait lu *Sous le signe de Joséphine* comme un conte, sans aller au revers des mots. Et j'avais toujours cru que ses foulards n'étaient qu'apparat. Voilà où les secrets nous avaient menées. Je déposai le foulard sur le sol. Elle s'en empara sans relever la tête et l'attacha serré, le geste sûr de ces amarreuses qui s'en vont aux champs et savent, qu'il pleuve ou qu'il vente, qu'une journée de travail les attend dans la canne.

« Allez ! Debout, négresse ! » lui dis-je en lui tendant la main.

Wanda n'était pas rancunière. Après l'avoir rouée de coups, je lui demandai pardon et elle accepta de rester dîner. Nous étions assises côte à côte sur le canapé. Elle se frottait le bras en grimaçant et je n'osais la regarder. J'avais l'impression que mes cris emplissaient encore l'appartement, résonnaient comme l'écho. Je décidai de mettre un disque de Billie Holiday. *Lady in Satin.* Ray Ellis et son orchestre l'y accompagnaient magistralement. *You don't know what love is...*

Je ne sais plus combien de temps, Wanda et moi sommes restées silencieuses, chacune épiant les gestes de l'autre du coin de l'œil, chacune versée dans ses pensées, craignant d'ouvrir la bouche au risque de voir des mots cruels s'échapper. Je ne voulais ni me justifier ni ressasser sur mon enfance. C'en était assez. Je me sentais ramollie. Non pas à cause de l'énergie que j'avais dû déployer pour frapper Wanda. Mais parce que j'éprouvais dans tout mon être un sentiment de libération. Portée par la voix de Lady Day, je flottais dans un état de tranquille béatitude. Billie me fredonnait sa petite berceuse et mon âme ne réclamait rien d'autre. Le moment était magique. Je n'avais plus d'entraves. Je n'avais soudain plus de colère dans le cœur. Et c'était quasi miraculeux. Après la tempête, j'avais trouvé la paix comme on découvre un trésor au hasard de sa route. Une grande et belle paix. Enfuis, les sempiternels griefs. Annihilé, mon ressentiment à l'encontre de ma mère. Dégoupillées, les affres du doute. Non, ce n'était pas moi qui avais battu Wanda. Non, ce n'était pas Joséphine. C'était la pitoyable Josette qui était sortie de son cachot. Elle avait brisé ses chaînes et saisi la première occasion qui lui avait été donnée de s'évader. Et son courroux, mêlé de peine, était tombé sur Wanda comme la grêle. Josette avait grandi. Elle n'avait eu besoin de l'aide de personne. Adieu l'île des bagnards ! Josette s'était sauvée toute seule. Elle voulait maintenant respirer l'air du dehors à pleins poumons. Non, elle n'était pas coupable. Fini le temps où une main de fer lui jetait sa triste pitance. Fini le temps des promesses de la fée menteuse. Fini le temps où, sur les murs de sa geôle, elle traçait des bâtons pour marquer les jours. Fini le...

Wanda toussota. « Tu as beaucoup souffert dans ton enfance ? » me demanda-t-elle à brûle-pourpoint. C'était plus un constat qu'une question. Elle se tâta la mâchoire et poussa un petit cri de douleur.

« J'en ai encore quelques séquelles, comme tu as pu t'en rendre compte...

— Tu m'as collé un de ces uppercuts, grogna-t-elle. T'as une sacrée bonne droite. Tu devrais peut-être faire de la boxe... »

Je ne sais laquelle d'entre nous deux se mit à rire la première. Je me souviens seulement de nos corps pliés et secoués par nos rires qui s'enfilaient les uns aux autres et puis s'éparpillaient dans la pièce telles les perles d'un collier, roulaient sous les meubles ou volaient par la fenêtre ouverte, pour tomber en pluie de confettis sur la tête des passants, sur les trottoirs de la rue de Rennes. Je me rappelle le mascara qui avait coulé et séché sur les joues de Wanda, son visage pareil à l'un de ces masques africains que Margareth avait accrochés au mur du salon de l'Autre Bord.

En fin de journée, David nous surprit à la cuisine, en train de papoter mieux que deux vieilles copines qui se retrouvent après des lustres. Nous avions préparé un colombo de poulet. En pelant les oignons, Wanda m'avait raconté son enfance haïtienne sous la tyrannie des Duvalier. Son père assassiné par les tontons macoutes, sa mère couturière qui survivait tant bien que mal au pays, sa ribambelle de frères et sœurs dispersés dans les Caraïbes et les Amériques. Elle en avait connu des vertes et des pas mûres, aurait dit Tata. En quelque sorte, elle était une survivante, Wanda. Et elle ne se plaignait pas, ne ressassait pas. Elle vivait son blues en sourdine. Et pourquoi ne pas rire de sa condition, plutôt que de se lamenter ? À quoi bon s'en faire ? Tant qu'on pouvait mettre un pied devant l'autre et avancer, ça voulait dire qu'on était vivant. C'était sa petite philosophie qu'elle avait bâtie sur les décombres de sa mémoire.

Là-bas, en Haïti, elle avait vu des pauvres hères trépasser dans le caniveau sans que personne ne s'émeuve ni ne réclame les corps. Elle se rappelait les indigents poursuivant des Blancs égarés, les femmes en mendicité, les bébés malingres pendus aux tétés de leurs mères. Elle revoyait les gamins traînant le long des rues, disputant un quignon de pain aux chiens, les miséreux enfants *restavek* que leurs parents avaient abandonnés à Untel qui pourrait assurer une écuelle de fruit à pain quotidien contre une journée de servitude. Le tout loin de l'école et du tableau noir sur lequel dansaient les petites lettres de l'alphabet qu'ils ne sauraient jamais mélanger pour composer des mots.

Wanda avait été là, ce dimanche matin où les tontons macoutes avaient forcé la porte de la case paternelle. Elle les avait vus brandir leurs machettes et flanquer à grands coups sur le corps de son père. Bras et jambes avaient voltigé aux quatre coins de la pièce. Le sang avait giclé partout, éclaboussant son visage et sa robe blanche qu'elle avait mise pour aller à la messe. Elle s'était cachée sous une table avec Mimi, sa petite sœur, qui n'avait pas trois ans. Quand les roses rouges fleurirent sur sa robe, Wanda les toucha du bout des doigts. Elles étaient poisseuses et tièdes comme le sang du poulet que sa mère avait tué la veille. On l'avait fait tremper dans une grande marmite d'eau bouillante. Et puis, Wanda avait gagné le droit de le plumer sans l'aide de quiconque. Sous le regard de ses aînés, elle avait fourré ses mains dans le ventre de la bête pour en arracher les viscères encore chauds. Elle n'avait pas été écœurée par la chair morte. Non, à l'inverse, un sentiment de toute-puissance l'avait envahie. Elle était vivante, se riait de la mort, jouait avec le cœur du poulet égorgé... Et tandis que les bouchers finissaient de dépecer son père, Wanda s'échappa par l'esprit. Les mains maculées de sang, elle entra dans un rêve éveillé. Elle marchait au mitan d'un tableau qu'elle avait contemplé sur un trottoir de Jacmel. Le peintre, qui semblait un peu fou, faisait l'article. Il assurait que ses peintures représentaient le paradis. Dieu était son unique source d'inspiration. Sur sa palette, affirmait-il, les couleurs se mélangeaient d'elles-mêmes. Il était guidé par le Très-Haut. Au premier plan, une femme vêtue de sa nudité touchait les naseaux d'un zèbre affable qui causait à des flamants roses. Derrière elle, un arbre du voyageur s'ouvrait tel un gigantesque éventail. Aux alentours, la nature explosait en mille couleurs dans un feuillage exubérant. Plantes et fleurs par brassées, arbres gigantesques et flamboyants. En y regardant de plus près, on voyait des poissons bleus gigoter au bout des branches. C'était drôle, des oranges pleuvaient du ciel pour se jeter dans une rivière qui les transformait en pépites d'or. Et la petite Wanda plongea dans ces eaux, se laissa charrier par le courant...

« Après, j'ai nagé, nagé, nagé, nagé jusqu'à la mer. J'ai traversé l'océan et je suis arrivée en France.

Et me voilà devant toi, Sweetie Jo, pour te raconter cette histoire », me dit-elle en riant, à la manière d'un conteur créole.

Une galerie d'art parisienne acceptait enfin d'exposer les œuvres de David. Il jubilait. C'était la consécration. La date du vernissage était fixée.

« Le 15 juillet, Jo. C'est un bon signe que ça tombe le jour de ton anniversaire, non ! »

Je n'avais encore rien vu de ses peintures qu'il accumulait en secret dans son atelier. David jurait qu'il avait puisé au plus profond de son être, trempé son pinceau dans son âme.

« J'ai vu jaillir des formes sur mes toiles. »

Et moi, je voyais soudain luire des étoiles dans ses yeux.

« Des formes sublimes venues des abîmes de mon inconscient, Joséphine. Des formes surprenantes qui sont arrivées d'un coup, après des mois de travail acharné. Le bleu turquoise et le jaune d'or dominent, tu verras. Il y a aussi des peintures d'où surgissent le vert et l'orange. J'ai été comme illuminé. »

À deux reprises, Wanda s'était servi de belles platées de colombo. David se montrait intarissable, passionné, enjoué, rassasié par une tout autre nourriture. Le riz chaud fumait dans son assiette, mais il ne se décidait pas à prendre un morceau de viande. Je l'observais avec une admiration nouvelle, buvant chacune de ses paroles. J'étais suspendue à ses lèvres. Je n'avais plus faim. J'étais fascinée. Il semblait si loin du David d'autrefois... Ou bien était-ce mon regard qui avait changé... Au contraire de ce que j'avais pensé, la peinture n'était pas un dérivatif qu'il s'était fabriqué à la va-vite pour exister à mes côtés, se consoler du manque d'amour. Si j'avais souvent montré de la suspicion à l'entendre évoquer son art, je ne doutais plus — à présent — qu'il avait trouvé sa voie. Il semblait recentré sur ses aspirations, irradiait d'une énergie nouvelle.

« Tu aimes cet homme », susurra une petite voix dans ma tête.

Est-ce que je l'aime d'amour ? me demandai-je.

« Oui, tu l'aimes, répéta la voix. Il est pour toi. »

Et c'était l'évidence même.

« Donne-lui ton amour, Joséphine ! »

J'étais en train de siroter mon vin avec classe, ainsi que me l'avait enseigné Tata Michelle. Je me tenais bien droite sur ma chaise, mais j'avais l'impression d'avoir reçu un coup de massue sur la tête. J'aimais David. J'aimais ce mâle et j'avais envie de lui faire l'amour au plus tôt, toucher son corps, caresser sa peau, me frotter contre lui mieux qu'une chatte en chaleur. Non, je ne l'imaginais plus en Compère Lapin roublard ni en loup affamé paré à me dévorer. J'étais sa négresse blessée qu'il avait ramassée dans la jungle de Wifredo Lam et je brûlais de me donner à lui. Maintenant que Josette était sortie de son cachot, je voyais le monde peint aux couleurs de David. Je voulais qu'il me prenne et me fasse entrer dans l'un de ses tableaux. Il m'aurait barbouillé la face de bleu que je n'aurais rien dit. Je me serais laissé faire. J'aurais accepté qu'il plaque mes cheveux d'un vert émeraude et recouvre mon corps de jaune d'or. J'étais prête à danser devant lui, la nuit durant, jusqu'à ce que nos corps mélangent leurs couleurs. Las, Wanda n'était pas repue, elle se resservit encore, me glissant un sourire gêné. J'étais sagement attablée, buvant mon vin à petits traits, mais c'était un philtre divin qui courait dans mes veines et se mêlait à mon sang, brouillait ma vue et me portait sans fracas dans les toiles de mon peintre.

Le lendemain, David me demanda si j'avais eu des nouvelles de mon frère. Chaque fois qu'il me posait cette question, j'avais un pincement au cœur. Dépitée, je tirais ma tronche de Durandal et faisais non de la tête. David m'assurait alors que les retrouvailles n'allaient plus tarder. Nous restions un moment silencieux, perdus dans nos pensées, semblables à deux orphelins qui s'apprêtent à passer une journée sans pain.

« Advienne que pourra, lui répondis-je ce matin-là... À chaque jour suffit sa peine... » Si Pâquerette ne souhaitait pas me rencontrer, je ferais contre mauvaise fortune bon cœur. Tata avait raison, on en avait soupé de la vieille scie des mal-aimés. J'avais rassemblé tous les fils de l'histoire. Ne manquait plus que le nom de mon père. Et pour quoi faire ? Qu'est-ce que ça changerait ? L'avenir se présentait devant moi telle la page blanche à inventer.

« Advienne que pourra, répéta David d'un air perplexe. Tu es bien philosophe d'un coup. »

Nous étions coude à coude dans la salle de bains, en train de nous brosser les dents. La pâte dentifrice verte dégoulinait sur le menton de David.

« Tu m'aimes un peu ? » fit-il.

Des postillons vert et blanc volèrent sur le miroir. Je souris, ma brosse à dents fichée dans la bouche. Après le départ de Wanda, je m'étais jetée sur lui.

Nous avions fait l'amour la moitié de la nuit. Il m'avait pénétrée et doutait encore. J'avais dansé sous lui tandis qu'il me possédait. Je l'avais étreint et pressé contre moi, mais il ne savait toujours pas ce que j'avais dans le cœur. Nos langues s'étaient mêlées et il voulait des mots. C'est sûr, les mots, même usés et rebattus, pèsent plus lourd que les actes.

« Je ne pourrais plus vivre sans toi, Joséphine. »

La mine contrite, me faisant sa déclaration, il ouvrit le robinet, se rinça la bouche et attrapa une serviette.

« Oui, je t'aime, David. Ça fait un peu fleur bleue, non. »

Il s'épongea le visage. Ses sourcils broussaillaient. Ses lèvres étaient rouges comme une pomme d'amour. Il prit une inspiration, me tendit la main dans un geste de galant homme qui invite une dame à monter sur son yacht.

« Faut pas avoir peur de l'amour, Joséphine. Laisse seulement parler ton cœur. »

En juin, je pris un congé sans solde pour terminer l'écriture de *Clair de blues*. Le 12 du même mois, il était minuit passé lorsque la sonnerie du téléphone retentit dans l'appartement. J'étais devant mes pages. Ma foi, comme aurait dit Mémé, assez satisfaite de mon travail. Je venais de relire le dernier chapitre. Clara n'avait pas retrouvé sa mère, mais elle lui avait pardonné. Il n'y aurait pas de véritable happy end. C'était conforme à ce que j'avais prévu ; la vie ne faisait pas de cadeau de cette sorte et les romans n'étaient que des copies de la vie. J'avais passé l'âge des contes où fées et sorcières s'affrontent dans un combat sans merci dont l'issue est toujours prévisible : les âmes pures sont délivrées et les bons sentiments gagnent à tous les coups. À la dernière page, Clara s'en allait rejoindre son amoureux. Si leur avenir semblait plus qu'improbable, la fille s'était quand même délestée d'un bon paquet de bagages et c'était déjà une victoire. Elle n'était plus en quête de son identité. Elle s'acceptait telle qu'elle était : bâtarde et orpheline à la fois. En décrochant le combiné, je crus que j'allais entendre la voix de Teddy. « Rendez-vous dans une demi-heure au bar que tu connais, Pâquerette t'attend. Il n'y aura pas d'autre occasion. »

Non, c'était une femme.

« Je suis bien chez Joséphine Titus. »

Non, ce n'était pas la voix de Pâquerette.

« Je téléphone de la part de Mémé Georgette. Je suis Yvonne Lemaire. Peut-être que tu as entendu parler de moi. »

Je bredouillai : « Oui, peut-être... C'est à quel sujet ? »

Sa respiration s'amplifia.

« Je viens annoncer une mauvaise nouvelle. »

Elle réprima un sanglot.

Mon cœur se mit à battre plus vite.

« Tata Michelle, murmura-t-elle... Elle nous a quittés... Un accident de la route. »

Les images se superposent alors. Je me souviens de mes cris de bête écorchée vive. Le visage défait de David. Son impuissance à me consoler. Je me rappelle m'être bercée longtemps moi-même, d'avant en arrière, les bras plaqués sur le ventre, comme si j'avais reçu un coup de poignard et que le sang ruisselait de mon corps. Ça ruait dans ma tête. Ma vue était brouillée. Les morts sortaient un à un de leurs tombeaux... Remontaient du fond des eaux... Ils étaient venus chercher Tata sur les ordres de la Grande Faucheuse. Ils se riaient de moi, se tenant par la main en une macabre mascarade. Et j'avais tant de larmes à verser pour noyer mon chagrin que j'aurais pu rester des jours et des jours à geindre et gémir et pleurer ma peine. Et me torturer l'esprit de ces fameuses questions sans réponses. Qu'est-ce qui lui était passé par la tête ? Pourquoi Tata avait-elle choisi ce mois de juin pour mourir, s'était réveillée ce matin-là avec l'idée que c'était son dernier jour de vie ? Elle avait à peine cinquante-sept ans... Et pourquoi n'avais-je rien ressenti ? Oui, j'aurais dû faire un rêve prémonitoire avec des symboles à interpréter : dents cassées et compagnie... Ou recevoir la visite d'un messager qui m'aurait avertie que la mort rôdait du côté de la ferme, tel le renard autour du poulailler... Ou bien croiser une femme sur le trottoir. Elle aurait été le portrait craché de Tata et j'aurais reconnu les grimaces de la mort sur son visage. J'aurais eu soudain froid dans le dos. J'aurais compris. J'aurais aussitôt pris un billet pour Le Mans. Je l'aurais empêchée d'aller à Écommoy. On aurait passé l'après-midi à raviver les couleurs du vieux temps, à se taper les cuisses et à radoter. Elle ne se serait pas trouvée sur la route du camion fou qui avait réduit son auto en miettes. Et j'avais beau m'efforcer à l'imaginer morte, Tata m'apparaissait, vivante, tellement vivante, sa salade frisée sur la tête, ses taches de rousseur, ses mots crus plein la bouche.

Je la revoyais en train de danser le *Ram-pam-pam*, en train de chanter *J'ai deux amours*, en train d'éplucher les pommes de terre, en train de débiter des poulets... Tant d'images à crier au secours pour chasser les spectres et la gueule cabossée de la Grande Faucheuse. Tata, les yeux pleins d'étoiles au château des Milandes... Tata, son album de fan sous le bras... Tata et ses rêves de gloire... « La classe, Joséphine ! Toujours de la classe ! On t'a appelée Josette, mais tu risques bien d'être la Baker des années 2000 ! Tata en Mary Poppins... Tata secouée de rires et métamorphosée en chèvre dans l'histoire des fois... Tata devant la cheminée. Tata sous le poirier. Tata au champ. Tata et les vaches... Tata sur le marché de Pontvallain... Et puis ses larmes, le jour où elle m'avait accompagnée à Paris : « Tu n'oublieras jamais la Sarthe, hein, Joséphine ! C'est ton pays d'adoption. Tu ne nous laisseras pas choir, hein ! Même quand tu seras devenue une célébrité... »

Me balancer d'avant en arrière et prier pour me réveiller de ce cauchemar. Ce n'était pas la réalité. Je rêvais, c'était sûr. Non, elle n'était pas morte. Elle devait vivre très vieille, ma Tata Michelle. Elle aurait dû mourir des années après Mémé Georgette qui n'avait qu'un fil qui la tenait en vie. J'avais promis d'aller la voir. Elle devait m'attendre. La dernière fois que je l'avais eue au téléphone, elle riait.

« Elle riait, je te jure, David... Elle riait aux larmes en me racontant que Tonton Hubert était tombé amoureux et qu'il avait décidé de se marier avec une folle de son hôpital psychiatrique... Elle riait, je te jure... Elle n'était pas malade pour un sou. Elle avait même prévu que je sois le témoin de la fiancée de

Tonton, si je voulais. Et qu'on ferait la noce à la ferme. Elle riait en me disant comment Mémé avait tiré la tronche et manqué tomber dans son puits de neurasthénie... Elle riait, je t'assure. "Si ça lui chante de se marier à une de son asile ! Qui l'en empêchera ? qu'elle a lancé à Mémé. L'amour, ça se commande pas comme une pièce de bœuf au boucher. Ça vous tombe dessus d'un coup, pareil à la foudre !" Et Mémé a répondu : "Ma foi, t'as peut-être raison, Mimi. Il a pas eu que du bonheur dans sa vie, le pauvre Hubert. Maintenant qu'il a un âge certain, il a le droit de prendre un peu de bon temps. Ma foi, l'amour, c'est pas fait pour les chiens..." Je te jure qu'elle riait, ma Tata Michelle... »

L'enterrement de Tata avait lieu trois jours plus tard. David, Wanda, Sandy et Lamine durent m'accompagner. J'étais en loques. Dans le train, chacun me portait à son tour, se relayant à mes côtés. Dans sa grande sagesse, Lamine Diagne me prodiguait des paroles profondes et réconfortantes qui me consolaient un moment. Je serrais les dents. J'essuyais mes larmes. Las, sitôt qu'il se taisait, je replongeais bien vite dans mon gouffre, imaginant Tata allongée dans son cercueil, les yeux clos, le souffle arrêté, les mains jointes sur le cœur. Quand David prenait la relève, il me soufflait que la vie était cruelle mais qu'il était là, qu'il serait toujours là pour moi. J'opinais, ravalais mes sanglots, me mouchais. Il couchait ma tête sur son épaule, me caressait la joue. Je tentais de me raisonner. Pleurer ne sert à rien, Joséphine. Tu pleures sur toi-même. Tu te donnes en spectacle. Ressaisis-toi ! C'est la vie, on n'y peut rien... Ce genre de paroles lénifiantes qui endorment la tristesse. Et puis, j'étais de nouveau submergée par le blues. Sandy se présentait alors, me rappelait l'enterrement de Christophe, croyant judicieux de substituer une douleur à une autre : « On finit par faire son deuil, Joss. Je n'oublie pas mon frère. Je pense à lui chaque jour. Mais la vie continue. Je dois vivre pour lui qui est mort si jeune... » Au lieu de m'apaiser, ses paroles réveillaient le chagrin passé, ce qui multipliait mes larmes. Je m'effondrais. À son tour, Wanda venait s'asseoir à mes côtés. Elle portait un foulard de basin noir éclaboussé de taches violettes. Elle prenait mes mains. « Je suis ton amie, Joséphine. Tu peux compter sur moi. Nos défunts reposent en paix. Ils ne souffrent plus. Ils ne sont plus tourmentés... Il faut prier... » Tandis qu'elle me chantait ses petits couplets empathiques, je pensais à l'enfant dans son ventre. À ma tristesse se mêlait de la colère. Son bébé allait naître — elle l'avait décidé — et puis vivre et mourir... Et j'avais envie de lui crier : « Tais-toi, Wanda ! Ferme-la ! Par pitié, boucle-la et laisse-moi pleurer tout mon soûl. Tu ne sais rien ! Qui te dit que les morts se réjouissent ? Leur chair se décompose jour après jour. Ils sont enfermés dans leurs boîtes et ils regardent les vivants et se désolent et se morfondent dans leur impuissance. La vie leur a été donnée puis retirée... » J'étais révoltée, inconsolable. J'avais beau écraser les larmes sur mes joues, elles semblaient ne pas avoir de fin. Il n'y avait rien d'autre à faire que pleurer dans ce train. Pleurer et voir filer les champs derrière la vitre.

Au Mans, il fallut prendre deux taxis. David et Lamine montèrent avec moi. À mesure que nous

nous rapprochions de la ferme, mon cœur se serrait davantage. Il n'y aurait pas de miracle, c'était certain. Le ciel s'était chargé de nuages. Il annonçait l'orage. La mort était au bout de la course et je devrais l'affronter. Dire adieu à Tata. Adieu à mes années d'enfance. Adieu à la fée qui avait veillé sur moi et m'avait prédit un destin de Joséphine. Adieu à celle qui avait vu scintiller des étoiles dans mes yeux quand tous butaient sur ma peau noire.

De part et d'autre de la route, le paysage était désolé. Je ne voyais que des fermes tombées en ruine, des champs laissés en friche, des pommiers malades hélant la mort. À tour de rôle, David et Lamine me réconfortaient d'un regard, d'un pauvre sourire. Ils n'avaient plus de mots ou bien se taisaient-ils par pudeur, enfermés avec moi dans ce taxi, avec cet étranger, ce chauffeur rubicond à l'air jovial qui nous menait à travers la campagne. Le silence me fut, je crois, salutaire. Mes larmes s'étaient taries lorsque nous arrivâmes enfin.

Les visages pétrifiés de chagrin, les villageois des alentours étaient rassemblés dans la cour de la ferme. Il y avait des personnes que je n'avais jamais vues ou que j'avais oubliées. Et d'autres, dont les figures vieillies m'étaient familières. Je reconnus des voisins que j'avais retrouvés lors du tournage. Notre petite délégation fit son effet. Cinq Noirs plus ou moins noirs, dont l'immense Lamine Diagne. Il y eut des chuchotements, des hochements de tête, des échanges de salutations compassées. Je supposai que les autres enfants de Tata étaient là, venus de tous les coins de l'Hexagone et même de la Belgique, ainsi que m'en avait informé Yvonne Lemaire. L'un après l'autre, nous avions partagé la même mère adoptive. Je les avais si peu connus. J'avais oublié leurs visages. Je savais que chacun à son tour venait visiter Tata. Mais elle n'en causait guère en ma présence, ou de façon évasive, comme s'ils ne comptaient pas. Leur avait-elle donné autant qu'à moi ? J'en doutais. J'étais sa Joséphine chérie, la réincarnation de la Baker. J'étais sa dernière enfant, sa fille préférée.

À l'entrée de la salle commune, Mémé était posée de guingois dans son vieux fauteuil. Bien que ratatinée, elle recevait les condoléances avec dignité. Tonton avait revêtu son costume noir orné de sa médaille de sauveur. Assis sur un banc, il tenait la main d'une fille à demi édentée qui lui murmurait des choses à l'oreille. Et il souriait, grand benêt de cinquante-deux ans, sous le regard borgne du Benoît Pluchet qui n'avait pas daigné demander sa main à Tata et causait avec un croque-mort comme s'il était le maître de cérémonie, le veuf de Tata. « Tu viens trop tard, le Benoît ! T'arrives après la bataille ! » devait-elle lui dire de son cercueil. Dès qu'il me vit, Tonton se dressa sur ses pattes et me proposa de jouer aux petits chevaux quand tout serait fini. Contrite, Mémé se moucha et secoua la tête. J'embrassai Tonton et lui promis qu'on la ferait cette partie de petits chevaux et que je le battrais à plate couture. Il retourna s'asseoir auprès de sa belle et se frotta les mains, la mine réjouie.

Gardé par quatre grandes bougies électriques, le cercueil de Tata était installé sur des trépieds, à la place de la longue table où nous prenions nos repas autrefois, là même où j'avais écrit mes premières pages tandis que Tata épluchait les patates du dîner. Je détournai les yeux. Près de la cheminée, un petit groupe se racontait des bouts d'histoires où sans cesse revenait le nom de Tata... La Michelle ceci, la Michelle cela...

« Oh que non ! c'était pas une du genre à se laisser marcher sur ses plates-bandes, la Michelle ! Pour sûr, elle avait ce qu'on appelle du tempérament. Ce qui était dans sa tête était pas dans ses pieds à la Michelle ! »

« Et combien de fois, elle m'a remonté les bretelles à cause de la façon que j'avais de traiter mes vaches... »

Les voix se mêlaient.

Les mots se cognaient.

Les images me revenaient par vagues houleuses.

« La Michelle, c'était ma meilleure cliente. Ah, ça oui ! Chipotait pour la qualité de la laine et trouvait à redire sur le prix des pelotes. Mais elle va me manquer, la Michelle.

— Et le jour où elle a décidé de partir en guerre contre les sieurs en cols blancs et costumes cravates de l'Europe qui n'avaient jamais mis le pied dans une étable et prétendaient régenter le monde rural en tuant les petites exploitations agricoles.

— Elle était percluse de dettes, la pauvre Michelle, assura un vieux fermier au poil blanc en se grattant le menton. Elle tirait le diable par la queue plus souvent qu'à son tour mais elle a jamais baissé les bras ni fait des courbettes pour vendre son lait. Et quand y a eu cette hécatombe de vaches folles...

— Elle a sauvé la ferme plus d'une fois ! Vous pouvez pas vous imaginer ! chuchota un homme à casquette. Y a un gros prêt qui court à la banque, glissat-il en lorgnant Mémé. C'est sûr, la mère Georgette finira à la maison de retraite et le pauvre Hubert à l'asile. Ces deux-là sont des bras cassés. Vous savez que la ferme et les champs autour sont trois fois hypothéqués. Tout sera vendu aux enchères. Et puis, elle sera rasée. Y en a plus d'un qui attend ce moment comme l'arrivée du Messie. Pour sûr que l'année prochaine vous verrez pousser du colza là où le père Marcel plantait ses tomates. »

« Ça va ? Tu tiens le coup ? souffla Wanda en me caressant la joue. Ils vont fermer le cercueil. Tu ne veux pas la voir une dernière fois ? Elle est si belle... »

Je fis non de la tête.

Elle était morte. Je les croyais sur parole. Je n'avais pas besoin d'aller vérifier quoi que ce soit. Personne ne m'obligerait à regarder son visage poudré, ses yeux clos pour les siècles des siècles. Je ne voulais pas l'approcher ni la toucher, non plus l'embrasser. Son cadavre reposait comme un bout de bois mort dans le cercueil. Mais sûrement que son esprit était déjà parti au ciel. Elle savait ce que j'avais dans le cœur, ma Tata Michelle. Elle ne m'aurait pas forcée à me pencher sur sa chair glacée. « Oh la la ! qu'elle m'aurait dit. T'embête pas, Joséphine ! Je suis là-haut, bien au chaud et je veille sur toi. Je préfère te voir rire et chanter et danser plutôt que te lamenter. Tu sais que j'aime pas quand tu tires ta tronche de Durandal. Te chagrine pas pour moi, ma Joséphine. Tes larmes vont pas faire déborder la Loire. Elles font rien que me briser le cœur. Je suis pas partie bien loin, je te jure. Je suis juste à la porte à côté. Je veille sur toi, ma Joséphine... »

Dans le train du retour, les femmes qui passaient dans le couloir ressemblaient toutes à Tata. L'une avait son nez en trompette et ses taches de rousseur ; une autre, sa salade frisée. Celle-là marchait du même pas ; celle-ci avait sa carrure et les intonations de sa voix. Je fermai les yeux. L'enterrement avait été sinistre. Si Tata Michelle avait su qu'elle allait mourir, elle aurait préparé ses funérailles. Peut-être qu'elle aurait réclamé qu'on joue le *Ram-pam-pam*, pour obliger le monde à danser. Assurément, elle aurait souhaité qu'il y ait des rires et de la joie à la place des larmes. Elle aurait voulu que ses enfants de la DDASS fassent la ronde autour d'elle et qu'ils jettent des fleurs sur son cercueil. Des fleurs de toutes les couleurs de la Création. Des fleurs des champs mélangées au lys royal. Des fleurs exotiques aux noms compliqués qui ne poussaient pas dans la Sarthe. Tata les aurait arrangées dans des bouquets, mêlées à des coquelicots, des pâquerettes et des marguerites. Elle aurait fait chercher des branches et des plantes de la forêt magique de Pépé et, c'est certain, elle aurait constaté qu'elle avait la main verte. Je songeais aux confidences que m'avait faites Yvonne Lemaire. « Elle nous a tant aimés. Elle voulait qu'on croie tous qu'on était des enfants uniques. Chacun devait se figurer qu'il était son préféré. Au début, elle en prenait deux ou trois ensemble. Mais elle a vite compris que c'était pas bon pour nous, les mal-aimés. Elle a demandé aux gens de la DDASS de ne lui confier qu'un enfant à la fois. J'ai été la première avec Benjamin Tardieu. Tu as été la dernière.

Au total, elle en a élevé douze. Plusieurs ne sont restés que quelques mois, mais personne ne l'a oubliée. » L'un après l'autre, Yvonne me les avait présentés. Dans leurs yeux, j'avais vu que chacun se présumait le plus chéri d'entre tous, considérant les autres avec un brin de condescendance. Il n'y eut pas de partage de souvenirs. Pas de complicité. Aucun sentiment de parenté. Juste des prénoms murmurés vite oubliés, des salutations polies. Nous n'avions rien à nous dire. Rien à échanger, même pas la douleur.

De retour à Paris, j'appris par Gilles que Rosy était hospitalisée pour une tumeur au cerveau. Les médecins ne lui donnaient plus que trois mois à vivre.

Avec la mort de Tata, j'étais déjà au fond du trou, incapable de me sauver moi-même et Rosy me réclamait chaque jour à son chevet. Le blues me collait à la peau mais je devrais me lever, me laver, m'habiller, fermer à clé la porte de l'appartement et descendre dans la rue pour aller la réconforter, lui sourire, faire comme si je croyais qu'elle allait s'en sortir.

Je passais mes journées dans le ressassement, recroquevillée sur le canapé, à écouter des disques de John Lee Hooker et Robert Johnson, *The King of the delta blues.*

J'avais froid. Un froid qui venait de l'intérieur. J'avais beau m'envelopper dans la couverture de Tata que j'avais fourrée dans mon sac avant de quitter la ferme, je restais frigorifiée, laissant les pensées aller et venir à leur guise, reniflant l'odeur de Tata dans la laine vert et bleu.

Parfois, velléitaire, je me voyais en train de prendre un billet d'avion pour rejoindre Margareth et Théodora à Marie-Galante. Je bouclais ma ceinture dans un Boeing 747. Je décollais, je volais au-dessus de l'océan Atlantique, j'atterrissais à Pointe-à-Pitre, et puis j'embarquais sur le bateau pour Saint-Louis. Là-bas, au pays de mes racines, j'aurais sans doute repris du poil de la bête. J'aurais nagé des jours entiers. J'aurais escaladé les ruines de l'Habitation Murat où mes ancêtres avaient connu le pire des châtiments. Je me serais perdue dans les cannaies où j'aurais crié ma peine sans déranger quiconque. J'aurais fini par me consoler. Las, les pensées ne faisaient que passer et n'avaient pas le pouvoir de me tenir debout.

À certains moments, je voulais être entourée, voir mes amis, remplacer le chagrin par la joie de vivre. Sandy m'avait appelée à plusieurs reprises. Un jour, elle proposa qu'on déjeune ensemble. J'acceptai l'invitation et puis me décommandai au dernier moment.

« Sors de ce fichu canapé, Joséphine ! m'avait exhorté David. Rappelle Sandy ! Va déjeuner avec elle, ça te changera les idées... Tu files un mauvais coton. Ça fait deux semaines que tu n'as vu personne. Tu manges mal. Tu dors à peine. L'appartement est sens dessus dessous. Tu ne fais plus rien. C'est pas comme ça que tu vas émerger. »

Je ne lui avais pas répondu. À quoi bon ! La douleur ne se partage pas. David était dans l'euphorie des préparatifs de son exposition. Il n'avait pas non plus de temps pour le ménage et les courses. On se retrouvait le soir, devant des pizzas ou bien des sushis roulés à la chaîne et livrés par des gaillards pressés qui sillonnaient les rues de Paris à mobylette pour apporter à manger à des gens de mon espèce. Des gens vautrés sur leurs canapés, incapables de lever le petit doigt et se préparer un repas.

J'aurais bien aimé parler à Lamine Diagne, mais il était parti en mission au Sénégal. S'il avait été là, me disais-je, il aurait su choisir les mots pour me tirer de ma torpeur. Non, je ne devais pas me raconter d'histoires, s'il avait été là, j'aurais trouvé mille prétextes pour ne pas le voir.

Grand bien lui fasse, Wanda se faisait rare. Au début du mois de juillet, elle avait décroché un job de nuit à la réception d'un hôtel et passait ses journées à dormir.

Teddy ne m'avait pas rappelée. Avait-il seulement parlé de notre rencontre à Pâquerette ? Non, c'était sa mère et il se la gardait pour lui. Le consolait-elle lorsqu'il avait le moral à plat ? Est-ce qu'elle le prenait dans ses bras pour le consoler ? Bien sûr que oui ! Elle lui préparait un gâteau au chocolat. Elle lui en coupait une belle tranche qu'elle lui servait dans une assiette en porcelaine. Elle s'asseyait face à lui et, avec amour, le regardait déguster la part de gâteau. Et puis, elle séchait ses larmes en lui jurant qu'il était le trésor de sa vie, qu'elle serait toujours là pour lui et ses frères. Et moi, je pouvais bien croupir dans ma solitude, elle s'en fichait. Elle avait ses fils chéris. Moi, j'étais loin de son cœur, loin de ses bras, loin de son existence. Elle n'avait pas de fille. Je n'avais pas de mère. Fallait que je m'en sorte toute seule. Et si Tata veillait sur moi, elle ne me laisserait pas longtemps au fond de mon trou. Elle trouverait un moyen de me sortir de là.

J'avais reçu une lettre de Danha. Elle avait décidé de s'installer aux États-Unis et occupait un poste de professeur dans une université du Maine. Je me suis enfin libérée de Margareth, écrivait-elle. Je me consacre maintenant à mes propres recherches tout en enseignant le français. J'ai rencontré quelqu'un et nous allons bientôt nous installer ensemble. Il s'appelle Christophe. Je suis en congé au mois d'août. J'aimerais que tu viennes passer un peu de temps avec nous. David sera le bienvenu. Je t'embrasse. Danha.

Droguée à la morphine, Rosy gisait sur son lit d'hôpital.

« Ils ont dit que j'ai de l'eau dans le cerveau. Tu te rends compte. Ma tête, un aquarium... Tu m'amèneras un poisson rouge, Joséphine. »

Elle tenta de sourire et grimaça de douleur. Je lui pris la main. Une aiguille piquée dans chaque bras, elle voulait encore m'arracher un sourire. Des tubulures couraient sur les draps, pareilles à des longs serpents de plastique. « Alors, tu as fini ton roman, geignit-elle. Tu vas pouvoir commencer la suite de *Sous le signe de Joséphine.* »

Je hochai la tête.

« Oui, j'ai fini *Clair de blues* et je vais plonger dans la suite de *Sous le signe*... fis-je avec entrain.

— Regarde dans le tiroir, là. Je t'ai mis toutes les coordonnées des journalistes. Appelle-les de ma part. L'attachée de presse qui me remplace est une bonne à rien. »

Je lui pressai les doigts.

« Te bile pas avec ça, Rosy. Ce qui compte avant tout, c'est que tu te remettes sur pied. »

Quand le 15 juillet arriva, je dus faire un effort pour accompagner David au vernissage de son exposition. *Idiomes, faune et flore de Barbarie.* Il avait fait fort. Où donc les peintres vont-ils chercher les titres de leurs œuvres ? « Tu verras, m'avait-il soufflé en me tendant fièrement le carton. C'est toi, c'est nous. »

« Raconte encore, Joséphine. Raconte l'histoire vraie qui n'est pas dans ton roman. Ça m'empêche de penser, je te jure... »

Désormais, j'allais la visiter chaque après-midi. Rosy s'éteignait doucement. Elle délirait, flottait entre deux mondes, s'endormait et se réveillait en sursaut, mordue par la douleur.

« Je t'écoute, Joséphine. Je ferme juste les yeux, mais je ne dors pas. Où tu en étais ? Continue... »

Je repris mon récit, pour emplir de mots le silence.

« Gloria Mercure venait de perdre sa mère. L'orpheline s'était présentée au grand portail de l'Autre Bord. Elle avait agité la cloche tant et plus. Mais personne n'avait répondu. Bien plus tard, Monsieur Solin l'avait ramassée dans l'herbe. Elle était pareille à un oisillon tombé du nid... »

David avait puisé dans mon répertoire et adressé des invitations à toutes mes connaissances.

« T'inquiète pas si je garde les yeux fermés. Je vois mieux les couleurs, Joséphine. Raconte encore. On était à Saint-Louis du Sénégal...

— Margareth sustentait vingt à vingt-cinq personnes chaque jour. Elle se promenait en calèche sur la Langue de Barbarie. Imagine une dune étroite entre le fleuve et l'océan.

— Je la vois, murmura Rosy. N'arrête pas, je t'en prie. Je t'écoute. Je la vois...

— Est-ce que tu sens le petit vent qui s'est levé ? Il fait chaud sur la Langue de Barbarie. Tu as descendu le fleuve en pirogue. Tu es arrivée à la pointe extrême de la Langue, là où se mêlent les eaux douces et salées... Margareth disait que c'était le paradis. À l'Autre Bord, il y a des photos où elle pose en regardant le ciel. Les oiseaux sont partout. Des milliers d'oiseaux rassemblés là, venus des quatre coins du monde.

— Je les vois, Joséphine. Je les vois tourner au plafond. Je voudrais bien partir là-bas. Partir pendant quelques jours... »

David avait passé des coups de fil. « Le Tout-Paris black sera là, Joséphine... »

« Raconte encore... Tu aurais dû danser le Ram-pam-pam à l'enterrement de Tata Michelle... »

Paroles décousues dans la douleur des chairs.

« Raconte encore la Langue de Barbarie... Tu devrais donner ce titre à ton prochain roman. Tu feras un tabac... Tu rachèteras la ferme... Avec tes droits d'auteur, tu la retaperas... Tu sortiras Hubert de son hôpital... Tu empêcheras qu'on mette Mémé à l'asile des vieux... C'est vrai que tu es la Vénus d'ébène des années 2000... Tu passeras six mois de l'année à Marie-Galante... Tu auras les trois clés et tu seras la maîtresse de l'Autre Bord... »

Paroles hachées et rabâchées.

« Elle avait raison, Tata Michelle. Tu as des étoiles dans les yeux et, tu sais, elles ne sont pas si moches que ça, les couleurs de ta vie... »

C'était la dernière fois que je la voyais vivante.

David m'avait plantée devant une toile.

Une immense toile.

Une femme couleur anthracite.

Créature dont la tête était coiffée de lettres bleues mêlées les unes aux autres. Des centaines de lettres qui, au hasard des rencontres, composaient des mots. Des mots tressés serré dans sa chevelure.

Des mots qui partaient en mèches folles.

À ses pieds, des fleurs nées de la boue.

En arrière-plan, des animaux guettaient, les mandibules baveuses, les crocs affûtés.

« J'ai trouvé le numéro de Teddy dans ton répertoire, me dit-il. Nous avons longuement parlé. Il m'a promis de venir avec ta mère... »

# BIBLIOGRAPHIE

Emmanuel Bonini, *La véritable Joséphine Baker*, Éditions Pygmalion Gérard Watelet.
Emmanuel Bonini, *Joséphine Baker, 100 images pour une légende*, Éditions La Lauze.
*Lam metis*, Éditions Musée Dapper.

*Remerciements à la Mission Stendhal.*

## DU MÊME AUTEUR

*Romans*

LA GRANDE DRIVE DES ESPRITS. Le Serpent à Plumes, 1993. (Grand Prix des lectrices de *Elle* en 1994, et Prix Carbet de la Caraïbe)

L'ESPÉRANCE-MACADAM. Stock, 1995. (Prix RFO, 1996)

L'EXIL SELON JULIA. Stock, 1996. (Prix Terre de France 1996 et Prix Rotary 1997)

L'ÂME PRÊTÉE AUX OISEAUX. Stock, 1998. (Prix Amerigo Vespucci 1998)

CHAIR PIMENT. Mercure de France, 2002. (Folio n° 4033)

FLEUR DE BARBARIE. Mercure de France, 2005. (Folio n° 4569)

*Romans jeunesse*

UN PAPILLON DANS LA CITÉ. Sépia, 1992, 2005.

LE CYCLONE MARILYN (*illustré par Béatrice Favereau*). Hurtubise HMH, Montréal, 1998, et L'Élan Vert, Paris, 1998.

CARAÏBE SUR SEINE. Dapper, 1999.

CASE MENSONGE. Bayard, 2001.

C'EST LA RÈGLE. Thierry Magnier, 2002.

LES COLÈRES DU VOLCAN. Dapper, 2004.

*Document*

FEMMES DES ANTILLES ; TRACES ET VOIX CENT CINQUANTE ANS APRÈS L'ABOLITION DE L'ESCLAVAGE (en collaboration avec Marie Abraham). Stock, 1998.

*Beaux Livres*

GUADELOUPE DÉCOUVERTE. (avec Jean-Marc Lecerf. Préface de Simone Schwarz-Bart). Fabre Doumergue, 1997.

GUADELOUPE D'ANTAN · LA GUADELOUPE AU DÉBUT DU SIÈCLE. HC, 2004.

*Composition Graphic Hainaut*
*Impression Maury*
*à Malesherbes, le 15 mai 2007*
*Dépôt légal : mai 2007*
*Numéro d'imprimeur : 129408*

ISBN 978-2-07-034333-1./Imprimé en France.

147882